HEYNE BÜCHER

Das Beste aus Marion Zimmer Bradleys Fantasy Magazin

Band 1

Herausgegeben
von
MARION ZIMMER BRADLEY

Aus dem Amerikanischen
von Ronald Böhme

WILHELM HEYNE VERLAG
MÜNCHEN

HEYNE ALLGEMEINE REIHE
Nr. 01/10391

Titel der Originalausgabe
THE BEST OF MARION ZIMMER BRADLEY'S
FANTASY MAGAZINE
erschien 1994 bei Warner Books, Inc.

Umwelthinweis:
Dieses Buch wurde auf chlor- und
säurefreiem Papier gedruckt.

Deutsche Erstausgabe August/1999

Printed in Germany 1999
Umschlagillustration: Braldt Bralds
Umschlaggestaltung: Atelier Ingrid Schütz, München
Satz: Schaber Satz- und Datentechnik, Wels
Druck und Bindung: Presse-Druck, Augsburg

ISBN: 3-453-15233-6

http://www.heyne.de

INHALT

Vorwort

Ich werde immer wieder gefragt, warum ich mich bei meinen nicht unbeträchtlichen Erfolgen als Schriftstellerin mehr und mehr als Herausgeberin betätige. Die Antwort darauf hat mit meinen frühesten Erfahrungen als Science Fiction-Fan zu tun. Wie bei so vielen meiner Vorgänger in allen möglichen Genres – und ich denke dabei an so unterschiedliche Vertreter wie Charlotte Brontë und Howard P. Lovecraft – galten meine ersten schriftstellerischen Versuche der Herausgabe eines Magazins. Die Bemühungen der Brontë-Schwestern, ihre Werke selbst zu verlegen, sind nur allzu bekannt und brauchen daher nicht nochmals ausführlich besprochen zu werden; auch Oscar Wilde fand seine erste Leserschaft in einer Studentenzeitschrift.

SF und Fantasy unterscheiden sich von allen anderen literarischen Gattungen, in denen ich geschrieben habe (und im Laufe eines halben Jahrhunderts habe ich mich abgesehen von blutrünstigen Kriminalgeschichten und Hard SF in so ziemlich allen Genres versucht), unter anderem dadurch, daß ihre Autoren sich gegenseitig fast ausnahmslos nicht als Rivalen, sondern als hochgeschätzte Freunde und Kollegen betrachten; sie sind keine launischen Primadonnen, sondern ähneln eher Mitgliedern eines großen Orchesters oder Chors, die sich einzig und allein der Musik verpflichtet fühlen.

Was die Illustrationen in meinen Magazinen anbelangt, so verstehe ich von Kunst gerade mal genug, um zu wissen, daß ich davon so gut wie nichts verstehe. Deshalb habe ich auch, sobald das Projekt gut angelaufen war, diese Aufgabe Rachel Holmen überlassen, die wirklich etwas von der Sache versteht; und wenn ich die

Reaktionen betrachte, die ich erhalten habe, war es eine der besten Entscheidungen, die ich je getroffen habe.

Während also die bildende Kunst nicht gerade meine Stärke ist, kann ich das von der Literatur getrost behaupten. Und eine der beglückendsten Erfahrungen in diesem wie in jedem anderen Bereich ist es, neue Talente zu entdecken. Nicht zuletzt aus diesem Grund wollte ich überhaupt ein Magazin herausbringen. Ich war einigermaßen erstaunt, als ich bei einer Podiumsdiskussion von Herausgebern erfuhr, daß nicht alle Lektoren meine Begeisterung für den Stapel ungelesener Manuskripte teilen; viele von ihnen betrachten ihn bestenfalls als notwendiges Übel. Ich hingegen habe von Anfang an jede eingereichte Geschichte selbst gelesen, und so halte ich es noch immer; dieser Stapel bereitet mir das größte Vergnügen während eines Arbeitstages.

Bei der Auswahl der Geschichten habe ich ein Hauptkriterium: Kann ich mir diese Geschichte gedruckt vorstellen; möchte ich sie gedruckt lesen? Ich suche nach jenem – wie ich es nenne »Moment der Verblüffung«, nach jenem gewissen Etwas, das mir das Gefühl vermittelt, daß ich bei jedem Wort der betreffenden Geschichte etwas Neues lerne, etwas herausfinde, das ich nirgendwo sonst finden könnte; ich suche nach Geschichten, die bei mir Neugierde, Entdeckungslust und Lesevergnügen wecken; Geschichten, die mir das Gefühl geben, daß meine Vorstellungskraft voll gefordert ist und daß es in diesem Augenblick auf der weiten Welt nichts gäbe, was ich lieber täte, als genau diese Geschichte zu lesen.

Ich habe auch den sogenannten »Kessel« eingeführt. (Die Idee habe ich dem Magazin *Analog* entlehnt, und der Name stammt von dem legendären Goldkessel am Ende des Regenbogens.) Dabei stimmen die Leser in jeder Ausgabe über ihre Lieblingsgeschichte (und seit Nummer 14 auch über die von Rachel ausgewählten

Illustrationen) ab, und die Autoren und Künstler, die gewinnen, erhalten eine kleine zusätzliche Vergütung. Ich stimme nicht immer mit der Lesermeinung überein – die Hälfte der Geschichten in diesem Band landete bei den jeweiligen Abstimmungen nicht auf den ersten drei Plätzen –, aber ich schätze diese Form der Rückmeldung sehr. Es ist immer wieder interessant zu sehen, was die Leser besonders fesselt und welche Vorlieben und Abneigungen sie haben.

Hermann Melville erklärte einmal (leicht ironisch), daß er glaube, die Walfänger führen aus, um aus dem ungefilterten Tran das beste und erhellendste Licht zu gewinnen. Ähnlich verstehe ich meine Aufgabe als Herausgeberin: Ich versuche Schriftsteller-Talente aufzustöbern, deren Werke noch nicht durch andere Herausgeber gefiltert wurden. So liebe ich es, und das ist gut so, denn sonst hätte ich niemals lang genug ausharren können, um all diese hervorragenden Autoren zu entdecken. Auch hier sind viele von denen vertreten, die zu entdecken, vorzustellen und zu ermutigen ich die Ehre hatte. Es ist mir ein ganz besonderes Vergnügen, sie durch diese Anthologie einer weiteren Leserschaft präsentieren zu dürfen.

Ich bin überzeugt, daß sie auch Ihnen gefallen werden.

DOROTHY J. HEYDT

Mondaufgang

Obwohl ich Dorothy Heydt schon gut und gerne dreißig Jahre kenne, kann ich nicht für mich in Anspruch nehmen, sie entdeckt zu haben. So viel ich weiß, hatte sie schon anderswo etwas veröffentlicht, bevor ich die erste von vielen Geschichten von ihr ankaufte. Ich traf sie zuerst bei der Gesellschaft für Kreative Anachronismen, wo sie mir als Mitglied einer Renaissance-Musikgruppe mit einer der herrlichsten Singstimmen auffiel, die ich je gehört habe. Ich bin mir sicher, daß ich einige ihrer Geschichten bereits in »Zauberschwestern« und in verschiedenen Darkover-Anthologien veröffentlicht hatte, bevor ich sie im Fan-Magazin vorstellte. Wie dem auch sei, als ich diese Geschichte gelesen hatte, wußte ich, daß ich sie in meiner ersten Nummer aufnehmen würde.

Bevor ich Rachel Holmen als äußerst fähige Verlagsleiterin einstellte, arbeitete ich mit einer anderen Dame zusammen, deren Name ich hier aus diversen Gründen besser verschweige. Ihre Talente waren zwar beträchtlich, umfaßten aber keinerlei Kenntnisse auf literarischem Gebiet. Ich hatte mir daher die Kontrolle über den literarischen Inhalt des Magazins vorbehalten, während sie sich fast ausschließlich um die Produktion kümmerte. Dennoch war ich nicht schlecht erstaunt, als ich herausfand, daß sie meine Begeisterung für die Geschichte »Mondaufgang« nicht nur nicht teilte, sondern sie – wie sie mir nach Drucklegung gestand – völlig mißverstanden hatte; das ging so weit, daß sie mir erklärte, ihrer Meinung nach habe der Drucker wohl den vorletzten Absatz ausgelassen, denn das Ganze mache überhaupt keinen Sinn.

Ich weiß auch nicht, was sie heutzutage auf den Universitäten lehren! Obwohl meine Bekannte in vielerlei Hinsicht eine bessere Bildung als ich genossen hatte, mußte ich ihr in leicht verdaulichen Häppchen die Bedeutung der Geschichte buch-

stäblich vorkauen: so wie ein Werwolf in menschliche Gestalt zurückverwandelt werden könnte, indem man den »Zauber des Mondes bricht«, so ließe sich erwarten, daß Kriege ein Ende nähmen, wenn man den »Mars entzaubert«, indem man auf ihm landet da Mars der Kriegsgott ist.

Aber sonst hat sich noch niemand beschwert, er habe Dorothys Geschichte nicht verstanden. Ich darf daher annehmen, daß der durchschnittliche Leser von Fantasy-Geschichten gebildeter ist als ein College-Absolvent, der nicht liest.

Als ich jung war, herrschte die weitverbreitete Meinung, daß alle Leseratten ihren Altersgenossen intellektuell überlegen seien. Ich bezweifle zwar, daß diejenigen, die diese Meinung propagierten, wirklich selbst daran glaubten; aber vielleicht war – und ist – ja doch etwas dran, und sei es auch nur, daß jeder Leser beinahe jedem anderen nichtlesenden Zeitgenossen zumindest in einer Hinsicht überlegen ist.

Martin setzte sein Kameralächeln auf und schritt durch die Tür des Presseraums. Wenn es den Mächtigen von CBS in ihrer unendlichen Weisheit gefiel, ihn auf die Mars-Landung anzusetzen, anstatt ihn mit wirklich wichtigen Dingen wie der Senatsanhörung zur Amtsbestätigung oder dem Pan-Arabischen Krieg zu betrauen, so würde er eben gute Miene zum bösen Spiel machen und sich seine Sporen für künftige Einsätze verdienen.

Seine guten Vorsätze hielten gut zehn Sekunden an, oder genauer gesagt bis zu dem Zeitpunkt, da er durch die gläserne Wand, die den Presseraum von der VIP-Lounge trennte, das hagere Profil und die graumelierten Haare von Senator Vilkas erkannte, der eigentlich dreitausend Meilen entfernt hätte sein sollen.

Martin kehrte um und bahnte sich an den versammelten Würdenträgern vorbei seinen Weg zu Vilkas. »Senator? Martin Raymer, CBS News. Was machen Sie hier, Senator?«

Vilkas' Lächeln, das bei seinem gebräunten Teint noch strahlender wirkte, war sein Markenzeichen. »Als Vorsitzender des Raumfahrt-Komitees hat man so seine Privilegien.«

»Aber warum sind Sie nicht bei der Amtsanhörung? Wenn Davidson als Außenminister bestätigt wird, wird er die amerikanische Außenpolitik um fünfzig Jahre zurückwerfen.«

»Ich habe Senatorin McCartney eine Liste mit Fragen und eine vorbereitete Presseerklärung überlassen. Sie kann die Angelegenheit alleine regeln.«

»Zwischen Indien und Pan-Arabien könnte noch diese Woche Krieg ausbrechen«, bedrängte Martin den Senator und zog dabei den Nachrichten-Scanner aus seiner Brusttasche hervor. Vilkas überflog die vorbeihuschenden Schlagzeilen und schob dann den Scanner beiseite.

»Das ist mir bekannt«, erklärte er. »Gerade deshalb ist das hier so wichtig.«

»Vandenberg, Phobos«, verkündete der Lautsprecher. »Wir haben Signale der *Bifrost* auf ihrer zweiten Umlaufbahn aufgefangen. Die Bilder müßten jeden Moment eintreffen.« Auf dem Bildschirm erschien eine einzige ziegelrote Fläche, übersät mit Kratern. Ein silbriges Dreieck schob sich langsam von links nach rechts darüber hinweg und wirkte dabei so zerbrechlich wie ein Papierflieger. Vilkas murmelte etwas halblaut in einer Sprache, die Martin nicht verstand.

»Senator«, setzte Martin wieder an.

»Seien Sie endlich still, Marty«, erklärte der Senator bestimmt. »Wie gesagt, das hier ist wichtig.«

Berkeley war im August wie ausgestorben. Die Studenten hatten Ferien, und die meisten der Straßenverkäufer waren nach San Francisco gezogen, um dort den Touristen das Kleingeld aus der Tasche zu locken. Mit ihnen war der Nebel gewichen, und am klaren Abendhimmel zeichnete sich der Sonnenuntergang ab. Schon bald würde der Mond aufgehen – und er befand sich noch immer auf der Telegraph Avenue. Noch fast zwei Meilen lagen vor ihm. *Verdammt noch mal.*

Als er die Durant Road überquerte, blies ihm ein Windstoß einen Zeitungsfetzen ins Gesicht. Er fing ihn auf und überflog rasch die Zeilen. Ein Ausschnitt aus einem alten *Chronicle* mit Herb Caens Leitartikel, erschienen am Tag, als Apollo 11 startete. »Heute beginnt die Vergewaltigung der letzten Jungfrau ...« Er knüllte das Papier zusammen und warf es achtlos auf die Straße.

Geschieht dir recht. Der Artikel mußte jetzt zwei Wochen alt sein, denn der Start war bei Neumond erfolgt, und heute nacht hatten sie Vollmond.

Er bog ab und ging ostwärts die Bancroft Street entlang. Zu seiner Linken befand sich die Universität und zu seiner Rechten eine Reihe von Gebäuden der Studentenverbindungen. Beide schienen nahezu verlassen. Die Universität gehörte jetzt einigen wenigen Fakultätsmitgliedern, die noch dringende Arbeiten zu erledigen hatten, und die Verbindungshäuser den Hausmeistern, die es sich dort gemütlich machen und jede Nacht Parties feiern konnten. (Irgend jemand würde die Plastikbecher im Gebüsch aufräumen müssen.)

Er nahm die Abkürzung zwischen dem International House und dem Sportstadion hindurch und lief dann die stillen Bergstraßen bis zur Feuerschneise hinauf. Der Mond war inzwischen aufgegangen, aber die Schatten der Hügel schützten ihn noch einige Minuten lang. *Verdammt noch mal. Warum kannst du mich nicht in Ruhe lassen?*

Er eilte die Feuerschneise im Laufschritt hinauf und gelangte so tief in den Tilden Park, noch bevor das Mondlicht den Abendhimmel verfärbte. Er begegnete auf seinem Weg keinem anderen Menschen, nur einer fast ausgewachsenen Ricke, die bei seinem Anblick die

Flucht ergriff. Zur Nachtzeit wagten sich keine Leute hierher, nur das Wild mußte das Risiko eingehen.

Bald schon hatte er den großen Lorbeerbaum erreicht, der in der tief eingeschnittenen Senke zwischen den beiden Straßen stand. Keiner würde sich die Mühe machen, bis hier herunter zu steigen, selbst wenn ihn ein dringendes Bedürfnis plagen sollte. Er zog sich rasch aus, stopfte seine zusammengefalteten Kleider in die Vertiefung in der Astgabel des Lorbeerbaums und legte seine Schuhe und Socken sorgfältig obenauf. Viel mehr als darauf zu achten, daß seine Kleider noch an Ort und Stelle waren, wenn das Ganze vorüber war, blieb ihm nicht zu tun. Einmal, als er sich verspätet hatte, war er davongestürzt und hatte im Wegrennen seine Schuhe verloren – und sie nie wieder gefunden. *Und dabei hatte ich sie gerade mal eine Woche. Verdammt noch mal.*

Es hatte alles angefangen, als er fünfzehn war und noch in Placerville wohnte. Er war eines Nachts verstört aus einem Traum hochgefahren – einem jener Träume, von denen man ihm im Schulunterricht versichert hatte, sie seien ganz natürlich und harmlos – und mußte feststellen, daß er nicht mehr in seinem Bett lag. Er befand sich gut eine Meile von zu Hause entfernt am Ausläufer der Hügelkette und hatte außer der zerrissenen Pyjamahose nichts an. Es war vier Uhr in der Früh, und der Mond ging gerade unter. Vor seinen Füßen lag ein totes Schaf mit durchbissener Kehle.

Es war ihm gelungen, unbeobachtet zurückzukehren und sich zu waschen. Seine Mutter fragte ihn schließlich nach dem fehlenden Pyjama, gab sich aber mit seiner Antwort »Keine Ahnung, hab's in die Wäsche gegeben und seitdem nicht mehr gesehen« zufrieden. Das war bereits einen Monat später, und inzwischen war es schon wieder passiert.

Nach dem dritten Mal erschien in der Lokalzeitung ein Artikel: Jemand hatte bei den Schafen einen riesigen

Timberwolf gesichtet und zwei Gewehrladungen auf ihn abgefeuert, aber die Bestie war davongerannt, ohne daß die Kugeln ihr etwas anzuhaben schienen.

Natürlich nicht, ihr Ignoranten, hatte er beim Lesen des Artikels gedacht. *Dazu braucht's schon Silberkugeln.*

Vielleicht wären sie auch noch darauf gekommen, aber am Ende des Jahres hatte er die Highschool abgeschlossen und war nach Berkeley gegangen. Dort war es einfacher, sich zu verbergen. Keiner kümmerte sich darum, was man tat oder trieb, und selbst die Universitätsbehörden fragten nicht groß nach, solange man seinen Notendurchschnitt hielt. Er teilte sein Zimmer mit einem Ingenieursstudenten, dem solche Kleinigkeiten wie der Umstand, daß sein Zimmergenosse einmal im Monat nachts nicht heimkam, völlig entgingen.

Danach konnte er sich nie erinnern, was eigentlich geschehen war, obwohl immer Spuren zurückblieben, die sogar kurze Zeitungsmeldungen nach sich zogen: ein halb verschlungenes Schaf oder Reh oder Hund, tot zu seinen Füßen. Niemals ein Mensch – bis jetzt noch nicht, Gott sei Dank.

Einmal war er kurz vor Mondaufgang zur Universitätskapelle gegangen, wohl in der vagen Hoffnung … aber worauf er zu hoffen wagte, das wußte er selber nicht so recht. Vielleicht, daß der Einfluß der heiligen Stätte ihn bändigen würde, oder daß ein traditionalistischer Priester geistesgegenwärtig genug wäre, einen Exorzismus vorzunehmen? Jedenfalls war er danach wieder im Tilden Park aufgewacht – anscheinend hatte der heilige Einfluß gerade mal dazu ausgereicht, ihn wie vom Teufel besessen in die Berge flüchten zu lassen. Gelegentlich spielte er noch mit dem Gedanken, sich einem der Kaplane anzuvertrauen. Vielleicht würden sie ihm ja sogar glauben – die Paulisten waren in dieser Hinsicht ziemlich aufgeschlossen, und sie waren ja nicht umsonst in Berkeley. Oder er könnte sich einer der vielen Friedensdemos anschließen und sich verhaften lassen, aber er konnte nicht sicher sein, daß sie ihn in eine Einzelzelle stecken würden – und dann gnade Gott seinem zufälligen Zellengenossen.

Jeden Monat sechs bis zehn Stunden lang dasselbe, von Mondaufgang bis irgendwann nach Mitternacht. Wenn Wolken den Mond verhüllten, dauerte es nicht ganz so lang, aber dafür würde er im folgenden Monat um so mehr büßen. Es war schlimmer als die Regel. Seine Schwester litt einmal im Monat drei Tage lang an schrecklichen Krämpfen; wenn er zu Hause war, brachte er ihr Aspirin und die Wärmflasche, vermied dabei aber zu erwähnen, daß er jederzeit liebend gern mit ihr getauscht hätte. Soweit er hatte herausfinden können – und das war schwierig genug, schließlich handelte es sich nicht gerade um eine Angelegenheit, die man mit seinen Eltern offen besprechen konnte – war er der einzige in der Familie mit diesem Problem.

Andererseits bedeutete sein Familienname »Wolf«, was vielleicht darauf hinwies, daß so etwas schon einmal vorgekommen war. In den ersten Jahren an der Uni belegte er Biologie als Hauptfach und erfuhr dabei so einiges über dominante und rezessive Gene, aber nichts, was ihm wirklich weiterhalf. Danach wechselte er zu Jura, da er vermutete, er könne es später einmal für sich selbst benötigen.

Vielleicht hätte er es statt dessen besser mit Medizin versuchen sollen, und sei es nur als Vorwand, in Berkeley ausschließlich seinen Studien nachzugehen. Es verstand sich von selbst, daß er in seiner Freizeit keinen gesellschaftlichen Umgang pflegte. Er hatte nur wenige Bekannte, keine engeren Freunde, und er hatte es nie gewagt, sich einem Mädchen auch nur zu nähern. Gerüchte machten bereits die Runde – anzüglicher Art natürlich, aber harmlos wie Seifenopern im Vergleich zur Wahrheit.

Er hatte immer etwas aus seinem Leben machen wollen, wenngleich er damals im Alter von fünfzehn noch nicht mit Bestimmtheit sagen konnte, was genau. Aber seit jenen Vorkommnissen durfte er bestenfalls darauf hoffen zu überleben. Jetzt lehnte er wieder gegen den Stamm des Lorbeerbaums und grub seine Fingernägel tief in dessen Rinde. Der stechende Geruch der Blätter stieg ihm in die Nase, während das Mondlicht sich über ihn ergoß.

Doch etwas Merkwürdiges passierte – oder besser gesagt: es passierte eben nicht. Er sah abwechselnd zum Mond und dann wieder auf seine Hände: Seine feingliedrigen Finger mit den brüchigen Nägeln schimmerten weißlich im Mondschein. Er stand aufrecht auf beiden Beinen, während der Vollmond über ihm seine Bahn zog und die Luft der Augustnacht kalt über seine nackte Haut strich. Irgend etwas war geschehen.

Er zerrte seine Sachen aus der Astgabel hervor und zog sich an. Langsam, so als traute er seinem Glück noch nicht recht, lief er den Pfad zurück.

»Wie eine Blume der Mond am Himmel hoch thront, grüßt lächelnd die Nacht und hält schweigend Wacht.« Der Mann, der diese Worte sprach, blieb im Dunkel des Schattens verborgen, war aber durch die Stimme leicht auszumachen (ganz abgesehen von der leichten Haschischwolke, die er verbreitete).

»Was haben Sie da gesagt?«

»Mannomann, schau dir bloß den Mond an, hab' ich gesagt. Von hier unten möchte man nicht meinen, daß diese Arschlöcher darauf herumgetrampelt sind. Amerikas neuester Held, Neil Armstrong, meine Fresse«, sagte er verbittert. »Er hat den Mond völlig entzaubert. Hey, haste mal'n bißchen Kleingeld für mich?«

»Tut's auch 'n Schein?« Er kramte aus seiner Brieftasche eine Banknote hervor, sah, daß es ein Fünfer war und gab sie ihm trotzdem. Er lief über die Telegraph

Avenue zurück und dachte dabei so angestrengt nach, daß er Laternenmasten und Bordsteinen immer erst im letzten Augenblick auswich. Er würde sich dem Raumfahrtprogramm anschließen – halt nein, das ging ja nicht, Astronauten mußten klein genug sein, um in die Kapsel zu passen, und er war schon eins fünfundachtzig und wuchs wahrscheinlich noch. Er würde wie sein Zimmergenosse Ingenieur werden. Ach was, nein, er würde Jura zu Ende studieren und dann in die Politik gehen …

»Fünfzig Meter«, verkündete der Lautsprecher. Wie Senator Vilkas so mit verschränkten Händen, auf denen sein Kinn ruhte, dasaß und auf den Bildschirm starrte, wirkte er wie ein Abt, der ins Gebet vertieft war. Der Eindruck wurde noch dadurch verstärkt, daß er seine Lippen lautlos bewegte, aber es war kein »Pater Noster«, sondern bloß ein leises Zählen: »siebzehn, sechzehn, fünfzehn …«

»Tatsächlich ist die *Bifrost* bereits vor einer halben Stunde gelandet«, erklärte Martin, während die Kamera langsam vom Bildschirm auf ihn schwenkte. »Aber trotz Lichtgeschwindigkeit benötigen Funksignale eine halbe Stunde, um bis zu uns zu gelangen. In wenigen Augenblicken werden wir wissen, ob sie es geschafft haben. Senator Vilkas, haben Sie aus diesem historischen Anlaß etwas zu …«

»Still«, fuhr Vilkas dazwischen. »Hören wir zu.«

Ein statisches Flackern huschte über den Bildschirm und erstarb. »Die *Bifrost* ist gelandet. Bodenberührung erfolgte um 06:22:12« – der Rest der Meldung ging im Jubel des Kontrollzentrums unter.

»Die *Bifrost* ist sicher auf der Oberfläche des Mars gelandet«, wandte sich Martin an die Kamera. »Wenn alles nach Plan verläuft, wird Commander Hunter in circa einer Stunde die Luke öffnen und als erster Mensch den

Mars betreten – eigentlich schon in einer halben Stunde, aber auf Grund der Zeitverschiebung ...«

»Das ist der springende Punkt«, bemerkte Vilkas, der plötzlich von Martin wieder Notiz nahm. »Kommt es darauf an, wann etwas *geschieht,* oder darauf, wann wir es erfahren? Zeigen Sie mir Ihren Scanner, Marty.« Er überflog die Schlagzeilen: Krieg in Pan-Arabien, Krawalle in Kalkutta, Chaos in New York. Noch eine halbe Stunde, bis der Mensch seinen dreisten Fuß auf den Mars setzen würde. Vilkas lehnte sich in seinem Sessel zurück und wartete darauf, daß die Kämpfe ein Ende nehmen mögen.

JENNIFER ROBERSON

Abschlußprüfung

Auch bei Jennifer Roberson kann ich mich nicht rühmen, sie entdeckt zu haben; diese Ehre gebührt, wie bei so vielen Neuentdeckungen, meinem Freund und Mentor Don Wollheim. Während meiner ersten Schreibversuche auf dem Gebiet der SF, gehörte er zu den wenigen, die sich immer auch bemühten, Fantasy zu verlegen, im Gegensatz zu der rein technikorientierten SF, die in den vierziger und fünfziger Jahren von John W. Campbell und der Studentenschaft (überwiegend junge, weiße, männliche Ingenieure und Naturwissenschaftler) bevorzugt wurde, damals die Meinungsführer unter den SF-Lesern. Natürlich befanden sich unter der schweigenden Mehrheit der Leser und unter denen, die Fantasy oder »verschrobene« Literatur schrieben, viele Frauen. Aber normalerweise verlegten sie ihre Geschichten nicht (sieht man einmal von Cele Goldberg bei »Amazing Stories« und vielleicht ein oder zwei Assistentinnen von John Campbell ab).

Don brauchte sich vielleicht weniger Gedanken über seine eigene Männlichkeit zu machen, da er glücklich verheiratet war – ein durchaus bemerkenswerter Umstand in diesem Genre; von allen beachtenswerten Herausgebern seiner Zeit war er der einzige, dessen erste Ehe hielt (seine Witwe leitet heute zusammen mit ihrer Tochter den Verlag DAW Books). Jedenfalls bereitete es Don, genauso wie mir, stets ein großes Vergnügen, neue gute Schriftsteller zu entdecken. Als ich kurz vor seinem Tod noch einmal bei DAW vorbeischaute, um Don meine Aufwartung zu machen, amüsierte er sich blendend über ein Manuskript, das er gerade aus dem großen Stapel gefischt hatte. Er hat wohl mehr als jeder andere auf diesem Gebiet getan, und er wurde dieser Aufgabe nie müde. Ich gestehe frei, daß es ohne seine Hilfe und sein Vertrauen in mich nie eine Autorin oder Herausgeberin MZB gegeben hätte. Und wenn sie ehrlich sein wollten, müßten eine ganze Reihe anderer Autoren dasselbe tun. Natürlich sind sie fast alle zu anderen Verlegern abgewandert, die ihnen höhere Vorschüsse zahlen konnten. Und Don ermutigte sie dabei auch noch.

Deshalb darf Don, der in den fünfziger Jahren uns allen so etwas wie ein Vater war, für sich in Anspruch nehmen, Jennifer tatsächlich entdeckt zu haben. Es war purer Zufall, daß ich ihre erste Geschichte zu der Zeit veröffentlichte, als ihr erster Roman bei DAW zur Drucklegung vorbereitet wurde. Aber es war Don gewesen, der uns zuerst zusammengebracht hatte.

Ich finde diese Geschichte äußerst amüsant, und ich wette, daß Sie nach der Lektüre auch meiner Meinung sind.

Er war, dachte sie, doch eher ein Durchschnittstyp. Sein Aussehen war bestimmt nicht der Rede wert, obwohl er ganz hübsche braune Augen hatte, wenn auch ein klein wenig kurzsichtig. Er sah sie besorgt an. Sie fand das angesichts der Umstände recht amüsant.

Jawohl, ein durch und durch gewöhnlicher junger Mann, versicherte sie sich selbst. Wie gesagt, hübsche Augen, aber schließlich waren Augen nicht alles, worauf es ankam. Seine sonstigen Merkmale waren auffallend unscheinbar: mausbraunes Haar, das zwar gewaschen war, aber dessen Schnitt zu wünschen übrig ließ; sein Gesicht verriet keinerlei besondere Züge (na ja, die Nase war vielleicht ein bißchen zu lang); und was Wuchs und Gestalt betraf, glich er mindestens einem halben Hundert anderer Männer, die in der Burg ihres Vaters lebten, was ihn eben so ganz und gar gewöhnlich und in keinster Weise heldenhaft erscheinen ließ.

Aber schließlich war er kein Held, also kam es darauf nicht an.

Beim Gedanken an ihren Vater biß sie sich nervös auf die Unterlippe. Zweifellos würde er sich große Sorgen machen, sobald er von der Sache erfuhr. Immerhin war seine jüngste Tochter, ganz ohne ihr Zutun, verschwunden. Aller Wahrscheinlichkeit nach trommelte er gerade die gesamte königliche Armee zusammen, befahl den Männern, die sonst nichts Besseres zu tun hatten, die Wälder nach ihr zu durchkämmen, und drohte jedem einzelnen von ihnen Peitschenhiebe an, sollten sie seine Tochter nicht herbeischaffen.

Und genau das würde Ihnen nicht gelingen – dafür hatte *er* schon gesorgt.

Er, der sie jetzt kurzsichtig anstarrte und sich fragte, was er mit seiner Gefangenen anstellen solle.

Sie seufzte und ordnete ihre vielen Röcke. Unter dem Tisch kreuzte sie ihre Beine und starrte herausfordernd zurück.

Er seufzte ebenfalls. Er hatte keine Ahnung, was er sagen sollte, und daher äußerte er den erstbesten Gedanken, der ihm durch den Kopf schoß: »Ihr seid doch Jungfrau, oder etwa nicht?«

Zu Hause wäre sie über eine solche Frage entsetzt gewesen, denn das wurde von ihr erwartet. Da sie aber im Moment nicht zu Hause war, erübrigte sich die standesgemäße Reaktion, und so konnte sie darauf erwidern, wie es ihr gefiel.

Am liebsten hätte sie lauthals losgelacht. Ihre Kammerfrauen hatten sie nun wirklich nicht darauf vorbereitet, so etwas von einem Mädchenschänder zu erwarten. Mädchenschänder fragten üblicherweise nicht nach so belanglosen Sachen wie Jungfernschaft. Wozu auch? Wäre sie Jungfrau, würde sie es ohnehin nicht mehr lange bleiben.

Aber noch hatte er sie nicht geschändet.

Sie zog ihre roten Augenbrauen auf jene vielsagende Weise hoch, die man ihr sorgfältig beigebracht hatte. Diese eigentümlich weibliche Körpersprache der elegant kraus gezogenen Brauen sollte fein dosierte, empörte Herablassung ausdrücken. Aber sie hatte das nur wenig geübt und beherrschte es nicht besonders gut. Außerdem gehorchten ihre Augenbrauen fast nie und blieben meist störrisch gerade. Dennoch lag es nun an ihr, es zu *versuchen.* Ihre Kammerfrauen hatten sich solche Mühe gegeben.

»Habe ich recht verstanden?« fragte sie in jenem pompösen Flötenton, den alle Frauen von Stand verwendeten.

Er blinzelte verlegen, errötete und versuchte, den Stehkragen seines weizenfarbenen Kittels zu lösen. »Es tut mir leid. Ich stelle mich ziemlich ungeschickt an. Das ist nämlich noch neu für mich ... Ihr seid mein erstes Opfer.«

»Ach, tatsächlich?« Das besserte ihre Stimmung. Bei vier älteren Schwestern war sie niemals die erste gewesen.

Er nickte ernsthaft. »Ich mußte das einfach fragen. Die Formel verlangt eine Jungfrau.«

»Formel?« Ihre Stimmung stieg noch mehr. »Du meinst – eine Zauberformel?«

»Ja doch!« Seine Verlegenheit wich einem etwas übersteigerten Selbstvertrauen, das ihrer Meinung nach nicht so recht zu seinem ehrlichen Jungengesicht passen wollte, »Es steht alles in den Büchern: die jungfräuliche Tochter eines Königs.«

Nun gut, Tochter eines Königs war sie, und Jungfrau war sie auch, aber das behielt sie besser noch für sich. »Ein *Gentleman* fragt so etwas nicht.«

Sein Selbstvertrauen war wie weggeblasen. »Wirklich nicht?«

»Nein.«

»Aber wie findet man das dann heraus?«

Die Frage schien ihr berechtigt, auch wenn sie keine Antwort darauf wußte. »Vielleicht *weiß* man das einfach.«

»Ich weiß es aber *nicht*.« Er sah wieder besorgt aus.

»Es muß unbedingt eine Jungfrau sein. Sonst funktioniert es nicht.«

Sie überlegte einen Augenblick lang. Dann lehnte sie sich vor und fragte vorsichtig: »*Was* funktioniert nicht?«

»Der Zauberspruch«, meinte er gereizt. »Das hab' ich Euch doch schon gesagt.«

»Na ja, das hast du ... aber noch nicht *warum*.« Sie stützte sich mit einem Ellbogen auf dem Tisch ab und vergrub ihr Kinn in der Handfläche. »Ich finde, ich habe ein Recht, den Grund zu erfahren. Schließlich hast du mich gegen meinen Willen hierher gebracht.«

»Tja, das hab' ich wohl.« Er wirkte niedergeschlagen. »Es tut mir leid, wenn ich Euch einen Schrecken eingejagt habe ... aber ich habe nur getan, was mir aufgetragen wurde.«

»Frauen zu rauben?«

»*Eine* Frau zu rauben«, stellte er klar. »Und um ganz genau zu sein: die jungfräuliche Tochter eines Königs.« Er zuckte mit den Schultern. »Ich hätte ja gefragt – das wäre mir auch angenehmer gewesen –, aber in allen Büchern heißt es, es sei ganz unmöglich, eine Prinzessin und Jungfrau zu finden, die von sich aus einwilligt, und daß ich mich schon darauf einstellen müsse, sie zu rauben.« Er seufzte schon wieder. »Oder ich könne den Zauberspruch vergessen.«

»Was du natürlich nicht willst.« Sie lehnte sich noch etwas weiter vor. »Wozu dient denn dieser Zauberspruch?«

Die Frage munterte ihn auf. Offensichtlich genoß auch dieser junge Mann, noch kaum trocken hinter den Ohren, was ihrer Erfahrung nach alle Männer am liebsten taten, nämlich über sich selbst zu sprechen.

»Es ist für meine Abschlußprüfung«, erklärte er eifrig. »Ich bin nur ein Zauberlehrling, müßt Ihr wissen ... und ich hänge in der Klasse hinter allen her. Wenn ich diesmal wieder durchfalle, werfen sie mich von der Schule ... und dann steh' ich ganz ohne Abschluß da.«

Sie zog ihre Stirn in Falten. Sie konnte Lektionen selbst nicht leiden; viel lieber saß sie in einer Fensternische und träumte vor sich hin oder las ein Buch, was, wie man ihr oft genug versichert hatte, so ziemlich das gleiche war.

»Was wäre denn so schlimm daran, wenn sie dich rauswerfen würden? Was kann denn das schon für eine Schule sein, die von ihren Absolventen verlangt, junge Frauen zu rauben, nur um irgendwelchen Prüfungsordnungen zu genügen?«

Er seufzte noch tiefer als zuvor. »Meine Schule tut's jedenfalls. Es steht klipp und klar im Studienbuch: ›Zur Erlangung des Abschlußdiploms müssen alle Zaubersprüche gemäß der im Lehrplan spezifisch ausgeführten Kursbestimmungen erfolgreich vollzogen werden.‹«

Sie verstand. Zweifellos ein anspruchsvolles Curriculum. »Und für welchen Kurs genau hast du mich entführen müssen?«

Er richtete sich in seinem Stuhl auf. »Es ist mir nicht gestattet, das preiszugeben.«

Sie war einigermaßen verblüfft. Immerhin hatte er sie geraubt – da könnte er ihr wenigstens den Grund nennen. Und das ließ sie ihn auch unmißverständlich wissen.

Das nahm ihm den Wind aus den Segeln, und er war sichtlich deprimiert. »Da habt Ihr wohl recht« – räumte er ein. »Aber in den Büchern steht nichts davon, daß die jungfräuliche Prinzessin etwas über den Zauberspruch wissen sollte.«

»*Diese* Prinzessin hier will es aber wissen«, erklärte sie bestimmt und ließ dabei mit Bedacht das Wort *jungfräulich* aus. »Ganz egal, was in den Büchern steht, ich finde es wirklich nicht fair von dir. Eine junge Dame möchte schließlich nicht unvorbereitet sein. Sie möchte wissen, wem seine – ich meine – *wessen* Bekanntschaft sie macht und wie sich der Abend gestalten wird. Soll es ein intimes Abendessen bei Kerzenlicht sein oder ein rauschender Ball?« Sie versuchte nicht allzu pompös zu klingen, er verstand wahrscheinlich weder von intimen Abendessen noch von rauschenden Bällen allzu viel. »Du mußt begreifen, daß eine Prinzessin solche Sachen wissen muß. Es gehört sich einfach nicht, sie zu überraschen, denn dann kann sie sich nicht wie eine richtige Prinzessin benehmen.«

Er seufzte abermals. »Aber wenn ich es Euch verrate und es Euch nicht gefällt, was soll ich dann tun?«

Sie dachte kurz nach. »Du könntest mich ja versteinern, damit ich nicht davonlaufe. Oder mich zeitweise verstummen lassen. Das ist ein recht beliebter Zauberspruch, besonders bei Schwiegermüttern.«

Er zog es in Erwägung und nickte dann tief seufzend. »Es handelt sich um eine Drachenbeschwörung.«

Das ließ sie auf ihren Stuhl zurücksinken. »Eine *was?*«

»Ich brauche Euch, um einen Drachen herbeizurufen. Ihr kennt doch sicher die alten Geschichten«, meinte er aufmunternd.

»Jungfrauen stehen ganz oben auf dem Speisezettel, was Drachen anbelangt. Der Zauberspruch wirkt garantiert.«

Das war wirklich zu viel des Guten. »Ich habe diese Geschichten auch gelesen«, sagte sie. »Der Drache *verschlingt* die Jungfrau!«

Er vermied es, sie anzusehen. »Ich fürchte ja. So läuft es immer.«

Sie trommelte nervös mit den Fingern auf die Tischplatte. »Ich zöge es wirklich vor, nicht verschlungen zu werden.«

»Ich fürchte, Ihr habt keine andere Wahl«, meinte er mit bedauernder Miene. »Man kann ihm den Zahn erst ziehen, *nachdem* der Drache gegessen hat, weil er dann tief schläft.«

Sie runzelte die Stirn. »Und wozu brauchst du den Zahn?«

»Um zu beweisen, daß ich den Drachen herbeigerufen habe.« Eine entschuldigende Geste seiner Hände begleitete die Erklärung. »Die Professoren wollen keinen ausgewachsenen Drachen sehen – der würde zu viel Platz wegnehmen, und außerdem können wir ihn ja schlecht die ganze Zeit mit Menschen füttern –, aber sie brauchen eben einen Beweis, daß der Zauberspruch gewirkt hat.«

»Und deshalb wollen sie einen Zahn.«

Er nickte.

»Ich möchte aber wirklich nicht verschlungen werden«, meinte sie verstört. »Ich mache ja bei vielem mit, aber das gehört nicht dazu.« Sie bemerkte seinen Gesichtsausdruck, der zwischen Bestürzung und Entschlossenheit hin und her schwankte. »Die ganze Unterhaltung ist ohnehin rein akademisch.«

Seine mausbraunen Augenbrauen verzogen sich. »Wieso?«

Sie klimperte verlegen mit den Wimpern. »Weil ich keine Jungfrau bin.«

Er war entsetzt. »Keine Jungfrau?«

»Nein.«

»Überhaupt nicht?«

»Überhaupt nicht! Oder hast du schon einmal eine halbe Jungfrau gesehen?« Sie mußte lächeln und begann, die Geschichte auszuschmücken. »Es war damals ein ziemlicher Skandal. Die jüngste Tochter des Königs – und die Jungfernschaft schon dahin. Mein Vater drohte, mich grün und blau zu schlagen, aber meine Mutter meinte, es sei besser, die Sache unter den Teppich zu kehren. Ich bin ja nur die *fünfte* Tochter, und das heißt, daß sie mich an irgendeinen versoffenen Edelmann verheiraten können, der den Unterschied ohnehin nicht bemerken würde.« Sie seufzte theatralisch. »Es war jedenfalls eine ganz schöne Aufregung.«

»Das kann ich mir vorstellen.« Er war sichtlich erregt. »Und wie steht's mit Euren Schwestern? Vier an der Zahl, habt Ihr gesagt?«

Sie blickte ihn mißmutig an. Lügen hatten, wie sie jetzt sah, nicht immer den gewünschten Effekt. So sehr sie auch ihren vier Schwestern verübelte, vor ihr geboren zu sein (ihre Kleider waren immer schrecklich abgetragen), so wünschte sie doch keiner von ihnen, von einem Drachen verschlungen zu werden.

»Sie sind alle verheiratet«, log sie, »und einige haben bereits Kinder.«

Er versank in Verzweiflung. »Ich kann meinen Abschluß vergessen.«

Sie schüttelte den Kopf. »Vielleicht gibt es doch noch einen Ausweg.«

»Aber wie?« erkundigte er sich betrübt.

»Bring mir dein Zauberbuch.«

»Das kann ich nicht«, erklärte er entgeistert.

»Kannst nicht oder willst nicht?« Sie durchbohrte mit ihrem Finger fast die Tischplatte. »Bring es her, und zwar *jetzt*. Du bekommst doch sicher Hausaufgaben ... also mußt du auch ein Lehrbuch dazu haben.«

Er gab sich geschlagen, stand auf, ging zum Bücherregal und holte ein zerlesenes Buch. »Ich hab's gebraucht gekauft«, entschuldigte er sich, »die neuen waren alle vergriffen.«

»Zeig mir die Formel«, befahl sie ihm. »Vielleicht hast du ja dabei etwas überlesen.«

Er durchblätterte die Seiten und deutete dann auf eine der Zauberformeln. »Die hier ist's. Ich hab' alles, was ich brauche bis auf die Jungfrau.«

Sie las sich die Zutaten durch. Die Liste schien in der Tat komplett. Trotzdem hoffte sie, eine andere Möglichkeit zu finden. »Laß die Fledermaus weg«, schlug sie vor. »Nimm statt dessen das Auge eines Molchs.«

»Wir haben doch schon ein Molchsauge.« Er wies mit dem Finger auf die entsprechende Stelle.

»Dann besorg dir noch eins – schließlich haben die Biester ja zwei davon. Die Fledermaus muß jedenfalls verschwinden.«

»Aber die Formel verlangt es ausdrücklich … Seht her, hier steht's: ›eine Fledermaus, Fell abgezogen‹.« Er zuckte mit den Achseln. »Ich nehm' mal an, daß Drachen keine Haare mögen.«

Sie fuhr sich mit der Hand über den Kopf. »Ich habe Haare.«

»Vielleicht nur keine Fledermaushaare.«

Sie verzog angewidert ihr Gesicht. »Ganz egal, wirf die Fledermaus samt den Haaren raus und bring mir das Auge eines Molchs.«

»Ich hoffe nur, ihr wißt, was ihr tut.«

»Keine Sorge. Ich bin ein ausgezeichneter Tutor, und *ich* habe meinen Abschluß bereits.« Das war zwar auch gelogen, aber sie hielt es für einen Versuch wert. Sie klappte das Buch zu und stand auf. »Hol die Sachen, die du brauchst, und dann laß uns Drachen beschwören gehen.«

Sie gingen aber erst, nachdem sie versprochen hatte, nicht zu fliehen. Nach einigem Hin und Her stimmte sie zu, da sie wußte, er würde sie andernfalls verzaubern – was wiederum ihn glücklich machte, da er wußte, daß seine Zaubersprüche alles andere als sicher waren und sie vielleicht in eine Kröte oder etwas ähnlich Unappetitliches verwandeln könnten.

In der Nähe des Nachtwalls, der das Schulgelände umgab und sie vor allzu neugierigen Beobachtern schützte, befand sich eine kleine, platt getrampelte Waldlichtung mit verdorrter Vegetation, die unter einem Ascheteppich vergraben lag. In der Mitte stand ein Pfosten mit Ketten. Es war ein speziell für Drachenbeschwörungen angelegtes Testgelände, da keiner der Professoren einen Drachen innerhalb der Schulmauern zu sehen wünschte.

Sie stampfte mit hochgerafften Röcken auf der Lichtung umher und wirbelte dabei graue Staubwolken auf. »Hier hat schon lange keine Frau mehr nach dem Rechten gesehen.«

Der Zauberlehrling blickte vielsagend auf den Pfosten mit den Ketten. »Hier werden Frauen anderweitig gebraucht.«

»Verstehe. Du weißt schon, was ich meine.« Sie übersah den Posten geflissentlich und nahm statt dessen seine prall gefüllte, verschnürte Tasche ins Visier. »Solltest du jetzt nicht besser anfangen?«

Er kniete sich seufzend hin und löste den Knoten mit einem Spruch, der tatsächlich funktionierte. Diese Zauberformel kannte er jedenfalls gut. Dann kramte er aus der Tasche umständlich die Fläschchen und Dosen mit den Zutaten hervor.

»... und zwei Augen eines Molchs«, zählte er auf, stutzte dann aber. »Oder heißt es: Augen von zwei Molchen?«

Sie winkte ab. »Halt dich damit nicht auf. Tu, was du zu tun hast.«

Er dachte angestrengt nach. »Also, zuerst einmal muß ich Euch in Ketten legen.«

»Den Teil kannst du überspringen«, beeilte sie sich zu sagen. »Mach mit der Beschwörungsformel weiter.«

Zweifelnd runzelte er die Stirn. »Ich muß mich dabei schon an die genaue Reihenfolge halten. Wenn ich irgend etwas überspringe ...« Den Rest verschluckte er.

»Na gut, wenn es dir so wichtig ist ...« Sie stapfte zu dem Pfosten hinüber und legte sich die Ketten um die Handgelenke, verschloß sie aber demonstrativ nicht.

»Das sollte genügen. Der Drache wird nichts bemerken.«

Er kratzte sich am Hinterkopf und begann, die erforderlichen Zutaten fein säuberlich aufzureihen und eine nach der anderen in den Mörser zu schütten. Während er sie mit dem Stößel sorgfältig zerkleinerte, intonierte er einen Gesang, aber sie war sich nicht sicher, ob er wirklich ein Ritual vollzog oder nur etwas mechanisch abspulte.

Endlich schien er zufriedengestellt. Von Natur aus ein ordentlicher Mensch, sammelte er erst alle Abfälle ein und verstaute sie in seiner Tasche, bevor er das Gemenge aus dem Mörser in eine Emailleschüssel goß, die er in die Mitte der Lichtung stellte.

»So, das sollte jetzt funktionieren«, sagte er, wohl mehr, um sich selber Mut zuzusprechen. »Ich habe alle Anweisungen genau befolgt. Nur bei dem zweiten Molchsauge habe ich so meine Zweifel ...«

»Vergiß endlich dieses Molchsauge.« Sie rasselte lautstark mit den rostigen Ketten. »Sieh zu, daß du mit dem blöden Zauberspruch fertig wirst, damit ich nach Hause kann.«

»Mir scheint es nur merkwürdig, daß ein Molchsauge als Ersatz für eine königliche Jungfrau ausreicht«, murmelte er vor sich hin. »Wenn das stimmen sollte, hätten die Professoren ja auch selber darauf kommen können und damit einige Prinzessinnen am Leben erhalten und uns eine Menge Ärger ersparen können.«

Er war wirklich stur. Sie rasselte nochmals mit ihren Ketten. »Tu mir den Gefallen und sprich die Formel. Ich möchte rechtzeitig zum Abendessen zu Hause sein.«

»Schon gut, schon gut!« Er kniete nieder und bereitete sich vor. Dann begann er, einen Sprechgesang anzustimmen, den sie noch nie zuvor gehört hatte.

Der gewünschte Drache erschien augenblicklich, was beide nicht schlecht erstaunte – ein großer, plumper Drache, grün wie es sich gehört, der sie auf Drachenart anblinzelte und offenbar genauso verdattert war wie sie.

»Was gibt's«, erkundigte sich der Drache. »Ich hatte eigentlich vor, gerade ins Bett zu gehen.«

Die Prinzessin beobachtete ihn genau. Irgend etwas stimmte mit diesem Drachen nicht. »Du rauchst ja gar nicht«, stellte sie fest.

»Nein, jetzt nicht mehr.« Der Drache schüttelte seinen schuppigen Schädel. »Polizeilich verboten.«

Der Zauberlehrling seufzte erleichtert. »Dann habe ich also doch alles richtig gemacht.«

»Tschscha ...« zischte der Drache und wiegte dabei seinen Kopf hin und her, »... das kommt drauf an, was du vorhattest. Ich bin zwar ein Drache, aber kein ganz gewöhnlicher.«

Der Zauberlehrling erstarrte. »Kein gewöhnlicher Drache?«

»Nein.« Der Drache knabberte an einem Zehennagel. »Ich bin ein ziemlicher Gesundheitsfanatiker. Rohes Fleisch? Nein danke! Deshalb bin ich ja überhaupt hier aufgetaucht – weil du diese widerliche Fledermaus weggelassen hast.«

Die nur scheinbar gefesselte Prinzessin rang nach Worten. »Du bist also ...«

»... Vegetarier, jawohl, das bin ich.« Der Drache kaute an einem weiteren Nagel. »Es ist wirklich viel gesünder. Keine Scherereien mehr mit Knochen, die einem im Schlund steckenbleiben, kein unnötiges Blutvergießen mehr.« Er lächelte rücksichtsvoll. »Die Jungfrauen des Landes sollten das ganz besonders zu schätzen wissen.«

»Dann brauchen, wir diese Maskerade ja auch nicht mehr«, erklärte die Prinzessin schließlich und streifte die klappernden Ketten ab.

Der Drache warf ihr einen hämischen Blick zu. »Schau sich einer diese durchtriebene *Jungfrau* an! Aber wenn ich nun doch Fleisch fressen würde?«

Der Lehrling starrte sie entgeistert an. »Dann seid Ihr also *doch* …«

»Natürlich«« erwiderte sie blasiert. »Ich bin nicht nur durchtrieben, sondern auch wählerisch.«

»Und was wollt ihr von mir?« knurrte der nichtrauchende Drache.

»Einen Zahn«, antwortete der Zauberlehrling. »Hast du zufällig einen übrig?«

»Ach, mehrere. In meinem Alter fallen sie mir gleich reihenweise aus. Aber wozu brauchst du denn einen Zahn?«

»Für mein Diplom. Damit ich die Abschlußprüfung bestehe.«

»Ein löbliches Unterfangen.« Der Drache knirschte kurz mit seinen massiven Kiefern, bohrte mit seiner Zunge nach und spuckte dann einen großen Zahn aus. »Leider schon ein wenig angebrochen, aber ich denke mir, der sollte ausreichen.«

Der Zauberlehrling hob den Zahn auf und verstaute ihn sorgfältig in seiner Tasche. »Vielen, vielen Dank.«

»Nicht der Rede wert. Ich habe mich immer für die höhere Bildung eingesetzt.« Der Drache machte sich an seiner dritten Klaue zu schaffen und spuckte den abgerissenen Nagel aus. »Warum bittest du die Prinzessin nicht um einen Kuß? Du hast dir eine Belohnung verdient.«

Der junge Mann errötete. »Ich?«

»Keine Bange, es wird dich schon nicht den Kopf kosten.«

Die Prinzessin wehrte sich entsetzt. »Das wäre mir aber gar nicht recht.«

Der Drache musterte sie abfällig. »Schau sich einer die Prinzessin Hochmut an. Ist sich wohl zu gut für ihn?«

»Überhaupt nicht – das ist es nicht …«

»Dann gib ihm einen Kuß, mein Mädchen. Dir wird dabei auch kein Zacken aus der Krone brechen.«

»Ich möchte aber wirklich nich ...«

Der frischgebackene Diplomzauberer blickte sie unwirsch an. »Du bist ja bloß die *fünfte* Tochter eines Königs.«

Ebenso unwirsch erwiderte sie: »Das spielt überhaupt keine Rolle.«

»Dann komm schon her und gib mir einen Kuß!«

Meine Güte, was war er plötzlich herrisch. Keine Spur mehr von dem höflichen Jüngling, der er vor der Drachenbeschwörung gewesen war. Sie war sich nicht sicher, ob diese Veränderung nach ihrem Geschmack war.

»Also gut«, willigte sie schließlich ein. »Aber du mußt wissen, daß ich immer noch Jungfrau bin. Ich bin beim Küssen noch ziemlich unerfahren.«

»Macht nichts, dafür kann ich's um so besser«, prahlte er und lief über die Lichtung auf sie zu.

Der Kuß dauerte nicht lange. Ihre Küsse dauerten nie lange.

Das Lächeln des Drachen erstarb. Schockiert vergaß er das offizielle Verbot und stieß eine Rauchwolke aus. »Hoppla, *so einer* ist das also.«

Die Prinzessin blickte auf den Frosch hinunter. »Nummer einhundertund*vier*«, seufzte sie.

L. A. TAYLOR

Der Gegenbeweis

Nach gut einem Vierteljahrhundert »Star Trek« glaubte ich, jede nur erdenkliche Variation dieses Themas gelesen zu haben. »Star Trek« war dafür verantwortlich, daß sich auch viele Frauen für Science Fiction zu interessieren begannen, da schon in der ersten Staffel dieser Fernsehserie Frauen auftraten, und zwar nicht nur in kleinen Nebenrollen. Schauspielerinnen wie Majel Barrett (privat mit Gene Roddenberry verheiratet) als Christine Chapel oder die äußerst attraktive farbige Schauspielerin Nichelle Nichols als Leutnant Uhura standen nun jede Woche auf der Brücke des Raumschiffs Enterprise *und waren, entgegen mancher Kritikermeinung, mehr als bloße Stichwortgeber. Beide Frauen waren eigenständige Charaktere und keine reinen Lustobjekte der männlichen Helden. Zum ersten Mal fanden Frauen in ernstzunehmender SF eigene Vorbilder, die nicht nur als Staffage für die handelnden Männer dienten. Danach schwärmten Frauen in Scharen für Science Fiction, und das nicht nur als Leserinnen und Illustratorinnen; noch wichtiger für uns ist, daß aus den Reihen der »Star-Trek«-Fans viele ausgezeichnete Autorinnen hervorgingen.*

»Star Trek« und meine eigene Darkover-Serie haben eines gemeinsam: Es scheint besonders Frauen anfangs leichter zu fallen, über bereits eingeführte Charaktere zu schreiben, als ihre eigenen Figuren zu erschaffen.

Nach einer äußerst unangenehmen Erfahrung sah ich mich zu meinem größten Bedauern gezwungen, das Darkover-Kapitel für andere Schriftsteller zu schließen. Im Nachhinein kann ich jetzt besser verstehen, daß Roddenberry – wie auch Sir Arthur Conan Doyle – in bezug auf sein literarisches Erbe so unnachgiebig war.

Die vorliegende Geschichte verletzt meines Wissens jedoch weder sein noch irgendein anderes Copyright. Sie handelt auf unterhaltsame Weise von einem Mädchen, das ihre Begeisterung für die Enterprise-Besatzung etwas zu weit treibt.

Es ist die interessanteste Abwandlung des »Star-Trek«-Themas, die mir je untergekommen ist.

Laurie Aylma Taylor erforscht vorzugsweise die Grauzonen zwischen den Genres; sie verfaßt Mainstream-Bücher, Krimis, Science Fiction und Fantasy. Neben ihren Kurzgeschichten hat sie bereits zehn Romane veröffentlicht.

»Wie bitte? Du hast sie also darüber noch nicht aufgeklärt?« Allyssa lief, ihre Hände resolut in die Hüften gestemmt, im Zimmer auf und ab. Sie trug das mir nur allzu bekannte Stirnrunzeln zur Schau.

»Ganz genau.« Ich lehnte mich vor und setzte mein Sherryglas auf dem Clubtisch ab.

»Findest du nicht auch, daß du dir damit ein bißchen sehr viel Zeit läßt? Tammie ist schon fast sechzehn.«

»Nein, das finde ich ganz und gar nicht.« Wie immer fühlte ich mich von meiner älteren Schwester leicht eingeschüchtert und blickte mit Bedauern auf das Glas, das ich soeben abgesetzt hatte. Jetzt schon wieder danach zu greifen, wäre aufgefallen, und dann würde ich es wahrscheinlich auf einen einzigen Zug leeren. »Ich bin mir noch nicht einmal sicher, ob ich es ihnen überhaupt sagen werde.«

»Wie bitte?«

Wäre Allyssa nicht zwei Jahre älter als ich, könnten wir Zwillinge sein. Aber muß man deshalb immer gleicher Meinung sein? Jedenfalls nicht, wenn es nach mir geht. »Kannst du mir einen triftigen Grund nennen, warum ich es tun sollte?«

»Naja, schließlich ...«

»... hast du keine Kinder«, fuhr ich ihr in die Parade.

»Du weißt ganz genau, daß ich bewußt auf Töchter verzichtet habe.«

Allyssa schien in die Enge getrieben. Vielleicht würde ich diesmal doch die Oberhand behalten. »Dann schreib mir bitte nicht vor, wie ich meine zu erziehen habe.«

Durch die Zähne hindurch zischte sie eine Drohung: »Männer. Liebhaber. Spermen und Söhne!«

Innerlich wutschnaubend, aber äußerlich gefaßt, zog ich nur eine Augenbraue hoch. »Frauen sind seit Generationen mit ihnen zurechtgekommen.«

»Andere Frauen, ja! Aber nicht wir!«

Die Haustür knallte zu. »Mom! Ich bin's«, rief meine Jüngste. Allyssa tat beschäftigt und gab vor, abgestorbene Blätter von der Zimmerpflanze zu zupfen, die am Fenster hing. Auf ihrer Wange brannte, wie schlecht aufgetragenes Rouge, ein kreisrunder roter Fleck. Ich konnte es deutlich sehen.

Julie warf ihren Bücherstapel auf den Clubtisch und ließ sich dann neben mir auf die Couch plumpsen. »Hey! Was gibt's Neues?«

»Nicht viel«, erwiderte meine Schwester gefaßt. »Warum gehst du nicht in die Küche und machst dir was zu essen?« Nachdem Julie aus der Schußlinie war, warf mir Allyssa einen Blick zu, der mich vor zwanzig Jahren hätte erzittern lassen. »Wir setzen dieses Gespräch später fort«, meinte sie und griff nach der grünen Sherryflasche.

Als Mutter von drei weiblichen Trekkies, die ich leider bin, bin ich nach wie vor völlig ungeeignet. Ihre Begeisterung für eine meiner Meinung nach reichlich banale Fernsehserie mit ihren ewigen Abwandlungen und endlosen Wiederholungen hat mich im letzten Jahr in ernsthafte Selbstzweifel gestürzt. Wahrscheinlich war das sowohl unvermeidlich wie auch überfällig. Dabei ist es doch recht belanglos, was Teenager für bedeutend halten: Zum Beispiel sind die beiden, die sich in Mr. Spock verliebt haben, davon begeistert, daß sie meine nach oben geschwungenen Augenbrauen geerbt haben, zeigen sich aber über meine niedlichen runden Ohren stark enttäuscht, die dritte, die Captain Kirk bevorzugt, verübelt mir andererseits die Augenbrauen, mit denen sie geschlagen ist, findet aber dafür die Ohren ganz apart. Eigentlich recht amüsant. Wenn meine Hand auf dem Schoß oder Knie oder auch auf der Schulter einer meiner Töchter ruht, spreizen sich automatisch Ring- und Mittelfinger voneinander ab, so daß die beiden äußeren Finger jeweils ein Paar bilden. Bevor *Raumschiff Enterprise* Einzug in unser Haus hielt, schien das keine von ihnen zu bemerken. Jetzt aber verlangt Tammie kategorisch: »Hör endlich auf, dich über Spock lustig zu machen!« Und Kendra quengelt: »Muß das sein, Mom?«

Tammie wußte bereits im Alter von drei Jahren, was meine eine hochgezogene Augenbraue zu bedeuten hatte: ›Unterlaß das augenblicklich und reiß dich zusammen!‹ – aber jetzt meint sie, ich würde damit ihren Helden veralbern. Wenn mich eine neue Erkenntnis oder Idee überraschte, pflegte ich beide Augenbrauen hochzuziehen und mit leicht erhobenem Kinn (ganz wie meine Großmutter) »Faszinierend ...« zu murmeln. Muß ich noch deutlicher werden? Jede Mutter von Teenagern wird wissen, daß meine Spock-Fans solch ein Verhalten, das sie für eine vorsätzliche Verspottung des Vulkaniers halten, kaum tolerieren, und daß es der Kirk-Fan, aus gänzlich anderen Gründen, auch nicht leiden kann. Zum Glück fließt, wenn ich mich schneide, wie bei jeder anderen Frau rotes Blut, wäre mein Blut grün wie das von Spock, würden sie bestimmt annehmen, ich hätte auch das nur bewerkstelligt, um den Vulkanier zu verhöhnen.

Zu allem Überfluß bin ich auch noch Naturwissenschaftlerin.

Bei meinem Kirk-Fan habe ich damit kaum Schwierigkeiten, sie beschäftigt sich hauptsächlich damit, ihre Fingerspreizung unter Kontrolle zu bringen. Die beiden anderen – wie soll ich sie nennen? Spockies? Spocketten? –

leiden unter der Vorstellung, daß ihr Held die höchste Stufe wissenschaftlicher Erkenntnis darstellt, zu der die Menschheit fähig ist. So weit ich das von meinen gelegentlichen Ausflügen ins Reich der nächtlichen Wiederholungen von *Star Trek* beurteilen kann, zeigt Spock zwar eine gewisse Neugierde, was für jeden guten Wissenschaftler wesentlich ist, aber er scheint dies nur zu tun, wenn es dem Handlungsablauf hilft. Seine vielgerühmte Logik allein ist für einen wahren Forschergeist, der sich von Ahnungen und Intuitionen leiten läßt und dann im Nachhinein Fakten und Argumente als notwendige Ergänzung hinzuzieht, ein unzureichendes Hilfsmittel. Der brennende Wunsch, etwas zu erkennen, scheint Spock zu fehlen. Aber von seinem Vorbild geleitet, glauben meine Töchter, Naturwissenschaften seien einzig dazu da, Dinge zu beweisen, und sie sind sich dabei der Wirkungsmacht des Gegenbeweises, der eine ansonsten schlüssige Hypothese widerlegt, nicht bewußt.

Das könnte mich zur Raserei bringen. Dabei räume ich durchaus ein, daß die Wissenschaft Fakten belegt, genauso wie ich belegt habe, daß die Vermutung meiner Mutter korrekt war: Ich und die Meinen sind – wie die Blattläuse – in unserer gesamten Zellstruktur haploid.

Damit wäre es heraus: Ich bin Genetikerin.

Ich habe drei haploide Töchter – das heißt, daß auch bei ihnen jede Zelle nur dreiundzwanzig Chromosomen, also nur einen einfachen Chromosomensatz und damit die Hälfte der bei Menschen normalen Anzahl, aufweist. Ich kann daraus nur schlußfolgern, daß unsere Ursprungszellen durch Mitose anstatt der üblichen Meiose gebildet werden, was die Anzahl der Chromosomen nochmals halbieren würde: Wie sonst ließen sich über Generationen hinweg diese Jungfernzeugungen erklären? Ich nehme an, daß ich mich mit einem Mann paaren und ein Kind empfangen könnte. Der Sexualakt als solcher ist nicht nur möglich, sondern auch lustvoll, die Anzahl meiner Chromosomen wäre adäquat, und, so weit ich weiß, würden sie die richtigen Paare bilden. Dafür fehlt mir allerdings der direkte Beweis. Ich kann mir ja schlecht selbst ein Laparoskop durch den Bauchnabel einführen, eine Eizelle entnehmen und dann in einer Schüssel mit entwendetem Sperma herumplanschen lassen. Die natürlichere Form des Experiments erscheint mir in meinem Alter nicht mehr attraktiv. Außerdem würde eine solche Paarung das Ende unserer Gattung bedeuten, wer oder was wir auch immer sein mögen. Fremde, die mir und meinen Töchtern begegnen und im Vorbeigehen lächelnd bemerken, ich müsse starke Gene haben, legen in aller Unschuld ihren Finger genau auf den wunden Punkt.

Ich wurde im April 1943 geboren. Mein »Vater«, eine fiktive Gestalt, starb angeblich im Pazifik. Historisch gesehen haben Kriege uns stets gute Entschuldigungen für vaterlose Kinder geliefert. (Meine Mutter wurde 1917 geboren.) Ich benutzte den Vietnamkrieg bei meiner ältesten Tochter (1971): dessen posttraumatische Nachwirkung lieferte die Erklärung für das »Verschwinden« des »Vaters« meiner Mittleren (1972); und bei der Jüngsten (1974) verleugnete ich ihn einfach dreist. Fünfzehn Monate Abstand zwischen den Schwangerschaften sind eine sehr kurze Zeit, was jede Mutter mit drei Kindern im Windelalter bestätigen kann. Aber ich wollte unbedingt drei – und ich wurde auch nicht jünger. Wie andere normale Frauen haben auch wir unsere Wechseljahre.

Die Zeiten und Sitten haben sich geändert, und meine Kinder dürften weniger Schwierigkeiten haben, sollten sie sich einmal entschließen, eigene Töchter zu haben – Söhne, das versteht sich, können sie nie gebären. Falls sie überhaupt Kinder haben wollen. Die dafür erforderliche Meditation zu erlernen, ist allein schon äußerst anstrengend. Vielleicht suchen sie sich ganz einfach einen Vater für ihre Kinder, und unsere Linie würde damit aussterben. Wie Allyssa heute nachmittag herausfand, habe ich mich noch nicht dazu durchringen können, meinen Töchtern zu erklären, wie sehr sie sich von ihren Freundinnen unterscheiden. In gewisser Hinsicht müßte ich Leonard Nimoy sogar dankbar sein, Mr. Spock kreiert zu haben, der alle Aufmerksamkeit meiner ältesten Tochter auf sich zieht. So konnte ich die Entscheidung noch etwas hinauszögern.

Meine Kinder aufwachsen zu sehen, war in der Tat – sei es drum, ich sag's – *faszinierend.* Ich habe Dutzende von Kladden mit Beobachtungen über die Auswirkungen von ererbten und anerzogenen Merkmalen gefüllt – Studien über meine drei kleinen Klone, die ich nie werde veröffentlichen können. Gene legen zum Beispiel das Auftreten von Leberflecken auf der Haut fest, nicht aber die genaue Stelle, sie bestimmen Wuchs und Aussehen, aber nicht die Feinheiten des Knochenbaus, durch die sich meine Kinder voneinander unterscheiden, sie determinieren die wesentlichen Charakterzüge, aber nicht, wie diese zum Ausdruck kommen. Wir sind alle intelligent, obwohl wir unterschiedlichste Interessen haben; keiner von uns war je ordentlich, selbst die wenigen in unserer Familie nicht, die zur Adoption freigegeben wurden.

»Und?« fragte Allyss am nächsten Morgen, nachdem die Letzte gerade das Haus verlassen hatte. »Bist du endlich zur Vernunft gekommen?«

»Das gleiche könnte ich dich fragen!« Ich goß mir so gelassen wie möglich eine neue Tasse Kaffee ein und setzte mich hin. »Ist das nicht meine Hose?«

Allyssa schaute verlegen auf ihre langen Beine in Nadelstreifen. »Nur so lange meine in der Wäsche sind.«

»Du hättest wenigstens fragen können«, nutzte ich meinen Vorteil.

»Ich hätte nicht gedacht, daß du so knauserig sein kannst.« Pariert und Riposte. *En garde!*

Ich zog die rechte Augenbraue, ungehindert durch empörte Zwischenrufe, leicht in die Höhe und schlürfte meinen Kaffee. Allyssa erwiderte meinen Blick und lief dann mit hinter dem Rücken verschränkten Armen, und gesenktem Kopf durch die Küche. Das ganze Abbild unserer Mutter, unserer Großmutter und aller anderen Frauen in unserer Familie. Sind Gesten genetisch vererbbar? Oder prägen sie sich dem Säugling unauslöschlich ein? Ich weiß darauf keine Antwort. Am anderen Ende der Küche angelangt, machte meine Schwester auf einer Hacke kehrt und kam zurück.

»Hast du auch nur die geringste Vorstellung, was du damit beenden würdest?«

»Nein.« Ich setzte die Tasse behutsam ab und vermied dabei sorgsam jedes Klappern. »Hast du sie denn?«

»Großmutters Aufzeichnungen reichen bis ins Jahr 1512 zurück.«

»Jetzt schreiben wir aber 1988.«

»Du machst es dir verdammt leicht«, brauste Allyssa auf. »Was diese Frauen – unsere Mütter – alles durchgemacht haben! Als Hexen ersäuft, auf dem Scheiterhaufen verbrannt, als Ehebrecherinnen verurteilt …«

»Und wegen ihrer Leiden, glaubst du, meine Töchter sollten sich auch weiterhin vermehren wie – wie Pantoffeltierchen?«

»Hast du denn kein Traditionsbewußtsein?«

»Vielleicht nicht.« Ich stand auf, stellte die Tasse in die Spüle und schaute Allyssa dann herausfordernd an. »Aber ich habe Kinder. Und du nicht.«

»Wenn Mutter hier wäre …«

»Ist sie aber nicht.«

Wir schwiegen uns an. Mutters Flugzeug geriet in einen Vogelschwarm und stürzte über Boston Harbor ab, kurz nachdem ich aufs College gegangen war. Allyssa war damals Laborantin in einem Forschungsinstitut für Hämatologie; die wild wuchernden Zellen mit ihren tiefen Blau- und Purpurtönen, die sie mir unter dem Mikroskop zeigte, waren der erste Impuls, der mich in Richtung Genetik wies. Dazu kam meine Ungewißheit, wer oder was ich eigentlich sei.

»Wenn du es ihnen nicht sagst, tue ich es«, erklärte Allyssa.

»Verschwinde aus meinem Haus!«

Und sie verschwand. Ich mag vielleicht cool wirken, aber auch ich kann wütend werden. Jähzorn und Sturheit, die typisch sind für unsere Familie, sind auch mir nicht fremd. Stur wie ein Esel, pflegte Großmutter zu sagen.

Die Familie.

Wir sind menschliche Wesen, da bin ich mir ganz sicher. Irgendwann, vor vielen Jahrhunderten, mußte eine Frau, unsere Urahnin, sich so sehr nach einem Kind gesehnt haben, daß sie einen Weg fand, selber eines zu zeugen. Vielleicht war sie isoliert und einsam, vielleicht auch zu arm oder zu stolz, um verheiratet zu werden. Vielleicht zog ihr Mann eine andere vor. Vielleicht verfügte sie über ein längst vergessenes Wissen. Ich weiß es nicht. Ich weiß nur, daß ihre Tochter zart und gelenkig war, niedliche runde Ohren und nach oben gebogene Augenbrauen besaß. Das Mädchen wurde in der Sonne schnell braun. Sie hatte klare, grünbraune Augen und dunkle, glänzende Haare, dazu eine kleine, gerade Nase und einen breiten Mund, dessen Unterlippe sich beim Lachen nach innen zog.

Wir sind menschliche Wesen. Mein Beweis lautet wie folgt: Ich habe Blutgruppe 0, Rhesusfaktor D positiv. Alle Merkmale menschlichen Bluts sind gegeben. Unter dem Mikroskop wird man bei einer Blutanalyse nichts besonderes feststellen: Bikonkave rote Blutkörperchen, polymorphe Leukozyten in ihrer unendlichen Vielgestaltigkeit, das bläuliche Einerlei der Monozyten und das klare Zellplasma der Lymphozyten. Haemoglobin aus meinen

Venen vermischt sich bei der Eektrophorese mit normalem Haemoglobin A. Ärzte, die bei Routineuntersuchungen andere biochemische Tests durchführten, haben bislang keinerlei abnorme Werte festgestellt. Mein Elektrokardiogramm ist normal. Die einzige Röntgenaufnahme, die von meinem Brustkorb gemacht wurde, bevor diese Behandlungsform unmodern wurde, zeigt Rippen, Lungenflügel, Zwerchfell, Leber und Milz alle an ihrem Platz. Ich habe meine drei Babies jeweils sechs Monate lang gestillt. Außer einem Chromosomentest würde nichts darauf hindeuten, wer oder was ich wirklich bin. Deshalb müssen ich und all die Frauen, die mir gleichen, von Menschen abstammen. Wie wäre es anders zu erklären?

Seit diesem Zwischenfall ist gut ein Monat vergangen. Allyssa hat mir die Aufzeichnungen unserer Großmutter zugesandt. Wie ich erwartet hatte, findet sich in der Abfolge von drei oder vier Generationen immer wieder eine kurze, traurige Eintragung: Irgend jemand hatte geheiratet und ein Kind, Sohn oder Tochter, zur Welt gebracht, das auf ganz gewöhnliche Weise dem einen oder anderen Elternteil ähnlicher sah.

Fast vier Monate sind vergangen, seitdem ich die letzten Zeilen niederschrieb. Ich bin so wütend, daß ich den Stift kaum ruhig halten kann.

Allyssa hat ihre Drohung wahr gemacht. Was bildet sie sich ein, zu glauben, meine Töchter besser zu kennen als ich? Hat sie vergessen, wie stur wir sein können und welche Risiken wir manchmal eingehen? Wie oft wir nach Beweisen verlangen – dem Beweis, daß etwas wirklich so ist, wie jemand behauptet hat? Sie muß den Verstand verloren haben!

Das Ende vom Lied ist, daß Tammie schwanger ist. Ihre Noten sind dieses Halbjahr in den Keller gegangen;

sie hat die meiste Zeit mit Meditation verbracht. Ich habe von ihr verlangt abzutreiben. Sie lehnt es ab. Sie erklärt ganz gelassen, die Schule habe Vorkehrungen für schwangere Mädchen getroffen, und daß sie auch weiterhin den Unterricht besuchen könne. Ende Juli soll es soweit sein; dann hat sie noch den Rest der Sommerferien, jemanden zu finden, der sich um das Baby kümmert, wenn sie wieder zur Schule geht. Ihre eifrige Tante ruft mich zerknirscht und voller Entschuldigungen an, als ob das jetzt noch etwas helfen würde. Ihre zwei Schwestern sind schon ganz gespannt. Ich wage kaum daran zu denken, aber Julie plant mit ihren vierzehn Jahren wohl auch schon Nachkommenschaft. Ich habe mir über die Risiken verfrühter Schwangerschaft den Mund fusselig geredet – die höhere Wahrscheinlichkeit von Geburtsfehlern, die Auswirkungen auf ihre Ausbildung und spätere Karriere, von ihrer Gesundheit ganz zu schweigen …

Und um das Maß voll zu machen, kommt die Sozialarbeiterin der Schule daherstolziert und erklärt mir mit zuckersüßem, klebrigem Lächeln: »Seien Sie doch so gut und versuchen Sie Tamara zu überzeugen, uns den Namen des Vaters zu verraten; wir finden, daß der Junge auch Beratung braucht …« Wahrscheinlich hat sie es gar nicht bemerkt, aber sie kann von Glück sagen, daß ich ihr nicht direkt an die Kehle gesprungen bin.

Liebe Allyssa, was soll ich bloß tun?

Was bleibt mir anderes zu tun übrig, als weiterzuarbeiten? Als Tag für Tag ins Labor zu gehen, Frösche zu untersuchen und ihre dämliche DNA zu enträtseln. Es ist bekannt, daß bei Fröschen Parthenogenese auftritt. Als ob mir das weiterhelfen würde!

Und in der Zwischenzeit muß ich versuchen, mein Kind zu erziehen. Was ist bloß aus den Schulen in diesem Land geworden? Kurz vor Neujahr, in den Weihnachtsferien, kam Tammie eines Morgens verträumt die Treppe herunter und meinte: »Ich kann es kaum erwarten, meinen Sohn zu sehen.«

»Tammie, setz dich zu mir.« Ich zog ihren Stuhl am Küchentisch vor. Sie nahm sanft und geduldig lächelnd Platz.

»Du wirst eine Tochter bekommen.«

»Nein.«

»Doch. Tochter. Mädchen. Weibliches Geschlecht.«

»Nein.«

»Laß es dir erklären«, seufzte ich. »Normalerweise wird das Geschlecht des Kindes vom Vater bestimmt. Er steuert entweder ein X- oder ein Y-Chromosom bei – X bedeutet weiblich, Y männlich; und ein einziges Gen des väterlichen Y-Chromosom entscheidet, ob es ein Junge oder ein Mädchen wird.«

»Weiß ich doch«, erwiderte Tammie, noch immer sanft und geduldig. »Das haben wir schon vor Jahren in der Schule gehabt.« Sie stand auf und holte sich ihre Kellogg's Cornflakes aus dem Küchenschrank.

»Wir haben nur X-Chromosomen«, fuhr ich fort. »Deshalb können wir nur Mädchen zeugen. So ist es im ganzen Tierreich. Wo immer es zu Jungfernzeugung kommt, ist die Nachkommenschaft weiblich.«

»Fängst du schon wieder mit deinen Blattläusen an? Ich bin jedenfalls keine Blattlaus.«

»Du willst mich nicht verstehen«, schmollte ich.

Tammie schüttete ihre Cornflakes und die besonders fettarme Milch in eine Schüssel, streute sich nur halb so viel Zucker wie sonst üblich darüber und stellte die Milchflasche zurück in den Kühlschrank. »Weißt du, was dein Problem ist, Mom? Du hast kein bißchen Phantasie.«

»Dafür kenne ich aber meine Geschichte, Schätzchen«, erwiderte ich und konnte mir dabei einen sarkastischen Unterton nicht verkneifen.

»Geschichte ist Vergangenheit.« Tammie kippelte auf dem Stuhl nach hinten und fischte einen Löffel aus der Schublade. »Aber mein Sohn ist die Zukunft.«

»Laß das sein, du ruinierst den Stuhl«, entfuhr es mir. Der Stuhl landete wieder auf seinen vier Beinen, und Tammie machte sich grinsend über ihre Cornflakes her.

In den nächsten Wochen versuchte ich alles nur Erdenkliche, um sie von ihrer Überzeugung abzubringen. Ich brachte Bücher von der Arbeit mit heim – aber Tammie wandte vehement ein: »Das ist doch alles Humanbiologie.«

»Richtig. Schließlich sind wir Menschen.«

»Sind wir nicht.«

»Sind wir doch.«

Sie lächelte, so penetrant sanft und geduldig – ich hätte sie ohrfeigen mögen. Ich führte meine gesamte Beweiskraft ins Feld. Meine Tochter – die mindestens ebenso intelligent ist wie wir anderen – ließ sich nicht umstimmen. Ich hielt weitschweifige Vorträge über Wissenschaftsmethodik im allgemeinen und induktive Beweisführung im besonderen. Ich nahm sie sogar mit ins Labor und zeigte ihr meine Frösche, die träge in ihren Behältern hockten und darauf warteten, daß ihnen jemand etwas zu fressen gab. Tammie genoß es offensichtlich, die Frösche zu füttern.

Dann kam der Frühling. Meine Tochter wurde allmählich rundlicher, erst um die Hüften herum, dann hob sich sanft der Bauchnabel. Sie tat, was für die Schule zu tun war, träumte mit offenen Augen von ihrem »Sohn« und ließ mit ihren Schwestern keine Folge von *Star Trek* aus. Um den Valentinstag herum begann sie damit, ihren Namen auf Vulkanierart »T'Ami« zu schreiben. Immerhin zerstreuten sich einige meiner Befürchtungen: Julie war in ihren vielen Aktivitäten nach wie vor kaum zu bremsen; es war unvorstellbar, daß sie dabei noch Zeit für die erforderliche Meditation fand.

12. Juli. Tammies Fruchtwasser ist gestern früh vorzeitig abgegangen – zwei Wochen vor dem errechneten Zeitpunkt. Sie hat es verschwiegen. Deshalb hat auch keiner den Arzt gerufen. Anfangs konnte sie die leichteren Wehen noch verheimlichen, um die Wiederholung der *Star-Trek*-Folgen nicht zu verpassen. Sobald die Wehen stärker einsetzten, hat sie sich in ihr Zimmer eingeschlossen. Erst, als der Kopf des Babys schon fast zum Vorschein kam, schleppte sie sich zur Tür und ließ mich herein, um ihr zu helfen.

Ich wünschte, ich hätte es nicht getan. Ich wünschte, ich hätte sie fortgeschickt und sie hätte ihr Baby dort zur Welt gebracht, wo uns niemand … – aber was rede ich da. Nein, natürlich wünsche ich mir das nicht.

Mein Leben und alles, woran ich geglaubt habe, ist in seinen Grundfesten erschüttert. Dem Himmel sei Dank, daß das Kind nur wenige Minuten überlebte. Woran es starb, weiß ich nicht. Der *Junge* war keinesfalls deformiert – von den winzigen Zehennägeln bis hin zu den spitzen Ohren schien alles wohlgeformt. Die Plazenta war saftig grün und roch wie ein frisch geernteter Maiskolben, vermischt mit einem muffigen Hauch von zertretenem Gras. »Kupfer im Haemoglobin anstelle von Eisen«, klärte mich Tammie selbstgefällig auf. »Typus T negativ«, was immer auch das bedeuten mag. Na ja, warum nicht? Wenn eine Pflanze Eisen durch Magnesium ersetzen kann, um eine bestimmte Form von Chlorophyll zu produzieren, wenn gleichermaßen eine Riesenkrabbe Kupfer nutzen kann, um blaublütig wie ein Adliger zu sein … ach, Tammie! Lag es daran? Hast du die chemische Wertigkeit von Kupfer falsch berechnet?

Tammie hat mir auch erzählt, daß sich das Herz ihres Sohnes dort befand, wo man eigentlich die Leber vermutet hätte. Auch damit hatte sie recht. Bei den anderen inneren Organen war sie sich nicht so sicher. Es war ein ziemlicher Mischmasch, aber ich konnte eigentlich keinen klaren Grund erkennen, warum sie nicht funktionstüchtig hätten sein sollen. Sie waren alle miteinander verbunden.

Später, wenn sie wieder zu Kräften gekommen ist, werde ich versuchen, sie dazu zu bringen, mir zu erzählen, wie sie das angestellt hat. Wie sie die wenigen Chromosomen, die sie besaß, anordnete, um dieses Kind, diesen Halb-Vulkanier zu zeugen, empfangen von einem fiktionalen Charakter und einer – ja, das war die Frage? Später werden wir einen Plan entwerfen, wie wir die Geburt verheimlichen und den Verdacht ablenken können. Tammie kann uns dabei nicht helfen, zumindest jetzt noch nicht. Im Augenblick liegt sie oben in ihrem Bett und weint sich aus.

Und ich? Mein ganzes Leben lang habe ich geglaubt, daß ich doch irgendwie ein Mensch sei, so wie alle anderen um mich herum. Daß ich mich nach Belieben in den Strom der menschlichen Geschichte einordnen und meinen Platz in der menschlichen Gesellschaft einnehmen könnte, so wie jede andere Frau mit sechsundvierzig Chromosomen, die mir in einigen hundert meiner Zellen fehlen. Meine eigene »Normalität« und die vielen Beispiele meiner ebenso phantasielosen Artgenossinnen, von denen manche sogar heirateten und auf natürliche Weise Kinder zeugten, schienen mir Beweis genug. Das ist eben die Krux bei einer wissenschaftlichen Hypothese – sie ist stets für einen Gegenbeweis anfällig.

Was bin ich? Woher stammen ich und all die Generationen vor mir? Und warum sind wir so?

Seit Menschengedenken haben Frauen alleine Kinder gezeugt. Wie viele andere, an Wuchs und Gestalt verschieden und mir doch so gleich, gibt es? Und wissen sie es? Sie müssen es wissen!

Schwestern, bitte, zeigt euch! Und zeigt euch bald!

MARY C. ALDRIDGE

Das Adinkra-Tuch

Wenn ich eins nicht leiden kann, dann sind es Bücher oder Filme, die als »herzerwärmend« beschrieben werden. Man kann sicher sein, daß sie kitschig, zuckersüß oder sonstwie ungenießbar sind. Auf die folgende Geschichte, die in unserer dritten Ausgabe erstmals erschien, trifft ein solches Urteil allerdings nicht zu. Sie gehörte zu dem halben Dutzend Geschichten, die in jenem Jahr für den Nebula-Award nominiert wurden; außerdem gewann sie unsere »Kessel«-Abstimmung. Es ist eine wunderbare Geschichte, die den Zauber und die Kraft eines afrikanischen Volksmärchens aufweist.

In der Nebula-Schlußabstimmung unterlag sie einer anderen Geschichte – ich weiß nicht mehr, welche es war, aber ich verwette mein letztes Hemd, daß sie nicht so gut war. Ich halte »Das Adinkra-Tuch« nach wie vor für eine der besten Geschichten, die wir je abgedruckt haben.

Und wenn jetzt jemand fragen sollte, warum Herausgeber von sich – wie sonst nur Majestäten und Leute mit Bandwürmern – im Plural sprechen, so kann ich darauf nur antworten, daß ich nicht die geringste Ahnung habe.

Unsere Mutter lag im Sterben: Kummer nagte an ihrem Herzen wie eine böse Hexe. In ihrer Todesstunde rief sie mich an ihr Lager. »Oliasso, mein Ältester, du zählst schon zwölf Jahre, doch bist du noch nicht stark genug, dem Bruder deines Vaters zu trotzen, und ich bin zu schwach, meinen eigenen Bruder dir zu Hilfe zu rufen. Wenn ich tot bin, werdet ihr Kinder schutzlos sein. Deshalb hör genau zu und tue, was ich dir sage: Nimm meinen Leichnam, bring ihn in den Busch, grab eine Grube und hülle mich in das Adinkra-Tuch aus meiner Hochzeitstruhe. Leg Feuer in der Grube und laß mich dort zwei Tage lang. Das Tuch wird nicht verbrennen; wenn du es öffnest, wirst du meine Asche finden. Dann geh und hole Lehm aus dem Flußbett; vermische meine Asche mit dem Lehm, forme daraus eine Schale und färbe sie rot. Wickle die Schale in das Adinkra-Tuch ein und leg sie auf mein Totenfeuer. Nach einem Tag wird die Schale gebrannt sein. Schlage das Tuch zurück, nimm die Schale heraus und sprich: ›Mutter, wir haben Hunger.‹ Dann siehst du, was geschehen wird. Bewahre auch das Adinkra-Tuch. Bewahre …« Sie verstummte und schloß ihre Augen. Der Kummer hatte sie besiegt.

Nachdem ich mich ausgeweint hatte, öffnete ich die Hochzeitstruhe, die ihr Zwillingsbruder, Häuptling Mbanyo, einst vor vielen Jahren im fernen Land ihrer Geburt für sie geschnitzt hatte. Darinnen befanden sich Sachen, die sie aus ihrer Heimat mitgebracht hatte und die nur ihr allein gehörten: Silberne Armreife und Ringe, Messingketten und Götzenbilder aus Bronze. Es fanden sich auch drei irdene Gefäße, deren Inhalt ich nicht erraten konnte. Auf dem Boden der Truhe lag, sorgfältig zusammengerollt, das Adinkra-Tuch. Es war ein blauer Baumwollstoff, gemustert mit schwarzen, magischen Zeichen. Ich nahm es heraus, brachte es zum Bett herüber und hüllte es vorsichtig um meine Mutter.

Ich weckte meine drei kleinen Brüder. Zu viert beugten wir uns über sie und hoben sie auf. Obwohl wir nur schwache Kinder waren, wog ihr Leichnam leicht in unseren Armen, so als ob das Adinkra-Tuch voller tröstender Gedanken uns half. Wir trugen sie aus der Hütte. Es war die Trockenzeit, und der Vollmond schien über der stillen Siedlung, die einst unserem Vater gehört hatte. Jetzt beanspruchte sein jüngerer Bruder all seine Güter mitsamt den dort Lebenden. Vor allem begehrte er unsere Mutter und die Zauberkraft, die er bei ihr vermutete. Aber jetzt würde er sie nie mehr besitzen.

Wir schlichen uns leise aus dem Tor und liefen die Dorfstraße hinab. Die Nacht war so schweigsam, als ob der Mond einen Schlaftrunk über Mensch und Tier ausgegossen hätte.

Chami, der Jüngste, hatte große Angst, in den Busch zu gehen, er war erst vier. »Du mußt mitkommen«, erklärte ich ihm, »unsere Mutter hat es verlangt. Glaubst du nicht auch, daß ihr Geist bei uns ist und über dich wacht?«

Er trocknete seine Tränen und lief mit uns. Die Wälder flüsterten, als die Toten, die keine Ruhe finden konnten, hervorkamen, um zu sehen, was wir taten. Wir konnten sie nicht sehen, doch ich spürte ihre Gegenwart. »Verzeiht uns, ihr Toten, daß wir in euer Reich eindringen«, sagte ich. »Meine Mutter hieß mich, diese Pflicht zu erfüllen.«

Ehrfurchtsvoll zogen sich die Toten zurück. Danach war es nicht mehr so schlimm. Ilomi, der zehn war, trug einen Spaten, und Kiwaso, sieben Jahre alt, tat das gleiche. Wir hoben die Grube aus, nicht sehr tief, und legten darin Feuer. Als das Feuer fast herabgebrannt war, betteten wir den Leichnam meiner Mutter, der sich wiederum leicht heben ließ, in dem Adinkra-Tuch auf die Kohlen.

Chami und Kiwaso begannen zu weinen. Ilomi und ich trösteten sie. Dann gingen wir heim.

Zwei Tage lang ließen wir unsere Mutter in der Grube. Am Morgen nach der Bestattung kam der Onkel zu unserer Hütte. Ich fing ihn im Hof ab. Ich verbeugte mich. »Unsere Mutter fühlt sich noch nicht besser; sie kann Euch nicht empfangen.«

Unser Onkel war ein großer, kräftiger Mann. Wenn er wütend war, sah er furchterregend aus. »Sag ihr, sie muß mich empfangen. Ich bin jetzt ihr Mann. Geh und sag ihr das.«

Ich lief in die Hütte und kam gleich wieder zurück.

»Unsere Mutter blutet. Sie sagt, Ihr müßt Euch entfernen.«

Der Onkel schaute angewidert drein. Er verabscheute solche Sachen und schickte seine Frauen immer fort, wenn bei ihnen die Monatsblutung einsetzte. »Sag ihr, ich werde zurückkommen. Als ihr Mann werde ich zurückkommen.«

Als die zwei Tage verstrichen waren, liefen wir bei Nacht in den Busch. Wir öffneten das Tuch. Es war nicht verbrannt. Darinnen befand sich weiße Asche. Ich band das Tuch zusammen, und gemeinsam gingen wir zum Fluß hinunter, wateten durch das kühle Wasser und gruben nach Lehm. Ich saß am Ufer, vermischte die Asche mit dem Lehm und formte dann daraus eine Schale.

Chami kauerte neben mir und fragte: »Warum machst du aus Mama eine Schale?«

»Psst«, machte Ilomi.

Ich färbte die Schale mit Samenkörnern rot und wickelte sie in das Adinkra-Tuch. Wir liefen zum Totenfeuer zurück, das noch immer glühte, und legten die Schale hinein.

Am folgenden Tag kam die erste Frau meines Vaters zu unserer Hütte. Sie war eine der Bräute, die noch sein Vater für ihn ausgewählt hatte. Wie bei allen vom Stamm meines Vaters war ihre Haut braun. Nur unsere Mutter war tief schwarz. »Sag meiner Schwester, daß ich hier bin. Sie darf sich dem Bruder unseres Mannes nicht länger verweigern. Oder hält sie sich für etwas Besseres? Ich will mit ihr sprechen.«

Ich ging hinein und kam zurück. »Meine Mutter sagt, sie habe letzte Nacht von einer Büchse geträumt, die sich nicht öffnen ließ.« Die erste Frau wich einen Schritt zurück, denn sie trug das letzte Kind unseres Vaters aus. »Mutter wagt nicht, mit Euch zu sprechen, bis der Zauber des bösen Traums gebannt ist«, sagte ich noch, aber das war kaum mehr nötig, denn die erste Frau unseres Vaters eilte bereits den Pfad zu ihrer eigenen Hütte zurück.

Ich ging wieder hinein. Die Kleinen kauten an meinen Mehlfladen, die voller großer, trockener Schrotklumpen waren. Die anderen Frauen hatten uns nicht an ihren Tisch geladen, nachdem Vater gestorben und Mutter krank geworden war.

»Oliasso, was werden sie bloß tun, wenn sie erfahren, daß Mutter tot ist?« fragte mich Ilomi.

»Und gar nicht mehr hier ist«, fügte Kiwaso hinzu und blickte dabei traurig auf seinen Fladen.

Ich wußte nur zu gut, was der Onkel tun würde, ließ mir aber nichts anmerken. Ich setzte mich hin und nahm einen Fladen. Er war viel schwerer als die unserer Mutter. Nur Chami aß noch und beschmierte seine Fladen dick mit Honig. Ich biß in meinen Fladen. Seine Kruste war hart wie eine Kokosnußschale.

»Vielleicht … vielleicht hetzt der Onkel einen Leoparden auf dich«, meinte Kiwaso und sah niedergeschlagen auf seine Füße.

»Sag sowas nicht!« zischten Ilomi und ich ihm gemeinsam zu, und Kiwaso blickte erschrocken auf. Außer Chami hatten alle zu essen aufgehört.

Wir wußten, wer der Leopard war, der meinen Vater getötet hatte.

In dieser Nacht verließen wir wieder das Dorf, um die Schale zu holen. Wolken bedeckten den Himmel, und die Nacht war pechschwarz. Ich spürte, wie Geister unglückselig umherirrten, und wünschte mir, die anderen drei hätten zu Hause bleiben können. Irgend etwas lag in der Luft. Aber Mutter hatte von uns erwartet, daß wir es gemeinsam unternahmen. Wenn bloß die Nacht nicht so unheilvoll drohte.

Die Buschgeister flüsterten sich aufgeregt zu, als wir an das Totenfeuer unserer Mutter gelangten. Etwas strich mir naß über die Wange, und ich fuhr zusammen. Doch es war nur ein Blatt.

Im Schein des Totenfeuers entfalteten wir das Adinkra-Tuch. Die Schale war hart gebrannt, und obwohl sie die ganze Zeit auf dem Feuer gewesen war, konnten wir sie berühren, ohne uns daran zu verbrennen. Ich ließ Ilomi die Schale halten, während ich das Adinkra-Tuch zusammenlegte.

»Ich möchte Mama halten«, bettelte Chami.

»Du wirst sie nur fallen lassen«, erwiderte Ilomi.

»Tu ich nicht. Bitte, bitte, Oliasso!«

»Also gut, gib ihm schon die Schale.« Ich stopfte das Adinkra-Tuch unter mein Hemd und schnallte den Gürtel enger zu, damit es nicht herausrutschen würde. Chami kicherte, ließ die Schale in seinem Hemd verschwinden und band auch seinen Gürtel zu. Er sah aus, als sei er schwanger.

»Hör auf, damit rumzuspielen«, schalt ihn Ilomi.

»Schau nur, Oliasso«, raunte Kiwaso mir leise zu.

Er deutete in Richtung der Bäume.

Dahinter bewegte sich etwas. Etwas, das so schwarz war wie die Nacht, die uns umgab. Es schlich durch das Unterholz auf uns zu; ein grünes Augenpaar linste in unsere Richtung.

»Ein Leopard!«

Der gleiche, furchterregende Gedanke ließ uns alle wie angewurzelt dastehen.

Der Leopard kam auf die Lichtung, wo das Totenfeuer brannte. Ein großer Leopard, nicht gefleckt, sondern von den Ohren bis zur Schwanzspitze schwarz. Vor lauter Angst konnten wir uns nicht rühren. Er schlich einmal um uns herum, und ich glaubte, seinen heißen Atem spüren zu können. Seine grünen Augen funkelten. Er blickte von mir zu Ilomi, von Ilomi zu Kiwaso, und dann zu Chami. Sein Schwanz schlug hin und her. Er pirschte sich an Chami heran, dessen Beine vor Furcht nachgaben. Er sank auf die Knie und vergrub sein Gesicht in den Händen, als der Leopard immer näher kam.

Der Leopard hielt plötzlich inne, jaulte verstört auf und wich zurück.

Ilomi und ich stürzten auf Chami zu. Ich riß ihn an mich, so daß die Schale unter seinem Hemd gegen meine Brust schlug. Der Leopard näherte sich uns wieder, wich aber erneut rasch zurück und zog dann winselnd davon.

Ilomi griff Kiwaso bei der Hand. Wir stürzten von der Lichtung, durch das Unterholz und rannten, so schnell wir konnten, zum Dorf zurück, ohne uns dabei auch nur einmal umzublicken.

Als wir zu Hause ankamen, verbarg ich das Tuch und die Schale tief in Mutters Hochzeitstruhe, denn darauf hatte mein Onkel keinen Anspruch.

Am nächsten Morgen kam der Onkel zu uns. Er stieß mich zur Seite, so daß ich hinfiel, und stürmte in die Hütte. Ich rappelte mich auf und folgte ihm hinein, während meine drei Brüder sich heimlich davonmachten.

»Wo ist deine Mutter?« verlangte er zu wissen. In unserer kleinen Hütte wirkte er noch größer als sonst.

»Sie ist tot.«

»Tot?« Er packte mich am Kragen. Seine Augen funkelten grün und gefährlich. »Wo ist ihre Leiche?«

»Ich habe sie im Busch verbrannt.«

»Wo? Zeig es mir!«

Er zerrte mich fort in den Busch, wo die Totengrube war, und es schien mir so, als kenne er bereits den Weg. Er starrte in die leere Grube, dann sah er mich an. »Wo ist die Leiche?«

Ich wich seinem wütenden Blick aus. »Vielleicht hat sie ein Leopard gefressen.«

Er brach von einem nahen Jitaiobaum einen Dornenzweig ab und schlug damit auf mich ein. »Wo ist sie? Wohin ist sie verschwunden? Ist sie zu ihrem Bruder zurückgekehrt? Sag mir sofort, wohin sie gegangen ist!«

Nach einer Weile ließ er von mir ab, und wir kehrten zum Dorf zurück. Der Onkel stand in der Mitte des Dorfplatzes und beschwerte sich lautstark bei den anderen Männern. »Die fremde Frau ist mir davongelaufen. Der Junge hier behauptet, sie sei gestorben, aber ihre Leiche ist nirgends zu finden!«

Sie fingen alle an zu schimpfen und verlangten von mir, ihnen zu sagen, wohin meine Mutter gegangen sei. Ich wiederholte ein ums andere Mal, daß sie tot sei und daß ich ihren Leichnam verbrannt habe.

»Sie ist davongelaufen«, meinte schließlich einer der Ältesten voller Abscheu. »Das kommt davon, wenn man sich fremde Weiber nimmt. Dein Bruder war schlecht beraten!«

»Sie ist jetzt meine Frau! Ich verlange sie zurück!«

»Aber sie bereitet dir nur Scherereien«, wandte ein anderer ein. »Wozu willst du sie zurückhaben? Du hast doch ihre Kinder, vier stramme Jungen. Und du hast ihre Sachen, ihre Töpfe und Kleider, ihre Armreifen aus Silber und Messing. Nimm sie dir und gib sie deinen anderen Frauen, die ihrer viel würdiger sind. Und zumindest verstand die Fremde zu arbeiten. Ihre Speicher sind bis an den Rand mit Vorräten gefüllt. Gib auch die deinen Frauen und vergiß die andere!«

»Ich will aber sie haben«, bestand der Onkel. »Die jungen Männer des Dorfes müssen in ihr Land aufbrechen und sie von Häuptling Mbanyo zurückholen.«

Deren Anführer sprang sofort auf und widersprach: »Es ist eine lange Reise, und wer weiß, was einem im fremden Land zustößt. Stellt euch nur vor, wir würden den weiten Weg machen, und Häuptling Mbanyo weigert sich, sie freizugeben. Wahrscheinlich wird sie ihm einen Haufen Lügen erzählt haben, wie schlecht sie hier behandelt wurde. Sie sind Zwillinge, und Mbanyo wird ihr jedes Wort glauben. Wer kann schon gegen einen mächtigen Häuptling in seinem Land bestehen? Und außerdem müssen wir unsere eigenen Felder bestellen.«

»Jawohl, und das Land muß gerodet werden«, wandte ein Zweiter ein.

»Vergiß die Frau!« drängten ihn auch die anderen Männer.

Der Onkel ballte die Faust; sein Gesicht bebte vor Zorn. »Und wer soll ihre Kinder ernähren? Warum sollen meine Frauen schuften, um ihre gierigen Mäuler zu stopfen?«

»Jemand muß die Kinder ernähren«, erklärten die Ältesten. »Die Söhne deines toten Bruders sind auch deine Söhne.«

Diesmal war es an mir, die Faust zu ballen. Nie, niemals, nie!

»Genug gesagt!« Die Ältesten beendeten das Palaver, und alle machten sich davon, um ihren eigenen Angelegenheiten nachzugehen. Mein Onkel wartete, bis alle verschwunden waren, dann packte er mich bei der Schulter und bohrte mir seine scharfen Finger wie eiserne Krallen ins Fleisch.

»Du weißt, wo sie ist«, fauchte er mich an. »Dafür wirst du büßen!« Er zerrte mich zur Hütte unserer Mutter. Seine Hand hielt mich so fest umklammert, daß mir stechende Tränen in die Augen stiegen, und ich mußte die Zähne zusammenbeißen, um nicht laut loszuweinen. Als wir zu der Hütte gelangten, schleuderte er mich drinnen zu Boden und starrte uns alle vier haßerfüllt an.

»Glaubt eure Mutter etwa, sie könne mir entkommen? Ihr seid jetzt meine Söhne, und ich werde mit euch verfahren, wie mir beliebt. Und das wird sie wissen. Die Hexe wird es wissen, da bin ich mir sicher. Und wenn eure Mutter erst sieht, wie ich mit euch umspringe, wird sie zurückkommen, und dann wird sie tun, was ich sie heiße!«

»Aber sie ist …« setzte Chami an.

Ilomi zwickte ihn heimlich.

»Sie wird kommen«, flüsterte der Onkel. Sein Gesicht war vor Zorn zu einer häßlichen Fratze entstellt. »Ich werde die Frau mitsamt ihrer Zauberkraft besitzen! Mein Bruder war ein Tor.« Er verhöhnte uns. »Euer Vater hätte aus euch kleine Prinzen machen können. Weit mächtiger noch als euer Onkel, Häuptling Mbanyo im Land eurer Mutter. Wenn ich erst ihre Zauberkraft besitze, kann ich das für euch tun! Wie würde euch das gefallen, Prinz zu sein und auf einem edlen Hengst zu reiten, geschmückt mit Gold und Kupfer und Korallen?«

»Au ja«, rief Chami außer Atem. »Wann machst du das?«

»Wenn eure Mutter zurückkommt.«

Chami lachte. »Aber sie ist doch …«

Ilomi versetzte ihm einen kräftigen Klaps. Chami wußte nicht, wie ihm geschah, und heulte los. »Oliasso!«

Ich sprang auf. »Schäm dich, Ilomi, auf dem Kleinen herumzuhacken!«

»Ja, schäm dich!« rief auch Kiwaso ganz ernsthaft. »Mama hat uns doch geheißen, auf unseren Bruder aufzupassen.« Kiwaso und ich machten Ilomi weiter lautstark Vorwürfe, bis unser Onkel noch zorniger wurde und uns alle niederbrüllte. Chami wimmerte vor sich hin, aber von nun an würde er mit dem Onkel nicht mehr reden.

»Von morgen ab könnt ihr euch euer Essen auf den Feldern verdienen«, erklärte der Onkel. »Das Land muß gerodet und für die Aussaat gepflügt werden.«

Ilomi schaute ihn verwundert an. »Aber das ist Männerarbeit! Dafür sind wir noch nicht stark genug!«

»Tut, was ich euch sage, oder es setzt Schläge!«

Am nächsten Tag gingen wir auf die Felder. Der Onkel beschrieb einem jeden von uns, was er zu tun habe. Es war wirklich Arbeit für Erwachsene. Die anderen Männer des Stammes grummelten, aber keiner wagte zu widersprechen.

Vor Jahren war der Onkel in der Stadt gewesen, um dort bei den Zauberkundigen in die Lehre zu gehen. Seit dieser Zeit verdächtigten die Leute immer ihn, wenn etwas Beunruhigendes geschah.

Wir mußten das Unterholz roden und die ausgetrocknete Erde harken. Seit Monaten war sie unter der sengenden Sonne ausgedörrt, so daß es selbst für erwachsene Männer harte Arbeit war. Ilomi, Kiwaso und ich machten uns zuerst daran, Chamis Abschnitt zu bearbeiten. Mein Onkel beobachtete uns. Am Ende des Tages hatten wir Chamis und einen Teil von Kiwasos Arbeit geschafft. Unser Onkel schlug Ilomi und mich. Dann nahm er sich Kiwaso vor, der vor Angst zitterte.

»Willst du, daß dir das gleiche blüht? Sag deinen Brüdern, sie sollten besser darum beten, daß eure Mutter zurückkehrt!«

»Sie ist tot«, flüsterte Kiwaso.

Der Onkel schlug auch ihn. Dann liefen wir alle zu unserer Hütte zurück. Als wir dort ankamen, verwehrte der Onkel uns den Eintritt. »Das ist nicht mehr euer Haus. Von jetzt an könnt ihr im Ziegenstall hausen.«

»Dann nehme ich aber die Hochzeitstruhe unserer Mutter mit«, erwiderte ich. »Die gehört uns.«

»Euch gehört nichts mehr!«

Der jüngste Bruder meines Vaters, der die Sache mit angehört hatte, kam uns zu Hilfe. »Das war das Eigentum ihrer Mutter, Häuptling Mbanyo gab sie ihr als Mitgift. Jetzt gehört sie ihren Söhnen.« Onkels Augen sprühten erneut wildes, grünes Feuer. Der andere Onkel wich rasch zurück, fragte aber noch: »Willst du wirklich die Gabe eines Zwillingsbruders an dich reißen?«

Die umstehenden Männer begannen gleichfalls vor dem Frevel zu warnen, das Zwillingsband zu entweihen. Da gab der Onkel nach. »Dann nehmt also die Truhe, aber sonst nichts!«

»Sie brauchen auch etwas zu essen!«

»Soll ihre Mutter sie doch speisen«, höhnte der Onkel. »Oder sollen sie doch nach wilden Erdnüssen graben, wenn sie ihre Arbeit getan haben – was heute nicht der Fall war! Nur zu, Jungs! Aber verschwindet hier!«

Wir verschwanden im Ziegenstall. Immerhin war er sauber. Die Tür war aus Bambusstöcken geflochten. Ich zog sie hinter uns zu. Einsam und verlassen saßen wir im spärlichen Abendlicht, das durch die Ritzen der Tür drang.

»Ich habe Hunger«, sagte Chami. »Und ich mag nicht nach Erdnüssen graben!«

»Sei still.« Vor lauter Müdigkeit und Schmerzen war mir fast der Hunger vergangen. Aber natürlich mußten wir essen. Morgen war auch wieder ein Tag. Ich ging zu der Stallwand und spähte durch eine Ritze. Draußen war niemand zu sehen. Ich kam zurück, setzte mich zu meinen Brüdern auf den Boden und öffnete die Hochzeitstruhe. Die Schale, eingehüllt in das Adinkra-Tuch, lag unversehrt vor uns. Ich schlug das Tuch zurück, hob die Schale hoch und setzte sie auf dem Boden ab.

»Was willst du tun?« fragte Chami leise.

Ich fuhr mit der Zunge über meine spröden Lippen und sagte: »Mutter ...« Die Worte blieben mir in der trockenen Kehle stecken. Ich räusperte mich und nahm die rote Schale in beide Hände. »Mutter«, sprach ich sacht, »wir haben Hunger.«

Mit einem Mal erfüllte ein wunderbarer Geruch den Ziegenstall. Ein nahrhafter Eintopf aus Fleisch und Gemüse, wie ihn unsere Mutter zu kochen pflegte, dampfte in der Schale.

»Lecker!« kam es von Chami und Kiwaso wie aus einem Munde. Ilomi schluckte nur und sagte nichts.

Wir mußten mit den Händen essen, da wir keine Löffel hatten. Wir aßen und aßen, und noch immer war genug in der Schale. Erst als wir satt waren, verschwanden die letzten Reste. Die Schale reinigte sich von selbst.

Ich hob das Adinkra-Tuch auf, um die Schale darin wieder einzuwickeln. Das Tuch war angenehm in den Händen zu halten, es fühlte sich kühl und lindernd an. Da kam mir plötzlich ein Gedanke. Ich zog das Hemd aus und legte das Adinkra-Tuch über die Striemen auf meinem Rücken.

Mit einem Mal heilten die Wunden, und zugleich spürte ich die Anwesenheit unserer Mutter, wie sie den Schuppen mit ihrer Liebe erfüllte.

»Komm her«, sagte ich zu Ilomi.

Ich hüllte erst Ilomi und dann Kiwaso in das Adinkra-Tuch, das auch ihre Wunden heilte. Dann bestand Chami darauf, auch an die Reihe zu kommen, obwohl er nicht verletzt war. Er lächelte breit und zufrieden, als ich das Tuch um seine Schultern legte.

»Mama ist hier«, verkündete er strahlend.

Bevor wir am nächsten Morgen auf die Felder gingen, bereitete die Schale uns ein köstliches Frühstück aus Fruchtkuchen und Honig. Danach reinigte sie sich von selbst und füllte sich mit schäumendem Hirsebier. Wir tranken in vollen Zügen. Nachdem sich die Schale wieder gesäubert hatte, wickelte ich sie behutsam in das Adinkra-Tuch. Dann verbeugte ich mich vor Tuch und Schale und sagte: »Wir danken dir, Mutter.«

Die Arbeit auf den Feldern war genauso schlimm wie am Tag zuvor. Zuerst erledigten wir Chamis Teil und machten uns dann an Kiwasos Abschnitt. Die Sonne brannte unbarmherzig. Staub bedeckte unsere Gesichter, und unsere Rücken schmerzten. Als die Sonne am höchsten stand, wurde Kiwaso ohnmächtig. Chami schnappte sich eine Kürbisflasche mit Wasser, die den Männern gehörte, und goß es über unserem Bruder aus. Sofort sprang der Onkel herbei und schlug ihn so fest, daß Chami niederfiel.

»Das ist nicht euer Wasser!«

»Aber mein Bruder ist krank!« Chami hatte vor unserem Onkel kaum Angst. Ich hatte sie dafür um so mehr, als ich sah, wie der Onkel ihn lange schweigend musterte.

Als wir am nächsten Morgen nach unserem heimlichen Frühstück den Ziegenstall verließen, wartete der Onkel bereits am Tor auf uns. »Ihr drei geht zur Arbeit. Chami bleibt bei mir. Ich nehme ihn in den Wald mit auf die Jagd.«

Die Angst schnürte mir die Kehle zu. »Ich werde mit Euch gehen«, brachte ich mühsam hervor.

»Ja, das würde dir so passen, dich vor der Arbeit zu drücken. Ab auf die Felder mit dir, und sieh zu, daß du alles erledigst, was du zu tun hast, oder sonst setzt es wieder Prügel!«

»Was werden wir denn jagen?« wollte Chami wissen, aber der Onkel antwortete ihm nicht.

»Geht ihr zwei vor«, hieß ich Ilomi und Kiwaso, als der Onkel sich mit Chami entfernte.

Ich lief zum Stall zurück und öffnete die Hochzeitstruhe. Ich holte das Adinkra-Tuch hervor. »Mutter«, flüsterte ich, »ich habe solche Angst. Ich fürchte, der Bruder unseres Vaters wird Chami ein Leid antun.«

Die Gegenwart meiner Mutter stärkte mich. Ich stopfte mir das Tuch unters Hemd und schnallte den Gürtel enger zu, damit es nicht herausfiel. Ich verließ den Stall und rannte meinem Onkel und Chami hinterher.

Der Busch lag schwarz und schweigend vor mir. Ich konnte keine Spur von ihnen finden. Ich stand regungslos da und spürte, wie mein Herz hämmerte. Wo waren sie hingegangen, und was würde der Onkel mit Chami anstellen? »Ihr Toten, die ihr den Wald durchstreift, habt ihr einen großen Mann mit einem kleinen Jungen gesehen?«

»Einen kleinen Jungen haben wir vorbeigehen sehen«, flüsterte eine Stimme wie Windgesäusel in den Blättern. »Und einer war bei ihm, aber ob's Mensch oder Tier war, können wir nicht sagen.«

»Ein Tier, das aufrecht stand, oder ein Mann mit Schweif«, seufzte eine andere Stimme.

»Mit Augen, die grünes Feuer sprühten.«

»Wohin sind sie gegangen?« fragte ich. Vor mir teilte sich das Gestrüpp.

»Ich danke euch«, flüsterte ich und folgte dem Pfad. Rasch umfing mich noch tieferes Dunkel. Dann hörte ich leises, verzweifeltes Schluchzen und eilte hinzu.

Unter einem riesigen alten Baum kauerte Chami. Langsam, den Kreis immer enger ziehend, pirschte sich ein großer schwarzer Leopard an ihn heran.

Plötzlich schlug sein Schwanz aus, und die Bestie nahm eine andere Gestalt an. Der Onkel beugte sich über Chami und fletschte die Zähne, die viel zu lang erschienen. »Ja, weine nur, Neffe«, säuselte er. Es lief mir eiskalt über den Rücken. »Deine Mutter wird erscheinen, wenn sie dich so weinen hört.«

Chami stöhnte. Der Onkel verwandelte sich in den Leoparden zurück und umkreiste ihn erneut.

Ich zerrte das Adinkra-Tuch aus meinem Hemd hervor und schlich mich an. Ich hoffte inständig, die Bestie würde mich nicht wittern. Seine krallenscharfe Pranke legte sich gerade auf Chamis Gesicht.

Chami schrie auf.

Ich sprang hinzu und warf dem Leoparden das Adinkra-Tuch über. Die Bestie brüllte noch lauter als Chami. Wild um sich schlagend, suchte der Leopard sich zu befreien und das Tuch zu zerreißen.

Inzwischen riß ich Chami an mich. Seine Arme umklammerten meinen Hals, wie es ein Affenjunges tat, nur noch fester. Ich wollte gerade davonrennen, doch dann hielt ich inne. Das Tuch!

Der Leopard kämpfte noch immer damit. Das Tuch schlug ihm um die Ohren, so als ob es vom Sturm gepeitscht würde, obwohl sich kein Lüftchen regte.

Plötzlich verwandelte sich die Bestie wieder in Menschengestalt. Der Onkel riß sich das Tuch vom Kopf, richtete sich auf und starrte uns an. Sein Gesicht war vom Kampf blutig zerkratzt. Seine Augen funkelten grün.

»Sei verflucht«, keuchte er leise. »Wie weit ist sie entfernt? Zu weit, um den Hilfeschrei ihres Kindes zu hören?« Er warf das zerrissene Adinkra-Tuch achtlos zur Seite. »Vielleicht glaubt sie nicht, ich würde ihm was antun«, sagte er und kam drohend auf uns zu. Ich wich zurück, aber er packte mich am Arm. Sein heißer, ranziger Atem streifte mich. »Ich werde sie besitzen. Kommt, wir gehen heim.«

Ich setzte Chami ab und sagte beiläufig zu ihm: »Lauf und hol den alten Lumpen unserer Mutter.« Er brachte mir das Adinkra-Tuch.

Dann liefen wir zusammen mit dem Onkel zurück zum Dorf. Zorn und Gier ließen ihn wie ein läufiges Tier schwitzen. Als wir das Lager erreichten, stieß er Chami beiseite und packte mich wieder bei den Schultern. »Jetzt werden wir beide sie herbeibeschwören.«

»Sie ist tot!«

»Tot oder lebendig, sie wird mir gehorchen.«

Er zerrte mich in den Stall. Chami mußte draußen warten. Die Tür blieb offen, um Licht hereinzulassen.

»Von ihren Sachen besitze ich schon alles, bis auf die Hochzeitstruhe. Her damit!«

»Die gehört uns!«

»Und ihr gehört mir«, erwiderte er lächelnd. Er holte die Truhe aus der Ecke hervor und setzte sie auf dem Boden ab. Meine Faust ballte sich; ich spürte, wie schwach ich war. Er öffnete die Truhe. Die rote Schale lag zuoberst; er stieß sie achtlos beiseite. »Vom Töpferhandwerk verstand sie nie viel.« Er nahm eines der kleinen irdenen Gefäße heraus. »Welchen Zauber hat sie wohl damit bewirkt?«

»Ihr habt kein Recht, diese Sachen anzufassen. Es sind Familienstücke meiner Mutter.«

Wäre ich ein Mann, könnte ich die Truhe an mich nehmen, könnte ihn niederschlagen – aber selbst in Gedanken schreckte ich davor zurück, den Bruder meines Vaters anzugreifen. Er war, trotz allem, das Familienoberhaupt.

Er nahm den Deckel ab und schüttete ein wenig des Inhalts auf seine Handfläche. Selbst im Zwielicht der Hütte konnte ich den rötlichen Schein des Kupferpulvers erkennen.

»Schau an! Zauberpulver aus Kupfer!« raunte der Onkel verzückt. Er tauchte den Finger in das schimmernde Pulver und beschmierte sich damit Stirn, Wangen und Lippen. Er atmete tief ein. »O ja, ich kann es spüren – diese Kraft, so feurig wie Wein!« Er öffnete ein weiteres Gefäß und schüttete diesmal ein weißliches Pulver aus.

»Knochen!« ergötzte er sich. »Zweifellos aus dem Grab eines alten Magiers, um die Zauberkraft des Kupfers zu erhöhen!« Er schmierte sich Streifen des zermalmten Knochen zwischen die Kupfermale. Er kicherte verstohlen … »Das hätte sie besser mitgenommen. Sie …« Er blickte mich an. »Ist sie wirklich tot?«

Ich nickte.

»Nicht weit her mit ihrer Zauberkraft, wenn sie sich nicht einmal selbst zu helfen wußte.«

Ich verbarg meine geballte Faust hinter dem Rücken. »Mutter starb vor Gram, nachdem der Leopard unseren Vater getötet hatte. Zauberei ist viel zu gefährlich.«

»Für Narren zu gefährlich.« Er holte das dritte Gefäß hervor. »Und was mag das wohl sein?« Lächelnd betrachtete er es. »Ob es wohl Blut ist?« Er schüttelte den Topf. »Ja, jetzt begreife ich. Sie ist gar nicht tot, du kleiner Lügenbold. Sie hat dir hier etwas von ihrem Blut zurückgelassen, damit du sie herbeirufen kannst.« Er kniff die Augen zusammen. »Und genau das wirst du jetzt tun, Oliasso. Ich traue dieser Frau nicht.«

»Ich sage Euch doch, unsere Mutter ist tot!«

Er packte mich am Arm, zog mich mit einem Ruck zu sich und zwang mich, zwischen seinen Schenkeln niederzuknieen. Mit seiner einen starken Hand verdrehte er mir hinterrücks den Arm und schmierte mit der anderen Kupfer- und Knochenstaub auf mein Gesicht. Dann öffnete er den dritten Topf und schüttete den Inhalt auf seine Handfläche.

Es war ein dunkelbraunes Pulver: Getrocknetes Blut.

Wieder begann er zu kichern. »Wie rücksichtsvoll von ihr, das alles hier zurückzulassen. Du wirst sie jetzt herbeirufen, mein Junge!«

Ein Schauer überlief mich. Warum sollte sie das getan haben? Sie hatte uns doch schon die Schale und das Adinkra-Tuch hinterlassen? Ich schüttelte den Kopf. »Das werde ich nicht tun.«

Er verdrehte mir den Arm weiter. Ich schrie vor Schmerz, und Chami stürzte in den Stall.

»Laß Oliasso in Ruh! Du tust ihm weh!«

»Also gut.« Er stieß mich weg und packte dafür Chami. »Willst du, daß dein kleiner Bruder sie für dich herbeiruft, Oliasso?«

Ich setzte mich auf. Alles in mir zitterte. »Ich werde sie rufen.«

Er tauchte seine Finger in das getrocknete Blut und schmierte es über mein ganzes Gesicht, das sich plötzlich wie taub anfühlte.

»Ruf sie jetzt«, befahl er mir. »Beschwör sie bei der Kraft von Kupfer, Knochen und Blut!«

Ich versuchte die Worte zu bilden. »M-M-Mutter!« Mein eigener Pulsschlag dröhnte mir in den Ohren. Würde mir jetzt der Geist meiner Mutter erscheinen? Oder eine andere Erscheinung?

Wessen Blut hatte ich auf meinem Gesicht? »M-M-Mutter, ich rufe dich. Mit Kupfer, Knochen und Blut rufe ich dich.«

Das Halbdunkel im Stall zerriß. Ein schwarzer Hüne, so dunkel wie meine Mutter, schwebte als geisterhafte Gestalt vor uns.

»Häuptling Mbanyo!« entfuhr es meinem Onkel, während er mich wie zum Schutz an seine Brust zog. »Euer Blut also!«

Das Scheinbild des Bruders unserer Mutter türmte sich so hoch auf, daß seine geisterhafte Gestalt sich unter dem niedrigen Stalldach ducken mußte.

Er war mit Messinggeschmeide geschmückt und trug eine lange, weite Robe, die das gleiche Muster aufwies wie das Adinkra-Tuch. Ein langer Dolch hing ihm vom Gürtel. Als er sprach, klang seine Stimme sanft und tief, und mir war, als hörte ich meine Mutter reden. »Wo ist meine Zwillingsschwester?«

Der Onkel überhörte die Frage. »Du stehst in meiner Macht«, drohte er. Er wischte das Blut von meinem Gesicht und rieb es sich selbst auf die Stirn. Seine Stimme klang etwas gedämpfter, als er weitersprach. »Mit Kupfer, Knochen und Blut stehst du in meiner Macht, du und die Söhne deiner Schwester.« Sein einer starker Arm legte sich um meine Kehle. Ich konnte kaum mehr atmen.

»Und ich werde deine Seele hier so lange gefangen halten, bis dein Körper ohne sie verfault. Dann wird dir nichts zu tun bleiben, als mir auf ewig zu dienen oder elendig zu Grunde zu gehen.«

»Wo ist meine Schwester?«

»Sie ist tot«, platzte Chami heraus, »und der Onkel ist gemein zu uns!« Er rannte auf die Erscheinung zu; verwundert sah er, daß seine Hand Häuptling Mbanyos Gestalt durchdrang, und sprang erschrocken zurück. »Er ist ein Geist!«

»Noch nicht«, erklärte Häuptling Mbanyo, »doch werde ich es bald sein, wenn meine Seele sich noch länger von meinem Körper entfernt.« Sein Blick ruhte auf dem Onkel, und verächtlich fügte er hinzu: »Von der Zauberkraft verstehst du gerade genug, um Böses zu tun!«

»Genug, um Euch zu bezwingen«, fauchte der Onkel. »Und jeden sonst, wenn mir erst einmal Eure Macht zu Diensten steht!« Seine Stimme klang jetzt höhnisch. »Ihr, großer Häuptling, werdet *mir* wie der gemeinste Diener gehorchen und in meinem Namen werdet Ihr Gift und Schrecken verbreiten. Euch bleibt nichts anderes übrig.«

»Ich kann zu Grunde gehen«, verbesserte ihn Häuptling Mbanyo, »was ich zu tun vorziehe.«

»Werdet Ihr auch mit ansehen, wie zuvor die Söhne Eurer Schwester, einer nach dem anderen, langsam und elend umkommen? Habt Ihr schon einmal gesehen, wie ein Kind von einem Leoparden zerfleischt wird?«

Häuptling Mbanyos Scheinbild schien noch weiter anzuwachsen. »Du bist also eine Wechselgestalt?«

»Er verwandelt sich in einen Leoparden und frißt Leute auf«, sagte Chami. »Mich hat er auch versucht zu fressen, aber Oliasso hat es mit unserem Adinkra-Tuch verhindert.«

»So ist das also«, meinte Häuptling Mbanyo.

»Wie steht's, mächtiger Häuptling? Soll ich mit dem Ältesten oder mit dem Jüngsten anfangen? Wer soll zuerst drankommen?« Sein Arm schnürte mir die Kehle noch fester zu, bis mir schwarz vor Augen wurde. »Es braucht nicht viel, ein Kind zu töten.«

»Laß den Jungen am Leben.« Häuptling Mbanyos Stimme klang so trocken wie Staub. »Was verlangst du von mir?«

Der Onkel lachte. »Was für ein Narr Ihr doch seid, Euch für Kinder zu verdingen, die Ihr noch nie zuvor gesehen habt!« Er lockerte seinen Würgegriff. »Kümmert Euch als erstes um den Ältesten des Dorfrats. Findet heraus, wo er seine Reichtümer versteckt hält. Und wenn Ihr das wißt, dann erschreckt seine Gefolgsleute, damit sie davonrennen – und ich seinen Besitz ergreifen kann.«

»Bitte, Onkel, laßt mich los«, brachte ich krächzend hervor. »Meine Kehle schmerzt.«

»Und meine ist vom vielen Reden trocken.« Er ließ mich los, lehnte sich zurück und grinste. »Bring mir Wein, Oliasso«, befahl er. »Und du, Chami, komm her und setz dich zu mir, während dein Bruder den Wein holt.«

»Nein«, maulte Chami.

»Tu, was der Onkel dir sagt!« trug ich ihm auf. Der Kleine schaute beleidigt und störrisch drein, setzte sich dann aber zu Onkels Füßen. Häuptling Mbanyo beobachtete beide.

Ich hob die rote Schale auf und ging hinaus. Im gleißenden Sonnenlicht stand ich da und flüsterte: »Mutter – unser Feind ist durstig.«

Ich trug die Schale zurück in den Stall. Sie war randvoll mit Palmenwein. Ich kniete nieder und reichte sie dem Onkel.

»Ich habe auch Durst«, quengelte Chami.

Der Onkel grinste. »Dann sollst du auch davon kosten.« Ich hatte ihn noch nie so gut gelaunt erlebt, und das Herz blieb mir fast stehen.

Ich fuhr Chami streng an. »Das ist der beste Palmenwein von Onkels erster Frau. Das ist nichts für Kinder!«

»Aber ich ...«

»Sieh an, dein Bruder kommt allmählich zur Vernunft«, meinte der Onkel zu Chami. Er setzte die rote Schale an und nahm einen kräftigen Schluck. Dann stellte er die Schale ab und grinste mich an. »Das ist wirklich vorzüglich ...«

Ein Schmerzensschrei.

Er hielt sich den Bauch und wand sich. »Feuerameisen! Feuerameisen! Meine Gedärme wimmeln vor Feuerameisen!« Er schlug nach mir, aber ich wich ihm aus.

»Rasch!« rief Häuptling Mbanyo. »Wisch mein Blut von seiner Stirn!«

Ich schnappte mir das Adinkra-Tuch und tauchte es in den Palmenwein. Dann stürzte ich mich auf den Onkel, der sich noch immer den Bauch hielt und nach mir ausschlug.

Ich wischte das getrocknete Blut von seiner Stirn. Chami sah, was ich tat, und sprang herbei, um mir zu helfen. Der Onkel versuchte, sein Gesicht zu bedecken. Er brüllte und schlug nach dem Kleinen. Ich setzte mich auf seine Brust und rieb wie wild mit dem nassen Tuch.

Seine Faust traf mich und schleuderte mich zu Boden, so daß ich wieder schwarze Sterne sah. Ich hörte ihn stöhnen.

»Feuerameisen, Feuerameisen in meinem Bauch!« Blinzelnd sah ich, wie er sich aufrappelte. Sein Gesicht war vom Blut gereinigt.

»Das Adinkra-Tuch!« rief Häuptling Mbanyo. »Leg es zu meinen Füßen!«

Ich sprang auf. Der Onkel und ich griffen gleichzeitig nach dem Tuch – es zerriß in zwei Hälften. Ein schrecklicher, schriller Schmerzensschrei erfüllte den Raum.

»Du hast unsere Mutter zerrissen!« Chami sprang den Onkel an und schlug ihm die rote Schale zwischen die Beine.

Der Onkel sank stöhnend zu Boden. Ich raffte die beiden Hälften des Adinkra-Tuchs zusammen und breitete sie vor der Geistergestalt aus.

Häuptling Mbanyo trat auf das Tuch. Plötzlich war er aus Fleisch und Blut. Er zückte seinen Dolch, ging auf den Onkel los und hielt ihm den Dolch an die Kehle. »Lauf und hole die Ältesten«, hieß er mich mild gestimmt; aber für den Onkel, das wußte ich, würde es keine Gnade geben.

Der Fluß an unserem Lager floß ruhig und glatt dahin; am anderen Ufer rauschte der dunkle Wald, erfüllt von den Stimmen der Toten. Häuptling Mbanyo kniete an unserem Lagerfeuer. Er legte die rote Schale auf eine flache Steinplatte, hob die Hand und zertrümmerte die Schale mit einem Felsbrocken so lange, bis nur noch feines Pulver übrig blieb.

Chami seufzte, und Kiwaso standen Tränen in den Augen. Der Bruder unserer Mutter sah sie tadelnd an. »Seid ihr wirklich so selbstsüchtig?«

Sie schüttelten ihre Köpfe. Chami lehnte sich bei mir an.

»Oliasso«, rief mich Häuptling Mbanyo auf.

Ich hielt die Fetzen des Adinkra-Tuchs in meinen Händen. Ein letztes Mal spürte ich die Gegenwart unserer Mutter in dieser Welt; ein duftender Windhauch streifte mich.

Ich warf die Fetzen in die Flammen. Häuptling Mbanyo kehrte sorgfältig das Pulver der zertrümmerten Schale zusammen und verstreute es über dem Feuer, dann streifte er seine Hände über der Flamme ab. »Geh hin, Schwester«, sprach er sanft und feierlich. »Geh hin und finde Frieden in den Armen unserer Vorfahren. Deine Söhne stehen jetzt unter meinem Schutz. Ruhe sanft und schlafe.«

»Jetzt ist sie von uns gegangen«, flüsterte Chami.

Häuptling Mbanyo breitete seine Arme aus, und es gelang ihm, uns alle vier zu umarmen.

»Jetzt hat sie ihre Ruhe gefunden.«

PAT CIRONE

Tochtersohn

Von Pat Cirone habe ich in den Darkover-Anthologien und in der Reihe »Zauberschwestern« schon mehrfach Geschichten veröffentlicht, und bei mehr als nur einer unserer jährlichen Zusammenkünfte bin ich ihr auch persönlich begegnet. Ich erinnere mich daran, wie sie mich nach unserem Darkover-Treffen in Baltimore in ihrem Wagen nach Manhattan mitnahm.

Pat hatte ihre Geschichte ursprünglich »To Father a Son« genannt, aber als wir sie in Ausgabe drei unseres Magazins abdruckten, veröffentlichten wir sie unter dem Titel »Eine Blume aus Khedderides Staub«. Den Grund dafür weiß ich nicht mehr, normalerweise ändere ich keine Titel ab, obwohl das gängige Praxis war, als ich zu schreiben anfing. Damals nahmen Lektoren willkürlich Änderungen und Kürzungen vor, ohne den Autor auch nur um Erlaubnis zu fragen. Korrekturfahnen bekamen wir nie zu sehen, nicht einmal bei Romanen, von Kurzgeschichten ganz zu schweigen.*

Die vorliegende Geschichte belegte in der »Kessel«-Abstimmung den zweiten Platz. Sie gefiel mir, weil sie kompromißlos soziale und sexuelle Vorurteile in einer fremden Gesellschaft thematisiert, was uns dazu bringt, unsere eigenen Vorurteile zu überdenken. Wenn Science Fiction überhaupt eine Exi-

* Die Autorin verfremdet im englischen Original den Titel durch die deutsche Schreibweise »Sohn« (statt »son«). Damit werden die Leser noch relativ stark gelenkt, beim Kind männliches Geschlecht anzunehmen. Da eine entsprechende Rückübersetzung im Deutschen unsinnig wäre, habe ich mich dafür entschieden, das Geschlecht des Kindes – entsprechend der Zwitternatur der Bewohner des Planeten Rocque – offen zu lassen und für das Wort »Sohn« im englischen Original die Wendung »Tochtersohn« zu benutzen. (Anm. des Übersetzers)

stenzberechtigung hat – und davon bin ich überzeugt – dann besteht sie darin, unsere eigenen sozialen Tabus und Verklemmungen zu untersuchen.

Ich selber schreibe kaum noch Science Fiction und drucke sie auch nur noch selten ab. Aber diese Geschichte erschien in einer unserer ersten Ausgaben, als wir noch keine klaren Richtlinien festgelegt hatten. Und obwohl sie ganz eindeutig zu dem Genre Science Fiction gehört, zählt sie nach wie vor zu meinen Lieblingsgeschichten.

In dem bunten Treiben fiel Siliveras schwarze Robe auf. Sier war zwar nicht dier einzige Südstaatler, dier in die aufblühende Stadt Kheddende gezogen war, aber nur sier bestand darauf, tagein tagaus das traditionelle Schwarz zu tragen. Inzwischen hatte sier gelernt, die gelegentlich abfälligen Kommentare zu überhören.

Silivera nahm mit einem Satz die letzten beiden Stufen zu dem Felsplateau, auf dem die Vorratsschächte für ihren Wohnblock in die Klippen getrieben worden waren. Ein übermütiges Lächeln spielte um seihren Mund, als sier das Versorgungsdepot betrat.

»Hallo, Mr. Belder! Heute hätte ich gern ein paar Kuais, eine recht große Portion Sketerwurz und vielleicht noch ein bißchen Zirkatkorn.« Belder lehnte sich in seihrer rosa Schürze über die leere Ladentheke und betrachtete mit Silivera die farbigen Abbildungen von Früchten, Getreide und Gemüse, die die Wände zierten und einen auffallenden Kontrast zu den leeren, staubigen Regalen bildeten.

»Darf es auch noch etwas Pulipuli sein?« erkundigte sich dier Gemüsehändler leutselig und wies dabei mit einem Kopfnicken auf das Bild einer exotischen Frucht, die selbst im Süden nur schwer zu bekommen war.

»Aber gerne!« rief Silivera entzückt.

Belder lehnte sich vergnügt zurück und füllte statt

exotischer Köstlichkeiten die unvermeidlichen Kwaikaratten ab. Es war das einzige Nahrungsmittel, das in ausreichender Menge und nah genug der Wüstenstadt wuchs, um regelmäßig geliefert zu werden. Die schwarzweiß gestreiften Körner hingen mittlerweile allen zum Hals raus, und Silivera machte da keine Ausnahme. Kwaikaratten morgens, mittags und abends. Und dabei konnte man noch von Glück sagen, wenn man wenigstens davon genug bekam. Wenn die Bevölkerung weiterhin so rasch wuchs und die Anlieferung nicht Schritt halten konnte, würden sie schon bald einen der Terminals für Nahrungsimporte benutzen müssen – was jedoch dem Codex widersprach, der vorschrieb, daß alle Siedlungen autark zu sein hätten.

Silivera legte das Heft mit den Lebensmittelmarken auf den Ladentisch und klopfte sich den Staub aus seihrer knielangen Robe.

»Wann legst du dir endlich ein paar vernünftige Kleider zu?« wollte Belder wissen.

Silivera schaute verlegen lächelnd auf. »Ja, man sieht wirklich jedes Staubflöckchen. Aber ich fühle mich in bunten Sachen einfach nicht wohl. Bei uns im Süden trägt man höchstens gefärbte Nachthemden.«

»Was stellen sie bloß mit euch Südstaatlern an? Steif wie'n Stockfisch. Wie alt bist du eigentlich? Neunzehn? Zwanzig? Und schon zu alt, um dich zu ändern? Laß doch endlich das ganze Brimborium sausen, das man dir eingetrichtert hat.«

»Als nächstes verlangt Ihr noch, daß ich dem Codex abschwöre«, erwiderte Silivera mit gespielter Entrüstung.

»Man trägt den Codex nicht auf der Haut mit sich herum. Ich benehme mich so würdevoll wie jede herausgeputzte Südstaatler-Krähe.«

»Ihr habt ja recht. Ihr dürft mich ruhig für ein wenig exzentrisch halten.« Silivera versuchte, Belder zu besänftigen, dier die ganze Angelegenheit viel zu persönlich nahm. Sier hatte sich manchmal schon selber gefragt, ob es nicht einfacher wäre, sich der Landestracht anzupassen. Aber das wäre unaufrichtig. Sier war Südstaatler und würde es immer bleiben, ganz egal, was sier trug. Farben kamen für sihn nicht in Frage; sier würde sich nur etwas vormachen. Lieber wollte sier Mißverständnisse wie dieses in Kauf nehmen, als seihren gewohnten Lebensstil zu verleugnen.

»Ich ahne schon, was du vorhast. Du willst ja nur damit auffallen. Wahrscheinlich bist du doch noch nicht so alt und verkrustet.«

»Mitunter kann es nicht schaden, etwas aus der Reihe zu tanzen«, entgegnete Silivera und war froh, daß die Unterhaltung wieder einen scherzhaften Tonfall angenommen hatte. »In diesem Meer von fremden Gesichtern braucht man schon etwas Besonderes, um wahrgenommen zu werden.«

»Ich kann mir nicht vorstellen, daß du damit große Probleme hättest. Aber apropos etwas Besonderes ...« Belder bückte sich unter den Ladentisch und kramte aus den unergründlichen Tiefen einen großen Sketerwurz hervor. Sier warf ihn auf die Theke und wartete gespannt auf Siliveras Reaktion.

Silivera bestaunte die Fracht erst wie ein außerplanetares Wesen, dann schmiegte sier die erdige Knolle an seihre Brust. »Wenn ich dran denke, daß ich mir früher nichts daraus gemacht habe!«

Dier Gemüsehändler grinste vergnügt. »Die Zeit versüßt jede Erinnerung, stimmt's?«

»Es ist eher die Rationierung, die einem sogar Sketerwurz versüßt!«

»Nächste Woche sollen wir wieder Tapierkorn reinbekommen. Hab' ich zumindest gehört. Soll ich dir davon etwas zurücklegen?«

»Au ja, bitte! Ich kann Euch auch schon die Lebensmittelmarken dafür dalassen. Was tut man nicht alles für ein bißchen Abwechslung auf dem Speiseplan.«

»Laß gut sein! Behalt deine Marken, bis ich die Ware reinbekomme«, meinte Belder, reichte sihm die Tüte Kwaikaratten und berechnete nur die Tagesration für eine dreiköpfige Familie. Die Ladenglocke bimmelte, und neue Kundschaft kam hereingeschlurft. Silivera verabschiedete sich von Belder und trat ins Sonnenlicht hinaus.

In der engen Seitengasse hallten seihre Schritte wider, wie alle Straßenverbindungen in Khedderide war auch dieser Weg in die Felswand geschlagen. Silivera wechselte auf die felsabgewandte Straßenseite, lehnte sich über die Begrenzungsmauer und überblickte die Stadt.

Khedderide erinnerte sihn immer an einen Juwel, der unter der gleißenden Sonne funkelte und bei dem jede neue Häuserreihe eine weitere Facette im Schliff darstellte – Facetten, die sich an die engen und felsigen Klippen mit ihren schwindelerregenden Abgründen klammerten. Silivera liebte die kühne Schönheit des Anblicks und die Verwegenheit der zahllosen neuen weißen Reihenhäuser, die sich alle glichen und mit ihren bläulich schimmernden Dachziegeln einen Teil des kräftigen Himmels einzufangen schienen. Es war kaum zu glauben, daß dies alles hier noch vor zehn Jahren unfruchtbare Wüste gewesen war, über der nur ein paar Halawichte kreisten.

Doch dann hatte man in diesen Felsen Kerillianerz entdeckt, das zur Aufrechterhaltung der Terminals zwischen den Welten dieses Sektors so dringend benötigt wurde. Jetzt schlängelten sich staubige Straßen durch die gesamte Kassianwüste, und Khedderide war aus dem Erdboden geschossen. Silivera lehnte sich noch weiter über die Mauer und versuchte, einen Blick vom Regierungsviertel zu erhaschen; vielleicht konnte sier ja sogar

Ricels Blondschopf erspähen. Aber das war von hier aus unmöglich, sier konnte noch nicht einmal die Ecke des riesigen Gebäudekomplexes einsehen, der eilig errichtet worden war, um den Verwaltungsanforderungen von nahezu siebzigtausend Neueinwohnern zu genügen.

Silivera stieß sich von der Mauer ab, betrachtete mißmutig die weißen Streifen, die der Kalkstein auf seihrer schwarzen Robe hinterlassen hatte, und machte sich auf den Heimweg. Dier kleine Dafire wurde schon auf sihn warten. Der Gedanke an sihn beschleunigte seihren Schritt.

»Vera!« Silivera fuhr herum. Ricel kam auf sihn zugerannt, und sofort schlug Siliveras Herz etwas schneller.

Lachend nahm Ricel sihn in den Arm. Silivera genoß diesen kurzen Austausch von Zärtlichkeit. Sier war sich durchaus bewußt, wie übertrieben seihre Reaktion war; schließlich lebten beide schon über anderthalb Jahre zusammen.

Aber so war es sihm schon beim ersten Anblick dieses Blondschopfs ergangen, und damals hatte sier noch geglaubt, blonde Haare seien fremdartig und könnten sogar bedeuten, daß die entsprechende Person männlich oder weiblich war, wie es in anderen, zweigeschlechtlichen Welten vorkommen sollte. Doch selbst das hatte Silivera nicht davon abhalten können, auf den Fremden zuzugehen.

Inzwischen wußte Silivera genau, daß solch braungebrannte, blonde Schönheiten im hohen Norden, aus dem Ricel stammte, keine Seltenheit waren, und daß Ricel genauso androgyn war wie alle anderen Bewohner des Planeten Rocque. Aber jenes überstürzte erste Treffen konnte sier einfach nicht vergessen.

»Was machst du denn hier? Und wo ist Dafire?« wollte Ricel wissen.

»Ich habe Dafire bei Soel gelassen. Ich hatte gerade ein Vorstellungsgespräch. Und stell dir vor, ich habe den Job gekriegt! Ach was, viel besser als meine bisherigen Jobs, es ist eine feste Stellung!«

»Toll! Und wo?«

»Schacht Blau.«

»Doch nicht etwa in den Bergwerken?«

»Nein, keine Angst. Reine Büroarbeit. Dier Versorgungsleiter hat gekündigt, um bei der Erschließung eines neuen Schachts mitzuarbeiten. Und jetzt brauchen sie auf die Schnelle Ersatz. Dier Koordinator war zwar nicht gerade begeistert, daß ich noch so jung bin, aber sier meinte, daß meine Zeugnisse von allen Bewerbern die besten seien, und so habe ich den Job gekriegt!«

»Dann hast du ja endlich deinen Platz gefunden.«

»Genau. Es hat mich so frustriert, mitansehen zu müssen, wie alle am Aufbau dieser Stadt mitarbeiteten, während ich mich mit Gelegenheitsjobs herumschlagen mußte. Zum Glück hatte ich in den letzten Monaten Dafire zu versorgen. Das ist auch der einzige Nachteil bei meiner neuen Arbeit – ich kann das Baby nicht mitnehmen. Zuviel Staub von den Minen, selbst im Büro. Ich werde es jedenfalls furchtbar vermissen, Dafire nicht ständig um mich zu haben. Vielleicht erklärt sich ja Soel bereit, sich um Dafire zu kümmern, solange sier mit seihrem gebrochenen Bein außer Gefecht gesetzt ist. Bis sier wieder arbeiten kann, haben wir bestimmt genug Zeit einen passenden Hort zu finden. Trotzdem – wenn ich daran denke, wie viel ich von Dafires Entwicklung verpassen werde!«

»Das geht mir nicht anders. Ich habe schon mehr von sihm verpaßt als ich gesehen habe«, erwiderte Ricel. Silivera nickte, aber insgeheim dachte sier, daß das nicht das Gleiche sei. Denn obwohl Ricel das Baby ausgetragen hatte, liebte Silivera sihn doch über alles.

Als sie Dafire von Soel abholten, war das Baby so hungrig, daß sier in Ricels Arm aufgeregt zappelte.

»Schau dir dien Racker an!« rief Ricel außer Atem,

während sier versuchte, dien Kleinen unter Kontrolle zu bringen. Silivera setzte die Tüte mit Kwaikaratten ab und half Ricel dabei.

»Danke dir, Vera.«

»Laß uns schnell hineingehen, bevor sich unser kleines Monster wieder befreit«, lachte Silivera. Sier drückte die Haustür auf und zwängte sich hinein. Ricel wechselte rasch seihre Arbeitskleider, schlüpfte in eine offene Bluse und ließ sich in einem Sessel nieder, um Dafire zu stillen. Silivera prägte sich wie jeden Abend dieses Bild ein: Die beiden Blondschöpfe so dicht aneinander geschmiegt. Dann wandte sier sich der spärlichen Küchenzeile zu, wusch den Staub von den Kwaikaratten und briet sie dann an.

Während sier die Körner in der Pfanne wendete, erzählte sier von seihrem Vorstellungsgespräch. »Meine schwarze Tracht ist mir heute sehr zustatten gekommen. Dier Koordinator war selber Südstaatler. Wahrscheinlich ist sier das Risiko, einen so jungen Hupfer wie mich einzustellen, nur eingegangen, weil sier glaubte, daß ich die richtige Arbeitsmoral mitbringen würde. Eben gewissenhaft nach Südstaatlerart, mit Würde und Anstand, und nicht so schludrig, wie ihr Nordlichter die Dinge zu tun pflegt.«

»Du und deine ›Südstaatlerart‹!« mokierte sich Ricel. »Hast du sihm auch gesagt, daß deine Eltern dich hierher abgeschoben haben, weil du ihnen zu aufsässig warst?«

»Nee, lieber nicht«, grinste Silivera.

»Ein schwerer Fehler, dich nach deinen schwarzen Kleidern zu beurteilen anstatt nach deinen schalkhaften Augen.«

»Wer weiß? Warum sonst fällt es mir so schwer, mich wie andere Südstaatler anzupassen und bunte Kleider zu tragen?«

»Weil du genau weißt, wie blendend Schwarz dir

steht.« Ricel stand auf und liebkoste Siliveras Nacken. Dafire protestierte lauthals gegen die Unterbrechung seihrer Mahlzeit und schlug Silivera mit der kleinen Patschhand auf den Rücken. Ricel setzte sich amüsiert in seihren Sessel zurück. Dafire fixierte seihre Eltern noch einmal mit großen blauen Augen, bevor sier wieder genüßlich zu nuckeln begann.

»Aber mal ganz im Ernst«, fuhr Silivera fort, »es ist schon beängstigend, wie sehr die Einstellung meiner Eltern auf mich abgefärbt hat.«

»Also darüber würde ich mir an deiner Stelle keine Sorgen machen. Ich kenne keinen, dier so unkonventionell ist wie du. Selbst dein Farbfimmel beweist das: Niemand sonst stellt seihre innere Überzeugung mit Kleidern zur Schau. Das tust nur du, Vera.« Ricel klopfte Dafire zum Bäuerchen machen auf den Rücken. Dabei beobachtete sier, wie Silivera flink den Tisch deckte. »Du bist nun mal eine höchst interessante Spezies voller Marotten, mein Südstaatenschatz.«

Silivera tischte das dampfende Gemisch Kwaikaratten und Sketerwurz auf. »Einverstanden, so lange du das Adjektiv ›höchst interessant‹ nicht vergißt.« Sier schaute zu sihm auf. Aus dem frotzelnden Geplänkel wurde ein tiefer, inniger Blick. Siliveras Stirn glühte, als sie sich zu Tisch setzten.

Nach dem Abendessen machte sich Ricel daran, das schmutzige Geschirr abzuräumen, während Silivera aus den Resten einen Brei für Dafire anrührte.

»Wann fängst du mit dem Job an?« fragte Ricel.

»Schon nächste Woche. Was meinst du … könntest du davor noch einen Tag frei kriegen? Wenn ich erst mal arbeite, werden wir kaum noch Zeit finden, gemeinsam den Kontrakt zu unterzeichnen.«

»Aussichtslos, Vera! Du kennst doch meinen Terminkalender. Ist es denn wirklich so wichtig, es unbedingt jetzt zu tun. Das Aufgebot haben wir doch schon bestellt.

Und es ist ja nicht so, daß ich mich vor der Heirat drücken wollte. Aber diese Woche frei bekommen – unmöglich, sag' ich dir. Wir haben gerade mit den Vermessungsarbeiten für einen neuen Wohntrakt begonnen.«

»Das habe ich mir fast gedacht«, seufzte Silivera.

»Ich weiß doch, Vera, wie wichtig dir das ist: Ehekontrakt mit Brief und Siegel, so wie es sich gehört. Ich habe auch nichts dagegen. Aber gerade jetzt ...«

»Ist schon in Ordnung.« Silivera versuchte, nicht allzu enttäuscht dreinzuschauen. »Wir werden es auch so schaffen. Ist bloß eine meiner ›Südstaaten-Marotten‹, die ich mir abgewöhnen muß.« Und mit diesen Worten nahm sier Ricel den Tellerstapel aus der Hand und wandte sich der Spüle zu, so daß sihm Ricels verblüffter und wehmütiger Gesichtsausdruck entging.

Nach einer kurzen Verlegenheitspause wechselte Ricel das Thema. »Hast du schon gehört, sie haben heute den Nordzubringer fertig asphaltiert?«

»Ach, deshalb erwartet Belder nächste Woche eine Lieferung Tapierkorn.«

Ricel winkte verächtlich ab. »Die neue Straße wird nur noch mehr Menschen nach Khedderide bringen und damit noch mehr hungrige Mäuler. Wenn sie nur endlich die Einwanderungsquote beschränken würden, zumindest so lange, bis wir den Wohnungsmangel einigermaßen im Griff haben.«

»Vergiß es! Kerillian ist viel zu wichtig. Und je mehr Leute sie haben, desto mehr Erz können sie fördern«, entgegnete Silivera, dier in vielen Dingen praktischer dachte. »Vier Schächte betreiben sie bereits, und der fünfte wird bald eröffnet. Sie kriegen den Hals nicht voll. Die Vorkommen auf Thuno, Ridelle und Aktu sind so gut wie erschöpft. Da müssen sie sich eben hier schadlos halten. Jeder neue Transporterterminal und jedes neue Transporterband braucht Kerillian. Und jeder Planet möchte so schnell und so umfassend wie möglich ans

Sektorennetz angeschlossen werden, vor allem die Neo-Arianer, die am liebsten jeden Quadranten mit Terminals zupflastern würden. Die Vorkommen hier werden jedenfalls bis zum letzten Quentchen abgebaut, so viel steht fest – koste es, was es wolle.«

»Wahrscheinlich hast du recht.« Ricel ließ sich erschöpft in den Sessel zurücksinken. »Aber an dieses Tempo muß ich mich erst noch gewöhnen.«

Silivera setzte sich auf die Lehne und strich sihm durch die blonden Haare. »Anstrengenden Tag gehabt, stimmt's?«

»Weiß Gott, ja! Norill hat herumgetobt, weil angeblich die Hälfte von Rylies Markierungen falsch war – du kennst ja Norills taktvolle Art –, aber Rylie schwört Stein und Bein, sier habe sie richtig gesetzt. Zum Schluß hat dann keiner mehr ein Wort gewechselt, um bloß kein Öl ins Feuer zu schütten.«

Ricel schüttelte den Kopf und schloß müde seihre Augen. Silivera tröstete sihn mit einer zusätzlichen Streicheleinheit, dann rutschte sier auf dem Boden herum, um mit Dafire zu spielen. Ricel beugte sich über den Nähkorb und kramte einen halb fertigen Krabbelanzug für Dafire hervor, an dem noch der Saum genäht werden mußte.

»Schau dir das an!« rief Silivera kurz darauf begeistert. »Daffy hat einen Turm aus drei Klötzen gebaut!« Doch Ricel war bereits in seihrem Sessel eingenickt. Silivera tätschelte Dafire anerkennend auf den Rücken, hieß sihn still zu halten und verfrachtete Ricel in ihr gemeinsames Schlafzimmer. Ricel sank aufs Bett und rührte sich nicht mehr. Silivera blieb noch eine Zeit lang in der Tür stehen und betrachtete seihren zerzausten Blondschopf, der sihm bei ihrem ersten Treffen so exotisch vorgekommen war. Dann wandte sier sich wieder Dafire zu, dier inzwischen dazu übergegangen war, die Bauklötze anzuknabbern.

Silivera nahm sihm ohne tadelnde Worte den Klotz weg und verfolgte belustigt, wie das Baby sich prompt den nächsten in den Mund steckte. Seihr Tochtersohn! Seihr eigen Fleisch und Blut … und doch nicht seihr Eigen! Nur bei bestehendem Ehekontrakt konnte der väterliche Elternteil das Kind rechtens seihr Eigen nennen.

Im Süden wäre es ein ausgewachsener Skandal gewesen, ein Kind kontraktlos zu zeugen, ein viel größerer noch, es auszutragen. Aber hier waren die Sitten nicht so streng, und Ricel konnte nichts dabei finden, auch ohne Ehekontrakt als Paar zusammenzuleben und ihr gemeinsames Kind großzuziehen; heiraten konnten sie später immer noch. Aber Silivera ließ es keine Ruhe. Es schien zwar lächerlich, einem Stück Papier so viel Bedeutung beizumessen, aber so war sier nun einmal erzogen worden. Den Schock würde sier so leicht nicht vergessen, als Ricel sihm eröffnete, sier sei schwanger. Und wenn jemand sihn fragte, ob Dafire seihr Tochtersohn sei, mußte sier bei der Antwort immer erst schlucken. Laut Codex, der auf dem ganzen Planeten Rocque, in Nord und Süd, Gesetz war, hatte sier ohne dieses Stück Papier keinerlei rechtlichen Anspruch auf Dafire. Seufzend hob sier den Krabbelanzug auf, den Ricel hatte fallen lassen, und nähte den Saum zu Ende.

Silivera wartete über eine Stunde lang vor dem Eingang des Registrierungsamts. Ricel hatte sihm gesagt, sier könne heute früher Schluß machen. Silivera hatte kurzfristig eine Stunde frei bekommen und war herüber geeilt. Sie wollten den Kontrakt aufsetzen und einen Termin für die Unterzeichnung festlegen. Aber Ricel erschien nicht. Als die leichte Abendbrise einsetzte, gab Silivera es auf und machte sich auf den Heimweg.

Ricel schleppte sich verstaubt und deprimiert nach Hause. Sier hatte sich mehr als üblich verspätet.

»Ich hab's wirklich versucht, Vera.«

»Was ist denn passiert?«

»Norill war außer sich. Behauptete, daß die Daten bei den letzten Projekten, die ich vermessen hatte, hinten und vorne nicht stimmen. Ich mußte sie alle noch einmal von vorne aufnehmen. Ich bin weiß Gott überarbeitet, Vera, aber doch nicht so, daß ich solch leichtfertige Fehler begehe. Du brauchtest dir nur die Markierungsfahnen an den Ecken anzuschauen, um zu wissen, daß etwas faul war. Irgend jemand muß sie verrückt haben.«

»Aber wer sollte so etwas tun? Das ist alles andere als ein übler Streich! Wenn nun niemand den Fehler bemerkt hätte und die Häuser auf den Klippen falsch gebaut worden wären? Es hätte Menschenleben kosten können! Das ist eine grobe Verletzung des Codex!«

Ricel war mindestens genauso empört wie Silivera. »Es ist nicht das erste Mal, daß Markierungsfahnen auf mysteriöse Weise versetzt sind. Ich verstehe auch nicht, wie das möglich ist. Kinder können es nicht gewesen sein ... diese Fahnen müssen in den Fels gebohrt werden, und andere Bohrlöcher haben wir nicht gefunden.« Ricel zuckte die Achseln. »Oder ich bin wirklich schon so übermüdet, daß ich nicht mehr gerade gucken kann. Die einzige andere Erklärung wäre, daß sich die Klippen verschieben. Aber das ist unmöglich; die Gegend hier ist geologisch stabil. Falls nicht, stecken wir in der Scheiße.« Ricel schauderte schon bei dem Gedanken.

»Ich würde jedenfalls Kinder nicht voreilig ausschließen. Die können ziemlich gerissen sein, und die Konsequenzen können sie auch nicht so recht abschätzen ... Trotzdem, sie müssen sich bewußt gewesen sein, daß sie zu weit gegangen sind, selbst wenn sie nicht erkannt haben sollten, daß sie damit den Codex brechen.« Der

Codex wurde einem mit der Muttermilch eingeimpft; ihn zu brechen hieß, die Rechte der anderen zu mißachten. Man stellte sich damit außerhalb jeglicher Gemeinschaft.

Wochen vergingen, ohne daß sich eine zweite Gelegenheit bot, auf dem Registrierungsamt den Kontrakt auch nur aufzusetzen, geschweige denn zu unterzeichnen. Aber Silivera hatte gar nicht die Zeit, groß darüber nachzudenken, sier war vollauf damit beschäftigt, deim Koordinator von Schacht Blau seihre Qualitäten zu beweisen. Trotz der Befriedigung, die sihm die Arbeit bereitete, freute sier sich immer darauf, am Abend zu Dafire und Ricel zurückzukehren. Seihr ganzes Leben drehte sich um die beiden. Wenn die Abendbrise sanft um die Klippen strich, machte sier sich auf den Heimweg und blickte dabei auf das Lichtermeer der Reihenhäuser, das sich wie ein Märchenteppich vor sihm ausbreitete. Silivera mußte jetzt fast so lange wie Ricel arbeiten; wenn sier bei Soel ankam, um Dafire abzuholen, war es gewöhnlich schon stockfinster. Trotzdem schien Silivera nie so abgespannt zu sein wie Ricel, weshalb sier auch den Großteil der Hausarbeit übernahm und sich mehr um Dafire kümmerte.

Ricel bot zwar seihre Hilfe an, aber Silivera lehnte dies stets lachend ab und meinte, Ricel solle sich ausruhen, solange noch Gelegenheit dazu bestand; ihr nächstes Kind wollte Silivera austragen, und dann wäre sier von der Doppelbelastung so erschöpft, daß Ricel einspringen müßte. Insgeheim genoß es Silivera sogar, einen Vorwand gefunden zu haben, Dafire unter Beschlag zu nehmen. Als Nesthäkchen seihrer Familie hatte sier sich nie um jüngere Geschwister kümmern können. Sier war selbst erstaunt, wie sehr diese Aufgabe sihm lag, und wünschte sich noch mehr Kinder, ob nun mit oder ohne Ehekontrakt.

Eines Abends kam Ricel noch später als gewöhnlich, aber offensichtlich gut gelaunt, nach Hause.

»Ich habe Norill das Versprechen abgerungen, morgen Nachmittag frei zu bekommen. Ganz egal, was passiert, ich treffe dich morgen auf dem Registrierungsamt, und dann setzen wir den Kontrakt auf und unterzeichnen ihn gleich an Ort und Stelle.«

Silivera unterbrach seihre Hausarbeit und strahlte über das ganze Gesicht.

Ricel ließ sich in den Sessel fallen und lud mit ausgebreiteten Armen Silivera ein, sich sihm anzuschließen. Silivera nahm Dafire auf den Arm und machte es sich neben Ricel gemütlich. »Was führst du im Schilde, Liebling?«

»Laß uns feiern!«

»Feiern? Jetzt? Dafire muß ins Bett gebracht werden, da können wir nicht einfach ausgehen.«

»Man kann auch zu Hause feiern. Und ich würde gern noch jemanden anders ins Bett bringen. Wir haben kaum noch Zeit füreinander. Entweder bin ich bei der Arbeit oder zu müde, oder du bist mit Dafire und dem Haushalt beschäftigt.«

»Ich weiß. Aber wir sind doch zusammen. Und wie aufregend das war, als wir uns verliebten.« Siliveras Augen tanzten bei der Erinnerung.

»Das war vor anderthalb Jahren und viel zu kurz. Ich möchte, daß es wieder so aufregend wird.« Ricel zerzauste zärtlich Siliveras Haar. »Drum laß uns unsere letzte Nacht als unverheiratetes Paar feiern!«

Silivera hätte Ricels Liebkosung gerne noch länger ausgekostet, stand dann aber auf, um Dafire ins Bett zu bringen. Ricel folgte sihm lächelnd ins Kinderzimmer. Sier beobachtete verträumt, wie Silivera das Baby wickelte und in seihrer Wiege zudeckte. Dann schloß Ricel sacht die Tür, und Arm in Arm verschwanden sie in ihrem Schlafzimmer.

Es war ein herrlich klarer Tag; das intensive Blau des Himmels übertraf sogar noch die Farbe der glasierten Dachziegel. Bei dem Gedanken, daß sier Ricel in wenigen Stunden vor dem Registrierungsamt treffen würde, ging die Arbeit Silivera noch schneller von der Hand. Auf das traditionelle Rot würden sie zwar verzichten müssen; es war ihnen keine Zeit geblieben, Hochzeitsroben zu kaufen. Aber Soel hatte versprochen, mit Dafire vor der Amtsstube zu warten, wo sie das Trauungszeremoniell mit der rituellen Gesichtsbemalung vollziehen sollten. Silivera hatte sich so sehr gewünscht, seihre Eltern hätten bei der Festlichkeit dabei sein können – aber wie hätte sier ihnen Dafires Existenz erklären sollen? So mußte eben der kleine Kreis, nur sier und Ricel, Dafire und Soel, genügen. Auch das konnte seihre Stimmung nicht trüben.

Die Erde gab unter seihren Füßen nach, der Boden hob und senkte sich. Silivera fuhr erschrocken hoch.

Erst war es nur ein leichtes Grollen, das immer stärker wurde, bis ein Donnergetöse Mark und Bein erschütterte. Silivera versuchte, aufrecht stehen zu bleiben. Der Boden zitterte und bebte.

Silivera wurde gegen die Wand geschleudert. Sier schaffte es bis zur Tür. Eine graue Staubwolke stieg aus der Unterstadt auf und verhüllte den Blick. Langsam wirbelten die Staubschwaden nach oben und lösten sich dann in der Brise auf. Silivera rang nach Atem, klammerte sich an den Türpfosten und starrte entsetzt auf das Durcheinander eingestürzter Hauswände und blauer Dachziegel.

Ein neuer Erdstoß. Silivera sah, wie der Klippenvorsprung unterhalb von Schacht Rot zuckte, sich vom Fels löste und Häuser und Straßen mit sich in die Tiefe riß.

Silivera stand regungslos, zur Ohnmächtigkeit verdammt, da und wartete auf den nächsten Erdstoß, der Schacht Blau, und sihn mit ihm, fortreißen würde.

Er blieb aus. Schließlich verließ sier den schützenden Platz unter dem Türrahmen und ging zum Schreibtisch zurück. Sier stieg behutsam über umgestürzte Regale, sammelte verstreute Unterlagen zusammen und ordnete sie fein säuberlich, räumte die Scherben seihrer Tasse weg, rückte die Tabellen an der Wand zurecht. Alles nur, um sich zu beschäftigen.

Als sihm nichts mehr aufzuräumen blieb, mußte sier sich der grausamen Wahrheit stellen. Zitternd machte sier sich an den Abstieg hinunter in die Stadt. Die Treppen von Schacht Blau wiesen Risse auf und waren mit Felsbrocken übersät, waren aber noch passierbar. Weiter unten sah es anders aus.

Silivera mußte über Schutthaufen klettern. Die Seitengassen glichen eher Geröllhalden als Straßen. An mehreren Stellen hatten Erdrutsche jegliche Anzeichen menschlicher Behausung ausgelöscht. Nur noch gelegentlich rieselte etwas Sand, ansonsten hielten die Felsen.

Die Luft war erfüllt mit Schreien. Neben Silivera tauchte plötzlich aus den Felstrümmern eine Gestalt auf, rieb sich den Staub aus den Augen, überblickte die Schreckensszene und tastete sich dann, immer wieder einen Namen rufend, durch das Chaos. Andere taten das gleiche und irrten in der Steinwüste umher, die einmal ihre Häuserzeile war. Silivera bahnte sich einen Weg durch die Menge. Mit jedem Schritt, dem sier sich seihrem Haus näherte, beeilte sier sich noch mehr, und mit jedem Schritt schnürte die aufsteigende Angst sihm mehr die Kehle zu.

Eine letzte formlose Halde lag vor sihm. Silivera kletterte über den Geröllhaufen und suchte nach irgendeinem Anhaltspunkt. Ein Ladenschild ragte aus dem Schutt. Das war alles, was von Belders Lebensmitteldepot übrig geblieben war. Silivera hielt nach der Treppe Ausschau, die zu ihrem Wohnblock geführt hatte. Sie war verschwunden – entweder verschüttet oder weggerissen. Sier rutschte, immer wieder nach Halt suchend, den Hang hinab. Eine Hausnummer auf einem Mauerstumpf lieferte sihm eine erste Orientierung. Sier wandte sich nach rechts und zählte die Ruinen ab, bis sier bei Soels Nummer angelangt war.

Flinke Arme räumten den scharfkantigen Splitt beiseite. Siliveras Hände begannen zu bluten. Sier riß sich einen Fetzen von seihrem Hemd und verband sie notdürftig. Dann grub sier wieder wie wild in den Trümmern. Erstickte Schreie trieben sihn zu verzweifelter Eile an. Immer wieder rief Silivera Dafire beim Namen, während sier über Trümmer taumelte und Felsbrocken weghievte. Die Stimme versagte sihm, sier konnte das Schluchzen nicht länger unterdrücken. Unbekannte sprangen sihm zur Seite; gemeinsam kämpften sie sich vorwärts. Zuerst war nur Dafires Fuß zu sehen; dann eine Hand. Silivera zog das schluchzende Baby unter einem Mauerbogen hervor, der es wie durch ein Wunder beschützt hatte, und preßte es an seihre Brust. Keine Blutspuren. Und auch sonst keine ersichtlichen Verletzungen. Silivera drückte Dafire so fest an sich, daß sier noch lauter zu schreien begann.

Silivera saß einfach nur zitternd und schluchzend da und hielt Dafire in den Armen, während die anderen die Suche nach Soel fortsetzten. Ein Katastrophenwart kam vorbei und verteilte farbige Markierungsfahnen. Die Häuserruinen wurden gekennzeichnet: Blau für diejenigen, die bereits durchsucht worden waren oder deren Bewohner man ausfindig gemacht hatte; Rot für alle anderen. Silivera pflanzte in dem Schutthaufen, der einst ihr Haus gewesen war, eine blaue Fahne auf. Ricel konnte nicht daheim gewesen sein, und sier und Dafire waren in Sicherheit. Sier setzte sich wieder auf die sonnige Felsbank neben Soels Haus und beugte sich beschützend über Dafire. Eine Stunde später fand man Soels Leiche. Erst dann konnte sich Silivera von dem Ort losreißen, um sich im Regierungsviertel auf die Suche nach Ricel zu machen.

Silivera war taub für das Stimmengewirr um sihn herum; sier schritt durch die Menge, ohne die vielen verzweifelten Rufe nach Verwandten, nach Ärzten, nach Hilfe wahrzunehmen. Dafire steckte seihr kleines Köpfchen unter Siliveras Arm hervor und beobachtete interessiert das Getümmel. Silivera versuchte, seihr Zittern zu unterdrücken. Dafire war am Leben und unverletzt, nur das zählte. Trotzdem kehrte das Zittern immer wieder.

Silivera näherte sich dem Regierungsviertel von der Rückseite des Registrierungsamts, ohne auch nur daran zu denken, daß sier hier und heute seihren Ehekontrakt hätte unterzeichnen sollen. Das schien jetzt Jahre zurückzuliegen. Silivera lief um das Gebäude herum und blieb plötzlich wie angewurzelt stehen. Seihre Hand suchte an der Wand zitternd Halt. Sier starrte in den klaffenden Abgrund vor sihm. Das gesamte Felsplateau war an dieser Stelle weggebrochen und hatte das halbe Registrierungsamt und den Rest des Regierungsviertels mit sich gerissen. Silivera lehnte sich vorsichtig über die Felskante und spähte auf das graue Einerlei aus Schutt und Staub, das den Talboden bedeckte. Tränen erstickten seihre Stimme und trübten seihren Blick. Sier würde Ricels blondes Haar nie mehr wiedersehen. Wortlos wandte sier sich um und trat den Rückweg an. Ein Zuhause gab es nicht mehr. Aber dier Katastrophenwart hatte gesagt, es würden Zelte für die Obdachlosen errichtet. Dorthin begab sier sich.

Nach Essen und Schlaf kehrte eine vage Hoffnung zurück. Vielleicht war Ricel ja gerade auf Außendienst bei

Vermessungsarbeiten gewesen; vielleicht hatte sier das Amt schon verlassen, um sich auf die Trauungszeremonie vorzubereiten. Silivera ersetzte die blaue Fahne vor ihrem Haus durch eine rote, trug Ricels Namen in die Vermißtenliste ein und hinterließ ihren Aufenthaltsort, falls Ricel nach ihnen suchen sollte. Dann schloß sier sich einem der Suchtrupps an. Silivera wußte zwar, daß sier mit seihren Fähigkeiten viel besser geeignet gewesen wäre, Hilfsgüter zu organisieren oder dem Registrierungsamt bei der Familienzusammenführung zu helfen, aber die schwere körperliche Arbeit betäubte auf willkommene Art die brennende Sorge um Ricel. Sier verbrachte die Tage damit, den Schutt der rot markierten Häuser wegzuräumen und nach Toten und Überlebenden zu graben.

Abends kehrte Silivera erschöpft ins Zeltlager zurück. Als erstes überflog sier immer voller Hoffnung die vielen Zettel am schwarzen Brett; danach wusch sier sich am gemeinsamen Wassereimer Dreck und Staub vom Gesicht und den zerkratzten Händen, um dann schließlich Dafire abzuholen. Irgend jemand fand sich immer bereit, auf die Kinder aufzupassen, damit die Eltern, die dazu in der Lage waren, bei den Aufräumarbeiten helfen konnten. Mit Dafire im Arm ging Silivera zu seihrem eigenen Lager, fütterte das Baby und schmiegte es dann an sich.

Silivera verlor jegliches Zeitgefühl. Als sier einmal nach dem Wochentag fragte, mochte sier kaum glauben, daß seit dem Erdbeben schon eine Woche vergangen war. Daraufhin wagte Silivera kaum noch zu hoffen, daß Ricel noch am Leben sein könnte.

Diese Erkenntnis schmerzte Silivera so sehr, daß sier zunächst gar nicht so recht begriff, was dier Pfleger sagte, als sier an diesem Abend das Zelt betrat. Zunächst.

»Ich finde, du solltest dich morgen ausruhen und nicht

zu den Aufräumarbeiten gehen. So wie sich dier Kleine über die Flasche hermacht, läßt sich vermuten, daß du sihn nicht genügend stillen kannst. Ich möchte mich ja nicht beklagen, aber unser Vorrat an Milchpulver ist so knapp, daß wir es für die Babies brauchen, die keine Mütter mehr haben.«

»Ja, natürlich«, murmelte Silivera geistesabwesend, als dier Pfleger sihm Dafire reichte. Sier entfernte sich rasch. Hinter der Trennwand seihres eigenen Lagers wurde sihm plötzlich die volle Bedeutung klar.

Dafire! Sie würden sihm Dafire wegnehmen! Ohne Ehekontrakt bestand für sihn keine Möglichkeit, Dafire als seihren Tochtersohn zu beanspruchen. Genügte es denn noch nicht, daß sier Ricel verloren hatte? Jetzt würde man Dafire auch noch Ricels Familie zusprechen. Einer Familie, die das Kind nie gesehen und sich nie um es geschert hatte. Einer Familie, die über diese Verbindung mit einer dahergelaufenen Person aus den Südstaaten so empört gewesen war, daß sie alle Kontakte mit Ricel abgebrochen hatte. Es war so ungerecht!

Silivera standen Tränen in den Augen, als sich Dafire aus seihrer Umarmung freistrampelte und um die Wiege kroch. Armer Dafire. Die Mutter vermißt, und der Vater – wie lange würde sier noch einen Vater haben? Silivera fragte sich, ob das Baby die drastische Veränderung bemerkt hatte. Dafire war ruhiger als gewöhnlich und klammerte sich abends noch enger an Silivera. Aber natürlich hatte Dafire seihre Mutter vermißt, die sihn genährt hatte! Silivera mußte blind gewesen sein! Dafür wurde es sihm jetzt um so schmerzlicher bewußt. Und wie würde Dafire darauf reagieren, jetzt auch noch Silivera zu verlieren? Silivera, dier sihn von dem Augenblick an geliebt und gepflegt hatte, da sier Ricels Schoß verlassen hatte.

Würde sier es jemals übers Herz bringen, die Behörden von seihrer und Dafires Lage in Kenntnis zu setzen? Zunächst wollte sier erst einmal stillhalten und abwarten, bis die Bürokraten herausfanden, daß sier nicht Dafires Mutter war.

Während der folgenden zwei Wochen beschäftigte Silivera nur ein Gedanke: Sier würde Dafire verlieren. Die Tränen, die sihm über das staubverschmierte Gesicht liefen, galten jetzt nicht mehr allein Ricel, sondern ebenso sehr Dafire.

Es kam der Tag, da Silivera den Aufräumungsarbeiten am Registrierungsamt zugeteilt wurde. Dabei erfuhr sier, daß die Geburtsregister bei dem Erdbeben mitvernichtet worden waren. Für die zugezogenen Erwachsenen war das allenfalls eine unangenehme Formsache; der Heimatort konnte jederzeit eine Kopie des Geburtsscheines ausstellen. Aber Dafire war hier geboren worden, und es hatte nie ein Anlaß bestanden, anderswo eine zweite Registrierung zu beantragen. Silivera fragte beiläufig, was in solch einem Fall zu geschehen hatte. Man teilte sihm mit, daß neue Geburtsscheine so bald wie möglich ausgestellt werden sollten und daß die Eltern oder nächsten noch lebenden Verwandten die dazu nötigen Angaben machen könnten.

Als Silivera an diesem Abend zum Zelt zurückkehrte und sich Hände und Gesicht wusch, flüsterte sihm eine innere Stimme immer wieder dasselbe zu: Es wäre so einfach! Sier bräuchte nur anzugeben, daß sier Dafire ausgetragen und nicht nur gezeugt hätte.

Aber nein! Das würde dem Codex widersprechen. Es gab dafür sogar eine Bezeichnung und einen eigenen Paragraphen: Kindesentführung. Dafire gehörte zu Ricels Familie, und dorthin wollte sier sich wenden. Und um jeglicher Versuchung zu widerstehen, beschloß Silivera, am nächsten Morgen gleich als erstes zu der Baracke zu gehen, in der das Registrierungsamt behelfsmäßig untergebracht war, und die notwendigen Schritte in die Wege zu leiten.

Aber am nächsten Morgen meldete sich Silivera wieder bei dem Räumungsteam. Die Rettungsarbeiten waren – so versuchte sier sich einzureden – weitaus wichtiger. Überlebende waren zwar schon seit acht Tagen nicht mehr geborgen worden, aber vielleicht lag ja unter den Trümmern noch immer jemand verschüttet, dier sich an das Leben klammerte. Siliveras schlechtes Gewissen meldete sich. Sier wußte ganz genau, daß dies nicht der wahre Grund war, weshalb sier Felsen und Geröll durchsiebte anstatt Formulare auszufüllen.

In dieser Nacht gingen Silivera so viele widersprüchliche Gedanken durch den Kopf, daß sier lange nicht einschlafen konnte. Ehre, Anstand, Liebe, Einsamkeit und die Angst davor – all das lag miteinander im Widerstreit und ließ sihn nur noch verwirrter zurück. War rechtens auch immer richtig? Die eine Stimme sagte sihm, der Gedanke, mit dem sier spielte, sei verwerflich und falsch; die andere rief ebenso hartnäckig, es sei überhaupt nicht falsch und verwerflich. Silivera warf sich auf seihrem Lager hin und her. Es war unmöglich – schon der Gedanke daran war müßig. Doch die Einflüsterungen wollten nicht verstummen. War es wirklich so unmöglich? Ricel und sier hatten nur Augen füreinander gehabt und daher kaum andere enge Bekanntschaften geschlossen. Nur wenige könnten mit Bestimmtheit sagen, wer von den beiden das Baby ausgetragen hatte. Soel hatte es natürlich gewußt, aber sier war tot. Wahrscheinlich hatten einige von Ricels Arbeitskollegen zumindest geahnt, daß sier schwanger war. Aber woher wollten sie wissen, daß Dafire das Kind war? Doppelschwangerschaften waren zwar selten, aber nicht auszuschließen, und Ricel hatte Dafire nie mit zur Arbeit genommen. Ohnehin waren Ricels Kollegen höchstwahrscheinlich zusammen mit sihm umgekommen.

Silivera selbst hatte sich viel zu sehr geschämt, als daß sier seihren Eltern mitgeteilt hätte, daß sier kontraktlos ein Kind gezeugt hatte. Jetzt könnte sier ohne weiteres die ebenso große Schande eingestehen, Mutter eines solchen Kindes zu sein.

Aber selbst wenn es sihm gelingen sollte, alle anderen zu täuschen – würde sier selbst mit dieser Lüge leben können? Mit diesem Verstoß gegen den Codex? Selbst wenn es sonst niemand wissen würde, wäre Silivera sich stets dieser Schuld bewußt.

Kindesentführung. Wie häßlich das klang! Vor dem Codex spielte es keine Rolle, ob sier das Kind liebte. Anderen unverheirateten Vätern war es vor sihm sicherlich nicht anders ergangen. Das änderte aber nichts am Gesetz, das besagte, die Kinder gehörten dem gebärenden Elternteil, sofern es nicht durch einen Ehekontrakt anderweitig geregelt war. Alle, die je ein Kind ausgetragen, es geliebt und beschützt hatten, würden sich gegen Silivera wenden.

Aber würde Ricels Familie sich überhaupt die Mühe machen, sihn aufzuspüren. Silivera war sich nicht einmal sicher, ob sie von der Existenz ihres Enkels wußten. Sie hatten Ricels Briefe alle ungeöffnet zurückgesandt, nachdem sier ihnen geschrieben hatte, sier habe hier in Khedderide jemanden kennengelernt und beabsichtige, sihn zu heiraten. Ohne Silivera auch nur getroffen zu haben, hatten sie sihn abgelehnt, einzig aus dem Grund, weil sier nicht zu der handverlesenen Schar gehörte, die Ricels Familie bereits als Partner für sihn ausgewählt hatte.

Wahrscheinlich hatte es ihnen die Ehre sogar geboten, Siliveras Namen ganz aus ihrem Gedächtnis zu streichen.

Aber das konnte jetzt ein Vorteil sein. Es bestand durchaus die Möglichkeit, daß sie nicht wußten, wie Silivera richtig hieß. Ricel hatte seihren Vornamen nie gemocht und sihn immer nur »Vera« gerufen. Und wenn sier sich recht erinnerte, hatte Ricel in jenem Brief seihren Familiennamen bewußt weggelassen, da sier wollte, daß man Silivera um seihrer selbst willen akzeptierte und nicht auf Grund seihrer verwandtschaftlichen Verbindungen. Also würden sie, sofern sie überhaupt von Daffys Existenz Notiz nahmen, nach Dafire Tojer, Tochtersohn von Ricel Tojer und einer unbekannten Vera, suchen, und nicht nach Daffy Aubochon, Tochtersohn von Silivera.

Silivera betrachtete liebevoll dien schlummernden Dafire. Wenn sier sich außerhalb des Codex stellen und das Kind an sich nehmen würde, könnte sier nie wieder heiraten: Es wäre für jeden Partner nur allzu offensichtlich, daß sier nie ein Kind ausgetragen hatte. Außerdem würde sier von jemandem, dien sier liebte, nie verlangen, um seihretwillen gegen den Codex zu handeln. Es war schlimm genug, daß sier es sich selbst abverlangen mußte. Diese Frage stellte sich sihm: Könnte sier den Rest seihres Lebens allein, nur mit Dafire zusammen, verbringen? Ohne Lebensgefährten, ohne Familie, ohne weitere Kinder? Und stets mit der quälenden Gewißheit, sich außerhalb des Codex gestellt zu haben?

Sier blickte erneut auf Dafires kleinen Blondschopf, und es wollte sihm das Herz zerreißen. Sier würde nie wieder seihren inneren Frieden finden. Wofür sollte sier sich entscheiden: Liebe? Oder Ehre?

Es war an einem Dastag, genau vier Wochen nach dem Erdbeben, als Silivera seihre wenigen Habseligkeiten zusammenraffte, sich Dafire auf den Rücken schnallte und zu der Stelle aufbrach, wo einst das Regierungsviertel gestanden hatte. Unterwegs pflückte sier von einer Geröllhalde, unter der vielleicht einmal ein Garten angelegt war, eine wilde Aster. Eine Wüstenblume, die wie Khedderide aus unfruchtbarem Boden und einem glücklichen Zufall zu rascher Blüte gelangt war – und ebenso rasch wieder vergehen mußte. Silivera warf die Blume zu Boden.

Sier betrachtete den farbigen Tupfer auf dem staubgrauen Fels und fragte sich, ob sie, wäre Ricel am Leben geblieben, beim Wiederaufbau Khedderides mitgeholfen hätten, oder ob sie, wie so viele andere, geflüchtet wären. Sier hatte sihn nicht einmal bestatten können. Es blieb nur ein Felsengrab und eine einzelne wilde Blume darauf.

Silivera wandte sich ab und lief, noch immer voller Skrupel, zur Registrierungsbaracke. Dort beantragte sie einen neuen Geburtsschein für seihren Tochtersohn, Dafire Aubochon, und eine zusätzliche Durchschrift. Dann wandte sier sich nach Süden. Zurück zu den grünen Feldern und alten Städten, die seihre Heimat waren. Zurück auch zu den steifen Traditionen, wo die Schande zwar schwerer wog, aber wo weniger Gefahr bestand, entdeckt zu werden.

Fürs erste würde sier bei seihren Eltern wohnen, bis sier eine neue Bleibe gefunden hatte. So wie sier einst Khedderide für sich gefunden hatte. Dafires wahre Abstammung würde sier den Eltern nicht verraten können, selbst Dafire durfte nie erfahren, daß sier der Vater und nicht die Mutter war. Irgendwann auf seihrer langen Heimreise fand Silivera den inneren Frieden wieder und die Überzeugung, genau das Richtige getan zu haben. Als Mutter und Tochtersohn trafen die beiden zusammen auf Gut Aubochon ein.

Nonar begrüßte sihn an der Tür.

»Seid gegrüßt, Mutter«, stammelte Silivera.

Tränen traten Nonar in die Augen, die aber der Stolz zurückhielt. Silivera wußte, daß diese beinahe vergessenen Tränen das Äußerste an Gefühlsregung war, das sich Nonar zugestehen würde, um seihre Freude darüber zu zeigen, daß Silivera wohlbehalten aus Khedderide zurückgekehrt war. Nonar musterte sihn vom Kopf bis zu den Zehen, seihre staubbedeckte schwarze Robe und vor allem das Kind in seihrem Arm. In Nonars Blick lag deutlich Mißbilligung; es gäbe da wohl einiges zu erklären, meinte sier.

»Es freut mich zu sehen, daß du noch Schwarz trägst. Immerhin scheinst du nicht ganz so ehrvergessen zu sein, die Unsitten der Nordstaaten anzunehmen.«

Ich bin noch viel tiefer gesunken, dachte Silivera.

Aber seihre Antwort war nur ein schlichtes »Nein«.

SUSAN URBANEK LINVILLE

Im Siebten Jahr geboren

Diese Geschichte hätte leicht zum Klischee verkommen können. Statt dessen behandelt sie das Thema eines untergeschobenen Kindes auf höchst originelle Art. Keine andere Geschichte, die ich seither zu diesem Stoff erhalten habe, ist ähnlich geistreich und erhellend gewesen. Und gerade bei diesem Thema besteht die Gefahr, daß die Geschichte übertrieben oder abgedroschen oder unerträglich sentimental wirkt. Es ist übrigens die einzige Geschichte dieser Art, die ich in den zehn Jahren unserer Anthologien abgedruckt habe. Bei der »Kessel«-Abstimmung belegte sie den zweiten Platz; ganz offensichtlich hat sie also auch meinen Lesern gefallen.

Susan Linville arbeitet derzeit an ihrer Dissertation in Biologie, wobei sie sich auf die Verhaltensweisen von Vögeln spezialisiert. Neben ihren Studien und ihren Lehrverpflichtungen als Dozentin bleibt ihr momentan wenig Zeit zum Schreiben; sie hat aber vor, sich dieser Aufgabe stärker zu widmen, sobald sie ihren Doktorhut erlangt hat.

Myrica umklammerte die Weidensprossen des altertümlichen Gebärstuhls.

»Laß dieses Kind am Leben«, flehte sie. Eine neue Wehe setzte ein. Schweißperlen brannten ihr auf den spröden Lippen.

»Es ist soweit«, sagte Rubra. Der Duft von Rosmarin und Zitronelle erfüllte das abgedunkelte Zimmer, als sie die Kräuter ins kochende Wasser warf. »Pressen! Du mußt pressen! Preß den kleinen Wurm ins Leben!«

Myrica drückte ihr Rückgrat gegen das abgenutzte Weidengeflecht und stemmte ihren Fuß in die Grasnarbe. Rubras runzelige Hand rieb ihr den geschwollenen Leib und massierte die Muskeln, um den Schmerz zu lindern. Myrica atmete tief durch und biß sich auf die Unterlippe.

Ein kläglicher Schrei. Das Kind tat seinen ersten Atemzug. »Sie lebt!« Myrica sank erleichtert zurück. »Der Erdenmutter sei dank!«

»Noch einmal pressen!« Rubra strich sich eine Haarsträhne, einst rot, doch längst ergraut, aus dem Gesicht. »Noch haben wir es nicht geschafft.«

Myrica hörte kaum, was Rubra sprach. Das Kind lebte! Ihre ersten beiden Töchter waren Totgeburten. Es waren anmutige Feenwesen mit dunkler, samtweicher Haut und katzengrünen Augen gewesen, aber ihnen hatten eine Nüster und beide Lungenflügel zum Atmen gefehlt.

»Gib sie mir, ich möchte sie im Arm halten«, verlangte Myrica. Endlich hatte sie ihr eigenes Kind, das sie an ihre Brust legen und säugen konnte.

Aber Rubra brachte das Neugeborene zur Feuerstelle, wo sie es mit Kräuterbalsam abrieb. Sie zerriß ein altes Leinentuch und wickelte das Kind in den Fetzen.

»Ich habe für mein Baby ein neues Tuch«, protestierte Myrica.

»Das wird er nicht brauchen.«

»Nein?«

»Es tut mir leid.« Rubra stieß die hölzernen Fensterläden auf, um die Ankunft eines männlichen Nachkommen zu verkünden. Die kühle, feuchte Abendluft strömte in den Raum. Es fröstelte Myrica. Sie konnte die Wikken hören; die Waldhexen klapperten mit Gebeinen vom Eichhorn, um die Trolle zu verscheuchen.

»Bitte, laß mich ihn im Arm halten.« Myrica wischte sich die Tränen vom Gesicht. »Er ist mein einziges Kind.«

»Es ist besser so, wenn du ihn nicht berührst. Die Trennung wird dir dann weniger Schmerzen bereiten.«

»Weniger Schmerzen?« rief Myrica. »Was weißt du denn davon? Du hast nie ein Kind verloren!«

Rubra wandte Myrica den Rücken zu und drückte das Kind fest an sich.

Noch bevor Myrica weiterreden konnte, hob sich der Türriegel, und drei Wikken traten ein. In ihren dunklen, wallenden Gewändern glitten sie durch den Raum und verbreiteten den Geruch von Weihrauch und Myrrhe. Eine jede trug eine lange Kette aus Dornengeflecht und Nachtschattengewächsen. Rubra übergab der Ältesten der drei, einer kurzgewachsenen Fee mit langen weißen Haaren, das Neugeborene.

»Er ist mein Kind!« Myrica mühte sich aufzustehen, sank aber in die Lache aus Blut und Nachgeburt. »Verschwindet, oder ich rufe den Waldzauber gegen euch an!«

»Er ist verloren«, erklärte die Älteste. »Wir werden dir ein anderes Kind bringen. Ein Menschenkind, das die Leere, die du jetzt in deinem Herzen verspürst, ausfüllen wird.«

»Niemals!« Myrica schleppte sich auf die Wikken zu, aber Rubra hielt sie zurück und legte rasch eine Decke um ihren zitternden Leib.

»Laß sie ziehen«, flüsterte Rubra ihr zu und geleitete Myrica zu ihrem Lager.

»Er ist der Sohn deines Bruders, Rubra. Er gehört auch zu deinem Blut.«

»So verlangt es aber das Gesetz, Myrica.«

»Was kümmert mich das Gesetz!«

»Es sollte dich kümmern!« Rubra sah sie streng und finster an; sie glich einer Wildkatze, die zum Sprung ansetzt.

Myrica errötete und wich Rubras Blick aus.

Die Älteste hielt das Baby hoch und betrachtete es im Feuerschein.

»Schaut euch an, wie die Knochen unter der Haut hervorstehen. Dieser Junge ist schwach und kränklich.« Sie untersuchte seinen kleinen Fuß. »Und die Zehen zusammengewachsen. Eindeutig ein Zeichen schlechten Blutes.«

»Ich werde ihm Zaubertränke zur Stärkung brauen«, wandte Myrica ein. »Und ich werde unter den Menschen eine Amme finden, die ihn nähren kann.«

»Du kennst das Gesetz«, erwiderte die Älteste. »Wir schreiben das Siebte Jahr. Alle Knaben, die im Siebten Jahr geboren werden, müssen als Wechselbälger den Menschen untergeschoben werden. Wir brauchen die Auffrischung mit menschlichem Blut. Nach dem Tod deiner beiden Kinder müßtest du wissen, wie schwach dein eigenes Blut ist.«

»Aber Ihr könntet doch eine Ausnahme machen. Mein Großvater war Tanoak, Hexengroßmeister des Waldes. In den Adern dieses Kindes fließt auch sein Blut.«

»Es gibt keine Ausnahmen.« Die Älteste reichte das Kind den beiden anderen Wikken, die es in ein dunkles Tuch hüllten und ihm zum Schutz ein Kettchen aus silbrigen Feenglocken umhängten.

Myrica versuchte erneut sich aufzurichten. Sie wollte ihren Sohn an sich reißen und hinausstürzen, um ihn in der Dunkelheit des Waldes zu verbergen.

Rubra packte sie beim Arm. »Halte still! Widersprich den Wikken nicht!«

Eine der Waldhexen zog aus ihrem Umhang eine Phiole mit Holunderextrakt hervor. Myrica wußte, daß die rote Flüssigkeit dazu diente, die Abkunft ihres Sohnes zu verschleiern. Seine neuen Menscheneltern würden nie erfahren, daß er ein Feenkind war.

Die Waldhexe schüttete zwei Tropfen auf ihre Handfläche und zog damit ein Pentagramm auf die Stirn des Kindes.

»Aschem balik Sabin«, intonierte sie in der alten Feensprache. »Kilim balik Sabin.«

»Haltet ein! Ihr werdet meinen Sohn mit eurem Feenschauer nicht verwandeln. Bei allen Göttern des Waldreiches, ich taufe dieses Kind auf den Namen Cedrus, Sohn von Myrica und Tallamann.«

»Myrica, was tust du?« flehte Rubra. »Laß ihn ziehen.«

»In Ostryas Namen weihe ich ihn der Waldbrüderschaft.«

Die Älteste der Waldhexen fuhr herum und hob ihren hölzernen Feenstab, als ob sie zum Schlag ausholen wollte. Ihre bernsteinfarbenen Augen sprühten vor Zorn. »Willst du unsere Rasse verfluchen?«

»In Tamaraks Namen stelle ich Cedrus unter den Schutz des Hofes zu Seelie«, schrie Myrica verzweifelt.

Durch die Namensgebung hatte sie Cedrus zum Feenkind erklärt und für ihn den Schutz der Götter eingefordert. Jetzt würde ihm der Feenschauer nichts anhaben können.

»Welch eine Närrin du doch bist!« zischte ihr die Älteste schlangenhaft zu. »Eine Närrin, die nur an sich denkt und nicht an ihr Kind und das Feenreich. Wir müssen den Knaben trotz allem ausliefern. So verlangt es das Gesetz.«

»Wie?«

»Du hast dein Kind selbst verdammt. Jetzt muß er den Menschen ohne den Schutz des Feenschauers übergeben werden. Sie werden ihn aussetzen, und er wird sterben.«

Die Älteste spuckte auf den mit Kräutern übersäten Boden. »Mögen deine Knochen verfaulen und dein Schoß verdorren. Ich verfluche dich, denn du hast Feenrecht geschmäht. Du sollst keine Kinder mehr gebären!«

»Nur das nicht!« flehte Myrica.

Die Älteste deutete mit der Spitze ihres Feenstabes auf Myrica und stieß ihn dann dreimal zu Boden. Danach zerbrach sie den Stab über ihrem Knie und warf die Stücke in die nördliche Zimmerecke. »Die Saat der Erdenmutter soll in dir welken und verkümmern.«

Myrica sah machtlos zu, wie die Wikken ihren Sohn mitnahmen. Eichhornknochen rasselten im Dunkeln, und der Gestank von Schierling stieg ihr in die Nase.

Myrica wickelte das schlafende Menschenkind in ein reines Leinentuch und legte es in ein mit Moos ausgepolstertes Körbchen. Es nuckelte an seinem Daumen.

»Ein prächtiger Junge«, meinte Rubra und unterbrach ihre Näharbeit. »Rund und gesund. Er hat die kräftigen Hände eines Schmiedes. Aus ihm wird bestimmt mal ein geschickter Handwerker – auch wenn er nur ein Mensch ist.«

Myrica überhörte die Bemerkung. Sie machte sich am Herd zu schaffen, stapelte Fladen aus Haferschrot übereinander und verstaute sie zusammen mit getrockneten Pilzen und Rickenmilchkäse in einem Websack.

»Der Clan wird ihn mit offenen Armen empfangen«, fuhr Rubra fort. »Ganz besonders Tallamann. Er wird sich über ein gesundes Kind freuen; er braucht einen Lehrbuben für seine Goldschmiede.«

»Tallamann wird diesen Jungen nie zu Gesicht bekommen.« Myrica zog ihre abgetragenen Wildlederstiefel an und schnürte sie fest zu. »Ich stand mit leerem Korb vor eurer Sippe, als meine ersten beiden Kinder starben. Wieso sollte es diesmal anders sein? Das Menschenjunge bekommt ihr jedenfalls nicht.«

Myrica schnallte sich den Reisesack um die Hüfte, steckte noch eine Kürbisflasche mit Wasser ein und vergaß auch die Windeln für das Baby nicht. Um ihren Hals trug sie eine Goldkette aus Feenglocken und Fingerhut, die ihr ihre Mutter vererbt hatte. Für das Baby hatte sie eine Trageschlinge, die sie sich um die Brust legte.

»Die Sippe wird nichts gegen ein Menschenjunges einzuwenden haben. Sie verstehen, warum es die Gesetze gibt, und sie wissen auch, was es heißt, sie zu übertreten«, beschwor Rubra sie.

»Gesetze. Komme mir nicht mit Gesetzen! Die Wikken rauben mir meinen Sohn, und du faselst von Gesetzen. Du begreifst nicht, was wahre Mutterliebe ist.«

»Törichtes Kind! Du weißt nicht, wovon du redest.« Rubra legte ihre Handarbeit beiseite. »Auch ich habe mein einziges Kind verloren. Im tiefsten Winter war's, und die Blutlache färbte den weißen Schnee rot. So lag es da, das kleine, unförmige Wesen, mit verkrüppelten Armen und einem Loch im Herzen. Tagelang habe ich mir die Augen ausgeweint, habe um mein Baby geklagt und mein Schicksal verflucht. Aber dann habe ich den Verlust akzeptiert. Ich habe nie wieder versucht, ein Kind zu bekommen, denn ich wußte nun, was schlechtes Blut hervorbringt.«

Myrica schwieg einen Augenblick lang betreten. Dann warf sie sich ihren Mantel über und gürtete ihn zu. »Es tut mir leid, Rubra, daß dein Kind starb«, sagte sie schließlich. »Aber nicht alle Kinder im Siebten Jahr haben schlechtes Blut. Mein Sohn war nicht verkrüppelt. Ich will ihn wiederhaben.«

»Dein Sohn wurde dir aus gutem Grund genommen. Ich bitte dich, Myrica, denk an die künftigen Feenkinder!«

Myrica öffnete die Tür. Die ersten Sonnenstrahlen erhellten gerade den östlichen Himmel über den dunklen Baumkronen. »Ich gehe jetzt.«

»Denk nicht immer nur an dich!«

Myrica trat in die kühle Morgenluft hinaus.

Myrica kniete zwischen den hochgewachsenen Lilien und schmiegte die verdorrten Blätter an ihr spitzes Ohr.

»Stimmen aus dem Dunkeln, tut mir kund: Wer betrat den Wiesengrund?« raunte sie in der Feensprache. Sie hörte vergangenes Elfengeflüster und das muntere Lied eines Kobolds. Sie vernahm auch das widerwärtige Grunzen eines Waldtrolls. Im Dunkel des Waldes hallte das klagende Geheul des Schwarzen Hundes wider. Die Luft war erfüllt mit nächtlichem Gewisper und Tagesgesprächen – aber Feen waren hier nicht entlanggekommen.

Myrica zitterte und hüllte sich noch enger in den Mantel. Sie suchte schnüffelnd den Boden ab. »Die Spur muß hier irgendwo sein!« Myrica rieb sich die müden Augen. »Es ist der kürzeste Weg zu den Niederungen. Welchen Zauber haben die Wikken wohl gewirkt? Kein einziger Laut, kein Geruch, nicht eine einzige Spur.«

Ein aschfahler Mond ging am östlichen Horizont auf. Myrica spähte in die Richtung, in der die grünen Ulmentriebe wuchsen. Sie kaute auf einem Sassafraszweig und flocht sich Schirlingsnesseln ins Haar. Doch noch immer konnte sie kein Zeichen der Waldhexen ausmachen.

Das Menschenkind meldete sich wie jede Stunde zuvor mit Gebrüll. Myrica sank neben einem morschen Eichenstumpf auf ein Moospolster nieder und nahm das Baby, das sich naß gemacht hatte, aus der Trageschlinge. Die Schutzglöckchen um seinen Hals bimmelten.

»Halt still, du Schmutzfink!« Sie wechselte dem Baby die Windel und gab ihm ihre schmerzende Brust. »Eigentlich sollte ich dich hier den Hunden überlassen.«

Myrica lehnte sich zurück und achtete sorgsam darauf, dem Baby nicht zu nahe zu kommen. Sie sah zum Himmel auf und beobachtete Mond und Sterne. Ursa, die Bärin, wies nach Norden, und Draco schützte das Himmelszelt. Während sie so dasaß, breitete Aurora ihren blutroten Schleier über das nächtliche Dunkel.

Myrica erhob sich. Den Blick immer noch gen Himmel gewandt, drehte sie sich im Kreis.

»Aber natürlich! Wie dumm von mir! Die Zeichen waren die ganze Zeit schon da, dort oben am Himmel.

Die Waldhexen kriechen nicht am Boden entlang, sie reiten auf ihren Reisigbündeln über die Baumwipfel.«

Myrica band die Trageschlinge mit dem Baby an einem der unteren Äste einer Weißtanne fest und kletterte bis in die Baumkrone. Sie schmiegte die weichen Nadeln an ihre Wange. Der Geruch von Nachtschattengewächsen schwängerte die Luft. Myrica brach eine der Tannennadeln ab und rieb sich damit über die Stirn. Dann lehnte sie sich weit vor, bis sie die Krümmung des Mondlichts erkennen konnte, das förmlich in einen Tunnel gesaugt wurde. Das war die Feenpassage, nach der sie gesucht hatte.

Der Pfad führte sie nach Nordwesten bis zu einer kleinen Menschensiedlung. Sie durchquerten bestellte Felder, die auf die Frühjahrsaussaat warteten. Das kalte Eisen der Pflugscharen hatte die warme Erde geteilt. Der Metallgeruch bereitete ihr Zahnschmerzen.

Als sie die Siedlung erreichten, huschte Myrica von Häuserschatten zu Häuserschatten durch die Straßen. Sie achtete sorgfältig darauf, keines der Eisengatter und Kreuze zu berühren, die bei den Menschen üblich waren. Aber schon deren Nähe hämmerte ihr im Schädel.

Myrica blähte ihre Nüstern in der Hoffnung, ihr Kind wittern zu können, aber der überwältigende Gestank der Menschen verhinderte das. Selbst der Kräuterduft der Wikken ging darin unter. Sie bog um eine Ecke, und Bratengeruch quälte ihre empfindliche Nase.

»Fleischfresser!« Sie übergab sich an der Häuserwand.

Das Baby rührte sich in seinem Tragetuch und begann zu schreien.

»Pssst!« Myrica wiegte das Kind und kramte in ihrer Tasche. Nach einigem Suchen fand sie endlich eine Astgabel, die mit geschnitzten Runen verziert war. Sie hielt die Rute in beiden Händen und schloß die Augen.

»Lebendes Eichholz des Waldes, führ mich zu meinem Kind.« Die Rute schlug in Myricas Händen aus und leitete sie eine dunkle Straße entlang. Leise schlich sie an einem schlafenden Mann mit einem Hund vorbei und überquerte den verlassenen Dorfplatz. Eine enge Gasse mit niedrigen Häusern zu beiden Seiten führte nach Norden. Myrica folgte ihr, bis sie an ein Steinhaus gelangte, in dessen Fenster eine Lampe brannte.

»Hier muß es sein.« Sie machte ihr Bündel los und legte das Baby daneben auf den Boden.

Myrica zerkaute eine Knoblauchknolle und schlich sich an die Tür des Steinhauses. Der beißende Geschmack der Knolle brannte ihr auf der Zunge. Sie berührte mit ihrer linken Hand die kalte Hauswand. Im Innern flüsterte eine weibliche Stimme. Sie betete.

»Heil dir, Maria, gnadenreiche Jungfrau, gebenedeit bist du unter den Weibern ...«

Das Menschenkind wimmerte vor Kälte. Sein Gewinsel dröhnte in Myricas Ohren.

»Still!« fuhr sie das Baby an. »Ich muß hören, ob Cedrus dort drinnen ist.«

»Herr, vergib mir«, flehte die Stimme, »ich wußte nicht, was ich tun sollte.«

Und wieder Babygeschrei. Myrica wandte sich von der Wand ab und packte das Kind. »Wenn du nicht gleich zu brüllen aufhörst, werde ich dich ...« Myrica fuhr herum. Die Schreie drangen aus der Dunkelheit, von der Anhöhe hinter dem Haus.

»Cedrus?«

Myrica rannte los und hielt das Menschenkind dabei noch immer in ihrem Arm. Sie brach sich eine Bahn durch den Rosengarten hinter dem Haus. Die Dornen zerstachen ihr Arme und Beine und schmerzten dabei wie Pfeile heimtückischer Kobolde.

»Cedrus!« Myrica kämpfte sich durch die Brombeerhecke, ohne darauf zu achten, ›mit den Ranken‹ zu laufen, wie es der Großvater ihr beigebracht hatte. Sie leckte Blut von ihrem zerkratzten Handrücken, dann rannte sie weiter durch das Gestrüpp, bis sie einen Felsvorsprung auf dem Hügelkamm erreichte.

»Cedrus!« rief sie nach Atem ringend. Sie taumelte über die großen Felsblöcke und durchsuchte jede Spalte nach ihrem Sohn. Aber alles, was sie fand, war frischer Rattenkot. Sie flehte die Götter um Hilfe an.

Über den Baumwipfeln ging der Mond auf und beschien den Abhang.

»Mein Sohn!«

Myrica entdeckte im Dickicht verborgen ein kleines Körbchen. Unter einer bestickten Decke lag die reglose Gestalt ihres Kindes. »Was haben sie dir angetan?«

Salzige Tränen brannten ihr in den Augen. Sie legte das Menschenkind auf der Wiese ab. Statt dessen hob sie ihr eigenes Baby auf und liebkoste den verkümmerten Leib. Immer wieder strich sie ihm durch das weiche, braune Haar. Seine Händchen waren kalt und blau.

»Wie konnten sie dich nur so zurücklassen?«

Cedrus öffnete den Mund, aber kein Laut kam hervor. Myrica preßte seine verdorrten Lippen gegen ihre Brust, aber er nahm sie nicht an. Der Tod haftete ihm an; Myrica erkannte den süßlichen Geruch, den sie auch in der Hütte ihrer Großmutter kurz vor deren Hinscheiden wahrgenommen hatte.

»Bitte, Cedrus, verlaß mich nicht.« Eine Träne rann ihr über die Wange und fiel auf sein Gesicht. Cedrus schloß die Augen.

»Nein! Ihr Götter, nehmt ihn mir nicht wieder weg! Nicht jetzt! Wach auf, Cedrus, wach auf!« Sie versuchte, ihm neues Leben einzuhauchen. »Du bist doch der Enkel von Tanoak, dem Hexengroßmeister des Waldes.«

Verzweifelt kramte sie ein paar Sassafrasblätter hervor und zerrieb sie ihm auf der Stirn; dann hielt sie ihn, nach Osten gewandt, hoch.

Ein kalter Wind blies ihr ins Gesicht.

Myrica betrachtete die schlaffe, leblose Hülle, die sie

in Armen hielt. Sie sank auf die Knie und stieß in der Wolfssprache einen entsetzlichen Todesschrei aus.

Das Menschenkind brüllte ebenfalls.

»Ja, schrei nur! Du kommst mir nie wieder ins Haus. Ich werde dich hier den Hunden und Ratten zum Fraß lassen, genauso, wie sie es mit Cedrus getan haben. Sei verflucht. Ich werde dich und deine Sippe verfluchen!«

Myrica wickelte ihren toten Sohn in das Tragetuch und stieg den Abhang hinunter. Sie brach einen Stengel vom Tollkraut ab und legte ihn vor die Hintertür des Steinhauses.

»Dafür sollen sie büßen.« Sie fegte das Laub beiseite und ritzte mit ihrer gezackten Eichenrute ein Pentagramm in die Erde.

»Ihr Götter des Waldes und des Himmels! Ihr Götter des Wassers und der Erde! Ich, Myrica, Tochter der …«

Aus der Ferne drangen die Schreie des Menschenkindes zu ihr.

»Ich, Myrica, Tochter der Fay und des Feenreiches, ich rufe Euch an!«

»Heil dir, Maria, gnadenreiche Jungfrau, gebenedeit bist du unter den Weibern«, betete die Frau drinnen.

»Bringt meine Rache über dieses Haus. Bringt Tod und …«

»Vater unser, der du bist im Himmel, geheiligt werde dein Name.«

Myrica senkte die Augen. Ihre Hand ruhte auf dem Köpfchen ihres toten Sohnes. – Was tat sie da? Aus Rache ein unschuldiges Kind umbringen? Eine Mutter verfluchen, die ihr Kind verloren hatte?

»Sie haben dich umkommen lassen«, flüsterte sie. »Diese fleischfressenden Bestien!«

Die Frau im Haus schluchzte.

»Bringt meine Rache …« Plötzlich hielt Myrica inne. Hatte Rubra recht gehabt? War sie selbstsüchtig? Hatte sie das Wohlergehen ihres Sohnes außer Acht gelassen, als sie ihm den Feenschauer vorenthielt? Hatte sie seinen Tod selbst verschuldet?

Sie verwischte das Pentagramm und blickte auf die Holztür. Tränen trübten ihren Blick, als sie begriff, was sie zu tun hatte.

Myrica verbarg ihre Ohren und Haare unter ihrem Schal, um nicht erkannt zu werden. Dann klopfte sie sachte an die Tür.

»Verschwinde! Wir brauchen hier kein Bettlergesindel mitten in der Nacht.«

»Ich bitte Euch«, flüsterte Myrica.

»Verschwinde – oder ich wecke meinen Mann.«

»In dem Körbchen ist Euer Kind.« Die Stimme versagte ihr.

Die Frau öffnete die Tür. Sprachlos, mit weit aufgerissenen Augen starrte sie Myrica an; das weiße Taschentuch in ihrer Hand schlang sich um ihre Finger.

»Euer Kind lebt!« Die Worte entfuhren Myrica beinahe wie ein Fluch und schnürten ihr die Kehle zu. Dicke Tränen rannen ihr übers Gesicht, konnten aber ihren Zorn und Schmerz nicht lindern. Diese Menschenwesen hatten Cedrus ausgesetzt und umkommen lassen! Wie konnten sie nur so etwas tun? Bestien! Myrica hätte am liebsten geschrien. Mörder! Aber der Schrei blieb aus.

Myrica öffnete ihren Mantel und ließ die Frau Cedrus' leblose Gestalt sehen. Sie wußte, daß sie mit ihrer Mutterliebe ihr eigenes Kind verflucht hatte. Sein Tod war nicht nur die Schuld der Menschen. Sie hatte ihm den Feenschauer vorenthalten.

Die Frau fuhr entsetzt zurück und bekreuzigte sich. Myrica setzte rasch einen Fuß in die Tür, gerade als die Frau sie ihr vor der Nase zuknallen wollte. Sie zwang die Frau, ihr in die Augen zu blicken.

»Sie haben mir meinen Sohn geraubt, so wie sie Euch Euren Sohn geraubt haben.« Myrica packte die Frau beim Nachtgewand. »Ihr habt mein Baby sterben lassen, aber der Tod Eures Sohnes würde das Unrecht, das wir beide begangen haben, nicht wiedergutmachen.«

»Es … es tut mir leid«, stammelte die Frau.

Das Menschenkind schrie erneut.

Myrica trat ins Dunkel zurück. Am Ende der Gasse verweilte sie gerade lang genug, um zu sehen, wie die Frau ihr Kind heimholte. Dann verschwand sie im Wald.

PETER L. MANLY

Flugdrachen Drei Zwo Neun

Mir wird fälschlicherweise immer wieder vorgeworfen, ich hätte keinen Sinn für Humor. Es stimmt zwar, daß mein Zwerchfell ein bißchen schwieriger zu kitzeln ist als bei anderen; zum Beispiel finde ich die meisten Sitcoms im Fernsehen nicht gerade komisch. Aber keiner, der mich genauer kennt und miterlebt hat, wie ich mich – beispielsweise bei Dorothy L. Sayer's »Busman's Honeymoon«, dem bei weitem witzigsten Buch, das ich je gelesen habe – vor Lachen buchstäblich am Boden gewälzt habe, hat mich je beschuldigt, für Komik unempfänglich zu sein.

Bei dieser Geschichte von Peter Manly ist es mir ähnlich ergangen. Das ist mir, zugegebenermaßen, bei der Durchsicht der Manuskripte zu unserem Magazin nur zweimal passiert. Die andere Geschichte, die ich ebenfalls zum Brüllen komisch fand, nannte sich »Falling Apart« und stammte von Larry Hodges, der es diesmal leider nicht geschafft hat. Die Leser teilten wohl meine Meinung; »Flugdrachen Drei Zwo Neun« belegte den ersten Platz in der »Kessel«-Abstimmung. Und nach der Lektüre werden auch Sie wissen, was mich zum Lachen bringt.

Peter Manly ist laut eigener Aussage von der Ausbildung her Astronom und Physiker, verdient sich aber seine Brötchen als Firmenberater für Flug- und Meßinstrumente; und die Wurst darauf verdient er sich mit Artikeln über Computer und Astronomie in entsprechenden Fachzeitschriften.

Ich werde immer wieder gefragt, warum sich Schriftsteller in allen möglichen und unmöglichen anderen Berufssparten tummeln. Wenn man nicht gerade in der glücklichen Lage ist, seine schriftstellerischen Ambitionen erfolgreich mit einer Lehrtätigkeit oder einer Büroarbeit zu verbinden, sieht man sich eben gezwungen, Leib und Seele zusammenzuhalten und jeden Job anzunehmen, der wenigstens den Mindestlohn garantiert, solange er eine wichtige Bedingung erfüllt: Der Schriftsteller muß in der Lage sein, den Job ganz kurzfristig wieder hinzuschmeißen – was bei vielen respektablen Berufen, die jahrelanges Engagement verlangen, unmöglich ist.

Ich habe mich schon als Wahrsagerin auf Jahrmärkten betätigt, habe Klamotten und Babysachen von Tür zu Tür verkauft, in Nachtclubs und bei Hochzeiten gesungen (einen idiotischeren Job kann man sich nicht vorstellen, obwohl es meiner musikalisch veranlagten Tochter nichts auszumachen scheint), habe in einer texanischen Kirche einen Kinderchor geleitet – die Liste ließe sich beliebig fortsetzen. Selbst als Putzfrau war ich mir nicht zu schade. Alles kam in Betracht, solange ich dabei meine Kinder mitschleifen konnte. Die Leute fragten mich auch stets, wie ich bei dem Lärm der Kinder überhaupt noch zum Schreiben käme. Meine Antwort lautete immer gleich: Es ist viel einfacher, die Kinder zu Hause in der Nähe meiner Schreibmaschine herumtoben zu lassen und nur ab und zu mal die Arbeit zu unterbrechen, um ihnen ein Sandwich zu machen, anstatt sie irgendwohin mitzuschleppen.

»Burg Schreckenstein, Kontrollturm, hier spricht Prinzessin Irulana an Bord des Flugdrachens November Bravo Drei Zwo Neun. Erbitte Landeanweisung.« Georgine schnaufte beträchtlich; sie spürte wohl auch, daß der lange Flug bald vorbei war. Sie breitete noch einmal ihre silbrigen Schwingen aus, um einen Aufwind zum Höhengewinn zu nützen.

Ich fragte mich schon, ob die Lotsen im Burgturm an ihrem Kontrollpult eingedöst seien, und wollte gerade den Funkruf wiederholen, als endlich die Antwort kam. »Drachen Drei Zwo Neun, hier spricht Burg Schreckenstein. Gehen Sie am äußeren Leuchtturm über dem Zauberwald in Warteschleife. Wir müssen erst den Flugstau auflösen.«

»Drachen Drei Zwo Neun, Warteschleife, verstanden«, bestätigte ich und verstaute die Empathie-Muschel in meiner Brusttasche. Das Gegenstück dazu befand sich auf der Burg, und was immer man in die eine Muschelhälfte sprach, kam bei der anderen heraus. Netter kleiner Zaubertrick, funktioniert tadellos. Das einzige Problem bestand darin, daß ich für jede Burg, die ich anfliegen wollte, eine eigene Muschel brauchte. Bei der Vielzahl der Landebahnen, die in jüngster Zeit eröffnet wurden, schleppt man eine ziemlich sperrige Muschelsammlung mit sich herum.

Die Warteschleife über dem Zauberwald war mir alles andere als genehm. Voller Abwinde, vermutlich durch die ständige Anwendung magischer Energien und obskurer Kräfte verursacht. Georgine reagierte auf meinen leichten Schenkeldruck und drehte elegant nach rechts ab. Sie war ein braves altes Mädel und genoß das Fliegen wirklich. Trotzdem bemerkte ich, wie sie verstohlen nach links zur Burg schielte, und ich spürte, daß sie einen direkten Landeanflug vorgezogen hätte. Ich hielt nach dem Leuchtturm Ausschau, einem energetisch aufgeladenen Juwel auf einer Goldsäule, der allen Drachenfliegern zur Navigation diente. Zu meiner Rechten kreiste hoch über dem Zauberwald ein großer, grauer Passagierdrachen. Wir hielten, in etwas geringerer Höhe, auf ihn zu. Dort befand sich zwar die Säule, aber der Juwel war verschwunden. Wahrscheinlich hatten ihn die Elfen wieder geklaut. Nach einigem Hin und Her, ein paar Zugeständnissen und als Draufgabe ein Jungfrauenopfer, würden sie den Juwel wieder herausrücken, aber in der Zwischenzeit mußten die Nachtflüge ohne Leuchtturm auskommen. Nur eines von vielen politischen Geplänkeln.

Die Abwinde über dem Wald waren weniger schlimm als erwartet, aber Georgine war schon die weite Strecke von den Blaunebelbergen geflogen, und ich wollte sie so schnell wie möglich zu Boden bringen. Sie schielte immer wieder sehnsüchtig zu der Burg und hielt mit ihren großen, grünen Augen nach einem schützenden Horst Ausschau. Die Nebensonne war bereits untergegangen, und ihre scharfen, blauen Schlagschatten fehlten jetzt auf der Landschaft unter uns. Die Strahlen der tiefstehenden Hauptsonne tauchten die Szenerie in ein warmes, rubinrotes Licht, das die Herbstfärbung der Wälder noch verstärkte. In den Bergen war bereits der erste Schnee gefallen, und ich wollte meine Angelegenheit auf Burg Schreckenstein rasch hinter mich bringen, um auf dem Rückflug nicht vom Winterwetter überrascht zu werden. Was ich zu tun hatte, sollte sich eigentlich schnell erledigen lassen. Ich mußte lediglich einen einigermaßen kompetenten Hexenmeister finden und ihn dazu bringen, den Gegenzauber zu lösen, der auf dem Gewand meiner älteren Schwester lag – und dann nichts wie ab nach Hause. Wenn ich dabei noch einige hübsche Sachen aufstöbern konnte – ein magisches Amulett zum Beispiel oder einen tragbaren Fluch – sollte es mir auch recht sein. Vielleicht ergab sich sogar noch die Gelegenheit, mit einem der königlichen Ritter anzubandeln – aber zuerst das Geschäft, dann das Vergnügen.

Das Orakel hatte geweissagt, daß meine Schwester, die Hochwohlgeborene Prinzessin Katrashkip von und zu Feste Granitstein, den Prinzen von und zu Burg Schreckenstein nie heiraten würde, falls sie beim Mittwinterball nicht dieses Gewand trug. Und ohne Hochzeit, um den prekären Waffenstillstand zwischen den Burgen der Nordlande zu untermauern, würde ein schrecklicher Krieg drohen, der uns alle auf Jahrtausende in finstere Zeiten stürzen würde. Die Seher hatten daran keinen Zweifel gelassen. Ich jedenfalls war froh, keine Hochwohlgeborene zu sein, sondern nur eine ganz gewöhnliche Prinzessin, die nicht aus politischen Gründen heiraten mußte.

Ich sah, wie der Passagierdrachen über mir zur Burg abdrehte. Georgine bemerkte ebenfalls, daß ihr größerer Gefährte schon bald im Horst seinen Platz gefunden haben würde, und grunzte ein wenig mißmutig, während wir noch immer um die Goldsäule kreisten. Ich tätschelte ihren Nacken und preßte ihr meine Schenkel aufmunternd in die Seiten. »Keine Sorge, altes Mädchen. Wir werden sicher danach dran sein.« Sie summte leise vor sich hin, was bedeutete, daß sie mit mir als Pilotin zufrieden war. Ich ließ sie ein wenig von der Säule abdriften, um einen schwachen Aufwind zu nutzen. Mehrere Minuten lang spielte sie mit der Thermik.

Die Empathie-Muschel meldete sich wieder. »Drachen Drei Zwo Neun, richten Sie sich auf West-Nord-West aus. Höhe beibehalten.«

»Kontrollturm, in welches Planquadrat wollt ihr mich denn verfrachten?«

»Drachen Drei Zwo Neun, wir schicken Sie auf einen langen Landeanflug vom Meer aus auf Landebahn Neun Null links der Burg. Sie können Flugdrachen Eins Eins Zwo folgen.«

»Hören Sie, Kontrollturm, wir sind ein Privatflug. Erbitten direkte Landeerlaubnis am Fachwerkhorst.«

»Abgelehnt, Drachen Drei Zwo Neun. Ihr Drache entspricht nicht den Brandschutzbestimmungen. Die neuen Lufttransportsicherheitsbestimmungen untersagen die Nutzung des Fachwerkhangars durch feuerspeiende Drachen. Sie müssen auf der alten Steinbrüstung landen.«

»Drei Zwo Neun, over and out.« Gott, wie ich diese Bürokraten hasse! Georgine würde doch niemals in einem Horst Feuer speien. Dazu ist sie viel zu wohlerzogen.

Nach kurzer Suche hatte ich den großen Passagierdrachen wieder im Blickfeld. Wir drehten ab und schlossen uns ihm an. Georgine gab ihr Bestes um aufzuholen; sie liebt es, in enger Formation zu fliegen, aber ich hielt sie zurück. Wir würden dem größeren Drachen genügend Zeit geben müssen, zu landen und das Feld zu räumen, bevor wir selbst zur Landung ansetzen konnten.

Ich hielt die Höhe über dem Trolldickicht. Als ich das letzte Mal ihren Luftraum durchflog, haben sie einige Pfeile auf uns abgefeuert, und mindestens einer davon war mit einem Drachenbann vergiftet. Trolle galten zwar allgemein als zivilisiert, was sie aber nicht davon abhielt, zufällig auf ihrem Territorium notgelandete Flugpassagiere auszuplündern; und ich konnte den Verdacht nicht loswerden, daß sie dabei den Begriff »zufällig« reichlich großzügig auslegten.

Als wir uns der Küste näherten, konnten Georgine und ich die Aufwinde an den Klippen spüren; ich sah, wie sich ihre feinen Nüstern blähten und jede Veränderung der Windrichtung registrierten. Ich wollte gerade den Kontrollturm um Erlaubnis bitten, in den Spiralwinden an den Klippen aufzusteigen, aber sie kamen mir zuvor. »Drachen Drei Zwo Neun, Flugverkehrskontrolle auf Ihrer Drei-Uhr-Position. Bitten um Bestätigung.«

Ich sah mich nach rechts um und entdeckte sechs Militärdrachen, die in zwei Dreierformationen die Küste entlangflogen und die dortigen Aufwinde ausnützten. »Kontrollturm, hier spricht Drachen Drei Zwo Neun. Bestätige Sichtkontakt zu ihnen.« Ihre Flügel spannten sich starr, als sie in präziser, enger Formation dahinglitten. Ein herrlicher Anblick, wie sie so über mich hinwegdüsten und dann einer nach dem anderen nach links abdrehte. In weit ausholendem Kurvenflug kamen sie zurück, reihten sich hintereinander ein und folgten mir, während ich aufs offene Meer hinausflog. Der Passagierdrachen hatte inzwischen gegen den Wind gekreuzt, und ich verzögerte meinen Abstieg, um ihm mehr Zeit zum Entladen zu geben.

Der Anflug verlief reibungslos. Der Passagierdrachen

war schnell entladen und das Vorfeld geräumt. Ich blickte mich noch einmal um und sah, wie die sechs Militärdrachen hinter mir abdrehten. »Okay, altes Mädchen, jetzt nur noch das große D in dem weißen Kreis treffen, und dann haben wir's für heute geschafft. Ich bitte mir eine saubere Landung aus, schließlich sind wir hier zu Besuch.« Georgine brummte und richtete ihre Flügel für das letzte Flugmanöver aus. Als wir über die Brüstung eingeflogen kamen, fuhr sie ihre Klauen aus und setzte sie sacht auf die Buchstaben des Drachenlandefelds. Mit einem einzigen Flügelschlag kam sie zum Stillstand. Eine Bilderbuchlandung. Ich war stolz auf sie. Sie legte ihre Silberflügel zusammen und schnurrte zufrieden, als ich ihr den Rücken tätschelte.

Ich schwang ein Bein über ihren dicken Nacken und hieß sie, den Kopf zu senken, damit ich leichter absteigen konnte. Sobald ich festen Boden unter den Füßen hatte, rief ich ihr zu: »Brav, altes Mädchen, gib Mama ein Küßchen.« Sie drehte mir ihren Drachenkopf mit den wuchtigen Hauern zu, und ich küßte sie unter dem Auge, wobei ich auch den riesigen Zahn streichelte, der ihr zwischen den Lippen hervorwuchs. Sie schnurrte und stieß ein Luft-Gas-Gemisch aus, ohne es jedoch zu entzünden. Wie gesagt, Georgine ist eine kultivierte Dame.

Ich hielt noch immer die Zügel in den Händen und führte Georgine rasch vom Landefeld, noch bevor der erste der Militärdrachen einschwebte. Dem Bodenpersonal sagte ich: »Wir werden mehrere Tage hier verbringen. Bitte den Drachen auftanken und versorgen.« Zunächst machten sie einige Schwierigkeiten, aber als ich meine Wizard Express Kreditkarte anbot – ohne die ich nie meine Feste verlasse –, waren sie zufrieden gestellt.

Die rote Hauptsonne tauchte gerade am Horizont unter, als ich Georgine die Steinrampe zu den Drachenhorsten hinabführte. Ich konnte sehen, wie sich im Norden über dem bleifarbenen Meer ein Sturm zusammenbraute. Die Brüstung der Rampe war mit Wasserspeiern versehen, häßliche, aus Stein gehauene Fratzen, die die Geister und Gespenster der Nacht in Schach halten würden.

Der Horst war eine gut geschützte Höhle mit Einzelboxen für die Drachen. Einige hatten hier Dauerquartier bezogen, darunter auch eine Drachenstute mit zwei niedlichen Fohlen. Sie waren kaum größer als ich und konnten daher erst wenige Tage alt sein, obwohl sie schon Funken zu sprühen gelernt hatten. Andere Drachen waren in den Besucherquartieren untergebracht – die Flugsaison neigte sich dem Ende zu. Man wies uns eine geräumige, trockene Box für Georgine zu, und ich gab entsprechende Anweisungen, bevor das Bodenpersonal uns allein ließ. »Georgine wird sich ungefähr eine Stunde lang ausruhen. Dann braucht sie was zu fressen. Geben Sie ihr zwei Barrel Drachenfutterage und einen halben Barrel Wasser. Ich schau später wieder vorbei und bring ihr was Süßes. Jetzt helfen Sie mir bitte, sie abzusatteln und zu entladen. Ich benötige einen Träger, um die Sachen auf mein Zimmer zu schaffen.« Georgine schnurrte genüßlich, als ich sie zur Ruhe bettete; ich blieb noch eine Weile bei ihr, bis sie eingedöst war.

Die Träger brachten meinen Sattel und die Packtaschen die Rampe hoch, während der Page mich zu einer kleinen Tür in der Höhlenwand geleitete, die ich bei meinen früheren Besuchen noch nicht bemerkt hatte. Ich war mir nicht ganz im Klaren, was das zu bedeuten hatte, bis der Page in einem Funkenregen in die Höhe schoß und verschwand. Ich hatte zwar schon von magischen Lifts gehört, aber noch nie einen benutzt. Das Management war sichtlich bemüht, Burg Schreckenstein auf den neuesten Stand zu bringen. Im Handumdrehen wurde ich in den Haupthof der Burg befördert.

Nachdem ich mich kurz umgesehen hatte, ging ich auf das große Portal des Royal Arms Hotel zu. Als ich mich näherte, begrüßte mich ein niederer Lakei und verbeugte sich gebührend. »Meine Dame, wie kann ich Ihnen behilflich sein?« Die Verbeugung war ehrerbietig genug, um selbst eine Königin nicht zu beleidigen, aber wiederum auch nicht so übertrieben, daß er sich lächerlich gemacht hätte, hätte ich mich als Schweinehirt herausgestellt.

Ich blieb stehen, richtete mich auf, hielt den Kopf hoch erhoben und legte eine Hand auf den Knauf meines Dolches. »Ich bin Irulana, Mindere Prinzessin von und zu Feste Granitstein, Drachenreiter erster Klasse und Ministrantin der Hohenpriesterin von Imbriana.«

Er schien wenig beeindruckt zu sein. Ich zückte meine Kreditkarte, und sofort schäumte er vor Höflichkeit über. »Gewiß, Hoheit, wenn Hoheit mir gütigst folgen wollen. Haben Sie Gepäck?«

»Es wird vom Drachenhorst nachgebracht. Schaffen Sie es bitte auf mein Zimmer. Und gehen Sie pfleglich damit um. Lassen Sie mir auch ein heißes Bad ein, und dann hätte ich in etwa einer Stunde gern noch ein Schwein, nur leicht angeröstet – für meinen Drachen, versteht sich. Ich werde mich erst einmal in den Salon zurückziehen und meinen Durst löschen; inzwischen können Sie das Zimmer herrichten.«

Der Lakai eilte durch die Hotelhalle davon. Ich steuerte die Bar an. Das Hotel schien nur mäßig belegt zu sein. Im schummrigen Licht der Bar konnte ich die Ansammlung typischer Hotelgäste ausmachen: Soldaten, Handlungsreisende und andere Strolche. Ein Ritter hatte sich hierher verirrt, aber er war von feisten Kaufleuten umlagert. Aus der Jukebox plärrte Countrymusik – ist das eigentlich vom Gesetz her vorgeschrieben? Die anwesenden Damen waren zwar nicht völlig dekadent, aber ich spürte, daß ich mich nicht allzu lange in ihrer Gesellschaft aufhalten sollte, wenn mir etwas an meinem guten Ruf auf Burg Schreckenstein gelegen war. Während mir der Wirt einen Humpen füllte, überlegte ich, wie denn dieser Ruf eigentlich war. Als jüngste Tochter aus niederem Adel war mein Name in den höheren Kreisen vermutlich unbekannt. Die Verantwortung einer politischen Zweckheirat lastete einzig und allein auf meiner älteren Schwester Katrashkip. Ziel meiner Mission auf Burg Schreckenstein war es daher, Katrashkips Zaubergewand vom Gegenbann zu lösen, damit sie es tragen und sich so einen Mann schnappen konnte. Und soviel stand bei der Göttin Imbriana fest: Ohne Zaubermittel würde Katrashkip nie einen Mann abbekommen – sie hatte vorstehende Zähne wie ein Karnickel, eine Hakennase und das Gemüt einer Giftschlange.

Ich hingegen hatte freie Hand und konnte mich nebenbei mit Magie beschäftigen, was sich für Frauen normalerweise nicht gehörte. Ich durfte auch Drachen reiten – was ich übrigens besser als die meisten anderen konnte. Ich trug grüne Lederflughosen und eine keck nach hinten geschobene Kappe; und ich hatte auch eine Waffe (allerdings nur einen kleinen Dolch mit einem unbedeutenden Blutschwur) – alles sehr zum Leidwesen meiner Eltern, die sich ein etwas prinzessinnenhafteres Benehmen gewünscht hätten. Was hatten sie nicht alles versucht, um mich zu ›zivilisieren‹! Die Musik in der Bar erinnerte mich an meine fehlgeschlagenen Studien der schönen Künste. Erst Ballettstunden, dann Musik. Als ich mich zu sehr für den Schleiertanz und schlüpfrige Seemannslieder zu interessieren begann, haben sie schleunigst die Musikinstrumente versteckt, meine Lehrer ins Hinterland versetzt und mich zu klassischer Philologie verdonnert.

Außerdem hatten sie mir den Meßdienst bei der Hohenpriesterin aufgebrummt. Ich spielte mit dem Talisman meiner Amtswürde, während ich in dem schummrigen Salon herumhing. Imbriana, Göttin des Häuslichen Herds, ist keine sehr bedeutende Gottheit, aber für meine gesellschaftliche Stellung als Mindere Prinzessin war sie respektabel genug. Das Ganze stellte sich für mich als ausgesprochener Glücksfall heraus. Die Hohepriesterin widmete sich nämlich heimlich den Zauberkünsten und war darin äußerst versiert. Von ihr lernte ich nicht nur einige obskure Tricks, sondern erhielt auch eher praktische Hinweise, die einer jungen Frau heutzutage weiterhelfen. Außerdem ermutigte sie mich in meiner Arbeit mit den Drachen und spornte mein Interesse für Zaubersprüche an. Sie tolerierte meine Art, mich zu kleiden, und die meisten meiner haarsträubenden Ideen.

Der Türsteher, begleitet von einem Lakai, unterbrach meine Träumerei und verkündete, daß mein Zimmer bereit sei. »Wenn Hoheit mir bitte diesen Gang entlang folgen wollen«, sagte er gespreizt.

Ich will verdammt sein, wenn ich mir je seine geckenhafte Gangart angewöhnen sollte, aber für dieses Mal lief ich hinter ihm her. Wir durchquerten die Hotelhalle und stiegen die breite Treppe hinauf. Eines Tages, so nahm ich mir vor, würde ich eine solche Treppe herunterstolziert kommen und meinen großen Auftritt genießen – nur um auch das einmal auszuprobieren. Vielleicht würde ich sogar das Zaubergewand tragen ... nein, das war nun wirklich nicht mein Stil.

Der Lakai eilte voraus, um die Zimmertür zu öffnen, und erklärte vor Übereifer fast außer Puste: »Prinzessin, Ihr Gepäck ist angeliefert worden, und die Zimmermädchen lassen soeben Ihr Bad ein.« Er hielt die Tür auf. »Nach Ihnen, Hoheit.«

Das Zimmer entsprach meinen Vorstellungen: Nicht zu groß, dafür aber komfortabel und mit Meerblick. Der Lakai stand in der Tür und wartete auf sein Trinkgeld.

Als Ministrantin der Hohenpriesterin kann ich dieser lästigen Pflicht entgehen und statt dessen einen Segensspruch gewähren. Ich bat ihn also sich hinzuknien und sprach die geheiligten Worte. Ein gelblicher Schein erhellte sein Antlitz, und er spürte das Kribbeln eines wahrhaft einzigartigen Zaubers. Er dankte mir überschwenglich und stolperte rückwärts zur Tür hinaus. Sollte er je heiraten, würde der Zauberspruch ihm helfen, sein Los als unterwürfiger Gatte und Pantoffelheld zufrieden und geduldig zu ertragen.

Bevor ich in die warme Wanne stieg, wollte ich noch zu Hause anrufen und mitteilen, daß ich sicher gelandet war. Ich kramte in meinen Packtaschen und fand die entsprechende Empathie-Muschel. Als ich in die Öffnung der handtellergroßen Meeresmuschel pfiff, sah ich im Geiste die dunklen Zinnen der Feste Granitstein, meiner Heimatburg. Am anderen Ende meldete sich eine penetrant fröhliche Stimme. »Hallo, der Baron und seine Bediensteten sind momentan leider nicht erreichbar, aber wenn Sie Ihren Namen und …«

»Lizzie, bist du das?« Lizzie war meine ziemlich schusselige Aufwartefrau. Als Mindere Prinzessin konnte man sich sein Personal leider nicht aussuchen.

»Irulana?«

»Ja, richtig geraten! Kannst du dir eine Notiz machen?«

»Das ist ein bißchen schwierig. Das Licht ist zum Schreiben so schlecht. Die Kerzen …« Sie konnte auch bei hellstem Tageslicht, Haupt- und Nebensonne zusammengenommen, weder lesen noch schreiben.

»Schon gut, Lizzie. Hör gut zu und versuch dir das einzuprägen. Ich bin sicher auf Burg Schreckenstein angekommen. Morgen treffe ich den Zauberer. Und wenn alles gutgeht, komme ich schon in ein paar Tagen wieder heim. Verstanden?«

»Na ja, ich werde versuchen, es zu behalten.«

»OK. Ich rufe morgen Nachmittag noch mal an. Gibt es sonst noch was, das ich wissen sollte?«

»Na ja, Eure Schwester Katrashkip hat kurz nach Euch wutentbrannt die Feste verlassen.«

»Nanu? Und gibt's dafür auch einen Grund?«

»Na ja, unter dem Gesinde heißt es, sie glaube, Ihr wolltet Euch das Zaubergewand unter den Nagel reißen und selbst auf Prinzenfang gehen. Sie ist Euch nachgeflogen, um Euch aufzuhalten.«

»Na wunderbar! Das hat mir gerade noch gefehlt, daß der alte Trampel hier aufkreuzt und kein Fettnäpfchen ausläßt, während ich mit einem leicht reizbaren Zauberer heikle Verhandlungen zu führen habe.«

»Wie bitte?«

»Ach nichts, Lizzie. Hör zu, sag einfach Paps – ich meine, dem Baron – daß ich sicher gelandet bin und morgen wieder anrufen werde. OK?«

»OK. Einen schönen Tag noch.«

»Lizzie, wie oft habe ich dich schon gebeten, mir nicht zu sagen, was für einen Tag ich haben soll?«

»Och, dreimal?«

»Dreihundert kommt der Sache schon näher. Auf Wiederhören.«

Ich ging in das angrenzende Zimmer und freute mich schon auf ein langes, entspannendes Bad. Parfümierte Seifen und Essenzen waren bereitgestellt, weiche Handtücher warteten auf mich, und ein Glas gekühlten Weins neben der Wanne war das Tüpfelchen auf dem i. Unglücklicherweise wurde der Anblick durch die Anwesenheit meiner Schwester Katrashkip beeinträchtigt, die mit ihren knorrigen Schultern und ihrem fetten Hintern in eben dem Bad eingetaucht saß, das ich bestellt hatte. Ein Blick genügte, und schon fing sie zu keifen an und mit einem Riechfläschchen nach mir zu werfen. »Du glaubst wohl, du könntest mit dem Zaubergewand verschwinden und dir den Prinzen krallen? Das würde dir so passen, du kleine … du kleine …!«

Ich schloß gelassen die Badezimmertür und belegte sie mit einem Zauberriegel. Dann griff ich zur Zimmermuschel. »Rezeption? Ich möchte ein anderes Zimmer. Jawohl, sofort. Und möglichst eines ohne geiferndes Ungeheuer in der Badewanne. Verbindlichsten Dank. Ich gehe noch einmal zum Drachenhorst und bringe bei der Gelegenheit die Schlüssel gleich vorbei. Bitte veranlassen Sie, daß meine Sachen auf das neue Zimmer gebracht werden. Nochmals vielen Dank.« Was werde ich froh sein, wenn Katrashkip endlich unter der Haube ist und einem armen Prinzen das Leben schwer macht, anstatt ständig mir in die Quere zu kommen.

Der Abendspaziergang zum Drachenhorst war erfrischend, die Meeresbrise brachte einen salzigen Geruch mit sich. Als ich mich Georgines Box näherte, schnaubte sie vor Vergnügen und hörte sogar zu fressen auf, während ich sie hinter den Ohren kraulte. Nicht viel später wurde das geröstete Schwein gebracht; Georgine hatte es, lange bevor sie es sehen konnte, schon gerochen. Ihr schmatzendes Grunzen hallte in der ganzen Höhle wieder. Sie richtete sich auf und peitschte mit ihrem Schwanz die Stallwand. Das waren die Momente – besonders nach einem langen und erfolgreichen Flug – die Drachen und Reiter zusammenschweißten.

Ich hatte mich hingesetzt und an ihre breite Flanke angelehnt, während sie das Schwein nach ihrem Geschmack fertigbriet. Mit meinem Dolch schnitt ich einen Anstandshappen ab und überließ ihr den Rest. Da ich mein Abendessen verpaßt hatte, fiel der Anstandshappen etwas größer als gewöhnlich aus, aber Georgine, wie immer eine vollendete Gastgeberin, gönnte mir die Extraportion Fleisch gerne. Der Lederschlauch mit Wein, den ich mitgebracht hatte, rundete eine perfekte Mahlzeit ab.

Georgine lag schon bald auf ihrem vollgefressenen

Wanst und schnarchte friedlich vor sich hin. Sie erreichte gut und gerne Zwei Komma Acht auf der Richter-Skala. Ich wurde selbst schläfrig und schlich mich deshalb leise zum Hotel zurück. Nachdem ich meinen neuen Zimmerschlüssel erhalten hatte und gerade die Treppe hocheilen wollte, wurde ich von einem reichlich knallig gekleideten Geck aufgehalten, dem sich zwei Damen von zweifelhaftem Ruf untergehakt hatten. Er war ganz offensichtlich betrunken. Er gab einer seiner Eroberungen den Laufpaß und torkelte auf mich zu. »Na, wie wär's, Kleine? Greif zu, das iss deine Gelegenheit!«

Er schlang seinen Arm um mich und grabschte mit seiner Hand an einen Teil meiner Anatomie, den ich mir normalerweise zum Sitzen vorbehalte. Wenn ich an meinen Dolch herangekommen wäre, hätte er von seiner Hand nur noch einen blutigen Stumpf übrigbehalten. Aber wie die Dinge nun einmal lagen, begnügte ich mich damit, die Knorpel in seinem Handgelenk neu zu sortieren und dann seine Hand dorthin zu verfrachten, wo sie hingehörte. »Wenn ich eines nicht ausstehen kann, dann sind es Gelegenheiten, die ...« Ich musterte seine Körpermitte. »... mickrig sind.«

Der Tag war gerettet.

Auch das Zimmer war diesmal besser, und das Bad war himmlisch. Nach einer langen Tagesreise war es tröstlich zu wissen, daß Georgine gut untergebracht war und mir nichts anderes zu tun übrig blieb, als mich zu entspannen. Als ich, gehüllt in einen langen, warmen Bademantel, auf dem Balkon stand und das Glas Wein leerte, fühlte ich mich rundum zufrieden.

Am nächsten Morgen stand ich wie gewöhnlich früh auf und sah nach Georgine. Sie war viel zu vollgefressen, um heute zu fliegen, aber morgen würden wir zu einem kurzen Übungsflug starten. Nur so zum Vergnügen. Am schwarzen Brett hinterließ ich eine Notiz. »Mitfluggelegenheit gesucht.« Vielleicht würde mir jemand die lokalen Gegebenheiten und die besten Aufwinde zeigen.

Nach dem Frühstück bummelte ich auf meiner Suche nach dem alten Zauberer durch die engen Gassen am Markt. Exotische Gerüche und fremdklingende Namen stiegen von den Ständen der Straßenhändler auf und folgten mir durch die schmalen Korridore der alten Zunfthallen. Schließlich gelangte ich zu der windschiefen Tür des alten Hexenmeisters. Ich spürte, daß sie mit einem Zauberriegel versperrt war. Also klopfte ich. Keine Antwort. Ich klopfte erneut. Der Zauberriegel lockerte sich, hielt aber noch immer dicht. Irgend jemand oder irgend etwas hatte sich durch das Kraftfeld bewegt: Vermutlich jemand, der mich durch das Guckloch in der Tür beobachtete. Ich klopfte zum dritten Mal. Schließlich rief ich: »Also gut. Ich hole mir jetzt ein gutes Buch und etwas zu essen. Dann komme ich zurück, setz mich auf Eure Türschwelle, esse mein Brot und lese mein Buch, bis ich damit fertig bin.« Noch immer keine Antwort. »Und wenn es sein muß, hol ich mir ein zweites Buch und komme wieder zurück.«

Der Zauberriegel wurde aufgehoben, und die Tür öffnete sich einen Spalt weit. Spinnweben hingen in den Türangeln. Offenbar hatte schon lange niemand mehr den Zauberladen betreten. Der dunkle Raum war fast leer, aber die Feuerstelle war erst kürzlich benutzt worden. Auf dem Kaminsims saß eine Eule. Ich konnte nicht ausmachen, ob sie ausgestopft oder lebendig war, und ließ sie daher über eine Minute lang nicht aus dem Auge, bis sie blinzelte. Also doch lebendig. Ich musterte die verstaubte Inneneinrichtung. Mir fielen die zahlreichen Phiolen und Zaubertränke in den Regalen auf.

»Also gut«, sprach ich ins Blaue hinein. »Wann werde ich Euch zu Gesicht bekommen?« Nichts rührte sich, nur die Eule beobachtete jede meiner Bewegungen. Am Fenster stand ein großer Lehnstuhl, zu dem ich mich begab.

Als ich mich hinsetzte, rief ich: »Und vergeßt nicht, ich habe mich auf eine sehr lange Wartezeit eingerichtet!«

Es verging kaum eine Minute, bis ein kleiner, kahlköpfiger Mann aus dem Hinterzimmer eintrat und geschäftig erklärte: »Der Meister kann Euch heute nicht empfangen. Vielleicht morgen. Jetzt muß ich Euch bitten ...« Er scheuchte mich wild gestikulierend vor sich her, so als ob ich ein verirrtes Huhn wäre. »... den Laden zu verlassen. Er ist ein vielbeschäftigter Mann. Eine Voranmeldung ist dringend erforderlich. Ich habe da meine Vorschriften.«

Ich konnte die Kraft spüren, die in dem kleinen, kautzigen Kerl verborgen war, und wußte, daß er der Hexenmeister sein mußte. Die Tatsache, daß er keinen Lehrling hatte, der mich fortscheuchte, sprach Bände. Angesichts der fortschreitenden Technisierung brachen für Hexenmeister und Zauberer harte Zeiten an. Ich griff in meinen Beutel und zog ein großes Goldstück hervor. Er schien es nicht zu bemerken, bis ich seinen Namen aussprach: »Fastasertin!« Einen Hexenmeister bei seinem richtigen Namen zu rufen, raubt ihm etwas von seiner Macht über dich. Es war ein glücklicher Zufall, der mir dazu verhalf. In jungen Jahren hatte Fastasertin einmal versucht, eine Priesterin der Imbriana flachzulegen, und sie hatte mir später sein Geheimnis verraten.

Er erstarrte. »Gut geraten!« Seine Augen verschlangen das Goldstück wohl genauso gierig wie damals die Priesterin.

»Nicht geraten«, erwiderte ich lächelnd, »ich weiß es, Fastasertin! Ich weiß, wer Ihr seid, und ich weiß auch, wie sehr Ihr dieses Goldstück begehrt. Es würde Euch in Wintertagen wärmen und die Kälte, die jetzt an Euren alten Knochen nagt, vertreiben.«

Der Hexenmeister leckte sich die Lippen und fragte: »Was verlangt Ihr von mir?«

»Es ist wirklich ganz einfach. Ich habe ein Zaubergewand, das seine Trägerin unwiderstehlich macht. Unglücklicherweise hat ein Zauberer es mit einem Bann belegt, der es unbrauchbar macht. Ich will, daß Ihr den Bann löst.«

Seine Augen strahlten. »Ganz gewiß habt Ihr solch ein Gewand nicht nötig, denn Ihr seid auch so unwiderstehlich.«

»Das Gewand ist nicht für mich, sondern für meine Schwester. Sie möchte den Prinzen von und zu Burg Schreckenstein heiraten.«

Der Hexenmeister senkte den Blick. »Ich bin durchaus gewillt, den Bann zu lösen, aber zuvor muß ich Euch warnen. Der Prinz ist nicht ... äh, er hat nun mal ... äh, will sagen, er ist vielleicht nicht gerade der ideale Mann für Eure liebreizende Schwester. Um die Wahrheit zu sagen, er ist ein Schwächling, ein Trunkenbold und Weiberheld. Erst gestern hat ihm im Hotel irgendein Frauenzimmer nicht nur den Kopf, sondern auch das Handgelenk verdreht – und dabei war er schon in Begleitung von zwei Flittchen. Man hat mich heute morgen gerufen, seine Knochen wieder zusammenzuflicken – und die beiden Schlampen waren noch immer bei ihm. Ich bitte Euch, warnt Eure Schwester vor diesem Unhold. Vielleicht solltet Ihr ihn selber einmal treffen ...«

»Ich hatte bereits das Vergnügen. Jetzt löst den Bann!« Ich holte das Gewand aus meiner Packtasche hervor. Es war ein eher gewöhnliches Ballkleid, weder zu tief ausgeschnitten noch zu hoch geschlossen. Dennoch konnte ich die Zauberkraft spüren, die in ihm eingewoben war.

Der Alte nahm es an sich. Er prüfte es, hielt es sich unter die Nase, schloß die Augen und strich mit seinen dürren Fingern über das Tuch. »Das Gewand ist uralt. Hunderte von Königinnen und Prinzessinnen haben es getragen, um Macht zu erlangen. Andere haben seinen Zauber ge- und mißbraucht. Nur selten zierte es eine

Jungfrau, dafür um so öfter Ehebrecherinnen. In dem Gewand steckt viel Leid und Elend, weit mehr als Glück und Segen. Wollt Ihr wirklich darauf bestehen, den Bann zu lösen. Vielleicht wäre es ratsamer, den Zauber zu vergessen.«

»Nichts da. Ihr kennt meine Schwester nicht. Sie braucht ihn dringend.«

Er kicherte und meinte: »Bestimmt nicht so dringend wie das arme Frauenzimmer, das ich heute morgen im Hotel sah. Ihr Gesicht glich der Kreuzung aus einem Biber und einem Waldtroll, flachbrüstig war sie wie ein totes Schneiderlein, dafür aber Hüften wie ein Rhinozeros. Also die könnte ...«

»Das kann nur meine Schwester gewesen sein.« Die Beschreibung hätte nicht treffender ausfallen können.

»O je«, kicherte er, »dann bekommt der Prinz wirklich, was er verdient.« Er überlegte einen Moment lang. »Aber tun wir Eurer armen Schwester damit nicht Unrecht. Sie mag vielleicht nicht gerade mit Schönheit ...«

Ich unterbrach ihn. »Ich kann es zwar nicht mit Bestimmtheit sagen, aber ich glaube, sie hat mehrere Leute umbringen lassen, nur um an das Gewand zu kommen. Und es waren brave Leute. Selbst wenn sie es nicht getan haben sollte, dazu fähig wäre sie allemal.«

»Ich verstehe. Wenn ich also den Bann löse, bekommen beide, was sie verdienen. Darf ich noch vorschlagen, einen meiner Zaubersprüche als Hochzeitsgeschenk.«

»Und was wäre das?«

»Ich habe nur noch einen einzigen tragbaren Zauberspruch übrig. Er garantiert dem Paar absolute Treue.«

»Absolute Treue? Wie soll das denn gehen?«

Mit einem väterlichen Stirnrunzeln meinte er: »Das wollt Ihr bestimmt nicht so genau wissen, mein Kind.«

In Gedanken spielte ich die verschiedenen, gängigen Methoden durch, die eheliche Treue zu gewährleisten.

Sie waren alle annehmbar, mitunter auch alles andere als komisch.

Ich deutete wieder auf das Gewand. »Dann könnt Ihr also den Bann lösen?«

»Aber natürlich. Ein Bann der fünften Kategorie, noch gar nicht so alt, höchstens anderthalb Jahrhunderte. Mir scheint, ein paar Stümper haben erst kürzlich versucht, daran herumzupfuschen – der Bann ist ziemlich verbeult, aber ungebrochen.« Er breitete das Gewand auf seiner Werkbank aus und murmelte vor sich hin. Als er einige Pülverchen aus den Glasphiolen auf dem Regal zusammensuchte, machte er den Eindruck eines Mannes, der es genoß, seinem Metier nachzugehen. »Tretet bitte etwas zurück«, sagte er, während er mit seinen Vorbereitungen fortfuhr. »Man kann nicht vorsichtig genug sein. Wer weiß schon, ob nicht so ein Narr ein verborgenes Streufeuer in den Bann eingewebt hat. Manche Leute haben eine merkwürdige Art von Humor.«

Er glättete das Gewand, strich die Falten heraus – und stutzte.

»Verflucht!«

»Gibt es Schwierigkeiten?«

»Glaube schon.«

»Und die wären?«

»Der Bann wurde von einem meiner Zunftbrüder gesprochen. Ich fürchte, ich kann an einem Zunftspruch nicht so einfach herumdoktern. Wir haben schließlich unseren Ehrenkodex.«

»Und woher wißt Ihr, von wem der Bann stammt?«

»Steht hier im Kragen. Seht Ihr das kleine Etikett?«

Es bedurfte drei weiterer Goldstücke, um ihn zu überzeugen, daß die Zünfte auch nicht mehr das sind, was sie einmal waren. Als ich den Laden mit dem frisch reaktivierten Gewand verließ, war ich beinahe versucht, es selber einmal zu tragen und auf der Hoteltreppe meinen großen Auftritt zu inszenieren. Dann fiel mir aber ein, daß der Prinz womöglich wieder in der Halle war – und legte den Gedanken ad acta.

Auf meinem Zimmer angelangt, rief ich zu Hause an und berichtete vom erfolgreichen Abschluß meiner Mission. Ich würde noch zwei Tage länger hier bleiben und dann gemütlich auf der Südroute heimfliegen. Paps (der Baron) brummte anerkennend und tätschelte mir verbal den Kopf. Warum meinen Väter eigentlich immer, ihren Töchtern den Kopf tätscheln zu müssen? Und warum gefällt mir das auch noch?

Ich brachte das Gewand zum Zimmer meiner Schwester und wollte es ihr übergeben, mußte aber feststellen, daß sie abgereist und zum Drachenhorst gegangen war. Da ich ohnehin nach Georgine sehen wollte, begab ich mich ebenfalls dorthin. Vielleicht hatte Katrashkip ja bereits einen Flugdrachen angemietet und befand sich längst auf der Heimreise. Mir schoß der Gedanke durch den Kopf, daß ich die Hochwohlgeborene Prinzessin wahrscheinlich retten müßte – ihre Flugkünste waren unter aller Kritik. Sie wußte das, und die armen Flugdrachen, die sie malträtierte, wußten es auch.

Georgine war verschwunden!

Ein Brief mit meinem Namen war an das Gatter genagelt. »Bring mir mein Zaubergewand heil zurück – und deiner dämlichen Echse wird nichts geschehen. Ich halte sie an der Blutbucht in einem Zauberzwinger gefangen. Wage es nicht, ohne das Gewand aufzukreuzen. Gezeichnet Katrashkip, Hochwohlgeborene Prinzessin von und zu Feste Granitstein.«

Meine Schwester hat schon alle möglichen blödsinnigen Sachen angestellt, aber meistens betraf es mich nicht, weshalb ich mir auch nie die Mühe gemacht hatte, sie – notfalls mit Gewalt – zur Vernunft zu bringen. Doch diesmal war sie zu weit gegangen. Georgine war eine sensible, gutmütige Gefährtin, die selbst solchen Trotteln wie Katrashkip vertraute. Ich eilte zur nächsten Mietdrachenstation und mußte mir dort die endlosen Verkaufsmaschen anhören: Haftungsbegrenzung bei Unfall, Selbstbeteiligung im Fall von Schäden am Mietdrachen, Flugbahnnutzungsgebühr, Mitreiterzusatzversicherung – alles zuzüglich Mehrwertsteuer. Schließlich riß mir der Geduldsfaden und ich stellte dem Drachenjockey ein Ultimatum: Entweder gibst du mir jetzt sofort einen Drachen oder ich gehe zur Konkurrenz. Die Kreditkarte tat ein übriges, obwohl er mich darauf hinwies, daß ich mich rasant meinem Überziehungslimit näherte. Aber darüber könnte ich mir morgen noch den Kopf zerbrechen.

»Kontrollturm, hier spricht Miet-Flugdrachen November Eins Zwo Sieben. Erbitten Startfreigabe.«

»November Eins Zwo Sieben, uns liegt kein Flugplan für Sie vor.«

»Kontrollturm, es handelt sich um einen lokalen Flug.«

»November Eins Zwo Sieben, trotzdem wird dringend empfohlen ...«

»OK, wie ihr wollt. Kontrollturm, hier spricht Miet-Flugdrache November Eins Zwo Sieben. Dies ist ein Notfall. Melde Drachendiebstahl. Tatverdächtige Person hält sich an der Blutbucht auf. Nicht eingreifen, ich wiederhole, nicht eingreifen, bis Drachen befreit ist. Drache befindet sich in einem Zauberzwinger.«

»Was haben Sie vor, November Eins Zwo Sieben?«

»Tatverdächtige hat Lösegeldforderung gestellt. Ich werde versuchen, sie dingfest zu machen und den Drachen zu befreien. Sollte Militär vorzeitig eingreifen, wird sie die Drachengeißel töten. Haben Sie verstanden?«

»Verstanden, November Eins Zwo Sieben. Startfreigabe erteilt. Wir werden einen militärischen Soforteinsatz fliegen, aber erst eingreifen, wenn Sie das Kommando erteilen.« Ich hob ab, ohne dem Lotsen die Startfreigabe nochmals zu bestätigen. Ich konnte hören, wie er in eine andere Empathie-Muschel brüllte: »Air Force Bravo und Charlie, startklar zum Soforteinsatz! Dies ist kein Test! Ich wiederhole: Dies ist kein Test! Folgen Sie dem Drachen!«

Bei dem Sirenengeheul fing mein Mietdrache zu scheuen an. Mit einem Schenkeldruck und aufmunternden Worten konnte ich ihn beruhigen. Normalerweise versuche ich immer erst, einen Drachen kennenzulernen, bevor ich mit ihm aufsteige, aber diesmal blieb dazu einfach keine Zeit. Mit einem erneuten Schenkeldruck leitete ich einen Linksschwenk ein. Wir flogen südwärts die zerklüftete Küste entlang, gefolgt von den Militärdrachen.

Die Blutbucht lag nur wenige Flugminuten entfernt. Über ihr kreisend, konnte ich meine geliebte Georgine unter einem unsichtbaren Netz kauern sehen. Katrashkip stand auf der Landspitze; der Wind zerzauste ihre langen, strähnigen Haare und legte die kahle Stelle auf ihrem Hinterkopf frei.

Sie brüllte mir etwas zu, als ich dicht an ihr vorbeiflog, aber ich konnte nicht verstehen, was. Ich kreiste noch einmal über der Bucht und landete dann landeinwärts auf einem Grashang. Katrashkip kam schreiend auf mich zugerannt. »Du kleine …«

»Halt die Luft an, Schwesterherz! Ich habe das Gewand mitgebracht, und meinetwegen kannst du es haben. Aber zuerst sag mir, was du mit Georgine angestellt hast.«

»Deinem dämlichen Vieh geht es gut. Es steckt bloß im Zauberzwinger. Jetzt gib mir schon das Gewand!«

»Ich habe dich schon mehrmals gebeten, Georgine nicht als ›dämliches Vieh‹ zu bezeichnen; außerdem ist Georgine eine ›sie‹ und kein ›es‹. Jedenfalls scheint sie mehr gesunden Menschenverstand zu besitzen als du.«

»Wenn dir wirklich so viel daran liegt, auf ›ihr‹ zu fliegen, solltest du jetzt besser von deinem Drachen absteigen und das Gewand rausrücken.«

»Erst läßt du Georgine frei.«

»Erst steigst du ab und zeigst mir das Gewand.« Die Partie stand unentschieden. »Denk daran, ich kann den Zauberzwinger noch enger schnüren, bis dein Liebling vor Angst den Verstand verliert.« Runde eins ging an Prinzessin Katrashkip.

Ich schwang mich von meinem Mietdrachen und griff nach der Tasche mit dem Gewand. »Wo hast du eigentlich das Zaubermittel für den Zwinger her?«

»Paps hat es mir geschenkt. Ganz einfach zuzubereiten. Man muß nur noch Wasser hinzufügen.« Sie strahlte vor Selbstzufriedenheit. »Paps meinte, ich könnte es gut gebrauchen, falls mal jemand über mich herfallen sollte – du weißt schon, so ein sexbesessener Irrer.« Jeder, der an Katrashkip auch nur im Entferntesten sexuelles Interesse bekundete, mußte unzurechnungsfähig oder geistesgestört sein – insofern war die Bezeichnung »Irrer« durchaus zutreffend.

»Also gut, hier hast du das Gewand. Jetzt laß Georgine frei.«

»Erst, wenn ich auf deinem Mietdrachen sitze – und zwar mit dem Gewand.«

Ich roch zwar den Braten, aber ich hatte ja noch immer die Luftwaffe in der Hinterhand; ich ließ sie also getrost den Drachen besteigen. »OK. Jetzt sag mir, wie man den Zauberzwinger auflöst.«

Sie startete den Drachen und rief mir im Abflug zu: »Schön blöd von dir, zu glauben, ich würde dir das verraten!«

Der Drache schlug einmal vorsichtig mit den Flügeln und wollte gerade mit voller Schubkraft durchstarten, als ich das Geheimkommando rief, das nur Drachen und einige wenige Menschen kennen. Es zwingt jeden Drachen zur sofortigen Bruchlandung. Der Mietdrache sackte ab, schlug mit der Brust auf und schleuderte Katrashkip in hohem Bogen davon. Ihre Landung war ziemlich unsanft. Ich rannte auf meine undankbare Schwester zu und riß sie mit einem Tackling aus vollem Lauf zu Boden (es macht sich mitunter doch bezahlt, Profi-Catchen anzusehen).

Katrashkip war vorerst einmal außer Gefecht gesetzt. Ich nutzte die Gelegenheit und setzte bei ihr einen einfachen Nackenheber an. Sie rammte mir ihren Ellbogen in die Rippen, aber ich ließ nicht locker, blieb in der Oberlage und konnte schließlich meinen Griff zum doppelten Nackenheber ausbauen. Ich warf sie herum und spuckte ihr ins Gesicht. »So, du sagst mir jetzt, wie ich Georgine befreien kann, oder dein letztes Stündlein hat geschlagen.« Ich hätte sie zwar nicht wirklich umgebracht, aber, um ihr klar zu machen, wie ernst es mir war, drückte ich ihr mein Knie aufs Zwerchfell.

»Ich … ich kriege keine Luft!« wimmerte sie.

Ich ließ etwas von ihr ab, und sofort kämpfte sie sich frei. Sie hatte meinen Dolch erwischt und fuchtelte damit ziemlich stümperhaft herum. Aber so ein Dolch kann selbst in der Hand von Stümpern ganz schön Schaden anrichten. Zum Glück hatte ich mehrere Kurse in Selbstverteidigung belegt; elegant kickte ich ihr den Dolch aus der Hand, ohne dabei – und darauf bin ich besonders stolz – die Klinge zu beschädigen. Was Katrashkips Handgelenk betraf – nun ja, ihre Rückhand wird jedenfalls nicht mehr den gleichen Drive haben.

Aber noch gab sie nicht auf und griff mich erneut an. Sie kämpfte, wie ein Mädchen nun mal eben kämpft. Keine ernsthafte Herausforderung für jemanden, der so durchtrainiert ist wie ich. Nach ein paar wohlgezielten Rechten und einem Aufwärtshaken war alles vorbei. Sie lag am Boden, und ich stand über ihr. »Also?«

»Also was?« Sie betastete ihre blutende Nase. Vielleicht war sie gebrochen, aber das konnte meines Erachtens ihr Aussehen nur verbessern.

»Was muß man tun, um Georgine zu befreien?«

»Einfach nur pfeifen. Du wirst doch wissen, wie man pfeift?«

Auf zwei Fingern pfiff ich, so laut ich konnte. Georgine schoß wie ein Pfeil in die Höhe und verschwand am Horizont.

Die Jungs von der Luftwaffe waren so nett, mich zur Burg zurückzufliegen. Und ich konnte sie davon überzeugen, daß alles nur ein dummes Mißverständnis gewesen ist – die üblichen Familienstreitigkeiten eben. Anklage wurde nicht erhoben.

Ich fand Georgine im Horst vor. Ich brauchte gut eine Woche, um sie zu besänftigen und dazu zu überreden, wieder mit mir zu fliegen.

Katrashkip heiratete den Prinzen, und wenn sie nicht gestorben sind, leben sie noch heute.

Ab und zu lege ich auf Burg Schreckenstein einen Zwischenstopp ein und zeige den Jungs von der Luftwaffe ein paar Tricks – natürlich in der Luft. Georgine hängt die alten Militärklepper noch immer spielend ab.

Und die Moral von der Geschichte? Manchmal muß man die Prinzessin um ein Haar töten, nur um den Drachen zu retten.

LYNNE ARMSTRONG-JONES

Kestras Flug

Lynne Armstrong-Jones ist ein Musterbeispiel für die Maxime, die ich angehenden Autoren mit auf den Weg gebe: Nimm es nicht persönlich, wenn dein Manuskript abgelehnt wird – reiche einfach das nächste ein.

Viele, die es schaffen könnten, geben zu schnell auf. Nach ein oder zwei negativen Erfahrungen verschwinden sie auf Nimmerwiedersehen. Und in den seltensten Fällen sind es Leute, denen ich statt Schreiben Teppichknüpfen als Hobby empfehlen würde, sondern im Gegenteil diejenigen, von denen ich gerne wieder hören würde.

Lynne hat sich diesen Rat zu Herzen genommen. Heute gehört sie zu meinen geschätztesten Autorinnen – wenn ich auf einem Manuskript ihren Namen entdecke, weiß ich zumindest, daß sich die Geschichte zu lesen lohnt, selbst wenn ich sie nicht abdrucken kann. Das erste Mal schickte sie mir gleich ein halbes Dutzend und ich weiß nicht mehr, wie viele Geschichten nachfolgten, bevor ich endlich etwas von ihr verwenden konnte. Seither ist kaum eine Anthologie ohne einen ihrer Beiträge erschienen.

Und die Moral von der Geschichte lautet: Sich niemals entmutigen lassen! Wenn ich eine Geschichte ablehne, heißt das noch lange nicht: »Laß mich in Ruhe und sammle lieber Briefmarken, aber stiehl mir nicht meine kostbare Zeit.« Vielmehr will ich damit sagen: »Diese Geschichte kann ich momentan nicht gebrauchen. Probier's wieder, vielleicht klappt's beim nächsten Mal, wenn ich mir nicht so viel aufgehalst habe, oder wenn du eine noch bessere Geschichte hast, die ich einfach nicht ablehnen kann.«

Charlie Brown vom Magazin »Locus« hat es einmal treffend formuliert: Das Schlimmste, was einem kleinen Magazin passieren kann, ist Erfolg. Zumindest in einer Hinsicht hat er damit recht. Ich erhalte mehr gute Geschichten, als ich brauchen kann. Eine Ablehnung muß deshalb nicht unbedingt bedeuten, daß die Geschichte miserabel ist, sondern lediglich, daß ich sie in einer ohnehin überfrachteten Ausgabe einfach nicht unterbringen kann. Wenn ich doch nur genauso viele Abonnements wie Beiträge erhalten würde! Ich glaube fast, das Magazin würde Profit machen, wenn alle meine Autorinnen und Autoren es auch abonnieren würden.

Als ich Lynne zum ersten Mal traf, erwartete sie gerade ihr erstes Kind, inzwischen ist sie stolze Mutter eines Sohns und einer Tochter und lebt mit ihrer Familie in Kanada. Früher oder später wird sie mir bestimmt bei einer unserer Konferenzen über den Weg laufen. Aber auch ohne sie getroffen zu haben, weiß ich, was ich von ihr wissen muß, nämlich daß sie gute Geschichten abliefern kann. Wenn ich mich recht entsinne, war dies die erste von vielen weiteren Geschichten, die ich abgedruckt habe.

Der Unfall lag nun schon geraume Zeit zurück. Die meisten Wunden waren verheilt, aber ihr Körper würde nie wieder so sein, wie er einmal war.

Und sie haßte es. Sie verabscheute ihren neuen Körper.

Gewiß, man hatte ihr immer wieder versichert, welches Glück sie gehabt hatte, überhaupt mit dem Leben davongekommen zu sein.

Aber manchmal fragte sie sich, von welchem Glück die anderen sprachen. Was nützte ihr ein Leben, in dem sie nicht laufen konnte?

Drew beobachtete sie, wie sie so dasaß und aus dem Fenster starrte. Zu mehr schien sie sich nicht mehr aufraffen zu können.

Er stöhnte. Sollte das schon wieder so ein Tag werden? Er wagte es nicht einmal, sie anzusprechen. Wenn sie einen ihrer Aus-dem-Fenster-Starr-Tage hatte, bedeutete dies, daß sie sich in Gedanken mit all den Dingen beschäftigte, die ihr jetzt zu tun verwehrt waren.

Er konnte sich nur zu gut daran erinnern, wie sie stundenlang gejammert hatte, als er sie das letzte Mal aus solch einer Stimmung herauszuholen versucht hatte. Immer wieder hatte sie auf all die Menschen gedeutet, die an ihrem Fenster vorbeiliefen. Oder rannten. Oder radelten. Oder sich sonstwie fortbewegten, was sie nicht mehr konnte.

Drew wußte nicht mehr weiter. Jetzt hatte sie sogar die Malerei aufgegeben. Lesen wollte sie auch nicht. Alles, was ihr blieb, war ihr Selbstmitleid.

Aber zumindest in einem Punkt hatte Drew unrecht. Heute sah sie nicht den Leuten zu. Heute entging das geschäftige Treiben auf den Straßen ihrer Aufmerksamkeit.

Ihre Gedanken waren ganz woanders.

Ein kleiner Vogel hüpfte fröhlich auf dem Giebel des Anbaus, der sich unter dem Fenstererker ihres kleinen Wohnzimmers erstreckte. Unter dem Dachvorsprung hatte Kestra schon früher einmal ein Nest entdeckt, ihm aber damals keine weitere Beachtung geschenkt …

Sie beobachtete, wie der kleine Vogel seine Flügel spreizte und sich die Federn putzte.

Wäre es nicht herrlich, fliegen zu können?

»Noch etwas, das ich nicht kann!« murmelte sie halblaut.

»Wie bitte? Hast du was gesagt, Schatz?«

Die junge Frau schüttelte nur stumm den Kopf und sah zu, wie der kleine Vogel davonflog.

Drew seufzte. Wenn er doch nur ein Mittel wüßte, sie aus ihrer Depression zu reißen!

Nachdem er Kestra zu Bett gebracht hatte, gingen Drews Blicke immer wieder unwillkürlich zum Telefonbuch. Sollte er es tun? Kestra würde wütend sein, das wußte er.

Er nahm das große Buch und schlug es vor sich auf dem Tisch auf. Wie schrieb man das gleich noch? P… Psi…, nein, Psy… Psychiater. Da stand's.

Er griff sich einen Stift und notierte einige Nummern.

Kestra fand im Schlaf tröstende Zuflucht. Hier war sie nicht länger verkrüppelt. Normalerweise träumte sie von den Zeiten vor ihrem Unfall – aber diesmal war es anders.

Kestra schwang sich in die Lüfte. Ihre Flügel waren groß und kräftig. Sie konnte den wärmenden Glanz der Sonne auf ihrem Gesicht spüren und schloß die Augen, um es noch mehr zu genießen. Sie fühlte, wie ein Aufwind sie emporhob und davontrug.

Eine leichte Veränderung der Flügelstellung genügte, um ruhiger dahinzusegeln. Dankbar sah sie die Baumkronen unter sich dahingleiten. Wie viel besser das war als die verrußten Dächer der Kleinstadt.

Glücklich schwebte sie hinab und landete, zunächst noch etwas unsicher, auf einem Ast des höchsten Baumes. Sie fand ihr Gleichgewicht und überblickte die Gegend. Die sanfte Brise brachte aufregende Gerüche und Geräusche mit sich.

Wie schön es hier war!

Plötzlich zerschnitt ein Ruf diesen Frieden…

»Kestra! Liebling, aufwachen! Das Essen ist gleich fertig.«

Drew versuchte so rücksichtsvoll wie möglich zu sein, aber er war doch etwas lauter geworden, als sie nicht antwortete.

Sie schlug die Augen auf. Verwirrt blinzelte sie.

»Alles in Ordnung, Liebling?« Kestra erschien ihm so verstört! Er richtete sie behutsam auf und achtete dabei besonders darauf, ihre tauben Beine nicht zu berühren.

Sie schüttelte den Kopf. Doch ihre Gedanken ließen sich nicht so leicht abschütteln. Sie sah sich um – diese

Möbel, diese beengenden Wände des quadratischen Raums, dieser Mann.

Sie war wütend.

»Hier! In einem Zimmer! Mit dir – verdammt!«

Drew stand mit offenem Mund da. Er spürte, wie auch in ihm die Wut aufzusteigen begann. Am liebsten hätte er sie von sich gestoßen und ihr gesagt: »Dann sieh doch zu, wie du allein fertig wirst!«

Aber das brachte er nicht übers Herz. Er liebte diese Frau – oder hatte sie zumindest geliebt, so wie sie einmal gewesen war.

Tränen standen ihm in den Augen. Ich habe doch wirklich alles versucht, um dir zu helfen, dachte er. Was soll ich denn noch tun …?

Schließlich wandte sie sich ihm zu, bemerkte aber nicht einmal seine Tränen.

»Du hast mich zurückgeholt«, sagte sie vorwurfsvoll.

Seine Augenbrauen zogen sich zusammen. Er verstand nicht, wovon sie sprach.

»Du hast mich zurückgeholt«, wiederholte sie, diesmal weniger erregt.

»Das Essen ist gleich fertig.« Mehr fiel ihm dazu nicht ein.

Essen? Bei dem Wort drängten sich ihr unwillkürlich Bilder von Mäusen auf, die von scharfen Schnäbeln und mächtigen Krallen zerfetzt wurden …

Sie versuchte erneut, die Gedanken abzuschütteln … hin und her gerissen zwischen dem Traum der Möglichkeiten und der bitteren Erkenntnis der Realität …

Kestra starrte Drew an. Ihr Blick war leer und ausdruckslos.

Drew schluckte. Er hiefte sie in den Rollstuhl und fuhr sie zum Tisch.

Da war doch was! Sie war sich ganz sicher. Etwas Wichtiges.

Sie starrte wieder aus dem Fenster. Diesmal hatte sie mehr Muße dazu, da Drew zur Arbeit gegangen war.

Kestra versuchte, den Vogel wieder anzulocken. »Piep, piep, piep« hatte sie immer wieder gerufen, bis ihr aufging, wie verrückt ein solches Verhalten war. Der Vogel konnte sie durch die Glasscheibe hindurch ohnehin nicht hören. Aber in Gedanken sandte sie weiterhin Lockrufe aus.

Nur wenige Sekunden schienen verstrichen zu sein, als der kleine Vogel sich wieder auf dem Dachgiebel unter Kestras Fenster niederließ.

Sie lachte verzückt auf.

War sie eingeschlafen? Nein. Sie war hellwach.

Und doch war sie bei dem Vogel.

Sie war der Vogel.

Nein, nicht dieser Vogel. Vielmehr ein Raubvogel. Ja, ganz bestimmt ein Raubvogel.

Doch es spielte keine Rolle, was für ein Vogel sie war.

Der Wind strich ihr durchs Gefieder und trug sie davon. Sie setzte zu einem gemächlichen Gleitflug an. Diesmal schien ihr die Sonne auf den Rücken, wärmte und tröstete sie, und sie fühlte sich glücklicher als jemals zuvor. Es war herrlich, mit den Luftströmungen zu spielen und sich von ihnen tragen, heben und senken zu lassen.

Und dann das berauschende Erlebnis, hinabzustoßen und Bäume und Sträucher auf sich zurasen zu sehen, näher und immer näher, und dabei die Luft auf der Haut zu spüren!

Sie landete auf einem tief hängenden Zweig eines Busches, der inmitten einer Wiese stand. Fasziniert beobachtete sie das Treiben der kleinen Wesen am Boden. Sobald eines von ihnen ihre Nähe bemerkt hatte, eilte es, so schnell die kleinen Füßchen es tragen konnten, zu seinem Bau davon. Sie verfolgte es mit ihren scharfen Augen, bis auch die Schwanzspitze verschwunden war.

Sie krallte sich fester an den Zweig, als dieser sich in der sanften Brise wiegte. Kestra genoß den zarten Windhauch auf ihrem Gesicht und schloß, tief zufrieden, die Augen …

Der Lärm traf sie wie ein Donnerschlag – nur noch brutaler, noch ohrenbetäubender.

Ein zweiter Ruf – viel zu eindringlich, um überhört zu werden.

Kestra spürte, wie die Welt um sie herum einstürzte – verzweifelt klammerte sie sich an ihren schwankenden Zweig, an die sanfte Brise und den wärmenden Sonnenschein auf ihrem Gefieder.

Aber der Ruf ließ nicht locker. Kestra dachte, es würde sie zerreißen.

»Kestra!« Ihr Name dröhnte von den Wänden. Kestra schlug die Augen auf. Wirre Bilder stürzten auf sie ein.

Wo war sie? Hatte der Wind sie weit fortgetragen?

Nein, das konnte es nicht sein.

Der Raum war ihr fremd. Irgendwie hatte sie dieser schreckliche Lärm hierher gebracht.

Aber warum? Sie wurde das Gefühl nicht los, sich erinnern zu müssen …

»Kestra!«

Der Druck auf ihrer Schulter wurde ihr schmerzlich bewußt. Irgend jemand schüttelte sie.

Ihre Lippen versuchten, einen Namen zu formen.

»Drew.« Es war nur ein heiseres Krächzen.

Der Mann zitterte, als er sich vorbeugte und sie in die Arme schloß. »Kestra, o Kestra!«

»Ich gehe zu keinem Psychiater! Ich bin gelähmt, nicht schwachsinnig!«

Drew atmete tief durch. »Komm mir nicht mehr mit dieser Masche. Ich weiß, wie schlimm das für dich ist.

Aber du mußt dich der Realität stellen. Du mußt aus deinem Leben etwas machen – so wie es ist!«

Sie hatte sich den Rollstuhl so hingedreht, daß sie aus dem Fenster sehen konnte.

Drew drehte sie nun wieder in die andere Richtung, so daß sie in das Zimmer blicken mußte.

Ihre Augen waren zu Eis erstarrt, als sich Drew vor ihr hinkniete.

»Diesmal weichst du mir nicht aus. Du mußt mich anhören.«

Sie erwiderte nichts, als er ihre Hand in die seine nahm.

»Kestra, du bist mir nicht gleichgültig. Ich möchte, daß du glücklich wirst. Ich möchte, daß du dir helfen läßt.« Als sie sich abwandte und ihm auswich, redete er immer hastiger. »Diesmal glaubte ich wirklich schon, dich zu verlieren. Ich bitte dich, Kestra, denk auch mal an meine Gefühle.«

Aber er erhielt keinerlei Reaktion. Frustriert stand er auf und ging wieder in die Küche.

Jetzt reicht's mir, dachte er. Wahrscheinlich bin ich viel zu nachsichtig mit ihr gewesen.

»Mein Entschluß steht jedenfalls fest«, rief er aus der Küche. »Ich bringe dich zu Dr. Simpson, und damit basta.«

Danach fühlte er sich etwas erleichtert. Aber als er sich ihr wieder zuwandte, mußte er feststellen, daß sie längst wieder woanders war.

So hoch war sie noch nie geflogen! Der Aufwind war unglaublich! Höher und immer höher trug es sie, und immer kräftiger schlugen ihre Schwingen, um noch schneller zu fliegen.

Regentropfen perlten ihr auf dem Gefieder und erfrischten sie.

Sie dachte schon, ihr Höhenflug könnte gar kein Ende

nehmen, aber sie wußte auch, daß sie nicht weiter aufsteigen durfte – zumindest dieses Mal noch nicht.

Allmählich verringerte sie ihre Geschwindigkeit und setzte zum Abgleiten an. Der feine Sprühregen durchnäßte ihre Federn, aber es machte ihr nichts aus, obwohl sie wußte, daß sie bald irgendwo landen und sie trocknen lassen müßte.

Schließlich kam die Sonne wieder hervor. Sie machte es sich an ihrem Lieblingsplätzchen bequem, beobachtete die anderen Vögel und Tiere des Waldes und genoß die wärmenden Strahlen, die ein goldener Himmel spendete.

Nach dem Flug verspürte sie Hunger. Ihre scharfen Augen wanderten über den grünen Waldboden und registrierten jede Bewegung.

Regungslos saß sie da, noch bestärkt in der Gewißheit, daß in dem dichten, schattigen Laub ihr braunes Gefieder die beste Tarnung bot. Nur ihre goldenen Augen hielten nicht still.

Mit einem Mal stieß sie zu. Ihr gesamter Körper war in Bewegung: Jede Feder, jede Sehne, jede Faser ihres Wesens vereint in dem einen großen Beutezug.

Sie spreizte ihre Klauen. Schon hatte sich ihr stählerner Griff um die Maus geschlossen.

Mit einem Triumphschrei stieg sie wieder auf und flog auf den höchsten Ast der Tanne. Sie hielt die Beute zwischen Ast und Klauen eingeklemmt und riß mit ihrem geschwungenen Schnabel Fleischbrocken ab.

Das Fleisch war köstlich.

Kestra hatte schon manches Mal darüber nachgegrübelt, warum ihr jetzt alles leichter fiel. Sich in einen Vogel zu verwandeln, schien ihr mitunter natürlicher, als ihren Rollstuhl von Fenster zu Fenster zu karren.

Sie hatte auch bemerkt, daß alle möglichen Vogelarten immer häufiger zu ihrem Fenstersims zurückkehrten.

Und was für ein merkwürdiger kleiner Geselle war das? Er ähnelte keinem anderen Vogel, den sie je gesehen hatte. Sie hatte sogar versucht, seine Art mit Hilfe eines Nachschlagewerks zu bestimmen, aber vergebens.

»Was bist du denn für einer, mein Kleiner?« Wie sonderbar, dachte sie, als sie ihn näher musterte. Sieht aus wie ein keiner Falke, und dann doch wieder nicht.

Kestra lächelte fasziniert. Sie konzentrierte ihre Gedanken ganz auf den kleinen Vogel, bereit, mit ihm eins zu werden.

Und wie so oft zuvor wurde sie zum Vogel – und doch war es diesmal anders!

Ganz gleich, was zuvor auch passiert war, immer war ihr der Verdacht geblieben, daß sich das alles nur in ihrer Vorstellung abspielte. Diesmal war es … echt … um so vieles natürlicher … und erschreckender …

Sie blickte durch die Scheibe in das Innere ihrer Wohnung – sie sah sich selbst!

Das kann nicht sein! Sie betrachtete aufmerksam die menschliche Gestalt, die lächelnd ihren Blick erwiderte.

Wenn ich die Augen aufmache, werde ich wieder in meiner Wohnung sein.

Aber das war sie nicht!

Kestra hatte sich vom Fenstersims in die Lüfte geschwungen und sah aus großer Höhe fasziniert dem Straßenverkehr unter ihr zu. Sie konnte den Wind unter ihren Schwingen spüren, und jeder Flügelschlag brachte sie der Sonne näher. Wie herrlich alles war … und wie real!

Sie stieg auf, tauchte ab und stieg erneut, berauscht von dem Gefühl unermeßlicher Stärke und Freiheit. Sie wollte nicht einmal daran denken, wie es einst gewesen war.

Ein merkwürdiger Schrei drang durch die Luft. Sie wandte sich um und sah den Falken, der elegant seine

Kreise zog. Eine Weile segelte er mit ihr auf gleicher Höhe, dann tauchte er ab und hielt auf den Wald zu.

Ohne zu zögern folgte sie ihm. Da hörte sie einen weiteren Schrei, der diesmal aus großer Entfernung zu ihr drang. Sie verlangsamte ihren Flug, bis sie, wie von einer unsichtbaren Kraft zurückgehalten, in der Luft stand.

Unsicher überlegte sie, wohin sie sich wenden sollte. Dann zog sie der seltsam klagende Ruf wieder an.

Gebannt von der traurigen Totenklage, glitt Kestra zur Stadt zurück. Sie schwebte vor dem Fenster ... und sah ihn ...

Tränen rannen ihm übers Gesicht, als er immer wieder den Namen der Frau rief.

Kestra öffnete ihren Schnabel und rief ihm eindringlich zu. Er sah verwirrt auf. Sein Blick wanderte zwischen der gleichgültigen Frau und dem Vogel hin und her.

Kestra rief ihn erneut, flehte ihn an, versuchte ihn zu betören. Sie schloß ihre Augen und konzentrierte all ihre Willenskraft ...

Als sie zum Wald zurückflog, sah sie ihn. Zwei gelbe Augenpaare trafen sich, und sie konnte ein merkwürdiges und doch vertrautes Prickeln spüren.

Kestra rief, und seine Antwort kam unverzüglich. Sie steuerte Drew zu den dichten Tannen und dachte dabei bereits an Nestbau und Aufzucht. Fast schon meinte sie, das warme Gelege unter sich spüren zu können. Die freudige Erregung hielt beide gefangen.

LAWRENCE WATT-EVANS

Der Palast von al-Tir al-Abtan

Lawrence Watt-Evans hatte – als er an dieser Geschichte arbeitete – bereits einen Roman gedruckt vorliegen, und als wir seine Geschichte schließlich veröffentlichten, hatte er sein Studium aufgegeben, um sich ganz dem Schreiben zu widmen, während seine Frau ihre Stellung bei IBM behielt.

Auf unsere Bitte, jungen Autoren ein paar Hinweise zu geben, reagierte er eher abwehrend – ziemlich selten bei Schriftstellern, die für gewöhnlich, schon von Berufs wegen, nicht mit Worten geizen und jedermann beim geringsten Anlaß oder gänzlich ungefragt Ratschläge erteilen. Als wir ihn überzeugen konnten, daß wir es ernst meinten – schließlich liegen uns unsere Autoren fast ebenso sehr am Herzen wie unsere Leser –, schlug er vor, ein angehender Autor solle mit Romanen anfangen. Erstens würden sie sich leichter verkaufen – was sicher zutrifft, denn der Markt für Kurzgeschichten ist ziemlich übersättigt. Und zweitens würden, anders als bei einer Kurzgeschichte, bei einem Roman ein paar kleinere Mängel nicht so sehr auffallen. Und dieser Tip kommt ausgerechnet vom Gewinner eines »Hugo-Awards« für die beste Kurzgeschichte! Aber vielleicht hat er ja gerade deshalb diese Auszeichnung gewonnen; bei einer Kurzgeschichte kommt es auf jedes Wort an, während man sich bei einem Roman schon mal verplaudern kann.

Dies ist die Geschichte des Zauberers al-Tir al-Abtan, und sie spielt zu einer Zeit, da er in der alten Stadt Tahrir an der Küste des Südmeeres lebte.

Der Palast von al-Tir al-Abtan stand, so hatte es der Zauberer für gut befunden, im ärmsten der Armenviertel von Tahrir. Um dorthin zu gelangen, mußten die Bittsteller enge Gassen durchqueren, die sich tunnelartig durch die bröckelnden Ziegelbauten schlängelten, und Straßen entlanglaufen, die kaum mehr waren als schlammige Lücken zwischen zwei verfallenen Wohnblocks. Tir der Tiefsinnige, der größte Magier seiner Zeit, hatte seinen Palast hier errichtet, um den kleinlichen Intrigen der anderen Zauberer und den unverschämten Forderungen, die Adlige und Könige an seine Künste stellten, zu entgehen. Er legte es nicht darauf an, den Mächtigen dieser Welt den Zutritt zu seinem Palast ausdrücklich zu verwehren, denn dies hätte nur dazu geführt, daß sie ihn unablässig mit Bitten um Sondergenehmigung oder Aufhebung des Banns belästigt hätten. Statt dessen hatte er den Palast dort gebaut, wo kein Adliger, der auf sich hielt, es wagte, sich ihm zu nähern; und wo er mit denjenigen, die es dennoch wagten, nach Gutdünken verfahren konnte.

Keiner, außer Tir dem Tiefsinnigen selbst, vermochte, in den Außenmauern seiner Residenz ein Tor ausfindig zu machen. Ob das Tor irgendwie verborgen war oder verschoben wurde oder aber gar nicht existierte, gab den Bewohnern von Tahrir Anlaß zu mancherlei Debatte. Nur so viel stand fest: Wann immer der Zauberer seinen Palast betrat oder verließ, erschien ein Tor. Aber danach konnte es niemand mehr wiederfinden oder sich auch nur daran erinnern, wo es sich befunden hatte.

Auf diese Weise schützte sich der Zauberer vor allzu großer Aufdringlichkeit; ein ganzes Jahrhundert lang blieb er in seinem Palast unbehelligt und vervollkommnete seine nekromantischen Fähigkeiten, während die Leute um ihn herum ihr Leben fristeten und starben. Und in all den Jahren betrat außer al-Tir al-Abtan kein Mann und keine Frau seine Zitadelle oder sah auch nur, was sich hinter den Marmormauern befand, die den Palastgarten vom Rest der Stadt trennten. Selbst wenn der große Magier abwesend war und seinen weltlichen Geschäften nachging, wurde der Palast, so hieß es, von einem schrecklichen Dämon – oder Ghul – bewacht, den zwar noch keiner gesehen hatte, den aber alle fürchteten. Es hieß ebenfalls, daß andere Geistergestalten, nicht minder schrecklich, die Gärten des Palastes hüteten.

Je länger sich die Gerüchte hielten, desto wilder wurden sie, bald schon wurde gemunkelt, Tir halte Dschinns als Sklaven, und sein Palast galt als übler und furchterregender Ort, den man selbst in schlechten Zeiten besser mied.

Und schlechte Zeiten sollten die Stadt schon bald heimsuchen, denn es begab sich, lange nachdem al-Tir al-Abtan seinen großen Bau vollendet hatte, daß ein nichtsnutziger und verdorbener Mann mit Namen Selim ibn Jafar den Thron des Sultanats Tahrir bestieg. Dieser Sultan unterdrückte sein Volk so sehr, daß alle, die es vermochten, aus der Stadt flohen, und nur die Armen und Elenden zurückblieben, die anderswo auf nichts Besseres hoffen durften.

Und so verschlimmerte sich der Zustand der Stadt immer mehr, während der Palast des Zauberers von alldem unberührt blieb. Der abscheuliche Gestank der Armut breitete sich über der Stadt aus, und Bettler, Diebe, Huren und Gesindel bestimmten das Leben in Tahrir.

Die Stadt verkam zu einem stinkenden Morast zu Füßen des Sultanthrons. Wie die Flut einen Fels im Meer umschlingt, so griff auch der Verfall um sich, als immer mehr Reiche die Stadt flohen und ihre Häuser den hungernden Bettlern und blutrünstigen Dieben überließen. Fäulnis und Gestank rückten dem Palast des Sultans immer näher, so als ob sie ihn ebenso sehr belagern wollten wie den Palast des Zauberers.

Dem Sultan Selim ibn Jafar konnte die Situation nicht entgehen, und im vierten Jahr seiner Regentschaft ertrug er es nicht länger, daß sein Palast in Dreck und Elend versank. Was ihm allerdings entging, war die Tatsache, daß sein eigenes Verhalten die Ursache dafür war. Statt dessen verfluchte er in seiner Torheit Allah, diese Pest über seine Stadt gebracht zu haben. Seinen eigenen Untertanen erklärte er offen den Krieg und beschuldigte sie des Verrats, da sie es verabsäumt hätten, seine Stadt in Ordnung zu halten – obwohl er es doch war, der ihnen solche Lasten auferlegte und zahllose Ungerechtigkeiten verübte. Er sandte seine Männer mit Fackeln aus und befahl ihnen, die Armenviertel und Bordelle niederzubrennen. Doch die meisten seiner Soldaten verschwanden in dem Gewirr der Gassen, entweder desertierten sie, oder die zur Verzweiflung getriebenen Bürger lauerten ihnen auf und schlitzten ihnen die Kehle durch. Die Brände waren schnell gelöscht und blieben ohne Wirkung.

Die einzige Wirkung bestand darin, daß sie den Zorn des Pöbels entfachten. Und damit endete auch das Sultanat von Tahrir. Die Untertanen stürmten den Palast, ließen keinen Stein auf dem anderen und richteten alle, die sie dort vorfanden, auf so barbarische Weise hin, daß sie bis zur Unkenntlichkeit verstümmelt waren.

Als der Torso des Sultans die Stufen des Thronsaals und sein Kopf eine Spitze des schmiedeeisernen Palasttores zierten, sah sich der Bettlerkönig, der den Mob angeführt und den Thron usurpiert hatte, zufrieden um. Seine zerlumpten Anhänger hatten alle Adligen niedergemetzelt und auch unter den wenigen Wohlhabenden, die noch in der Stadt verblieben waren, ein Blutbad angerichtet. Jetzt war er, der Bettlerkönig, Herrscher über alles und jeden in Tahrir.

Nur der Palast von al-Tir al-Abtan entzog sich noch seinem Zugriff. Das durfte nicht sein. Der Bettlerkönig konnte nicht zulassen, daß jemand seine Macht schmälerte.

Er wußte aber auch, daß der Palast das Werk eines mächtigen Magiers war, und wagte es nicht, es selbst mit einem solchen Gegner aufzunehmen. Statt dessen beschloß der neue Herrscher von Tahrir, einen gerissenen Dieb in den Palast zu schicken, um herauszufinden, ob der Zauberer, den seit Jahren niemand mehr zu Gesicht bekommen hatte, noch lebte.

Für diese Aufgabe wurde ein junger Bursche von gerade mal zwanzig Jahren ausgewählt. Sein Name war Abu al-Din, und er war stadtbekannt als der begnadetste Einbrecher seiner Zeit. Er war ein übermütiger und dreister Draufgänger, und als er erfuhr, daß die Wahl auf ihn gefallen war, nahm er den Auftrag voller Stolz an. Der König lud ihn vor und trug ihm Folgendes auf:

»Du wirst dich in den Palast von al-Tir al-Abtan schleichen. Dazu wirst du über die Mauern klettern, die ihn beschützen, da sich nirgends ein Tor finden läßt. Du wirst zunächst das Gelände erkunden und sorgfältig alle Fallgruben, Schutzvorrichtungen oder sonstigen Wachen verzeichnen. Dann wirst du den Palast betreten und dir seinen Grundriß und alle Geheimgänge einprägen. Sollte dich jemand überraschen, erschlag ihn; solltest du dem Nekromanten selbst begegnen, so bringe mir seinen Kopf. Hast du mich verstanden?«

Abu al-Din nickte. »Ich habe verstanden und stehe Euch zu Diensten.« Mit einer tiefen Verbeugung, die sogar etwas spöttisch ausfiel, verabschiedete er sich und begab sich rasch nach Hause, um seine Vorbereitungen zu treffen.

Etwa dreißig begeisterte Kumpane folgten ihm durch die Gassen, riefen ihm aufmunternde Worte zu und warteten dann vor seiner Tür, um zu sehen, ob er sich wirklich in die Höhle des Dämonen wagen würde.

Abu beachtete sie nicht. Er nahm eine leichte Mahlzeit zu sich und überlegte, was er mitzunehmen hätte.

Er hatte keine Ahnung, was ihn erwarten würde, und konnte sich daher auf keine bestimmte Gefahr vorbereiten. Da alle anderen Magier von Rang und Namen Tahrir verlassen hatten, konnte er sich auch keine magischen Hilfsmittel besorgen. Schließlich entschied er, es bei seiner Ausrüstung für einen gewöhnlichen Einbruch zu belassen und ansonsten auf sein Glück und die Vorsehung Allahs zu vertrauen.

Er trug ein stark gefüttertes Wams, das einen leichten Hieb wohl abwehren konnte. Er band sich ein langes, starkes Seil um die Hüfte und befestigte an seinem Ende einen schweren Eisenhaken, den er sich über die linke Schulter schwang. An seinem Gürtel baumelte ein langer Dolch. Das war alles.

Eine kleine Schar Wohlgesonnener folgte ihm durch die Straßen, aber als er schließlich die Palastmauern erreichte und sich der Barriere aus schwarzem Marmor gegenübersah, war er allein. Das Gesindel hatte sich in die dunklen Seitengassen verdrückt.

Abu pfiff laut vor sich hin, um heimlichen Beobachtern zu zeigen, daß ihm nicht bange war. Er schleuderte das Seil über die Mauer, und beim zweiten Versuch fand der Eisenhaken Halt.

Abu zog sich behende am Seil hoch und winkte, auf der Mauerbrüstung angelangt, seinem unsichtbaren Publikum zu. Dann drehte er sich um und blickte in die Anlagen des Palastes. Er konnte nichts erkennen. Obwohl die Sonne hell am Himmel stand, hätte er ebenso gut in eine tiefe, dunkle Höhle starren können. Verwirrt holte er das Seil ein, spähte in die Finsternis und versuchte, wenigstens ein paar Einzelheiten auszumachen.

Es gelang ihm nicht. Das Schwarz war undurchdringlich.

Vorsichtig löste er den Haken aus seiner Verankerung und ließ ihn langsam in die Dunkelheit hinabsinken. Nach einiger Zeit konnte Abu hören, wie der Haken dumpf auf dem Boden aufschlug. Als er mehr Seil nachließ, hing es schlaff durch.

Also mußte sich dort unten etwas befinden, das den

Eisenhaken ohne weiteres trug. Ein kalter Schauer durchlief ihn, und beklommen sah Abu auf die Straßen hinter ihm zurück.

Er konnte niemanden sehen, aber er wußte, daß er beobachtet wurde. So schnell wollte er sich nicht einschüchtern lassen!

Er zog den Haken wieder hoch, sicherte ihn an einem Vorsprung der Außenmauer und seilte sich dann – mit einem Stoßgebet zum Himmel – in die Dunkelheit ab.

Zuerst verschwanden seine Füße und Beine, ohne daß er einen Unterschied bemerkte. Dann war sein Körper ins Dunkel gehüllt. Schließlich tauchte auch sein Kopf hinter der Mauerkante ab, und einen Moment lang hüllte ihn die Finsternis gänzlich ein. Doch es dauerte nicht lange, bis er das Schwarz durchdrungen hatte und unter sich, kaum eine Körperlänge entfernt, eine Rasenfläche sehen konnte, die von blühenden Sträuchern eingesäumt war.

Er blickte auf und sah über sich den blauen Himmel und strahlenden Sonnenschein.

»Nichts weiter als ein Zaubertrick!« sagte er sich. Er zog sich rasch wieder auf den Mauersims hoch, löste den Haken, warf Seil und Haken in den Garten und sprang hinterher. Für die Beobachter in den Seitengassen war und blieb er verschwunden, und nachdem die Sonne im Westen untergegangen war, zerstreuten sie sich allmählich.

Auf der anderen Seite der Mauer landete Abu geschmeidig wie eine Katze, kauerte sich nieder und war – so dachte er zumindest – auf alles gefaßt. Doch als er sich genauer umsah, gingen ihm die Augen über. Er befand sich in einem Garten, den er sich in seinen kühnsten Träumen nicht hätte vorstellen können. Als Kind der Straße hatte er überhaupt noch keine richtigen Gärten gesehen, alles, was er kannte, waren die dürftigen Gemüse- und Kräuterbeete, die einige sparsame Bürger von Tahrir auf Flachdächern oder in Hinterhöfen angelegt hatten. Jetzt breitete sich vor ihm ein Garten aus, der seinesgleichen suchte; selbst der verstorbene Hofgartenmeister des Sultans Selim ibn Jafar wäre entzückt gewesen. Zu allen Seiten wuchsen Blumen im Übermaß, in allen Größen und Farben, vom kleinen, scharlachroten Fingerhut bis zu mannshohen Baldachinen aus weißen und azurblauen Blütenblättern. Der Dieb schien in einem wahren Blumenmeer zu versinken; er war offenbar auf der einzigen freien Fläche gelandet, und auch die war nur ein winziges Rasenstück, kaum groß genug, um darauf zu stehen.

Abu wunderte sich, daß er diese Pracht beim Abseilen nicht bemerkt hatte, und konnte nur vermuten, daß es irgendwie mit der vorgegaukelten Dunkelheit zu tun hatte.

Abu brauchte geraume Zeit, um aus dem Staunen herauszukommen. Doch er wollte sich nicht von ein paar Blumen betören lassen! Er trat einen Schritt vor, wobei sein Knie einen riesigen, purpurn und schwarz gefärbten Blütenkelch streifte. Und wie mit einem Mal entfesselt, entströmten den Blumen dicke Duftwolken, die ihn zu ersticken drohten, so als ob sich der Weihrauch aller Moscheen der Welt und alle Wohlgerüche Arabiens über ihn ergössen. Er atmete das schwere, süßliche Aroma ein, das sich nicht beschreiben ließ und das seine Lungen so sehr erfüllte, daß er nicht mehr Luft holen konnte. In seiner Verzweiflung zückte er den Dolch und hieb, wild fuchtelnd, auf die Blüten ein, die ihn mit ihrer Schönheit zu verhöhnen schienen. Dann kreiste die Welt vor seinen Augen, und er versank im Dunkeln.

Später – wie viel später konnte er nicht sagen – kam er wieder zu sich. Er erwachte auf dem grünen, weichen Rasenpolster. Als er aufsah, konnte er weder Blüten noch Blätter sehen; die Blumen waren gewichen. Er konnte zwar ihren Duft noch riechen, fühlte sich von ihm aber nicht mehr überwältigt.

Noch leicht benommen stand er auf. Die purpurschwarze Blume, die er berührt hatte, lag verkümmert auf dem Rasen. Sein Dolch hatte ihren dornigen Stiel durchtrennt, und aus der Wunde rann frisches, rotes Blut.

Der untere Teil des Stiels lief nicht in einem Wurzelstrunk aus, sondern in einem geschmeidigen, grünen Körper, der einer großen Eidechse glich, mit peitschenartigem Schwanz, vier kurzen Beinchen und schuppigen Krallen.

Zitternd wischte er die Klinge des Dolches im Gras ab und sah sich um. Hinter ihm ragte die Marmormauer auf; zu beiden Seiten befand sich eine offene Rasenfläche, und dahinter erstreckten sich die unheimlichen Gärten. Abu erkannte, daß an diesem magischen Ort selbst die Blumen Gefühle besaßen. Der Tod der einen Pflanze hatte die anderen vertrieben.

Jedenfalls war er nun sicher, daß er von den Gärten nichts mehr zu befürchten hatte, wenn er auf der Hut war. Doch schon blickte er dem nächsten Hindernis entgegen. Ein Dutzend Schritte entfernt stand eine weitere Mauer, die nicht direkt zum Palastwall gehörte, sondern eine eigene Verteidigungslinie bildete. Die Mauer ragte ihm nur wenig über den Kopf und war eigentlich leicht zu überwinden. Sie schien aus Elfenbein zu sein, obwohl er von seiner Position aus keine Einzelheiten ausmachen konnte. Die Sonne stand bereits tief am Himmel, und das Tageslicht wurde schwächer.

Er blickte noch einmal auf das tote Pflanzenwesen und stieß es mit dem Fuß vor sich her. Er fragte sich, ob er es nicht besser beiseite schaffen sollte. Noch bevor er sich entscheiden konnte, spürte er einen stechenden Schmerz in seinem Fuß. Ein nadeldünner Dorn von der Länge eines Zeigefingers hatte seinen Lederstiefel glatt durchbohrt und saß tief im Fleisch. Als er den Fuß zurückzog, erkannte er, daß hinter den Blütenblättern der gesamte obere Teil der Pflanze aus einem giftig grünen Dornenkranz bestand; die Stacheln waren scharf wie Rasierklingen.

Nachdem er den Stiefel ausgezogen und die Wunde mit einem Fetzen vom Saum seines Gewandes so gut es ging verbunden hatte, humpelte er über den Rasen auf die Elfenbeinmauer zu. Dahinter konnte er bereits die glitzernden Kristallkacheln der Palastkuppeln sehen, die das Licht der letzten Sonnenstrahlen reflektierten.

Es stellte sich heraus, daß die Elfenbeinmauer nicht aus einem Stück bestand, sondern zwischen eingeschnitzten Figuren überall kleine Öffnungen und Vorsprünge aufwies. Diese Schnitzereien waren besonders bemerkenswert, stellte doch jede von ihnen eine andere Schlangenart dar; Abu konnte Vipern, Nattern, Kobras und unzählige andere Arten ausmachen, von denen einige längst ausgestorben waren.

Doch er ließ sich davon nicht einschüchtern. Vielmehr erkannte er, daß die Vorsprünge vorzügliche Klettergriffe boten, und schon nahm er die Mauer in Angriff. Aber kaum hatte er festen Boden verlassen, spürte er, wie sich das Elfenbein unter seinem Griff krümmte und wand. Beinahe hätte er sich wieder fallen lassen, besann sich dann jedoch eines Besseren und zog sich mit aller Kraft hoch, bis er auf einer mit Steinplatten gepflasterten Terrasse lag. Die geschnitzten Schlangen zischten und züngelten ihm giftig nach, und eine Schreckenssekunde lang dachte er, sie würden ihm folgen. Doch schließlich verstummten sie und kehrten zu ihrer leblosen Elfenbeingestalt zurück.

Abu lag zitternd auf den Steinfliesen. Dann erhob er sich langsam, jaulte aber vor Schmerzen auf, als er seinen verletzten Fuß belastete.

Er stand jetzt auf einer breiten Steinterrasse, die auf

einer Seite von der Elfenbeinmauer begrenzt wurde, während sich zur Rechten und Linken Zierteiche und Brunnen befanden; die Rückseite wurde von Abus eigentlichem Ziel, dem Palast selbst, abgeschlossen. Die Palastmauer war allerdings eine einzige glatte Fläche; keine Tür, kein Fenster, nicht die kleinste Öffnung war zu sehen. Hoch oben schmückten gefärbte Ziegel die Dachkante, aber sonst wies die Mauer keinerlei Zierrat auf. Abu sah keine Möglichkeit, sich hier Zutritt zu verschaffen. Statt dessen wandte er sich nach rechts und humpelte auf die kleinen, mit Stein eingefaßten Teiche zu, die die Terrasse säumten.

Er sah Hunderte solcher mittelgroßer Teiche, die allem Anschein nach so unregelmäßig verstreut waren wie die Sterne am Himmelszelt. Jeder besaß in seiner Mitte eine Fontäne, und Pfade aus durchscheinenden, bernsteinfarbenen Platten schlängelten sich zwischen ihnen hindurch. Auf eine Art, die der Dieb nicht recht verstand, wurde jeder Teich von unten illuminiert und erstrahlte in einer anderen Farbe. Abu sah in der hereinbrechenden Dämmerung den Wasserspielen zu; wie schon die Blumen übertrafen auch sie an Schönheit alles, was er bislang gesehen hatte. Er fragte sich, ob auch die Teiche eine Gefahr für ihn darstellten; ihr munteres Geplätscher erschien ihm irgendwie bedrohlich. Doch es half nichts, er mußte weiter, um seinen Auftrag zu erfüllen – und über den Schlangenwall aus Elfenbein zurück in die Gärten mit den giftigen, echsenfüßigen Pflanzen zu klettern, war ihm auch nicht geheuer. Mit den glatten Palastwänden konnte er jedoch nichts anfangen; selbst wenn es ihm gelänge, sie zu erklimmen, durfte er kaum erwarten, auf dem Dach eine Öffnung zu finden. Andererseits schien sich die Teichlandschaft endlos fortzusetzen. Ihm war bereits aufgefallen, daß sich die Palastanlagen drinnen viel weiter ausdehnten, als man es von außen für möglich halten konnte. Aber schließlich war dieser Palast mit Magie errichtet worden, und sein Herr war, so viel hatte Abu beim Überwinden der Mauer gelernt, ein Meister der Illusion. Gewiß setzten sich die Wassergärten nicht grenzenlos fort. Wenn er sich immer in eine Richtung hielt, würde er über kurz oder lang das Ende erreichen. Mit einem Achselzucken machte er sich auf den Weg.

Er kam mühelos voran, doch seinen Dolch hielt er immer griffbereit. Der verletzte Fuß schmerzte nur noch leicht, da er herausgefunden hatte, wie er auftreten konnte, ohne die Wunde zu belasten. Die Wasserfontänen murmelten um ihn herum, und ihre Lichtspiele nahmen seinen Blick gefangen. Er suchte sich seinen Weg zwischen den vielen Teichen hindurch, lauschte immer wieder ihren plätschernden Stimmen und stellte sich dabei vor, daß sie sich gegenseitig Geheimnisse zuraunten; er meinte sogar, einzelne Worte aufzuschnappen. Ja, ganz bestimmt, besonders ein Wort, das klar und deutlich immer wiederkehrte: »Tod«. Es durchlief ihn eiskalt, und dennoch zwang ihn etwas, den sprudelnden Wasserfontänen weiter zuzuhören. »Tod«, immer wieder »Tod«, und dann auch »Schlaf«. Schlaf – der Gedanke daran wurde immer stärker, er war schon so lange unterwegs, jetzt wollte er nur noch schlafen …

Plötzlich blieb er hängen, und ein stechender Schmerz im Bein riß ihn aus seiner Schläfrigkeit; er war mit seinem verwundeten Fuß gegen die niedrige Einfassung eines der Teiche gestoßen. Verwirrt fragte er sich, was er eigentlich tat. Um ein Haar wäre er der Länge nach in den silbrig glänzenden Teich gestürzt, in dessen Mitte eine wilde Gischt aus weinrotem Licht sprudelte. Das Gesäusel der Fontänen hatte ihn eingelullt; wäre er nur eine Sekunde später zu sich gekommen, wäre es schon zu spät gewesen – er hätte sich inmitten des Teiches mit seiner Zauberkraft wiedergefunden.

Was genau das Wasser bei ihm bewirkt hätte, vermochte er nicht zu sagen. Ein mächtiges Verlangen, seine Hand hineinzutauchen und davon zu kosten, überkam ihn, doch er widerstand der Versuchung. Das, so sagte er sich, war ja gerade die Verlockung, mit der sich der Zauberteich seiner Sinne und Seele bemächtigen wollte. Er wich den verführerischen Wasserspielen aus und trat einige Schritte zurück.

Noch immer benommen von der Trance, versuchte er sich wachzurütteln. Er sah sich um und mußte feststellen, daß er keine Ahnung hatte, wie lange er in seiner Verzückung zwischen den Zauberteichen umhergeirrt war. Zu seiner Rechten, zwischen den funkelnden Wassersäulen, konnte er weit entfernt das Schnitzwerk aus Elfenbein erspähen; zu seiner Linken, ebenfalls in größerer Entfernung, sah er die glattpolierten Kacheln und Ziegel des Palastes, vor und hinter ihm schien sich die Teichlandschaft ins Unendliche zu erstrecken.

Da es keinen Zweck hatte, den Weg durch den Irrgarten der Teiche fortzusetzen und sich dabei neuen Versuchungen auszusetzen, wandte er sich nach links und steuerte auf die Zitadelle zu. Er hatte vor, sie zu erklimmen. Vom Dach aus hätte er zumindest einen besseren Überblick.

Während er dieses neue Ziel verfolgte, bemerkte er, daß das geheimnisvolle Geflüster der Wasserspiele verstummt war; offenbar war mit seiner Trance auch die Wirkung ihres einlullenden Geplätschers gewichen.

Dafür meldete sich der Schmerz in seinem Fuß zurück, was aber, so überlegte er sich, durchaus von Vorteil sein konnte. Trotz all seiner Anstrengungen hinkte er stärker als je zuvor.

So mühte er sich einige Minuten lang voran, bis er schließlich zu einer engen Piazza zwischen den Wassergarten und dem Palast kam. Zu seiner großen Verwunderung stand er unmittelbar vor zwei goldenen, mit

Edelsteinen besetzten Flügeltüren. Verblüfft starrte er sie längere Zeit an, ohne sich zu rühren. Wenn er nur einen Schritt zurücktrat, blieb das Portal unsichtbar und die Palastmauer erschien glatt und undurchdringlich.

Natürlich nur eine weitere Illusion – aber was war Illusion und was Wirklichkeit? War die undurchdringliche Mauer eine Täuschung – oder war es das Portal? Es gab nur einen Weg, das herauszufinden, sagte er sich kühn. Er überquerte die Piazza mit ihren glatten, roten Marmorfliesen und erklomm die drei Stufen zum Portal.

Dort aber kam er nicht weiter, denn er konnte weder Riegel noch Türknauf entdecken, ja nicht einmal ein Türklopfer unterbrach die glatte, glänzende Goldfläche, die in unregelmäßigen Abständen mit Rubinen und Saphiren bestückt war. Türangeln konnte er auch keine ausmachen; die beiden wuchtigen Goldtäfelungen schienen beinahe nahtlos in die Steinmauer eingelassen. Nur ein hauchdünner Spalt, nicht breiter als ein Haar, verriet sie.

Abu kehrte auf dem Treppenabsatz um und prüfte die Lage, fand aber keine Lösung. Er trat wieder an das Portal und stemmte sich mit aller Kraft gegen die Goldtafel, doch diese gab keinen Millimeter nach. Dann versuchte er, an den vorstehenden Edelsteinen Halt zu finden und die Türen aufzuziehen, was aber ebenso vergeblich war. Schließlich stieß er in seiner Verzweiflung, alle Vorsicht vergessend, einen Fluch aus.

Die Türen erzitterten.

Abu erstarrte. Nichts weiter geschah. Zögernd sprach er: »Allah?« Die Türen erzitterten erneut.

Warum hatte er nicht gleich das bewährteste aller Mittel versucht, ein verzaubertes Portal zu öffnen? Die alten Geschichten waren doch voll davon. Abu hätte sich selbst ohrfeigen mögen. »Im Namen Allahs, des Großen und Allgütigen«, rief er, »al-Tir al-Abtan, öffne dich!«

Langsam und erhaben schwang die eine Flügeltür auf und gab den Blick auf eine riesige Empfangshalle frei. Deren Wände waren mit reinster Jade getäfelt, der Fußboden bestand aus grünem Marmor und das Deckengewölbe war so hoch, daß es sich fast dem Blick entzog. Kein einziges Möbelstück fand sich in der leeren Halle; einzig und allein al-Tir al-Abtans Wächter wartete dort auf Abu.

Beim Anblick der unheimlichen Dämonengestalt zückte Abu augenblicklich seinen Dolch. Es war tatsächlich ein Ghul, ein fürchterlich entstelltes Zerrbild einer menschlichen Gestalt, mit grauer Haut und langen, fettigen Haarzotteln. Seinem Unterkiefer entwuchsen mächtige Hauer; die Augen besaßen keine Pupillen, funkelten aber feurig-gelb und bedrohlich. Eine Gesichtshälfte war mit eitrigen Leprageschwüren bedeckt. Der Dämon war nackt, und sein groteskes Gehänge baumelte ihm zwischen den Beinen. Obwohl der Ghul kaum größer war als Abu al-Din, mußte er mindestens das Doppelte wiegen, denn er besaß den Körperumfang einer Tonne. An jedem Finger seiner Pranke war er mit einer langen Kralle bestückt.

Der Dieb konnte das Untier deutlich erkennen, denn die Jadewände strahlten ein mattes Licht aus. Er hielt es für besser, den Feind dort drinnen zu stellen und zuerst anzugreifen. Also sprang er in die Halle.

Der Ghul kämpfte wie ein tollwütiger Hund. Planlos fiel er über Abu her, nur darauf bedacht, seinen Gegner irgendwie zu treffen und zu verletzen. Abu verlegte sich seinerseits darauf, den Angriffen auszuweichen und nur gelegentlich mit einem Dolchstoß zu parieren. Er mußte schnell erkennen, daß seine Klinge der schuppigen Haut des Dämonen nichts anhaben konnte. Trotzdem stach er immer wieder zu, in der Hoffnung, daß das Monster wider allem Anschein doch eine verwundbare Stelle besaß.

Erst als die Klinge abbrach, begriff er, wie sehr er sich getäuscht hatte. Jetzt blieb ihm nur noch sein Seil als Waffe; unverzüglich versuchte er, den Kampf damit weiterzuführen. Endlich gelang es ihm, sich einen Augenblick lang den Angriffen des Ghuls zu entziehen und quer durch die Halle zu enteilen. Als der Ghul ihm nachstürzte, traf ihn ein mit aller Wucht geschleuderter Eisenhaken mitten ins Auge. Der gespenstisch goldene Augapfel zerbarst in einem Funkenregen. Abu war geblendet und betört. Doch schon im nächsten Augenblick ließ ihn das Wut- und Schmerzgeheul des Dämonen wieder wachsam sein. Rasch nutzte er seinen Vorteil aus und zielte mit dem Haken auf das zweite funkelnde Auge. Diesmal kam der Funkenregen erwartet, und Abu erholte sich sofort davon.

Der Dämon brüllte vor Schmerz auf. Dann gespenstische Stille. Regungslos kauerte das Unwesen in der Mitte der großen Halle. Plötzlich ein riesiger Satz – und er fiel über seinen Peiniger her. Abu wich zur Seite aus. Der Ghul folgte ihm; geblendet, wie er war, konnte er doch noch Abus Schritte hören.

Obwohl seine Chancen jetzt besser standen, wußte Abu, daß er es noch immer mit einem bedrohlichen Gegner zu tun hatte. Verzweifelt rannte er die lange Halle hinunter, um den blindwütigen Angriffen der Kreatur zu entgehen. Sein verletzter Fuß und ein gutes Dutzend klaffender Wunden, die das Monster ihm mit seinen Klauen beigebracht hatte, behinderten ihn in seiner Flucht.

Dennoch schwang er weiterhin den Eisenhaken und versuchte, den Ghul damit zu treffen. Ernsthaft verwunden konnte Abu ihn aber nicht mehr. Schließlich bekam das Monster den Haken zu fassen und entriß Abu das Seil. Der Zug fetzte ihm die Haut von den Händen. Als er das Seil losließ, schielte es peitschenartig aus und schlang sich, sehr zur Verwunderung beider Kämpfer, um den Dämon. Abu erkannte sofort seine Chance, griff rasch nach dem losen Ende des Seils und rannte mehrmals um seinen Gegner herum, bis die Kreatur so fest gefesselt war, daß sie sich nicht mehr rühren konnte.

Und als das geblendete Monster sich wieder befreit hatte, war Abu bereits so weit enteilt, daß selbst die spitzen Ohren eines Dämonen ihn nicht länger aufspüren konnten. Endlich hatte der Dieb Gelegenheit, frei und ungehindert den Palast zu durchstreifen. Katzenartig schlich er durch die endlosen Korridore und zahllosen Kammern, und in dem Irrgarten der Gemächer wußte er schon bald nicht mehr, wo er sich befand. Und überall traf er auf neue Wunder, die er sich nie hätte träumen lassen. Er sah Pfaue, die liebliche Weisen gurrten, und glänzende Fische, die in der Luft schwammen. Bücher sah er, die mit Blut geschrieben waren, und Schriftrollen aus Menschenhaut. Er sah brennende Brunnen und ein Feuer, das seine Wunden kühlte. Betörende Düfte erfüllten die Räume, und noch betörender waren die Klänge und Melodien. Es war ihm, als ob er tagelang zwischen den Gaukeleien des Zauberers umherirrte.

Doch schließlich sah er sich dem Zauberer höchstpersönlich gegenüber.

Es war in einem Turmgemach, hoch über dem Palast. Die Wände waren aus geschliffenem Kristall und doch so schwarz wie der Tod. Die Stufen, die er erklommen hatte, um zu der Kammer zu gelangen, leuchteten von innen, waren aber dennoch so trüb wie Kohle. Am obersten Ende dieser Treppenflucht hatte er das Studierzimmer des Zauberers entdeckt, das mit okkulten Gerätschaften und verstaubten Büchern vollgestopft war. Inmitten des Durcheinanders stand ein hochgewachsener, hagerer, alter Mann, dem das schlohweiße Haar bis zur Hüfte reichte; sein silbriger Bart war fast ebenso lang. Er trug eine einfache schwarze Robe, die gespenstisch schimmerte. Der Zauberer beugte sich über einen der dicken und staubigen Folianten.

Abu erinnerte sich an den Auftrag des Bettlerkönigs und sah, da sein Opfer derart abgelenkt war, seine Gelegenheit für gekommen. Er schlich sich von hinten an und hielt den Knauf des abgebrochenen Dolches bereits in Händen. Mit einem Mal wich ihm alle Kraft aus den Gliedern und er sank regungslos zu Boden.

Der Magier las die Seite zu Ende, schloß das Buch und legte es auf einen Stapel zurück. Dann trat er hinzu und blickte auf den gelähmten Dieb hinab.

»Du hast mich in meiner Ruhe gestört«, sprach Tir der Tiefsinnige. »Das kann ich nicht gestatten. Dein Blick verrät mir außerdem, daß ganz Tahrir mir übel gesonnen ist und daß andere dir folgen werden. Das werde ich nicht dulden.« Die altertümliche, belegte Stimme schien alles zu übertönen, obwohl Abu wußte, daß der Zauberer nur leise sprach. Er versuchte, etwas zu sagen, brachte aber kein Wort heraus.

»Du willst wissen, was ich mit dir anstellen werde?« Al-Tir al-Abtan fuhr sich über seinen langen Bart. »Ich weiß es nicht. Da du so weit in meinen Palast vorgedrungen bist, verdienst du wohl, gehört zu werden. Doch bin ich im Augenblick zu beschäftigt, um mich um dich zu kümmern. Du wirst dich gedulden müssen.«

Und auf einen Wink des Zauberers hin hoben unsichtbare Hände Abu in die Höhe und ließen ihn unsanft in eine Truhe plumpsen. Der Deckel schloß sich über ihm.

Es war eine sehr kleine Truhe, und Abu al-Din fühlte sich äußerst beengt, aber was konnte er schon gegen seine Unterbringung sagen? Was blieb ihm überhaupt zu tun? Nichts. Er konnte sich nicht rühren, nicht sprechen, und schon bald wurde ihm klar, daß er nicht einmal mehr atmete – und dennoch weiterlebte.

Er wartete darauf, daß al-Tir al-Abtan Zeit fände, sich seiner anzunehmen.

Und schon nach wenigen Stunden war er sich sicher, daß selbst der Tod nicht schlimmer sein konnte als diese Gefangenschaft ohne Ende.

Während er so dalag, nahmen die Ereignisse ohne ihn ihren Lauf.

Außerhalb der Palastmauern hatte man Abu al-Din schon bald als vermißt aufgegeben, und wie es Tir der Tiefsinnige richtig vorausgesagt hatte, sollte ihm ein anderer Dieb nachgeschickt werden. Aber dann wurde dem Bettlerkönig berichtet, daß unten am Hafen das Meer in Aufruhr geraten sei. Gespannt, was es damit auf sich hatte, vertagte der Bettlerkönig alle anstehenden Geschäfte und begab sich an die Küste, weshalb er auch der Allererste in ganz Tahrir war, der von der riesigen Flutwelle verschlungen wurde, die über die Stadt hereinbrach. In rascher Abfolge spülten ein Dutzend gewaltige Brecher den stinkenden Unrat Tahrirs in die offene See. Das Land versank, und als sich die schäumenden Wogen wieder glätteten, war die Stadt Tahrir für immer von diesem Erdboden verschwunden. Ein einziges Gebäude blieb zurück, der Palast von al-Tir al-Abtan, dem die Sturmflut nichts hatte anhaben können, so als ob eine gläserne Wand ihn schützend umgeben hätte. Und als die Fluten wichen und das Meer sich wieder beruhigte, stand der Palast einsam auf einer Insel, an deren steil abfallenden Klippen sich die Wogen wie an jenem unsichtbaren Schutzwall harmlos brachen. Unterdessen setzte al-Tir al-Abtan im Inneren des Palastes seine Studien fort und schenkte dem Untergang von Tahrir, den er bewirkt hatte, kaum Beachtung. Sein ganzes Leben hatte er der Zauberkunst geweiht und dabei Macht und Wissen von unbeschreiblichem Ausmaß erlangt. Die Zerstörung Tahrirs galt ihm wenig – ebenso hätte er eine Laus zertreten können.

So entstand die Insel von al-Tir al-Abtan und so blieb

sie viele, viele Jahre lang, bis schließlich eines Nachts der Zauberer selbst verschwand und mit ihm sein Palast. Jetzt spülen bei Flut die Wellen über das Eiland, und Möwen lassen sich dort ungestört nieder, wenn das Wasser zurückebbt. Von ganz Tahrir blieb nichts zurück – einzig und allein Abu al-Din sitzt noch immer in jener Truhe und wartet darauf, daß al-Tir al-Abtan sich seiner erinnert.

MERCEDES LACKEY

Begegnung in der Nacht

Mercedes Lackey gehört zu jenen Autorinnen, die zu entdecken ich die Ehre hatte. Und das, obwohl unser erstes literarisches Zusammentreffen nicht gerade unter einem glücklichen Stern stand. Mir war Mercedes – oder kurz Misty – damals nur als junge Folksängerin bekannt (ich habe nun mal eine Schwäche, wenn es denn eine Schwäche ist, für junge Musiker – schließlich gehört meine eigene Tochter auch dazu). Jedenfalls war Misty bei uns in Berkeley zu Besuch und überreichte mir, noch ziemlich zaghaft, zwei Geschichten für »Zauberschwestern«. Ich nahm sie ohne allzu viel Begeisterung entgegen, denn es ist für mich eine der unangenehmsten Aufgaben, einem engen Freund oder Bekannten ein Manuskript zurückgeben zu müssen. Und diesmal fürchtete ich, es nicht nur einmal, sondern gleich zweimal tun zu müssen, da der Inhalt für den neuen Band schon so gut wie fest stand. Ich machte mich also pflichtbewußt an die Lektüre, und nach einiger Zeit konnten meine Sekretärin Lisa und Misty mich im angrenzenden Zimmer fluchen hören: »Verdammt noch mal, Misty!«

Während Misty erschrocken zusammenfuhr, beeilte sich Lisa zu erklären, daß dies nur bedeuten konnte, daß ich beide Geschichten wollte – und deshalb meine ganze Inhaltsplanung über den Haufen werfen mußte! Verdammt ärgerlich!

Ich muß wohl kaum erwähnen, daß ich seither keine Anthologie in Angriff genommen habe, ohne einen Beitrag von Misty zu berücksichtigen. Als ich allerdings mit dem Magazin anfing, hatte Misty mit ihren Büchern schon soviel Erfolg, daß ihr keine Zeit mehr blieb, für uns eine Geschichte zu schreiben. Das änderte sich erst mit der sechsten Ausgabe, als sie die vorliegende Geschichte aus dem Hut zauberte, die bei der »Kessel«-Abstimmung den zweiten Platz belegte. Eine weitere

Diana-Tregarde-Story folgte in Ausgabe zehn, und wir versuchen gerade, sie dazu zu bewegen, die Titelgeschichte für Nummer 23 zu verfassen.

Es versteht sich von selbst, daß wir jedesmal erfreut zustimmen, wenn sie Zeit und Gelegenheit findet, für uns eine Geschichte zu schreiben. Meine Leser sollten auch versuchen, ein Exemplar ihrer »Heralds of Valdemar«-Reihe zu ergattern, oder eines ihrer Diana-Tregarde-Bücher oder jedes andere Buch von ihr – es sind inzwischen schon beschämend viele.

So weit ich es beurteilen kann, tritt ihre berühmte literarische Schöpfung, die Stadthexe Diana Tregarde und ihr liebenswerter Freund und Liebhaber André, hier zum ersten Mal in Erscheinung. Großstadtgeschichten mit magischem Einschlag haben mich sonst, wenn sie nicht gerade von mir selbst, Dion Fortune oder Diana Paxson stammen, nicht sehr gefesselt, jetzt verschlinge ich sie begierig, stets in der Hoffnung, dabei so etwas Gutes wie die vorliegende Geschichte zu finden. Leider gelingt mir das nicht allzu oft.

Der Frühling stand vor der Tür, aber noch war keine Spur, ja noch nicht einmal der Anflug von frischem Grün zu sehen. Der Wind blies kalt und geruchlos und trieb dürres Laub wie Gespenster vor sich her. Einige welke Blätter tänzelten in dem fahlen gelben Lichtkegel, den eine altersschwache Gaslaterne erzeugte – ein Überbleibsel aus einem anderen Jahrhundert. Sie war alt und müde, und ihr erbsengrüner Anstrich blätterte schon ab; das Gleiche ließ sich von dem ganzen Viertel sagen, das noch älter war. Über der Straße zeichneten sich die Umrisse einer Kirche ab, deren Gemeinde im Laufe der Jahre zu einem Häuflein alter, gebeugter Frauen und Männer geschrumpft war, die sich hier jeden Sonntag wie eine Schar grämlicher Krähen versammelten, um danach wieder in ihren schäbigen Häusern auf beiden Seiten der Straße zu verschwinden – bis der nächste Sonntag sie wieder zusammenrief. Auf der Straßenseite, die die Laterne vergeblich zu erhellen versuchte, befand sich der Friedhof.

Wie die gesamte Nachbarschaft war auch er sehr alt – ganze fünfzig Jährchen fehlten ihm, um als »kolonial« eingestuft zu werden. Die meisten Grabstätten waren bereits belegt, und die wenigen freien, die noch verblieben, gehörten jenen alten Weibern und Männern, die ihr ganzes Leben hier verbracht hatten und es hier auch beenden würden. Eine Dornenhecke und ein drei Meter hohes, schmiedeeisernes Gatter schützten den Friedhof vor Vandalen. Durch die entlaubten Zweige der Hecke konnte man vage Grabsteine aus Granit und unförmige viktorianische Mahnmalkolosse erspähen, die sich schwach gegen die Sichel des abnehmenden Mondes abhoben.

Die Kirche auf der anderen Straßenseite stand dunkel und verlassen da. Auch in den Häusern zeigte sich kaum ein Licht. In diesem Viertel bestand für niemanden Anlaß, so spät noch auf zu sein.

Die junge Frau, die unter dem Laternenpfahl wartete, schien daher um so mehr fehl am Platze zu sein. Selbst bei blühender Phantasie hätte man sie kaum für eine typische Anwohnerin dieser Gegend gehalten. Zum einen war sie jung, vielleicht Mitte zwanzig, keinesfalls älter. Ihre Kleidung war zwar gepflegt, aber leger – viel zu leger, um eine alte Tante zu besuchen. Die dunklen Stiefel reichten ihr bis zu den Knien; die bequemen, abgetragenen Jeans hatte sie lässig in die Stulpen gestopft; darüber eine dünne Windjacke, die sie offen trug, darunter ein Joggingtrikot. Als Schutz gegen den beißenden Wind war ihre Kluft denkbar ungeeignet, aber offenbar machte ihr die Kälte nichts aus. Lange, glatte Haare, deren Farbe im fahlen Licht nicht auszumachen war, ergossen sich wie eine Wasserkaskade über ihren Rücken und reichten bis zur Hüfte. Sie hatte große und eigentümlich schräggestellte Augen, die aber nichts Orientalisches aufwiesen, sondern eher katzenhaft wirkten. Auch ihre Haltung hatte etwas Katzenartiges: Lauernd, zum Sprung bereit, mit der anmutigen Anspannung eines Tänzers oder eines Raubtieres auf der Pirsch. Dabei hatte sie nichts Besonderes im Blickfeld. Vielmehr lauschte sie konzentriert.

Der Wind trug ein leises, kaum vernehmbares Pfeifen an ihr Ohr. Die Melodie paßte in diese Nachbarschaft – sie war alt und abgeleiert. Viele der Anwohner hätten bei der Erinnerung an »Lili Marleen« verklärt gelächelt.

Ihre Anspannung wich, als die junge Frau, mit einer Hand den Laternenpfahl umfassend, herumwirbelte und in die Richtung blickte, aus der das Pfeifen kam. Sie winkte und setzte ein Begrüßungslächeln auf.

Der Pfeifer trat in den Lichtkegel. Auch seine Augen- und Haarfarbe war dunkel – und er sah unverschämt gut aus. Er trug lediglich dunkle Jeans und einen schwarzen Rolli, aber keinen Mantel – und wie der jungen Frau schien auch ihm die Kälte nichts auszumachen. Seine Augen blitzten schelmisch, als er die Melodie mit einem kunstvollen Schnörkel beendete.

»Immer einen gewissen Sinn fürs Theatralische, Diana, *ma cherie?*« meinte er spöttisch. »Wenn du doch nur aus dem gleichen Anlaß hier wärst wie die liebe Lili! Aber ich fürchte, daß ich mich nicht so glücklich schätzen darf ...«

Sie lachte, und ihm wurde dabei ganz warm ums Herz.

»André«, tadelte sie ihn ebenso spöttisch, »du denkst auch immer nur an das eine!«

»Bin ich etwa kein Sohn der Seinestadt? Ich habe einen Ruf zu verteidigen, *n'est-ce pas?*«

Die junge Frau hatte nur ein müdes Lächeln dafür übrig. *»Eh bien«,* fuhr er achselzuckend fort, »da du mich diesmal hierher bestellt hast, muß ich die Sache wohl rein geschäftlich sehen. Wie schade. Also, sag schon, was lockt dich in dieser unwirtlichen Nacht an meine Seite? Welche Horrormeldung hat Mademoiselle Tregarde diesmal ausgegraben?«

Diana Tregarde war schlagartig nüchtern und ernst. »Ich fürchte, du hast die Sache beim passenden Namen genannt, André. Es ist ein Horror. Ich weiß nur noch nicht, was genau dahintersteckt.«

»Sprich dich aus. Ich bin gespannt wie ein – wie sagt man? – ein Flitzebogen.« Er trug noch immer diesen spöttischen Gesichtsausdruck zur Schau, als er sich gegen den Laternenpfahl lehnte und ein Gähnen vortäuschte.

Diana warf ihm einen zornigen Blick zu. »Wenn es nicht so ernst wäre«, sagte sie, »hätte ich gute Lust, dir eine zu knallen! André. Leute sterben hier auf den Straßen. In New York geht ein Massenmörder um!«

»Na und?« meinte er achselzuckend und trat dabei ungeduldig von einem Bein auf das andere. »Was soll daran neu sein? Sag mir lieber, wann das nicht der Fall war! Solche Verbrecher gehören zu dieser Stadt wie die Ratten. Soll die Polizei doch ihren Job tun und den Kerl fangen.«

Ihre Miene verfinsterte sich noch mehr. Sie verschränkte ihre Arme vor der dünnen Nylonwindjacke und kniff die Lippen zusammen. »Streng deinen Grips an, André! Wenn es ein gewöhnlicher Messerstecher wäre, würde ich mich wohl kaum darum kümmern!«

André betrachtete mit gespielter Gleichgültigkeit seine Fingernägel. »Und was macht ihn so außergewöhnlich, wenn man fragen darf?«

»Die Opfer haben keine Seelen.«

»Das ist bei Toten so üblich«, entgegnete er trocken.

Sie fauchte ihn unwirsch an und warf ihren Kopf ungeduldig zurück. Der Wind fuhr ihr in die Haare und peitschte ihr einige Strähnen um den Hals. »Du machst es mir wirklich nicht leicht! Am besten lasse ich …«

Endlich schien es dem jungen Mann zu dämmern, daß sie ernsthaft böse mit ihm war, zornig und auch verängstigt – selbst wenn sie alles tat, das zu verbergen. Er schien sichtlich zerknirscht.

»Verzeih mir, *cherie.* Ich bin mal wieder etwas aufsässig.«

»Unausstehlich, das bist du«, entgegnete sie ätzend. »Warum habe ich dich wohl um deine Hilfe gebeten? Doch nur, weil ich selber nicht mehr weiter weiß!«

»Na, wenn das so ist«, räumte er ein. »Aber diese Sache mit den Seelen, *cherie?* Wie läßt sich so etwas feststellen? Ich finde es jedenfalls schwer zu glauben.«

Sie fröstelte, und ihre Augen nahmen einen grüblerischen Ausdruck an. »Ging mir nicht anders. Glaub mir, mein Freund, ich weiß, wovon ich rede. Es besteht nicht der geringste Zweifel. Die Existenz von mindestens sechs Opfern ist ausgelöscht – und zwar in jeglicher Hinsicht.«

Der junge Mann zeigte sich endlich besorgt. *»Mais – comment?«* fragte er verstört. »Wie ist so etwas möglich?«

Sie schüttelte heftig den Kopf und krampfte ihre Hände in die Jackenärmel, als ob sie damit eine unsichtbare, aber gleichwohl spürbare Gefahr abwehren könnte. »Ich weiß es nicht, ich weiß es einfach nicht! Mir scheint es immer noch unglaublich – ich versuche mir einzureden, es sei nur ein Alptraum, aber es ist kein Traum, André, es ist real. Ich bilde mir das nicht bloß ein …« Ihre Erregung war mit jedem Wort stärker geworden, und Andrés scharfen Augen entging nicht, wie sehr ihre Hände zitterten.

»Eh bien«, seufzte er, »ich glaube dir ja. Da geht also irgend etwas um, das Seelen verschlingt – und Körper verstümmelt?« Sie nickte.

»In welcher Reihenfolge? Ich meine, wird das Opfer erst verstümmelt und dann seiner Seele beraubt?«

»Nein, umgekehrt. Glaube ich zumindest, aber das ist schwer zu beurteilen.« Sie zitterte so heftig, daß es unmöglich allein an der Kälte liegen konnte.

»Und was hast du mit der Sache zu tun?«

»Ein Freund von mir kannte eines der Opfer; ich war zufällig da und konnte die Leiche sehen, nachdem es passiert war. Und ich wußte sofort, daß da etwas nicht stimmte. Als ich mein Empathieschild aktivierte …«

»Schlimm?« Die Frage klang eher wie eine Feststellung.

»Noch viel schlimmer. Ich, ich kann gar nicht beschreiben, was ich spürte. Ich konnte noch emotionale Restspuren feststellen, Gefühlsfetzen, die zurückblieben, als …« Sie stockte. »Als ich dann weitere Nachforschungen anstellte, stieß ich auf die anderen fünf Opfer – und wieder das Gleiche. Meine erste Entdeckung war also kein Zufall. André, was immer es auch sein mag, ich muß weiteres Unheil verhindern.« Sie lachte, aber es war ihr bitter ernst. »Schließlich gehört das zu meinem Job.«

André nickte. »Du steckst also schon mitten drin. Nun gut, wenn du dieses – dieses Unwesen jagen mußt, bleibt mir wohl auch nichts anderes übrig.« Er war jetzt ganz bei der Sache. »Erzähl mir die Einzelheiten. Wann und wo schlägt es zu, und wer sind seine Opfer?«

»*Wo* – da gibt es kein Schema. *Wer* – scheint weitgehend vom Zufall abzuhängen oder besser gesagt von einer passenden Gelegenheit; die einzige Gemeinsamkeit bei allen sechs Fällen ist, daß die Opfer immer allein unterwegs waren; es gibt keinerlei Zeugen. Das Monster muß also völlig ungestört sein und kann offenbar nicht nach Gutdünken zuschlagen. Und was das *wann* anbelangt – immer bei Neumond.«

»Schlimm«, wiederholte André kopfschüttelnd. »Momentan ist es mir noch ein völliges Rätsel. Ich kann zwar den *loup garou* und andere finstere Gestalten erkennen, aber ich kenne nichts, das bei Neumond jagt.«

Sie verzog das Gesicht. »Glaubst du etwa, ich wäre schlauer? Deshalb brauche ich ja deine Hilfe. Du hast ein Gespür für das Außergewöhnliche. Und außerdem kannst du dem Unwesen unbemerkt nachstellen, was mir nicht möglich ist. Ich verspüre ohnehin keine große Lust, nachts allein herumzuirren und einem Wesen aufzulauern, von dem ich noch nicht einmal weiß, was es genau ist. Am Ende diene ich ihm noch als mitternächtlicher Snack. Aber wenn es sein muß, werde ich es tun.«

Andrés Gesicht lief, ganz gegen seine sonstige Gewohnheit, vor Zorn rot an. »Das fehlte noch, daß du allein auf Jagd gehst. Nur über meine Leiche!«

»Aparte Idee, bei einem Vampir! Aber wohl doch etwas überflüssig.« Ihr Lächeln war nur schwach, aber ungekünstelt.

»Pah!« Er tat ihren kleinen Scherz mit einer Handbewegung ab. »Morgen ist die erste Nacht des Neumonds. Dann werde *ich* auf Jagd gehen. Du bleibst hübsch zu Hause – oder Papa André wird ziemlich böse werden. Ich weiß, wo ich dich finde, falls ich etwas in Erfahrung bringen sollte.«

»Du solltest besser …« setzte Diana an, aber ihre Worte gingen ins Leere.

Die folgende Nacht war schon wärmer, und Diana war bei geöffnetem Fenster zu Bett gegangen, um den muffigen Geruch loszuwerden, den der lange Winter in ihrem Appartement zurückgelassen hatte. New York City war zwar nicht gerade für die frische Luft bekannt – aber sie war immer noch besser als das abgestandene Gemisch, das der Heißluftumwälzer durch das Gebäude blies. Ihr war auch nicht ganz wohl bei dem Gedanken, so schutzlos zu schlafen, doch der Fischgeruch, der aus Katy Rourks Wohnung drang und sie bei der Heimkehr vom

Einkauf schon in der Halle begrüßt hatte, hing ihr noch immer in der Nase – und damit war die Entscheidung gefallen. Lieber Abgase als angebrannten Kabeljau.

Es war ihr nicht leichtgefallen einzuschlafen; und als es ihr endlich gelang, wälzte sie sich unruhig in ihren Träumen, aus denen sie leicht hochfuhr …

… war da nicht etwas? Oder jemand? In ihrem Zimmer?

Noch bevor der Eindringling den Weg zwischen Fenster und ihrem Bett halb zurücklegen konnte, sprang sie hellwach aus dem Bett, segelte quer durch das Schlafzimmer und landete bei der Tür; mit der einen Hand suchte sie nach dem Lichtschalter, in der anderen hielt sie einen geschliffenen Dolch, der für alle Fälle immer unter ihrem Kopfkissen bereitlag.

Als das Licht anging, sah sie André, der in der Mitte des Schlafzimmers stand und sie verlegen blinzelnd angrinste.

Vor Erleichterung wurden ihr die Knie weich. »André, du verdammter Idiot!« Sie versuchte zwar, sich zu beherrschen, aber ihre Stimme klang schrill und überschlug sich. »Du hättest dabei draufgehen können!«

Er breitete seine Arme beschwichtigend aus. »Aber, aber, *ma cherie …*«

»Hat sich was von wegen *ma cherie!*« fauchte sie. »Selbst dir dürfte es einigermaßen schwerfallen, mit durchtrenntem Rückgrat durch die Weltgeschichte zu gondeln.« Sie rappelte sich langsam auf, die gewichene Anspannung machte sich in einem Zittern bemerkbar, das ihren ganzen Körper durchlief.

»Ich wollte dich nur nicht aufwecken«, meinte er kleinlaut.

Sie schloß die Augen und atmete mehrmals lang und tief durch. Jetzt nur die Ruhe! Ein Mantra intonieren. Wieder eins werden mit sich. Schließlich hatte sie sich soweit beruhigt, um ihm antworten zu können, ohne gleich wieder in die Luft zu gehen.

»Tu – das – nie – nie – *wieder.*« Sie unterstrich das letzte Wort, indem sie ihren Dolch in den Türrahmen bohrte.

»Certainement, ma petite«, antwortete er, und die Augen gingen ihm doch etwas über, als er sich ausrechnete, wie schnell sie gewesen war. »Wenn ich das nächste Mal bei dir durchs Fenster steige und du schläfst, werde ich vorher eine Fanfare blasen.«

»Du könntest dir damit eine Menge Ärger ersparen – und mir einige Aufregung«, meinte sie noch immer verärgert und zog dabei den Dolch mit einer Drehung des Handgelenks aus dem Türrahmen. Sie drehte am Lichtschalter und dimmte die Lampen so weit herunter, daß es für Andrés lichtempfindliche Augen erträglich war. Dann durchquerte sie den Raum, legte den versilberten Dolch wieder unters Kopfkissen und ließ sich im Yogasitz auf ihrem zerwühlten Bett nieder. Es war das erste Mal, daß Andre sie im Schlaf überrascht hatte, und dieser Umstand irritierte sie weitaus mehr, als es eigentlich gerechtfertigt war. Ihr Privatleben war ihr heilig, und es war fast schon eine Manie von ihr, nachts ungestört zu bleiben. André war ihr Liebhaber, wenn ihr der Sinn danach stand, aber sie würde es nie dulden, daß er länger bei ihr bliebe.

Er näherte sich langsam dem antiken Holzbett. »*Cherie,* ich bin nicht zu meinem Vergnügen gekommen …«

»Das will ich auch schwer hoffen!« unterbrach sie ihn. Sie versuchte, ihr angegriffenes Nervenkostüm einigermaßen zu ordnen, indem sie ihr verheddertes Haar mit den Fingern kämmte.

»Ich habe den Killer gesehen.«

Sie erstarrte.

»Ich habe so etwas noch nie gesehen oder auch nur davon gehört.«

Dianas Hand krampfte sich unwillkürlich um eine Haarsträhne, ohne daß sie den Schmerz bemerkte. »Und – was weiter?«

»Ich konnte es – nein, *ihn* – ich konnte ihn nicht aufspüren, bis er sein erstes Opfer anfiel. Da habe ich ihn gefunden, genau in dem Augenblick, da er seine Jagdgestalt annahm. Sonst hätte ich ihn nie entdeckt. Denn wenn er erst einmal in diese Gestalt schlüpft, gibt es nichts an ihm, was ihn auffällig erscheinen läßt. Durch und durch gewöhnlich, ein Mann wie jeder andere auch, weder jung noch alt, weder dick noch dünn. In seiner Unscheinbarkeit schon fast unsichtbar. Ich folgte ihm – er erschien so normal, daß ich nicht glauben mochte, was ich gerade noch mit eigenen Augen gesehen hatte. Dann, keine zehn Minuten später, fand er sein nächstes Opfer, das er genauso verschlang.«

André schloß gedankenvoll die Augen. »Wie gesagt, ich habe noch nichts dergleichen gesehen oder gehört – und doch war mir irgend etwas an ihm vertraut. Ich kann dir nicht genau sagen, was es war, aber irgendwie kam es mir bekannt vor.«

»Du hast gesagt, du hättest ihn angreifen gesehen – wie war das, André?« Ihr Gesicht verriet ihre Anspannung, als sie sich vorlehnte, so daß das Bett unter ihr knarrte.

»Das zweite Opfer war eine – wie sagt man noch – eine ›Pennerin‹?« Als sie dies mit einem Kopfnicken bejahte, fuhr er fort. »Er lächelte sie an, lächelte sie einfach nur an, nichts weiter. Sie erstarrte wie das Kaninchen vor der Schlange. Dann … dann verwandelte er sich in eine dunkle Rauchwolke; nichts als dunkler, dichter Rauch, der die alte Frau einhüllte, bis ich sie nicht mehr sehen konnte. Dann … verschlang er sie. Jetzt kann ich auch besser verstehen, was du gefühlt haben mußt, *cherie.* Es war gar nicht so sehr der Anblick, sondern das, was ich dabei im Innern gespürt habe …«

»Jetzt begreifst du also«, meinte sie ernst.

»*Mais oui,* und ich widerspreche dir auch nicht länger. Dem Unwesen muß Einhalt geboten werden.«

»Fragt sich nur ...«

»... wie? Darüber habe ich mir auch schon meine Gedanken gemacht. Rauch kann man nicht bekämpfen. Aber in seiner physischen Jagdgestalt – vielleicht ist er da angreifbar ... und verwundbar. Wie du richtig bemerkt hast, dürfte es selbst mir schwerfallen, mit durchtrenntem Rückgrat oder eingeschlagenem Schädel zurecht zu kommen. Vielleicht gilt das ja auch für ihn. Was ist, *ma petite,* hast du den Mut, den Lockvogel zu spielen?« Er setzte sich zu ihr auf die Bettkante und betrachtete sie mit ernster und besorgter Miene.

Sie überlegte nicht lange. »Ich soll den Köder abgeben, während du im Hinterhalt auf ihn wartest? Scheint mir noch der beste Plan zu sein – es wäre nicht das erste Mal, daß ich so etwas mache. Und außerdem bin ich ja auch nicht gerade hilflos, wie du weißt«, erwiderte sie und schlang dabei eine Haarsträhne um ihre Finger.

»Das hast du mir heute Nacht zur Genüge bewiesen!« Das alte schelmische Lachen meldete sich wieder in seinen Augen, wenn auch vermischt mit etwas Verdruß. »Jedenfalls werde ich nie wieder den Fehler begehen, dich für ein zierliches Pflänzchen zu halten. *Bien.* Ist dir morgen nacht recht?«

»Selbst heute nacht, je eher desto besser«, bemerkte sie knapp.

»Nur würde das wenig bringen. Mit zwei vertilgten Opfern im Magen hat er sich bestimmt schon in seine Höhle verkrochen.« André nahm ihre Hand, die noch immer mit einer Haarlocke spielte. »Laß uns lieber ausruhen – ich weiß, wo wir ihn aufspüren können, und morgen werden wir ihn mit vereinten Kräften stellen.« Unvermittelt grinste er. »*Cherie,* ich habe ein Buch von dir gelesen ...«

Sie war alles andere als freudig überrascht. »Schöne Bescherung! Ich habe ja immer befürchtet, daß du mir und meinen Pseudonymen noch auf die Schliche kommst. Was unstillbare Neugierde betrifft, stellst du sogar Pandora in den Schatten.«

»Es war nicht schwer zu erraten, wer sich hinter dem *nom de plume* verbarg. Schon der Titel – einfach einen meiner Lieblingsausdrücke geklaut. Und bereits auf Seite drei die intimsten Details über mich ausgeplaudert!«

Sie sah ziemlich betreten drein. »O nein! Doch nicht etwa das?«

Er hob tadelnd den Zeigefinger. »Ich finde es nicht gerade schmeichelhaft, daß du aus mir den Schurken machst; und nur, weil ich dir erzählt habe, daß ich mich während der *Grande Revolution* hauptsächlich in London aufhielt.«

»Aber … aber … André«, stammelte sie, »diese Geschichten sind doch alle nach dem gleichen Muster gestrickt. Es blieb mir wirklich keine große Wahl. Jeder Franzose in einem historischen Roman aus dieser Epoche muß entweder ein Aristokrat im Exil oder aber ein Schurke sein.« Sie blickte ihn mitleidsheischend an. »Und ich brauchte nun mal einen Schurken … ich kam irgendwie nicht weiter … ich hatte mich da verrannt … und der Abgabetermin rückte näher … und …« Sie wurde immer leiser. »… um die Wahrheit zu sagen, ich habe nicht damit gerechnet, daß du es jemals herausfinden würdest. Du … du bist mir doch nicht böse?«

Er strich ihr das Haar von den Schultern zurück, fuhr ihr mit der Hand unters Kinn und rückte näher an sie heran. »Ich könnte mich durchaus dazu bewegen lassen, dir zu verzeihen …«

Das kaum unterdrückte Kichern in seiner Stimme ließ sie wissen, daß sie ihn nicht beleidigt hatte. Dadurch ermutigt, blickte sie ihn verschmitzt an. »Sieh mal einer an.«

»Du könntest zum Beispiel …« Er entblößte ihre Schulter und fuhr mit dem Finger forschend vom Schulterblatt bis hinters Ohr. »… einen neuen Roman schreiben, in dem ich der Held bin …«

»Und was schwebt dir da so vor?« erwiderte sie nicht ohne Mühe, da sein Mund inzwischen die Nachforschungen fortführte, die sein Finger eingeleitet hatte.

»Wie wäre es in der Reihe ›Lodernde Leidenschaften‹?«

Sie stieß ihn lachend von sich. »Das kann nicht dein Ernst sein, André!«

»Und warum nicht?« Er zog sie wieder an sich. »Denk doch nur daran, wie lustvoll sich die Recherche gestalten könnte …«

Sie ergriff seine Hand, bevor er damit seine ›Recherche‹ wieder aufnehmen konnte. »Hattest du nicht etwas von ›ausruhen‹ gesagt?«

Er hielt einen Augenblick lang inne und wurde plötzlich ganz ernst. »*Cherie,* wir müssen dem Unwesen gestärkt entgegentreten. Du mußt schlafen – und dich entspannen. Kannst du dir eine bessere Art vorstellen, beides miteinander zu verbinden?«

»Nein«, gestand sie.

»Worauf warten wir also?«

Sie überlegte noch kurz, ob sie aufstehen und das Licht ausschalten sollte, fand dann aber, daß die Sache ein bißchen Energieverschwendung wert war – und löschte es in Gedanken. »Komm zu mir, machen wir uns an die ›Recherche‹.«

Diana wachte am nächsten Morgen erst spät auf – genau genommen war der Morgen schon so gut wie vorüber – und blieb noch eine Zeit lang glücklich und zufrieden liegen, bevor sie sich aus dem Gewühl aus Bettlaken und Andrés Gliedmaßen befreite. Sie brauchte sich keine Sorgen zu machen, ihn aufzuwecken – er würde sich vor

Sonnenuntergang nicht rühren. Sie bettete ihn etwas komfortabler und deckte ihn zu. Es war absurd, wie jung er aussah – was machten die paar Jahrhündertchen schon aus? Seine Haare waren ganz zerzaust, und die langen dunklen Wimpern ruhten auf seiner Wange. Er sah heute morgen viel besser aus, fand sie jetzt, da sie die Muße hatte, ihn genauer zu betrachten. Gestern nacht hatte er ziemlich blaß und ausgemergelt gewirkt. Sie mußte den Kopf schütteln, als sie ihn so daliegen sah. Eines Tages würde seine Galanterie ihn noch um Kopf und Kragen bringen. »Dummkopf!« flüsterte sie zärtlich und küßte ihn auf die Stirn. »Dabei brauchst du doch nur zu fragen.«

Aber jetzt mußte sie an andere Dinge denken. Ein Kampf stand ihr bevor, und sie hatte eine dunkle Vorahnung, daß es kein leichter sein würde. Sie duschte sich und schlüpfte in ihr Trikot. Dann begab sie sich in den leergeräumten Fitnessraum am anderen Ende der Wohnung, wo sie dreimal ihre Katas absolvierte – einmal langsam, dann zweimal mit voller Kraft. Danach kamen die Tai-Chi-Übungen, um das Ganze wieder auszubalancieren. Und schließlich noch eine halbe Stunde Meditation. Als das erledigt war, zog sie einen Kreis und lud sich mit so viel Energie auf, wie sie es für notwendig und sicher hielt.

Ohne genau zu wissen, was sie zu erwarten hatte, blieb ihr nicht viel mehr zu tun übrig. Höchstens noch eine sättigende Mahlzeit. Sie duschte sich erneut und wechselte in einen knallroten Trainingsanzug. Sie war gerade dabei, ihr Abendessen zu beenden, als die Sonne unterging und André verschlafen und halb nackt in der weiß getünchten Küche auftauchte.

Sie schlang den letzten Bissen ihrer Leber herunter und fuchtelte in Richtung des Badezimmers. »Wenn du noch duschen willst, solltest du dich besser beeilen – ich möchte rechtzeitig an Ort und Stelle sein.«

Bei dem Gedanken an eine heiße Dusche seufzte

André zufrieden. »Es gibt nichts Besseres, um sein Tagwerk zu beginnen. Na ja, Tagwerk ist vielleicht nicht der richtige Ausdruck. Jedenfalls dürfte es dir jetzt nicht so leicht fallen, mich vor die Tür zu setzen, nachdem ich die Nacht mit dir verbringen durfte, *ma petite.*«

Sie fletschte die Zähne. »Du sollst die Nacht nicht vor dem Morgen loben, selbst wenn in deinem Fall der Morgen schon wieder Abend ist. Ich kann ziemlich unausstehlich werden!«

»*Ma petite* ... ich ...« Er blickte sie ernüchtert und gequält an. Als sie ihn so sah, hörte sie sofort auf, ihn zu hänseln. »Bitte, André, sprich es nicht aus. Ich kann dir heute auch keine andere Antwort geben als damals, als du mich das erste Mal gefragt hast.«

Er seufzte, und diesmal klang es schwer und traurig. »Dann werde ich schweigen, wenn du es so willst. Aber darf ich wenigstens bleiben? Nichts weiter. Ich könnte dir von Nutzen sein. Und ich würde dir nichts nehmen, das du nicht bereitwillig gibst. Ich mag es nicht, daß du so viel allein bist. Als wir uns das erste Mal trafen, spielte es noch keine Rolle, aber inzwischen hast du dir mächtige Feinde gemacht, *cherie.*«

»Ich ...« Sie konnte ihm nicht ins Gesicht sehen. Statt dessen starrte sie auf ihre Hände, die die Tischplatte so fest preßten, daß ihre Knöchel weiß hervortraten.

»Es sei denn, du hast einen anderen ...« Er schnitt die heikle Frage nur zögernd an.

»Red keinen Unsinn. Außer dir gibt es keinen.« Sie lehnte sich zurück und lächelte ihn süffisant an. »Alter Mädchenverderber! Es ist um mich geschehen. Wer könnte mich nach dir noch interessieren?«

Er war aufrichtig betroffen. *»Mille pardons, cherie«*, stotterte er. »Ich ... ich hatte ja keine Ahnung ...«

Sie mußte leise kichern. »Ach, André, du bist vielleicht 'ne Nummer. Als ob ich was dagegen hätte, von dir ein bißchen verdorben, ich meine, verwöhnt zu werden.

Kommt selten genug vor …« Und schließlich gab sie seinem Bettelblick nach. »Also gut, du kannst einziehen, wenn du willst.«

»Was *du* willst, interessiert mich viel mehr.«

»Ich will … ach, frag besser nicht. Ich habe, wie du sehr wohl weißt, neben der Macht auch Verantwortung. Und ich kann noch nicht sehen, wie ich das mit deinem Lebensstil in Einklang bringen soll.«

»*Ca suffit!*« Er schnitt ihr mit einer Handbewegung das Wort ab. »Vergiß, was ich gesagt habe. Wir reden erst wieder davon, wenn du es wünschst. Ich werde mich jetzt dem warmen Wasser hingeben.«

Diana konzentrierte sich auf die Gefahren, die vor ihr lagen, und verdrängte vorerst die Gefahr, die André für sie darstellen könnte. »Und ich hol' den Wagen aus der Garage.«

Er wartete, bis er auf dem Beifahrersitz angeschnallt war, bevor er sich über ihre Aufmachung mokierte. »Ich wußte nicht, daß du ein Wettrennen mit ihm veranstalten willst.«

»Alles nur Tarnung«, entgegnete sie, während sie zwei Taxis und einem Kamikazefahrer in einem Lieferwagen auswich. »Jogger gibt es überall, sie rennen selbst nachts in so verlassenen Vierteln herum. Die Bullen werden sich jedenfalls kaum darüber wundern und mich anhalten, und unser Freund wird auch keinen Verdacht schöpfen, mich allein zu sehen. Einen Jogger hat er schon auf dem Gewissen, einen Schwulen, der nachts allein unterwegs war. Sein Partner glaubte, er hätte einen Herzinfarkt gehabt. Der arme Kerl. Er war keiner von uns, deshalb habe ich ihm auch nicht die Wahrheit gesagt. Es gibt Sachen, die die Hinterbliebenen besser nicht wissen sollten.«

»*Oui.* Hier links entlang, *cherie.*«

Der Verkehr ließ immer mehr nach und versiegte

schließlich ganz. New York bei Nacht kannte solch merkwürdige Flecken, die so einsam und verlassen wie eine Landstraße waren. Die Gegend, die sie ansteuerten, gehörte dazu. Tagsüber sorgten kleine Lagerhäuser, niedrige Fabrikhallen und ein oder zwei verstreute Läden für etwas Publikum, aber deren Geschäfte liefen so schlecht, daß eine Spätschicht sich nicht lohnte. Die Stadtsanierer hatten das Viertel auch noch nicht entdeckt – hier wohnte niemand. Vielleicht patrouillierten eine Handvoll Nachtwächter, aber die meisten Geschäftsinhaber verließen sich auf Vorhängeschlösser, Alarmanlagen und Wachhunde, um ungebetene Gäste fernzuhalten.

»Dort drüben ...« André deutete auf ein größeres Gebäude, in dem offenbar mehrere kleine Betriebe untergebracht waren. »Nachdem er sich in die Rauchwolke verwandelt hatte, verbarg er sich in dem Aufbau über dem Aufzugsschacht. Es wäre viel zu gefährlich gewesen, ihn bei Tag dort zu stellen.«

»Ist er jetzt auch da?« Diana spähte durch das matte Neonlicht, konnte aber das Dach des Gebäudes nicht ausmachen.

André schloß die Augen; vor lauter Konzentration faltete sich seine Stirn. »Nein«, entschied er schließlich. »Ich glaube, er hat sich auf die Jagd gemacht.«

Sie unterdrückte einen Angstschauer. »Dann ist es höchste Zeit, den Lockvogel zu spielen.«

Diana fand einen Parkplatz, der laut verblichener Aufschrift für einen »Präsidenten« reserviert war – höchst unwahrscheinlich, daß er in den nächsten Stunden beansprucht werden würde. Er lag tief im Schatten des Gebäudes, und Dianas Auto war pechschwarz, mit etwas Glück würde eine vorbeikommende Streife den Wagen nicht bemerken.

Sie stieg aus und schloß die Tür hinter sich ab. Sie sah in der Tat wie der einsame Jogger aus, den sie zu spielen hatte, und rannte im leichten Trab los. Sie blickte sich nicht um.

Diana wußte, daß sie dieses Tempo, falls nötig, stundenlang beibehalten konnte. Sie nahm sich zuerst alle Straßen in Nord-Süd-Richtung vor, um dann durch die Querstraßen im Zick-Zack zurückzukehren. Noch bevor eine Stunde vergangen war, wünschte sie sich, sie hätte den Mut gehabt, einen Walkman mitzunehmen. Eine Straße glich der anderen: Endlose, schwarze Ziegelwände, unterbrochen von verbarrikadierten Fenstern und Eisentüren, Seitengassen mit umgestürzten Mülltonnen, und im Rinnstein türmte sich der Unrat. Ihre Anspannung hatte sich gelegt, sie langweilte sich – und sie war allein. Licht und Dunkel wechselten je nach Straßenbeleuchtung, und außer einer gelegentlichen Ratte bekam sie nichts zu sehen oder zu hören.

Dann schlug er zu, gerade als sie etwas nachlässig zu werden begann. Nachlässig genug, um sein Erscheinen nicht zu bemerken.

Eben noch war alles leer und einsam, dann, mit einem Mal, stand er da, nur einen halben Häuserblock von ihr entfernt, und wartete auf sie. Diana wußte, daß er es war – genau so, wie André ihn beschrieben hatte: Ein unscheinbarer Mann in einer dunklen Windjacke und ebenso farblosen Hose. Er war ziemlich groß – mindestens einen Kopf größer als sie. Bei seinem plötzlichen Auftauchen hätte sie beinahe ihren Lauf unterbrochen, erinnerte sich aber noch rechtzeitig daran, daß sie sich als unschuldige Joggerin nichts anmerken lassen durfte, und trabte weiter.

Er hatte es ganz offensichtlich darauf angelegt, daß sie ihn sehen sollte, denn er stand mitten auf dem Gehsteig, direkt unter einer Straßenlaterne. Sie würde ihre Richtung ändern müssen, um ihm auszuweichen. Wie jeder andere gewöhnliche Jogger wollte sie gerade das tun, ohne ihm groß Beachtung zu schenken, als er den Kopf hob und sie anlächelte. Diana wurde, von einem nie gekannten Grauen gepackt, zurückgehalten. Es ging ihr nicht anders als all seinen anderen Opfern – sie konnte keinen klaren Gedanken fassen, konnte nicht schreien, konnte sich nicht rühren. Ihre Beine waren wie gelähmt, und außer jenem entsetzlichen Lächeln und jenen schwarzen, unergründlichen Augen schien für sie nichts mehr zu existieren.

Dann verschwand das Lächeln, und die Augen tauchten im Dunkeln unter. Im gleichen Augenblick wich auch Dianas Gliederstarre; sie taumelte gegen die Hauswand, deren rauhe und so reale Ziegelsteine einen tröstlichen Halt boten. Ihr Atem kam in kurzen, heftigen Stößen.

»Diana?« Sie konnte Andrés Stimme hinter sich hören.

»Ich … mir … Alles okay«, brachte sie hervor, war sich aber dessen alles andere als sicher. André stellte sich wild entschlossen vor sie. Der Mann schien seine Absicht zu erahnen und lächelte erneut …

Doch André zögerte nicht den Bruchteil einer Sekunde.

Das Lächeln erstarb; der Mann wich erschrocken zurück, als er erkannte, daß seine Geheimwaffe bei André nicht verfing. Mit verzerrtem Gesicht zog er etwas aus dem Ärmel seiner Windjacke und stürzte sich geradewegs auf André. Und plötzlich verschmolz das Etwas mit seiner rechten Hand. Als es Andrés erhobenen Arm traf, erkannte Diana – fast schon zu spät –, was es war.

»André – er hat Nunchakus! Sie sind aus Holz!« rief sie. »Damit kann er dich töten! Hau ab!«

André brauchte keine zweite Warnung. Mit einem Wimpernschlag war er verschwunden.

Und ließ Diana allein mit der Kreatur zurück.

Sie nahm sofort eine Verteidigungshaltung ein, während der Mann sie ruhig musterte. Er stand nahezu geräuschlos da, nicht einmal sein Atem war zu hören.

Dann stand sein Entschluß offenbar fest; er kam auf sie zu.

Zumindest lächelte er nicht mehr auf diese perfide Weise – vielleicht wirkte seine Waffe nur einmal. Diana hoffte inständig, daß dies der Fall war – als Empathin war sie einer Waffe, die aus Angst geschweißt war, hilflos ausgeliefert.

Wie zwei Katzen vor einem Kampf belauerten sie sich argwöhnisch. Dann glaubte Diana, eine Lücke in seiner Verteidigung entdeckt zu haben – und ergriff ihre Chance. Schon im nächsten Augenblick wurde ihr klar, wie sehr sie ihm unterlegen war, als er sie mit einem Tritt vors Schienbein kurzzeitig außer Gefecht setzte. Der weitere Verlauf bestärkte sie nur noch in diesem Eindruck – während sie eine schmerzende Wunde nach der anderen empfing, blieb er ohne einen Kratzer.

Sie hatte zwar den braunen Gürtel in Karate, doch er war Träger des schwarzen Gürtels in Kung Fu; es war ein mitleidserregend ungleicher Kampf. Sie war sich bald schon bewußt, daß er nur mit ihr spielte – und solange er die Schlaghölzer schwang, konnte André es nicht wagen, einzugreifen.

Die Angst schnürte ihr immer stärker die Kehle zu, sie konnte kaum noch atmen und suchte verzweifelt nach einer Fluchtmöglichkeit. Sie wußte, daß sie so gut wie tot war.

Wenn sie ihm nur diese verdammten 'chakus entreißen könnte!

Und während sie einem erneuten Schlag auswich und über den Rinnstein stolperte, kam ihr eine Idee. Sie waren beide keine Amateure – das mußte ihm von der Art her, wie sie sich bewegte, ebenso klar sein wie ihr. Er würde von ihr nie einen stümperhaften Zug erwarten. Wenn sie nun aber etwas wirklich Unüberlegtes tat, einen vermeintlich tödlichen Fehler beging …

Als er zum nächsten Schlag ausholte, wich sie nicht

aus. Statt dessen tat sie einen Schritt vor und zerschmetterte mit ihrer Rechten sein Nasenbein, während sie mit der Linken den niedersausenden Schlagstock abfing. Als dieser krachend auf ihren Arm traf, fuhr sie herum, verdeckte die Schlagwaffe mit ihrem gesamten Körper und konnte ihm so die Hölzer entwinden.

Dann brach sie vor seinen Füßen zusammen. Ihr Arm brannte vor Schmerz, alles verschwamm vor ihren Augen – und sie konnte nur noch auf den Tod oder eine wundersame Rettung warten.

Und das Wunder geschah; die Rettung kam in Gestalt von André. Mit einem einzigen *Savate*-Schlag brach er dem Mann das Rückgrat; Diana konnte hören, wie es wie ein Zweig zersplitterte.

Und noch bevor ihr Angreifer zu Boden sackte, schleuderte ihn ein zweiter Fausthieb gegen die Ziegelwand, die seinen Schädel zertrümmerte.

Diana rappelte sich auf und wartete auf eine obskure Verwandlung.

Nichts geschah.

Sie wankte auf die Leiche zu. Ihr Gesicht blieb leer und ausdruckslos – ein Anzeichen, daß sie den Schmerz und Schock mit eisernem Willen unterdrückte. André wollte sie erst noch zurückhalten, ließ es dann aber sein. Diana beugte sich gerade so weit über den Toten, um mit ihrer unverletzten Hand seine Schulter zu berühren – und dann entlud sie all ihre aufgestaute Energie.

André konnte sie gerade noch zurückreißen und in Sicherheit bringen, als der Leichnam in Flammen aufging und niederbrannte, als ob er in Öl getränkt sei. Sie sah den Flammen mit versteinerter Miene zu; dann brach sie plötzlich zusammen.

André fing sie ohne Mühe auf, bevor sie sich noch weiter verletzte, und hielt sie in seinen Armen, als ob sie kaum mehr als ein Kätzchen wiegen würde. *»Ma pauvre petite«*, murmelte er, während er sie raschen und lautlosen Schritts zurück zum Wagen brachte. »Diesmal, fürchte ich, kommst du am Krankenhaus nicht vorbei …«

»Franziskus-Hospital …« brachte sie hervor. Jeder seiner Schritte stauchte ihre verletzte Hand erneut. »Dr. Crane hat Nachtdienst – er ist einer von uns …«

»*Bien.* Jetzt halte still.«

»Aber – aber wie kommst du …«

»In deinem Wagen natürlich, Dummerchen.«

»Aber …«

»Keine Angst, ich kann fahren.«

»Aber …«

»Und ich habe sogar einen Führerschein. Wirst du jetzt endlich still sein?«

»Aber wie?« fragte sie noch, seinen guten Ratschlag mißachtend.

»Abendschule«, erklärte er kurz und bündig, und damit waren sie auch schon beim Wagen angelangt. Er setzte sie kurz ab, um die Tür auf der Beifahrerseite aufzuschließen, und verfrachtete sie dann vorsichtig ins Wageninnere. »Du bist nicht die einzige, die sich in der Großstadt zu tarnen weiß.«

Diesmal entgegnete sie nichts – die Schmerzen hatten ihr die Sinne geraubt.

In der Notaufnahme befand sich zu dieser späten Stunde niemand mehr – was André nur recht sein konnte. Auf ein kurzes Beschwörungsritual hin erschien im Handumdrehen Dr. Crane in der winzigen Untersuchungskabine, ein hagerer, bärtiger Mann.

»Grundgütiger! Was ist Ihnen denn in die Quere gekommen?« lautete sein Kommentar, als er feststellte, daß Diana kaum mehr eine Körperstelle besaß, die nicht grün und blau geprügelt war. »Haben Sie es etwa mit einem Bus aufgenommen?«

André rümpfte bei dem typischen, antiseptischen Klinikgeruch die Nase und meinte nur kurz angebunden: »Nein, mit eurem ›Ripper‹.«

Der erschrockene Blick, den der Doktor ihm zuwarf, zeigte André, daß er ins Schwarze getroffen hatte.

»Und – wer hat gewonnen?«

»Wir. Ich glaube kaum, daß er jetzt noch eine Gefahr darstellt.«

Der Doktor schloß einen Moment lang erleichtert die Augen und sandte offenbar ein Dankgebet zum Himmel. Darauf wandte er sich wieder ganz geschäftsmäßig seinen Patienten zu. »Dann müssen Sie André sein, stimmt's? Kann ich irgend etwas für Sie tun?«

André mußte bei der zögerlichen Frage lachen. »Keine Angst, Ihre Blutkonserven sind vor mir sicher! Ich bin unverletzt – Diana braucht Ihre Hilfe.« Die Erleichterung, die dem Doktor im Gesicht geschrieben stand, brachte André erneut zum Lachen.

Dr. Crane beachtete ihn nicht weiter und machte sich an seine Arbeit.

Diana fühlte sich von dem Demerol, das Dr. Crane ihr verabreicht hatte, noch immer leicht benommen, als André sie umsichtig zu Bett brachte. Sie hatte auf dem Heimweg im Wagen die ganze Zeit gedöst.

»Wenn ich nur wüßte, was dieses Unwesen war …« sagte sie unvermittelt, als André die Fiberglasbandage um ihren Arm prüfte. »… vorher finde ich keine Ruhe.«

»Dann kann ich dir diese Ruhe verschaffen, *cherie*, denn ich hatte inzwischen einen Geistesblitz.« André verschwand kurz im Wohnzimmer und kam mit einem verstaubten Buch in einem Ledereinband zurück. »Du erinnerst dich doch daran, daß mir irgend etwas vertraut vorkam? Jetzt glaube ich zu wissen, was es war.« Er sah im Stichwortregister nach und blätterte dann den Wälzer durch. Als er die gesuchte Stelle gefunden hatte, las er sie sich erst selber durch. »Wie ich mir gedacht habe.

Hör zu: ›Der *Gaki* – gemeinhin auch als Japanischer Vampir bekannt – ist eine weitere Gattung, die sich ausschließlich von Lebendigem ernährt. Es gibt mehrere Unterarten, die ihre Nahrung aus den verschiedensten Quellen beziehen. Am weitesten verbreitet und völlig harmlos sind die *Duft-* und *Musikgakis.* Weitaus gefährlicher sind jene, die sich von Blut, Fleisch – oder Seelen ernähren.‹«

»Von Seelen?«

»Ganz genau. ›Während der Nahrungsaufnahme oder in Ruhestellung bildet der *Gaki* eine dichte, dunkle Rauchwolke. Bei anderen Gelegenheiten nimmt er, wie auch der *Kitsune,* Menschengestalt an. Anders als der *Kitsune* ist er jedoch dann von anderen Menschen nicht zu unterscheiden. In seiner Rauchgestalt ist er unverwundbar – nur in seiner menschlichen Mutationsform kann er getötet werden, um ihn aber endgültig unschädlich zu machen, muß seine Leiche verbrannt werden – vorzugsweise in Verbindung mit oder durch den Gebrauch von Energie.‹ Wie gesagt, irgend etwas war mir an ihm vertraut. Es scheint, wir haben einen entfernten Vetter von mir erlegt.« André zwang sich zwar zu einem Lächeln, aber in seinen Augen war jene Verbitterung zu sehen, die er seit Jahrhunderten hegte.

»Du hast nichts gemeinsam mit diesem … Unwesen!« erklärte Diana nachdrücklich. »Es war wie eine tollwütige Bestie – ohne Ehre, Herz oder Seele!«

»Ich … ich danke dir dafür, *cherie*«, sagte er gedehnt, und das warme Leuchten kehrte in seine Augen zurück. »Es gibt nicht viele, die so denken wie du.«

»Kümmere dich nicht um die Engstirnigkeit der anderen!«

»Um das Thema zu wechseln – was hat dich eigentlich dazu bewogen, den *Gaki* zu verbrennen? Ich hätte ihn einfach so liegenlassen. Mir war er tot genug.«

»Ich weiß auch nicht – es schien einfach das Naheliegendste zu sein.« Sie gähnte. »Mitunter sagt mir mein Instinkt ... das Richtige ...«

Ihre Lider senkten sich wie Blei. Sie versuchte, gegen die Erschöpfung und das Schlafmittel anzukämpfen, doch vergeblich. Der Schlaf beanspruchte sein Recht.

André hielt die Nacht über bei ihr Wacht, bis auch ihm die Müdigkeit in die Glieder kroch und die nahende Morgendämmerung ankündigte. Er hatte sich bereits damit abgefunden, das Lager nicht mit ihr zu teilen, damit er ihr nicht mit einer unbedachten Bewegung weh tat. Statt dessen richtete er seine Pritsche neben ihrem Bett her.

Während er nun seinerseits gegen den Schlaf ankämpfte, betrachtete er sie nachdenklich und strich ihr zärtlich übers Gesicht. Er hielt eine Starre zurück, die viel tiefer reichte, als sie es je erfahren würde – denn sie war sterblich. »Du hörst nicht, was ich sage, daher kann ich frei und ohne Widerrede sprechen. Träume! Schlummere sanft und träume – ich werde dich beschützen – meine einzig Geliebte!«

Und damit nahm er seinen Platz an ihrer Seite ein, um regungslos dazuliegen, bis eine neue Nacht heraufzog.

JACQUELINE LICHTENBERG

Aventura

Jacqueline und ich kennen uns schon eine halbe Ewigkeit. Unsere Freundschaft reicht in eine Zeit zurück, als wir beide noch keinen Erfolg als Schriftstellerinnen hatten; ich hatte gerade mal ein paar erfolglose »Ace Doubles« zu Papier gebracht, und sie schlug sich mit zwar guten, aber leider nicht autorisierten »Star-Trek«-Geschichten herum. Schließlich war ich es, die ihr klipp und klar erklärte, es sei höchste Zeit, einen Schlußstrich unter Fan-Magazine und »Star Trek« zu ziehen und in ihrer eigenen Reihe – damals das »Sime-Gen-Universum« – zu schreiben. Das Ergebnis war ihr wunderbarer Roman »Unto Zeor Forever«, meiner Meinung nach noch immer ihr bestes Buch; alle paar Jahre hole ich es mir wieder hervor und schmökere darin.

Jacqueline hat zwei Töchter, die, als ich sie kennenlernte, noch im Wickelalter waren; einer ihrer ersten Briefe trug den sinnigen Titel »Gedanken beim Wechseln einer Windel«. Mir ging es damals nicht besonders gut. Ich saß auf Staten Island fest, und meine Karriere kam nicht so recht vom Fleck. Die Freundschaft mit Jacqueline gehört zu den wenigen positiven Dingen jener Zeit.

In den letzten Jahren haben sich unsere Wege immer weiter getrennt; und wir waren beide viel zu beschäftigt, um groß zum Briefe schreiben zu kommen. Ich war daher um so mehr erfreut, als sie mir diese Geschichte zusandte. »Aventura« ist eine herrlich verschrobene Idee, auf die wahrscheinlich nur Jacqueline verfallen konnte. Es handelt zunächst von einer Zauberschwester, deren Aufgabe es ist, Brotteig zum Aufgehen zu bringen; dann kommt ein Zauberschwert ins Spiel, das seinesgleichen sucht. Die Geschichte belegte in der »Kessel«-Abstimmung hinter Messy Lackeys »Begegnung in der Nacht« den dritten Platz.

Ich verhexte gerade die Rosinenbrötchen, als der Boss mich ans Telefon rief. Ich arbeitete damals in einer Großbäckerei, und man hatte mich in die Abteilung für Rosinenbrötchen und Krapfen befördert, weil ich es verstand, die Rosinen rund und appetitlich und den Hefeteig frisch und locker zu halten, selbst wenn sie zwei Wochen lang auf den Regalen vor sich hin gammelten. Ich konnte einhundertvierundvierzig Krapfen auf einmal verhexen, so daß die Marmelade auch nach acht Tagen noch warm und der Zuckerguß genau richtig war.

Die Bezahlung war allerdings lausig, und Aufstiegschancen bestanden auch keine. Mit meinen vierundzwanzig Jahren hatte ich bereits das Ende der Karriereleiter als Hexenbäckermeisterin erreicht. Aber am Monatsende wollte ich den Job ohnehin kündigen, um zu heiraten. Als mich der Boss an den Apparat rief, glaubte ich daher, es würde sich um eine Hochzeitsangelegenheit handeln.

»Miss Tira Nau?« meldete sich eine Stimme.

»Ja.«

»Hier spricht Mr. Forbes, von Forbes, Gibbon und Reilly, Nachlaßverwalter für die Prosper-Nau-Stiftung. Wir hätten Sie gerne in unserer Kanzlei bezüglich einer Klausel im Testament Ihres Onkels gesprochen.«

Prosper, der ältere Bruder meines Vaters, war vor gut einem Jahr gestorben. Er hatte sich mit meinem Vater, der das Zauberhandwerk verachtete, schon vor Jahren verkracht – lange bevor mein Vater in der pyrotechnischen Fabrik ums Leben kam, als ein Elementarfeuer außer Kontrolle geriet. Einer meiner Vettern hatte mir erzählt, daß Prosper, seines Zeichens Diplomzauberer im öffentlichen Dienst, gestorben war, ohne zu wissen, daß sein Bruder bereits tot war, da er sich selbst die bloße Erwähnung seines Namens verbeten hätte.

»Wo befindet sich Ihr Büro?« erkundigte ich mich.

Er beschrieb es mir. Mit öffentlichen Verkehrsmitteln

würde ich mindestens eine Stunde brauchen, um dorthin zu kommen. »Ich kann morgen um fünf vorbeischauen.«

»Ausgezeichnet. Ich werde Sie erwarten.«

Die Anwaltskanzlei entsprach den Erwartungen der Zauberergeschäftswelt: Gediegene Inneneinrichtung, seriös wirkende Teppiche und Vorhänge in Marineblau und Silber, dazu eine schwere, weiß-graue Sitzgarnitur. Die Blondine am Empfangsschalter führte mich in ein riesiges Büro, in dem Forbes hinter einem Schreibtisch wartete, der gut und gerne die Quadratmeterzahl meines Wohnzimmers übertraf.

Auf dem Tisch, natürlich aus feinstem, handpoliertem Obsidian, befand sich lediglich ein weiß schimmernder Instrumentenkoffer, in dem ein Kontrabaß Platz gehabt hätte. Dahinter thronte der Zauberer in seiner langen, schwarzen Robe und dem spitz zulaufenden Hut, als ob er auf einem Richterstuhl sitzen würde.

»Nehmen Sie bitte Platz, Miss Nau. Wir werden die Verhandlungen für die Gerichtsakten aufzeichnen.«

Ich versuchte, meine Nervosität so gut es ging zu verbergen und mich nicht von ihm einschüchtern zu lassen. Wie kamen sie eigentlich dazu, mich für Onkel Prospers Schulden haftbar zu machen?

Er eröffnete mir, daß mein Onkel sein nicht unbeträchtliches Vermögen verschiedenen Wohltätigkeitsorganisationen für unterprivilegierte Magier vermacht hätte, aber zudem ausdrücklich festgelegt hätte, daß dieser eine Gegenstand seinem begabten, aber abtrünnigen Bruder zufallen solle, der sich weigerte, die Zauberkunst zu praktizieren. Daraufhin schob er mir den weißen Kasten zu. »Da Sie die einzige Erbin Ihres Vaters sind, gehört es von Rechts wegen Ihnen.«

Reichlich beklommen öffnete ich den Kasten. Darin lag ein Schwert, das aus durchscheinendem Quarz gehauen und mit Gold gesprenkelt war. Der Knauf war fein ziseliert und mit Juwelen bestückt, und das Ganze erstrahlte vor Macht und Herrlichkeit. Es war ein magisches Gerät, wie es nur die Geübtesten zu führen verstanden und das sich nur die Begütertsten leisten konnten.

Zögernd nahm ich es in die Hand. Seine geballte Ladung Magie kribbelte in meinen Armen, so daß sich all meine Härchen aufrichteten. Damit könnte ich die gesamte Tagesproduktion der Bäckerei auf einen Streich konservieren! »Also, ich weiß nicht ... das kann doch nicht ... da muß doch ein Irrtum vorliegen!«

»Keineswegs. Sie müssen das Schwert nur senkrecht halten.«

Ich versuchte es, spürte aber, wie es sich der Drehung widersetzte, dann sprang es mir aus den Händen und schwebte vor mir. Auf der Klinge erschien ein bleicher Fleck, und dann blickte ich in das Antlitz meines Onkels.

»Ich grüße dich. Glaube mir, daß ich dir mit dieser kleinen Gabe nur Glück und Segen wünsche. Dies Schwert nennt sich Aventura. Vielleicht kann es dir Freiheit schenken. Gesegnet ...« Seine Augen verengten sich zum Silberblick, als ob sie etwas auszumachen suchten, das verschwommen vor ihnen lag. »... seist du und deine Nachkommenschaft.«

Die Erscheinung löste sich in einem Flackern auf. Ich unterdrückte ein Zittern, als ich dem Zauberer erwiderte: »Ich kann unmöglich ...«

»Sie müssen es ja nicht benutzen. Sie können es aufheben und Ihren Kindern vermachen.« Er schloß den Koffer und damit auch den Fall. »Sie sagten, Sie seien sehr beschäftigt, ich möchte Sie daher nicht länger ...«

»Was ist mit dem Koffer – gehört der nicht dazu?«

»Leider nein – der gehört der Firma. Aber Instrumentenkästen können käuflich erworben werden ...«

»Danke, ist mir bekannt«, erwiderte ich im Aufstehen, *für das Doppelte meines Jahresgehalts!* Das Schwert tänzelte in Schulterhöhe auf und ab und strahlte noch immer jene ominöse Kraft aus. Vielleicht könnte ich es ja als Kleiderständer verwenden? »Gibt es eine Gebrauchsanweisung?«

»Tut mir leid, nein. Wir haben keine weiteren Unterlagen. Es ist schon ziemlich alt. Die Originaldokumente sind längst vermodert. Aber Sie können es in jedem guten Nachschlagewerk finden. Oder fragen Sie das Schwert selbst, ein Gerät seiner Güte wird Sie gerne selbst unterweisen.«

»Ich verstehe.« *Gar nichts.* »Vielen Dank, Mr. Forbes.«

Mit dem Quarzschwert im Nacken fühlte ich mich reichlich mulmig, als ich auf die Straße trat. Leute, die so etwas besaßen, hatten auch ihre eigene Limousine. Ich hingegen mußte den überfüllten Bus nehmen.

Ich versuchte, die neugierigen Blicke, die Aventura auf sich zog, zu ignorieren, und bezahlte brav mein Ticket. Der Bus verließ die Haltestelle. Die Passagiere, die im Gang standen, starrten uns an, ließen uns aber durch. Im hinteren Teil wurde mir sogar ein Sitzplatz angeboten, den ich sogleich in Beschlag nahm und dabei das Schwert zwischen mir und dem Fenster einklemmte.

Die Fahrt quer durch die Stadt zog sich in die Länge. Als wir durch das Universitätsviertel kamen, wurde der Bus leerer; andere, zumeist Studenten stiegen zu. Das Schwert erregte hier weniger Aufsehen.

Schließlich fragte mich eine Studentin: »Darf ich mich zu Ihnen setzen, Professor?«

Professor? »Hmm, ja, selbstverständlich.« Nur ein Professor konnte so schäbig gekleidet herumlaufen und gleichzeitig ein so wertvolles Gerät besitzen!

»Das ist ein Haltungsverstärker, nicht wahr?« erkundigte sich die Studentin höflich. »Ein finnisches Fabrikat?«

»Hmm.« Es war mir peinlich, wie wenig ich darüber wußte.

»Werden Sie im kommenden Semester damit Seminare

halten?« Verlegen wie ich war, entschuldigte sie sich für ihre Neugier. »Ich interessiere mich besonders für Haltungsverstärker. Ich promoviere in Sozialwissenschaften.«

»Verstehe«, entgegnete ich. Meine sogenannte höhere Bildung umfaßte gerade mal zwei Jahre Handelsschule für Zauberer. »*Mein* Fachgebiet ist organische Chemie, Schwerpunkt Fermentierungsprozesse und deren Verhinderung.«

Während wir uns so angeregt unterhielten, malte ich mir meine Zukunft neu aus: Verheiratet, vielleicht ein oder zwei Kinder, und nebenher studieren und den Magister in Magie erwerben. Fragte sich nur, wie ich das nötige Geld auftreiben sollte. Aventura war nicht gerade etwas, das man so einfach verhökern konnte. Nein, erst müßte ich das Zauberschwert beherrschen, bevor ich es einem anderen übergeben konnte, der nicht meiner Familie angehörte.

Rogero, mein Verlobter, wartete bereits vor dem Juwelierladen, wo wir unsere Hochzeitsringe abholen sollten. Wir hatten sie vor einem Monat an einem besonders vielversprechenden Tag ausgewählt und sie dann zur Zaubergravur gesandt. Rogero hatte es so bestellt, daß auf dem Ring mein Gesichtsausdruck, als er ihn mir ansteckte, auf immer verzeichnet sein sollte; er hatte sogar noch ein paar Scheinchen zusätzlich locker gemacht, um den Ring gegen Verlust besprechen zu lassen.

In seinem schwarzen Anzug und den stets polierten Patentschuhen sah er aus wie aus dem Ei gepellt. Ganz der erfolgreiche Geschäftsmann, trug er einen Aktenkoffer aus purpurrotem Leder. Und er trug auch den Hut, den ich ihm zum Geburtstag geschenkt hatte. Ich kam mir daher in meinem weißen Bäckerkittel und dem hastig darüber geworfenen, alten Mantel doppelt schäbig vor, als ich auf ihn zulief.

Er drehte sich um. »Ich dachte schon, du würdest überhaupt nicht mehr … was in aller Welt ist das denn?«

Mißtrauisch beäugte er das Schwert, das an meiner Schulter auf und ab hüpfte. Ich erzählte ihm die ganze Geschichte und fügte hinzu: »Vor einer Stunde hatte ich noch keine Ahnung, was ich damit anstellen soll. Jetzt bin ich mir ziemlich sicher, daß ich wieder zur Uni gehen will, bis ich damit umgehen kann.«

Er schüttelte den Kopf und meinte nur: »Na, warten wir's ab. Jetzt laß uns erst mal die Ringe holen, bevor der Laden schließt.« Der Herbst kündigte sich bereits an, und es wurde schon früher dunkel. Wir begutachteten die Ringe und unterschrieben den Kaufvertrag. Der Juwelier, der die ganze Zeit über Aventura bewundert hatte, versuchte noch, uns ein teureres Hochzeitsgebinde anzudrehen. Als Rogero den Preis hörte, mußte er dreimal schlucken und dankend ablehnen.

Sobald wir aus dem Laden waren, fing er an zu schäumen. »Du mußt dieses Ding so schnell wie möglich los werden.«

Das war auch mein erster Gedanke gewesen, aber als Rogero es so kategorisch verlangte, wurde ich störrisch. »Wieso? Es könnte ganz nützlich sein. Immerhin hat es mir schon einen Sitzplatz im Bus eingebracht!«

»Tira, das Ding bringt nur Ärger.« Er lief einmal um das Schwert herum und inspizierte es eingehend, während die Passanten einen großen Bogen darum machten. »Wie schaltet man es ab?«

»Weiß ich nicht. Es war keine Gebrauchsanweisung dabei. Ich muß mich erst noch schlau machen.«

»Und wo willst du die Zeit dazu hernehmen? Ich werde dieses … dieses Monstrum jedenfalls nicht in unsere Flitterwochen mitnehmen!«

»Jetzt mach aber mal halblang!« Seine Einstellung regte mich wirklich auf. Aventura hüpfte noch aufgeregter und begann heller zu erstrahlen.

Rogero wehrte beruhigend ab. »Das kriegen wir schon hin, Tira. Ich kenne die richtigen Leute. Ich werde für dich rausfinden, wie man es abschaltet. Dann können wir es irgendwo verstauen und brauchen uns keine Gedanken mehr zu machen. Komm schon.« Er ging in Richtung U-Bahn-Station.

»Wo sind wir?« Ich trottete hinter ihm her. Aventura klirrte Rogero drohend an.

Er blieb mißmutig auf dem Gehsteig stehen. »Ich hatte mir diesen Abend so schön vorgestellt. Es sollte etwas ganz Besonderes werden, etwas, woran wir uns immer erinnern würden. Tira, wir haben Grund zum Feiern – ich bin befördert worden!«

»Dann hast du jetzt also die Abteilung Babywäsche unter dir?« Bei den exorbitanten Haftpflichtsummen, die die Hersteller zu zahlen hatten, war das für einen gewöhnlichen Brandschutzzauberer wirklich ein Bombenjob, es war eine gut bezahlte und verantwortungsvolle Stellung im Management.

Er legte mir den Arm um die Schulter und starrte dabei Aventura herausfordernd an. »Noch viel besser! Ich bin jetzt Leitender Schamane der gesamten Textilabteilung. Der Chefhexenmeister hat mir im Vertrauen erklärt, daß ich den Posten schon seit zwei Jahren hätte haben können, daß sie aber auf dieser Position gerne einen verheirateten Mann in gesicherten Familienverhältnissen sähen. Das habe ich also alles dir zu verdanken, und deshalb führe ich dich heute abend ganz groß aus!«

Ich juchzte vor Freude und küßte ihn. »Wenn das kein Glück ist! Jetzt können wir uns auch die Gebühren für die Uni leisten!«

»Was immer du willst, Tira.« Er zog mich in Richtung U-Bahn-Station. Aber als uns die Rolltreppe nach unten beförderte, fügte er murmelnd hinzu: »Nur glaube ich kaum, daß du dazu noch die Zeit finden wirst.«

Das sah ich freilich ganz anders. Da ich meinen Job an den Nagel hängen würde, würde ich mehr Zeit als genug haben. Aber ich wollte ihm seine gute Laune nicht verderben und sagte nichts weiter.

Er brachte mich nach Hause, wo ich mich in Schale warf. Als wir meine Wohnung verlassen wollten, bestand das Schwert darauf, mitzukommen. Ich versuchte, die Tür zuzuschlagen, bevor es mir folgen konnte, aber es schlüpfte tänzelnd durch den Spalt. Dabei strahlte es hell, als würde es besonders stolz auf sich sein.

Rogero und ich probierten jeden einzelnen Zauberspruch, den wir kannten, um es abzuschalten – und das waren bestimmt nicht wenige, denn Rogero hatte zwei Jahre länger als ich auf der Schule zugebracht. »Es hat keinen Zweck«, gab er sich schließlich geschlagen. »Wir verpassen noch die Vorstellung, wenn wir uns jetzt nicht auf die Socken machen. Am besten, wir ignorieren es einfach.«

»Schaffst du das denn?« Aventura schien ihn doch einzuschüchtern.

»Aber ja doch«, meinte er und küßte mich.

Damit war mir alles recht, und ich folgte ihm glücklich.

Wie immer hielt er Wort. Während der Theatervorstellung schwebte Aventure hinter meinem Sitz am äußersten Ende der Reihe, im Restaurant bezog es hinter meinem Stuhl Stellung, und wenn wir tanzten, hüpfte es im Takt mit. Rogero ging auf das Schwert nur ein, wenn Kollegen aus seiner Firma ihn ansprachen, um ihm zu gratulieren, und sich danach erkundigten. »Meine Verlobte hat es geerbt«, lautete sein kurzer Kommentar – und schon hatte er geflissentlich das Thema gewechselt.

Gegen Mitternacht fing ich an zu gähnen. »Es ist schon ziemlich spät, und ich muß morgen wieder früh raus.«

»Aber natürlich, mein Schatz. Tut mir leid, daß ich daran nicht gedacht habe.« Er ließ die Rechnung kommen.

Als wir an der Garderobe unsere Mäntel in Empfang nahmen, kam gerade einer seiner Vorgesetzten herein, gratulierte Rogero zu seiner Beförderung und ließ sich vorstellen. Beim Hinausgehen flüsterte Rogero mir zu: »Deshalb mußt du deinen Job aufgeben. Ich kann mir eigentlich gar nicht leisten, jetzt nach Hause zu gehen. Wenn ich ohne Zauberdiplom irgendwie vorankommen will, muß ich die richtigen Kontakte knüpfen. Das ist hier genau die richtige Gelegenheit, und ich muß nicht in aller Herrgottsfrühe bei der Arbeit erscheinen.«

Im Taxi überkam mich eine merkwürdige Stimmung. In Rogeros Begleitung hatte ich mich sonst immer so glücklich, fast wie in einem Traum gefühlt. Parties bei reichen Freunden, schicke Restaurants, Theater – all die Sachen, die ich mir selbst nicht leisten konnte. Wir machten immer Bekanntschaft mit aufregenden und wichtigen Leuten, die auch mir das Gefühl gaben, aufregend und wichtig zu sein. Dieser Abend war sogar noch besser gewesen, weil Rogero im Mittelpunkt stand. Und trotzdem war mir die Stimmung vergällt.

Ich war eingeschnappt, fühlte mich verärgert und aufmüpfig. Plötzlich konnte ich mir nicht mehr vorstellen, den Rest meines Lebens als Rogeros lächelndes und geistreiches Anhängsel zu verbringen. Nach ein paar Jahren wäre ich nicht viel mehr als Aventura – ein Schmuckstück, das man je nach Bedarf vorzeigen und dann wieder verschwinden lassen konnte. Plötzlich wollte ich wirklich wichtig sein.

Ich gab ihm halbherzig einen Gute-Nacht-Kuß. Ich lag noch lange wach, und der Schein des Schwertes erhellte mein kleines, gemütliches Schlafzimmer. Das verfluchte Ding folgte mir sogar auf die Toilette!

Am Morgen konnte ich das Schwert nicht dazu bewegen, zu Hause zu bleiben. Ich redete mit Engelszungen auf Aventura ein, rief es beim Namen, und versuchte sogar, mir von ihm Rat geben zu lassen, wie ich es abschalten könnte. Es half alles nichts. Auch den Trick mit der Tür probierte ich nochmals, verstauchte mir dabei aber fast selbst das Handgelenk. Schließlich rannte ich los, um den Bus zu erwischen, und schaffte es gerade noch rechtzeitig zur Arbeit.

Ich war vom vorigen Abend so müde, daß ich nicht einmal bemerkte, wie die Leute hinter mir hertuschelten, als ich mich ans Fließband begab. Bis zum ersten Schub Rosinenbrötchen blieben mir noch gut zehn Minuten. Ich legte mir mein Werkzeug zurecht und stellte mich darauf ein, meinen Frischhaltezauber zu wirken. Wenn ich wenigstens Zeit für eine Tasse Kaffee gehabt hätte! Wie sollte ich bloß den Tag heil überstehen? Schließlich wollte ich von mir aus kündigen und nicht gefeuert werden. Vielleicht würde ich eines Tages ein gutes Zeugnis brauchen können. Ich riß mich also zusammen und machte mich daran, meinen Zauberstab zu schwingen. Ich fühlte mich so benommen, daß ich dazu all meine Kraft benötigte.

Die erste Ladung Brötchen kam auf dem Fließband an, und während ich eins nach dem anderen verhexte, fand ich schon bald den vertrauten Rhythmus, so daß ich übermütig zu werden begann. Das konnte ich wirklich im Schlaf. Was sollte mich davon abhalten, ein Zauberdiplom zu erlangen?

Ich wollte mich gerade den Krapfen widmen, als es zur ersten Kaffeepause läutete und der Boß mich in sein Büro bestellte. Er hatte ein Backblech mit frischem Brotteig vor sich, der keinen Millimeter hoch aufgegangen war.

»Würden Sie mir bitte erklären, was zum Teufel hier los ist?« fragte er und behielt dabei Aventura mißtrauisch im Auge.

Ich fing an, ihm von dem Testament zu erzählen und wie Rogero und ich versucht hatten, das Schwert abzuschalten, als er mich unterbrach.

»Ich meine nicht das Schwert, Fräulein Nau. Ich meine das hier!«

»Das sind Rosinenbrötchen.«

»Eben nicht! Das ist Teig.«

»Na ja, vielleicht braucht er noch etwas Zeit«, lautete meine lahme Entschuldigung.

»Fräulein Nau, diese Brötchen sind heute morgen vorschriftsmäßig gebacken worden. Um Punkt neun Uhr fünfzehn haben sie Ihren Fließbandplatz passiert – und kamen dann so an der Verpackungsanlage an! Das haben Sie zu verantworten, Fräulein Nau! Achtzehnhundert Brötchen, die – wenn unser Labor es richtig analysiert hat – mindestens zwei Wochen lang nicht gebacken werden können, und alles wegen Ihrer Ultra-Frischhalte-Formel!«

Er redete sich immer mehr in Rage, und ich spürte schon, wie ich kleiner und kleiner wurde. Aber da ritt mich plötzlich der Teufel. »Na und?« gab ich schnippisch zurück. »Dann verkaufen Sie es eben als Fix-o-Back für zu Hause!«

»Ich brauche mir solche Unverschämtheiten von einem Zauberlehrling nicht bieten zu lassen! Sie sind entlassen, Fräulein Nau, und zwar fristlos! Holen Sie sich Ihren Restlohn ab und verschwinden Sie – und nehmen Sie gefälligst dieses Ding da mit!« Er deutete wild fuchtelnd auf das Schwert.

Aventura sprühte Zornesfunken, und ich hätte es dem Zauberschwert am liebsten gleich getan. Ich drehte mich um und schlich mich wie ein begossener Pudel aus dem Büro. Ohne ein Wort mit den Kollegen zu wechseln, ging ich zum Lohnbüro und ließ mich auszahlen. Als ich meinen Spind ausräumte, kam Myra, die die heißen Butterbrötchen besprach, zu mir.

»Was ist denn passiert, Tira?« Auch sie beäugte das Schwert.

»Bin gefeuert worden«, sagte ich fast gleichgültig. Jedenfalls sollte mich deswegen niemand heulen sehen. Myra wollte mich trösten und zum Essen einladen. Ich erklärte ihr die ganze Geschichte mit dem Schwert und meinte dann: »Ich hab' tausend Sachen zu erledigen. Ich ruf' dich später an.«

Ich lief zur Bushaltestelle und war auf mich selbst wütend. Was war nur in mich gefahren, einem Vorgesetzten während einer verdienten Abmahnung derart in die Parade zu fahren? Aber vielleicht war mir ja auch etwas ganz Außergewöhnliches gelungen, etwas, das von hundert Zauberern nur einer fertigbrachte – wenn es auch nicht gerade das war, wofür man mich bezahlte. Vielleicht hatte ich dem Boß gegenüber nur deshalb eine so große Lippe riskiert, weil ich mir wichtig vorkam, genauso wichtig wie die Leute, die Rogero kannte. Na ja, so gut war ich nun auch wieder nicht, aber doch immerhin ein bißchen besser als gestern. Oder hatte Aventura ... Nein, unmöglich, das hätte ich bemerkt, wenn das Schwert meine Zauberkraft verstärkt hätte. Ich hatte es ganz allein fertig gebracht.

Und doch wäre es ohne Aventura nie dazu gekommen. Rogero hatte recht. Ich mußte das Schwert abschalten, bevor es mein Leben in ein heilloses Durcheinander verwandelte.

Ich stieg an der Universität aus und besorgte mir einen Leserausweis für die Bibliothek. Nach einer Stunde vergeblicher Sucherei bat ich um Hilfe. Drei erfahrene Bibliothekare brauchten eine weitere geschlagene Stunde, um die Geschichte von Aventura ausfindig zu machen. Beladen mit Photokopien der entsprechenden Seiten und einem ganzen Stapel weiterer Bücher trat ich wieder ins Freie und fand auf dem Rasen zwischen zwei Plastiken eine windgeschützte Nische, wo ich mich in der Nachmittagssonne niederließ und zu lesen begann.

Aventura war gut und gerne tausend Jahre alt, obwohl

die Bücher seine – oder ihre – Geschichte nur bis zur Magischen Renaissance zurückverfolgten. Meine Vermutung, daß man das Schwert erst beherrschen mußte, bevor man es weitergeben konnte, bestätigte sich ebenfalls.

Als ein »Handlungsverstärker« beeinflußte es nicht etwa die Dinge in ihrer Gegenständlichkeit, sondern die Psyche; es vergrößerte nicht die Macht eines Zauberers, half ihm aber, seine eigenen Fähigkeiten zu erkennen und einzusetzen. Mit einem Mal verstand ich Onkel Prospers letzte Worte. Er hatte meinem Vater Aventura hinterlassen, damit das Schwert ihn dazu bringt, seine Meinung gegenüber der Magie zu ändern. Doch jetzt schien es mich zu verändern. Und dem konnte ich nur Einhalt gebieten, wenn ich es beherrschte.

In der Schule war ich nie eine große Leuchte gewesen. Von der Zauberer-Handelsschule wäre ich beinahe in hohem Bogen geflogen. Aber vielleicht hatte ich nur deshalb nichts erreicht, weil ich mir selbst nicht genug zutraute. Diesem Gedanken hing ich nach, bis die länger werdenden Schatten bis zu mir herangekrochen kamen; ich stand schnell auf und lief zum Verwaltungsgebäude, wo ich mir noch ein Vorlesungsverzeichnis holte.

Ich erwischte gerade noch den letzten Schnellbus nach Hause, um dort Rogero zu treffen. Er wollte mir beim Aussortieren meines Gerümpels helfen und dann das Allernötigste in sein Appartement bringen, das viel größer als meine Wohnung war.

Als ich ankam, lief er bereits ungeduldig vor meiner Haustür auf und ab. Wie immer war er tadellos gekleidet: Dunkelblauer Anzug, weißes Hemd, Krawatte und Hut; unter dem Arm trug er ein großes Bündel (vermutlich Arbeitsklamotten), und auch sein Aktenkoffer war prall gefüllt.

Ich stürzte auf ihn zu und sprudelte all die aufregenden Neuigkeiten hervor, die ich entdeckt hatte.

Er schnitt mir das Wort ab. »Wo bist du gewesen? Ich warte hier schon über eine halbe Stunde lang!« Er klang gereizt und beleidigt.

Mir schwirrte der Kopf vor lauter unausgegorenen Plänen, wie ich meine verborgenen Talente ans Licht befördern könnte. In meinen Tagträumen hatte ich mich sogar dazu verstiegen, Professor zu werden. Aber ich zügelte mein Temperament und hielt ihm nur stolz den Stapel Nachschlagewerke entgegen. »An der Uni! Mein erstes Forschungsprojekt.«

»Du hast dir freigenommen?«

Ich gestand ihm, daß man mich aus gutem Grund gefeuert hatte.

»Entlassen? Gehorsamsverweigerung?«

»Rogero, es war sein gutes Recht, mich zu feuern. Es gibt Tausende, die mich ersetzen können.« Jetzt wollte ich doch zu heulen anfangen. Ich hatte noch nie einen Job verloren und fühlte mich so gedemütigt. Ich schniefte leise vor mich hin, unterdrückte aber die großen Schluchzer. Rogero legte seinen Arm um mich – ganz der starke Beschützer. Ich konnte den Eindruck nicht loswerden, daß er von mir nichts anderes als ein Versagen erwartet hatte und es als sein Vorrecht ansah, mich wie ein Kind zu trösten, wenn mir etwas mißlungen war. Genauso hatte es mein Vater immer getan. Hatte ich deshalb meine eigene Stärke nie gespürt? Hatte ich die Einschätzung meines Vaters mir gegenüber verinnerlicht und so seine Erwartungen unbewußt erfüllt?

»Na, siehst du, gleich geht's besser«, beruhigte er mich und nahm mir die Haustürschlüssel aus der Hand. Als wir hineingingen und unsere Sachen im Wohnzimmer abstellten, meinte er: »Du kannst dich schon mal um das Abendessen kümmern, während ich mir überlege, was wir mit diesem Schwert anfangen. Ich verspreche dir, keine Stunde und ich habe das Ding im Griff.«

Mir blieb die Spucke weg. Er sah sich noch nicht einmal an, was ich mit nach Hause gebracht hatte. Nein, er verließ sich lieber auf seine Freunde – auf seine »guten Kontakte« – und auf sein Wissen, als ob ich gar nichts dazu zu sagen hätte.

Es stimmte ja, ich bewegte mich nicht in so erlauchten Kreisen wie er. Vermutlich konnte er von einem befreundeten Zauberer erfahren, was mich in einer Beratungsstelle ein kleines Vermögen gekostet hätte – und er konnte das dann auch noch in die Tat umsetzen. Aber trotzdem – ich stoppte auf dem Weg in die Küche und drehte mich um. »Weißt du was, Rogero, Aventura ist mein Schwert, und ich glaube nicht, daß ein anderer es beeinflussen kann.«

»Ich ruf dich, wenn ich dich brauche.«

Er ruft mich, wenn er mich braucht! Besser konnte man unsere Beziehung nicht zusammenfassen. Er war der Macher und rief mich, wenn er mich brauchte. Wenn er mich nicht brauchte, sollte ich gefälligst verschwinden. Warum ging mir das erst jetzt auf? Jetzt konnte ich es so deutlich sehen wie meine Nasenspitze, die sich in Aventuras Klinge spiegelte.

Er breitete ein Tuch mit magischen Zeichen auf dem Fußboden aus und zog dabei immer wieder ein Diagramm zu Rate, das er auf eine Papierserviette gekritzelt hatte.

»Das scheint mir aber reichlich ausgetüftelt zu sein, bloß um so ein Gerät abzuschalten«, bemerkte ich.

»Wie viele Zauberschwerter hast du denn schon zerlegt?«

»Wahrscheinlich genauso viele wie du!«

Das brachte ihn erst richtig auf die Palme. »Ich weiß genau, was ich tue. Leonardo hat es mir Schritt für Schritt erklärt.«

»Dann erklär du es mir.«

»Du würdest es doch nicht verstehen.«

»Probier's doch.«

»Tira, wir haben nicht die ganze Nacht lang Zeit.«

»Ich möchte ja nur sicher sein, daß du es nicht kaputt machst.«

»Wie kannst du nur so was von mir denken? Das ist eine wertvolle Antiquität und wird unserem Wohnzimmer eine gewisse Eleganz verleihen, wenn wir es dort aufhängen.«

»Unser Wohnzimmer«, wiederholte ich. Diese Worte hatten bei mir sonst stets ein wohliges Gefühl der Vorfreude ausgelöst; doch plötzlich konnte ich heraushören, was er damit, ihm selbst unbewußt, wirklich meinte. Es war *sein* Wohnzimmer, und ich gehörte ihm, und mein Schwert gehörte ihm, und wir würden beide nur Ausstellungsstücke sein. »Mein Schwert wird also deinem Wohnzimmer eine gewisse Eleganz verleihen?«

Er stemmte eine Hand in die Seite und legte seinen Kopf leicht schief. »Was ist bloß in dich gefahren? Schon gestern abend, und jetzt das hier? Das Schwert setzt dir nur Flausen in den Kopf«

»Flausen? Und wenn mir nun diese ›Flausen‹ gefallen?«

Er redete beruhigend auf mich ein, als ob er es mit einer leicht reizbaren Irren zu tun hätte. »Man könnte fast meinen, das Schwert spricht aus dir und nicht du selbst. Bleib nur hübsch ruhig, wir werden das Ding gleich abgeschaltet und verstaut haben. Und dann wirst du wieder ganz die Alte sein.«

»Und wenn ich nun gar nicht ›wieder ganz die Alte‹ sein will? Wenn ich Aventura viel lieber aktiviert sähe?«

»Du weißt ganz genau, Tira, daß keiner von uns beiden die Ausbildung besitzt, es richtig zu führen. Schon jetzt hat es uns zum Streiten gebracht. Am besten schaffen wir es aus dem Weg.«

»Was glaubst du eigentlich, wer du bist, entscheiden zu können, was ›am besten‹ ist, ohne mich auch nur zu fragen?«

»Wer ich bin? Dein Verlobter, wenn ich dich daran erinnern darf! In wenigen Tagen werden wir verheiratet sein. Nach meiner Beförderung kann ich dir bald ein schmuckes Häuschen bieten. Und mit dir an meiner Seite sind meinem Aufstieg in der Firma keine Grenzen gesetzt. Schon jetzt heißt es, daß sie mich bald an die Westküste versetzen werden.«

Mein Bild vom trauten Eheglück, das ich mir so schön ausgemalt hatte, bekam einen tiefen Riß. »Ich kann nicht so einfach mir nichts dir nichts an die Westküste ziehen, wenn ich hier mitten im Studium stecke!« Ich hatte inzwischen eine Lautstärke erreicht, bei der die Nachbarn alles mitbekommen konnten, doch das war mir egal.

»Das spielt doch keine Rolle. Im Westen gibt es genauso gute Schulen.« Er wollte keinesfalls laut werden, so daß er seinen Groll zu einem Knurren unterdrücken mußte.

Es war klar, daß er mir akademisch genauso wenig zutraute wie mein Vater. Und dagegen jeden Tag aufs Neue anzukämpfen, fehlte mir die Kraft. »Am besten klären wir das jetzt gleich ein für allemal. Ich entscheide, was mit Aventura zu geschehen hat. Ich entscheide, auf welche Uni ich gehe und welche Kurse ich belege, und ich entscheide, wann und wohin ich umziehe. Wenn es mir nicht in den Kram paßt, kannst du dich auch mal nach mir richten. Vielleicht mußt du ein, zwei Jahre ohne mich an der Westküste leben ...«

»Du hast wohl den Verstand verloren, Tira! Es hat keinen Sinn, daß ich ohne dich wegziehe – egal wohin. Wer soll meine Gäste bewirten? Wie soll ich ohne dich vorankommen? Was würden die Leute denken?«

»Daß ich mich um meine eigene Karriere kümmern muß?« In meiner Stimme lag eine bis dahin nicht gekannte Schärfe. »Und wer bewirtet meine Gäste? Und wie soll ich vorankommen?«

Er runzelte nachdenklich die Stirn, so als ob er mich

zum ersten Mal wirklich wahrnahm. »Möchtest du damit sagen, daß du mich nicht heiraten willst?«

Jedenfalls nahm ich mich zum ersten Mal wirklich wahr. Gegen die Tränen ankämpfend, erklärte ich: »Nein. Aber ich will auch keinen heiraten, der gar nicht bemerkt, daß ich ein eigenes Leben habe.«

»Wie kannst du nur so etwas Schreckliches sagen!« Jetzt brüllte er schwer beleidigt los. »Ich habe heute Stunden damit verbracht, deine Probleme zu lösen. Seit Wochen und Monaten denke ich praktisch nur an dich. Alles, was ich tue, tue ich für dich!«

»Was mich zu einer Last werden läßt!« So hatte Vater mich immer gesehen – als eine lästige Pflicht.

»Möchtest du deshalb wieder zur Schule gehen? Damit du mich nicht mehr brauchst?«

Ohne auch nur eine Sekunde lang zu überlegen, fuhr ich ihn an. »Davor hast du wohl eine Heidenangst, stimmt's? Mein Entschluß steht jedenfalls fest. Ich mache mein Zauberdiplom, und wenn's dir nicht paßt – da ist die Tür!«

Einen Augenblick lang hatte es ihm tatsächlich die Sprache verschlagen. »Und du stellst dir das so einfach vor?« meinte er schließlich und suchte seine Sachen zusammen. »Ist es aber nicht, Tira. Du begehst einen Riesenfehler. Du schaffst doch noch nicht einmal die Aufnahmeprüfung. Und dann auch noch fristlos gekündigt«, fügte er hinzu und drückte sich energisch den Hut auf den Kopf. »Damit wirst du keinen vernünftigen Job mehr finden. Du wirst den Rest deines Lebens anderen auf der Tasche liegen. Laß dir das gesagt sein! Leb wohl!«

Und damit fiel die Tür krachend ins Schloß. Die Trennung war unwiderruflich. Ich sackte auf dem Sofa zusammen und heulte mir die Augen aus. Erst später wurde mir klar, daß Aventura keinen einzigen Funken von sich gegeben hatte. Das Schwert schwebte schwach glühend in der Luft und ließ mich meinen Kampf alleine ausfechten.

Mein Appartement war bereits an einen älteren Herrn weitervermietet worden und so blieben mir nur noch wenige Tage, bis ich ausziehen mußte. Ich machte mich daher auf dem Campus täglich auf Job- und Budensuche. Die Busfahrt dorthin belastete mein ohnehin spärliches Budget noch zusätzlich. Ich hatte keine großen Ersparnisse, und was ich bekam, als ich Rogeros Ring versetzte, war kaum der Rede wert. Ich fragte mich, wie lange ich das wohl durchhalten würde.

Nachts lag ich stundenlang wach; teils weil mir der Magen knurrte – ich sparte auch am Essen, und ein paar Pfunde weniger würden mir bestimmt nicht schaden –, teils, weil mir soviel durch den Kopf ging. Einerseits wünschte ich mir, Rogero würde anrufen und sich mit mir versöhnen, andererseits gratulierte ich mir zu meiner Stärke, daß ich nicht von mir aus anrief. Ich wollte etwas Eigenes gefunden haben, bevor er sich meldete; andernfalls würde ich doch nur wieder in seine Arme sinken und ihm gestatten, mit Aventura zu tun, was er wollte. Und das würde ich mir zeitlebens nicht verzeihen können.

Ich fing schon an, mit dem Schwert zu sprechen und ihm all meine Sorgen anzuvertrauen, so als ob es verstehen könnte, warum ich meinen ehemaligen Kollegen aus der Bäckerei nicht unter die Augen treten konnte, solange ich so in der Luft hing. Um die abgesagte Hochzeit brauchte ich mich nicht zu kümmern, das besorgte schon die Sekretärin von Rogeros Eltern. Von den eingeladenen Gästen kannte ich ohnehin niemanden.

Ich zwang mich, die ausgeliehenen Bücher durchzuackern, selbst wenn ich oft nur jedes fünfte Wort verstand. Ich bewarb mich für jeden Teilzeitjob, der auch nur entfernt in Frage kam, und meldete mich bei jeder

Vermittlungsagentur. Ich ging zu Dutzenden von Vorstellungsgesprächen, bei denen ich jedesmal die gleiche Erklärung abspulte, warum hinter meinem Rücken ein Quartzschwert erster Güte auf- und abhüpfte. Zweimal sagte man mir die Stellung schon zu, doch als sie meine Referenzen zu lesen bekamen, machten sie einen Rückzieher. Ich überlegte bereits, ob ich nicht ein bißchen schummeln und die Bäckerei erst gar nicht erwähnen sollte, denn sie hatten mir ein vernichtendes Zeugnis ausgestellt.

Einen Tag vor der Zwangsräumung aus meiner Wohnung ging ich zur Bibliothek, um die Bücher zurückzugeben. Danach verkroch ich mich in der Nische zwischen den Skulpturen, wo mir zum ersten Mal die Idee gekommen war, wieder zur Schule zu gehen. Es war noch keine drei Wochen her, daß ich ein festes Zuhause, einen braven Mann und eine gesicherte Zukunft hatte. Jetzt war ich nicht viel mehr als eine Stadtstreicherin, die keinen Platz zum Schlafen hatte.

Der Sonnenuntergang war allerdings wunderbar, und das Zirpen der Grillen wirkte wie Balsam auf der Seele. Unter meinen Füßen konnte ich das weiche, saftige Gras spüren, und der rauhe, harte Granit der Skulptur war von der Sonne so erwärmt, daß er meine Rückenschmerzen besser linderte als jedes Heizkissen. Die Gebäude um mich herum, die sich so harmonisch in die Grünanlagen fügten, erschienen mir als Inbegriff der Schönheit. Überall waren Studenten zu sehen; einige schlenderten umher, einige radelten, andere joggten, einige erschienen eifrig, andere eher müßig, einige sorgenvoll, andere fröhlich, jeder von ihnen führte sein ganz eigenes, individuelles Leben.

Die Welt war die gleiche geblieben – aber ich hatte mich verändert. Plötzlich ging mir das Herz vor Dankbarkeit über, daß ich endlich diese verborgene Schönheit erkennen durfte. So saß ich fast eine Stunde lang wie verzaubert da, bis schließlich der süße Schmerz dieser Erkenntnis nachließ. Da wußte ich, daß ich glücklich war – und es an der Zeit war, das alte Leben ein für alle mal hinter sich zu lassen.

Es begann merklich kühler zu werden. Meine Gedanken kreisten um Federbetten, Frühstück und eine heiße Dusche. Bald schon würde man den Campus schließen, und die Studenten würden sich in ihre Appartements oder Wohnheime begeben.

Ich rappelte mich auf und in der hereinbrechenden Dämmerung konnte ich Aventuras matten Strahl erkennen. Seit dem Abend, als ich Rogero vor die Tür setzte, hatte es keinen einzigen Funken mehr von sich gegeben. Auch das Schwert schien mich im Stich gelassen zu haben. Ich richtete mich zu voller Größe auf, so daß ich ihm fast bis an den Knauf reichte. »Onkel Prosper«, erklärte ich feierlich, »du hast mir Freiheit und Glück beschert, aber ohne Job und Bleibe ist das ein zweifelhafter Segen.« Ich erkannte meine eigene Stimme kaum wieder. Sie war eine ganze Oktave in den Keller gerutscht und klang sonor wie die eines Zauberers. »Aventura, ich werde nicht zulassen, daß du mir deinen Willen aufzwingst.«

»Sehr wohl, Meisterin. Wie kann ich Euch dienen?«

Dies war die erste Antwort, die ich von dem Schwert je erhalten hatte. Benommen und zitternd fuhr ich in der gleichen Tonlage fort. »Hilf mir, eine Wohnung und einen Job zu finden.«

»Bitte hier entlang, Meisterin.«

Ich folgte ihm – oder ihr – und war nur froh, daß sich Aventura nicht wie Prosper oder gar mein Vater anhörte. Das Schwert vibrierte und erstrahlte jetzt in vollem Glanz. Es gab einen Laut im reinsten C-Dur von sich, neigte sich nach vorne und wurde immer schneller, als ob es von einem unsichtbaren Leuchtfeuer geleitet würde. Ich kam mir reichlich lächerlich vor, wie ich hinter einem so auffälligen Schwert hinterherhechelte und immer wieder rief »Nicht so schnell! Ich komme nicht mit!«

Aventura gab einen neuen Akkord von sich und legte noch einen Zahn zu. Das Schwert führte mich durch Laubtunnel, über Treppen und Grashänge, quer über eine Lichtung und unter alten Bäumen hindurch, bis wir schließlich an den äußersten Rand des Campus gelangten, wo die Gebäude über ein Jahrhundert alt waren.

Auf den Stufen eines dreigeschossigen Schindelbaus, der halb von Efeu überwuchert war, kauerte eine junge Frau in geblümten Shorts und einem knappen Oberteil. Sie hatte ihr Gesicht in den Händen verborgen und schluchzte verzweifelt. Es war die Studentin, die mich im Bus angesprochen hatte. »Aventura«, keuchte ich noch ganz außer Atem, »unter einem Job habe ich mir eigentlich bezahlte Arbeit vorgestellt und keine Seelsorge für verzweifelte Studenten.«

Das Schwert gab keine Antwort, sondern schwang nur gelassen und wieder matt glänzend hinter mir. Ich wollte mich schon wieder ins Gebüsch verdrücken; ganz egal, was ihr Problem war, ich hatte weder die Zeit noch die Mittel, ihr zu helfen. Aber das trostlose Schluchzen ging mir doch zu Herzen. Früher hätte ich vielleicht vorbeigehen können und so getan, als ob ich mich um meine eigenen Angelegenheiten kümmern müßte – obwohl ich in Wahrheit nur einem Problem auswich, dem ich mich nicht gewachsen fühlte. Doch jetzt war mein Selbstvertrauen so gestiegen, daß es ein Verbechen gewesen wäre, keine Hilfe zu leisten.

Noch immer etwas widerwillig baute ich mich am Treppenabsatz auf. Die Studentin blickte zu mir, erkannte das Schwert und stammelte verlegen: »Professor!«

»Ich bin kein Professor«, gestand ich. Ich setzte mich

zu ihr. »Aber mit Kummer kenne ich mich bestens aus. Wollen wir einander das Herz ausschütten?«

»Bei mir geht's um einen Mann.«

»Bei mir auch.«

»Sind alle Männer solche Mistkerle?«

»Sind alle Frauen solche Schäfchen?«

Sie erzählte mir, wie der Typ, mit dem sie zusammengelebt hatte, mitsamt ihren Sachen abgehauen war und nur unbezahlte Rechnungen und ein gebrochenes Herz zurückgelassen hatte. Sie schneuzte ihre Nase in ein ganzes Bündel von Papiertaschentüchern und schloß mit den Worten: »Wenn ich mich ausgeheult habe, will ich sehen, ob die mir helfen können.« Dabei wies sie auf das Gebäude hinter uns.

Ich las das Schild am Eingang. »Frauenreferat – Beratungsstelle. Was erwartest du dir von denen? Was du brauchst, ist ein besser bezahlter Job, keine Psychologen!«

»Oder jemanden, der mit mir die Miete teilt. Die haben da auch eine Mitwohnzentrale – hey, was siehst du mich denn so an?«

»Was würdest du davon halten, mich und mein Schwert aufzunehmen?«

»Wie bitte?«

»Wie schon gesagt, ich bin alles andere als ein Gastprofessor.« Ich schilderte ihr kurz meine Situation. »Du würdest mir also echt aus der Patsche helfen. Und wenn ich dann noch Arbeit finden könnte …«

Sie war ganz erpicht darauf, daß ich – beziehungsweise Aventura – bei ihr einzog. »Eine Jobvermittlung haben sie auch – also komm, laß uns reingehen!«

Die Räume rochen muffig nach Moder, Desinfektionsmittel und abgestandenem Kaffee. Selbst zu dieser späten Abendstunde klingelten zahllose Telefone, Leute rannten geschäftig hin und her und riefen sich aufgeregt Neuigkeiten zu. In alle Richtungen zweigten lange Korridore ab, und hinter einem verlassenen Empfangstisch, auf dem sich Papierstapel türmten, führte eine Treppe in den ersten Stock. Die Schwarzen Bretter waren mit mehreren Schichten längst veralteter Notizen zugepinnt. Die Dielen des Fußbodens waren verworfen, und auf dem dünnen Teppichboden zeigten Flecken die Stellen, an denen Wasser durch das undichte Dach getropft war.

»Sieh dir das an…« rief meine neue Bekannte und mußte lachen. »Ich weiß noch nicht einmal, wie du heißt!«

»Tira Nau. Und du?«

»Nadine Shellman. Sieh mal, da wird eine ganze Kücheneinrichtung angeboten. Norm hat ja alles mitgehen lassen, als er …«

»Ich hab' Unmengen von dem Zeug. Was ich brauche, ist ein Job.«

»Wer von euch beiden hat das gesagt?« ließ sich eine tiefe Stimme vernehmen.

Ich fuhr erschrocken zusammen, als ob man mich bei etwas Verbotenem ertappt hätte. »Das war ich.« Und schon war ich wieder das kleine, verschüchterte Mädchen, das sich selbst nichts zutraute.

Die Frau war ziemlich groß, vollschlank, schon ergraut und nicht gerade besonders gepflegt, aber auf ihre Art eine beeindruckende Erscheinung. Ihre Fragen kamen kurz und knapp wie in einem Kreuzverhör. »Was für 'nen Job?«

Ich zählte ihr meine Qualifikationen auf.

»Drei Jahre Großbäckerei? Studierst du hier?«

»Noch nicht, aber ich möchte mich für das nächste Semester einschreiben.« Ich versuchte zwar, den Kopf hoch zu halten und möglichst überzeugend zu wirken, aber meine Stimme überschlug sich. So sehr ich mich auch bemühte, im Grunde präsentierte ich mich schon wieder als hoffnungsloser Versager.

Die Frau musterte das Schwert kritisch und fragte sich

vermutlich, was ich mit einem so mächtigen und kostbaren Ding zu tun hatte.

Da dämmerte es mir allmählich, daß ich Aventura immerhin dazu gebracht hatte, mich »Meisterin« zu nennen – was Rogero wohl nie fertiggebracht hätte. »Ich bin hier«, fuhr ich fort, und meine Stimme war plötzlich wieder eine Oktave tiefer, »um dieses Schwert beherrschen zu lernen. Ich bin aber schon eine erstklassige Frischhalte-Zauberin und könnte mich in der Mensa äußerst nützlich machen.«

»Diese Stellen sind normalerweise Studenten vorbehalten.«

Das war eine ziemliche Abfuhr, bei der ich früher sofort den Kopf eingezogen hätte und davongeschlichen wäre, ohne noch zu wissen, woher ich den Mut aufgebracht hatte, mich überhaupt zu bewerben. Aber das war jetzt anders.

»Und so soll es auch sein«, erwiderte ich. »Sobald man sich wieder immatrikulieren kann, hole ich mir meinen Studentenausweis.« Ich hatte zwar kein Geld, aber vielleicht konnte ich ja ein Stipendium bekommen – oder wenigstens ZAfÖG. Ich hielt dem musternden Blick der Frau selbstbewußt stand.

Sie drehte sich um und rief jemandem im hinteren Büro zu: »Vergiß es, Madge, die Stelle ist schon vergeben.« Und an mich gewandt meinte sie: »Du fängst morgen um halb sechs mit der Frühschicht in der Cafeteria an. Ich schaue um sechs nach dem Rechten und dann möchte ich dich bei der Arbeit sehen. Ich bin hier die Managerin und dulde keine Faxen. Komm mit, ich zeige dir alles.«

Ich hatte eine neue Chefin, die strenger war als alle anderen Vorgesetzten, für die ich je gearbeitet hatte. Aber ich war inzwischen hart im Nehmen. Noch bevor sie meine Zeugnisse zu Gesicht bekam, würde ich mich als unersetzlich erweisen.

JO CLAYTON

Veränderung

Mit der Ouloud in Jo Claytons Geschichte begegnet uns eines der faszinierendsten Fabelwesen, das mir je untergekommen ist. Es ist eine ganz eigenständige Schöpfung und reiht sich doch in eine lange Tradition von Phantasiegestalten ein, die bis zur Medea aus den archaischen griechischen Sagen zurückreicht. In gewissem Sinn handelt es sich auch dabei um eine Art von Science Fiction, für die A. E. Van Vogts »Voyage of the Space Beagle« wohl das beste Beispiel ist.

Jo ist eine liebenswerte, offenherzige Dame, deren Arbeiten immer eine Spur subtiler sind, als man es gemeinhin erwartet. Dies war die erste Geschichte, die sie für das Magazin schrieb, und sie belegte in der »Kessel«-Abstimmung den zweiten Platz. In der Ausgabe 18 erschien von ihr »Arakneys Web«, und das mit so großem Erfolg, daß ich weitere Arakney-Geschichten in der Schublade bereithalte, obwohl ich im allgemeinen nicht viel von solchen Serien halte.

Als ausgebuffter Profi hat es Jo wenigstens richtig angestellt und mir erst einmal eine eigenständige Geschichte eingereicht, und als mir diese dann gefiel, hat sie weitere zu dem gleichen Thema geschrieben. Alle Serien, die ich je veröffentlicht habe, fingen so an. Ganz anders die zahlreichen Amateure, die mir immer wieder ihr Leid klagen, wie schwer sich ihre noch nicht geschriebenen Serien verkaufen ließen. Sie sollten sich Zeit und Porto sparen und es einmal mit Jos Methode versuchen …

1

In der Höhle, die die Ouloud in den verkrusteten Schlamm am Seeufer gegraben hatte, tropfte langsam und unaufhörlich Tau von den fein verästelten Wurzeln, die das unregelmäßige Gewölbe durchzogen; kleine Tröpfchen krochen die Strunken hinab, klammerten sich ein letztes Mal an die Wurzelspitzen, bevor sie schließlich in die Leere stürzten und mit einem Platschen entweder in die tiefer werdende Pfütze fielen oder auf die tote Schale der Ouloud in ihrem Winterschlaf trafen. Das abwechselnde Plitsch-Platsch dauerte so lange an, bis das Wasser so weit angestiegen war, daß es die Hülse ganz bedeckte und die letzten Tropfen nur noch auf Wasser trafen.

Ein kurzes Krachen durchschnitt das monotone Geplätscher. Ein Sprung klaffte in der Schale.

Ein bläulich-weißer Lichtstrahl schimmerte durch das schlammige Wasser.

Die Hülse bewegte sich. Lag wieder regungslos da. Bewegte sich erneut. Kurze, scharfe Stöße. Wieder Ruhe. Noch ein Stoß. Der Sprung weitete sich.

Das kalte Licht durchflutete die Höhle; Kieselkristalle im Schlamm blitzten auf. Das aufgewühlte Wasser reflektierte das Licht und warf es auf die matten Wurzeln.

Gesäß und Rücken schauten bereits hervor. Die Ouloud sammelte noch einmal ihre Kräfte. Mit einem letzten, gewaltigen Zucken befreite sie sich aus der Schale und streckte ihre verkrampften Glieder. Ihre Augen, zwei dunkle Flecken, blieben hinter lichtdurchlässigen Lidern verschlossen. Das Haupt war mit Hunderten von Knötchen übersät; die darin zusammengerollten Flimmerhärchen preßten gegen Haut, die noch zu dick war, um sie zu durchdringen. Gerippe und pulsierende Organe und die Zu-Werdende-Tochter zeichneten sich als trübe Schatten im milchigen Leib ab, den ein selbsterzeugtes Strahlen durchwaberte.

Wie ein riesiger Wurm wand sie sich durch den schlüpfrigen Schlamm, bis sie den höchsten Punkt der Höhle erreicht hatte. Dort begann sie, blind an der Erdkruste zu scharren. Zunächst wühlten ihre weichen

Hände noch wirkungslos in der kalten Erde, doch dann streckten und verhärteten sich ihre Finger, bis sie zu wahren Meißeln wurden, die sich in die Kruste bohrten und große Klumpen wegrissen.

Nachdem sie sich ins Freie gekämpft hatte, kauerte sie auf einem steilen Abschnitt des Ufers. Langsam bewegte sie ihr Haupt hin und her und tastete umständlich mit den Händen nach Halt, ohne zu wissen, wo sie sich befand. Schließlich glitt sie ab und rutschte den Abhang hinab in den See.

Willenlos gab sie sich der kühlenden Umarmung des Schmelzwassers hin, sank immer tiefer und glitt mehrere Fuß unter der Wasseroberfläche dahin. Sie ließ sich von der Strömung treiben, bis sie an einem Felsvorsprung nahe des Abflusses des Sees zur Ruhe kam. Dahinter stürzte ein kleiner Wasserfall zu Tal.

Am östlichen Horizont zeigte sich eine rote Linie, und der Himmel färbte sich grau.

Das Erwachen vollzog sich allmählich; die Haut der Ouloud verhärtete sich und wurde dabei dünner, der Stoffwechsel beschleunigte sich. Als die ersten Sonnenstrahlen ihr Gesicht trafen, öffnete sie langsam die Augen; ihre eisgraue Iris verdunkelte sich, bis sie die Farbe eines nassen Steins annahm. Zwischen den Fingern bildeten sich Schwimmhäute. Kiemen öffneten sich auf Brust und Nacken. Die Ouloud tat den ersten Atemzug und schwamm, zunächst noch ziellos, umher. Als sie Hunger verspürte, schnappte sie nach einem Fisch, zerriß ihn in kleine Stücke und hielt ihn im zahnlosen Maul, wo ihre Verdauungssäfte das Fleisch zersetzten.

Es wurde immer heller. Die Oulood hörte zu schwimmen auf und trieb aufrecht und mit dem Kopf nach unten in der Mitte des Sees. Mit pflanzengleicher Geduld wartete sie auf den Augenblick, da sie zu voller Reife gelangte.

Als die Sonne genau im Zenit stand und ihre Strahlen

durch das klare, kalte Wasser fielen, brachen die Flimmerhärchen aus den Knötchen hervor und bedeckten ihr Haupt wie der Flaum einer Pusteblume. Die Ringellocken wogten in der Strömung wild hin und her und kosteten das Seewasser. Veränderung. Gefahr. Sie kostete erneut. Gift. Ja. Metall. Ja. Brannte ihr auf den Tasthaaren, drang in ihren Körper ein. Andere Stoffe. Schädlich. Verwirrend.

Sie tobte in dem zerklüfteten Oval. Wut und Zorn überkam sie. Der See und das angrenzende Land, jeder Zoll dieser Insel, vom Gipfel ihres Berges bis zum Strand – all das war ihr Eigen, war eine Ausdehnung ihrer selbst. Die Vergewaltigung des Landes stach ihr wie ein Messer ins Fleisch. Aber Wut allein nützte nichts, bloßer Zorn konnte die Wunden nicht heilen. Sie zwang sich zur Ruhe und ließ die aufgewühlten Wogen sich glätten.

So trieb sie wieder regungslos dahin und sann auf Abhilfe. Sie wühlte in den Erinnerungen, die seit Anbeginn von Ouloud zu Ouloud vererbt wurden; eine Schicht nach der anderen durchforstete sie und suchte nach Beschwörungsformeln, die sie aneinanderreihen konnte, um damit das Gift auszutreiben und die Giftmischer zu vernichten. Nur so konnte sie ihren Frieden wieder finden.

Als sie endlich gefunden hatte, was sie suchte, gab sie sich ganz dem Augenblick hin und schwamm dann mit einem kräftigen Stoß nach oben. Ihr Kopf durchteilte die Wasserfläche und ihr Körper verwandelte sich; die Kiemen schlossen sich und aus den Luftsäcken formten sich Lungenflügel.

LÄRM. Kreischendes Metall. Tosen. Donnern. Rasseln. Schreie. GERÄUSCHE, die wie Hammerschläge auf sie niederprasselten, lauter als Sturmgetöse – schreckliche, schmerzende GERÄUSCHE. Die Wände ihres geliebten Berges warfen das Echo zurück, so daß es von allen Seiten auf sie eindrang, bis die Ouloud nicht mehr wußte, woher sie kamen. Sie krümmte sich und tauchte wieder im Wasser unter, keines weiteren Gedankens mehr fähig. Der LÄRM raubte ihr die Sinne.

Unter Schmerzen ringelten sich ihre Flimmerhärchen zusammen, sie verschloß ihr Gehör so weit, bis das trommelnde Getöse erträglich wurde und sie wieder einen klaren Gedanken fassen konnte.

Sie wand sich im Wasser und überblickte das Seeufer, vom Abfluß mit dem Wasserfall hinüber zu den bewaldeten Hängen, wo nur einige Vögel hausten, und schließlich zu ihrem Berg selbst. Schau-sch! In seiner Seite klaffte eine Wunde, umgeben von achtlos hingeschüttetem Abraum. Aus der Wunde traten zwei Metallstränge hervor, die auf schwere Holzbalken genagelt waren und halb im Geröll begraben lagen. Eine hölzerne Rinne begleitete sie, angefüllt mit Wasser, das einer Quelle hoch oben im Berg entspringen mußte – dessen war sich die Ouloud so sicher, als würde ihr eigener Lebenssaft darin fließen. Eine Waggonkolonne auf eisernen Rädern kam, von Ponies gezogen, aus der Wunde hervorgekrochen; auf dem ersten Waggon ritt ein Sprechtier mit einer langen Peitsche in der Hand, die immer wieder auf die Rücken der Ponies niedersauste. Die Waggons ratterten auf den Schienen entlang, bis sie im Wald verschwanden. Die Ouloud schwamm einen weiteren Viertelbogen und sah, wie Rauch aufstieg; sah die Firststange und den oberen Teil eines Schindeldaches, das zu einem DING gehörte, das hinter den Bäumen verborgen blieb. Der Wind trug Schwaden jenes Rauchs zum See hinüber. Sie konnte das Gift darin riechen. Wieder überkam sie der Zorn, rüttelte sie durch, bis ihr der Kopf dröhnte und die Zu-Werdende-Tochter sich auf unheilvolle Art regte.

Eine neue Furcht bemächtigte sich ihrer. Nein, dies war nicht die rechte Zeit. Noch war sie nicht gekommen. Die Ouloud schlang die Arme um ihren Leib und stimmte für den kleinen Wurm, der in ihr heranwuchs, eine beruhigende Weise an. Eines Tages würde die Zu-Werdende-Tochter zu wahrem Leben erwachen und ihren Weg in dieses Leben verschlingen – und dann würde eine neue Ouloud die Wasser durchkämmen und von dem Land Besitz ergreifen. Doch noch war es nicht soweit. Noch nicht.

Die alte Ouloud beäugte mißmutig den Rauch und überlegte, was zu tun war. Zunächst der See. Der See mußte gereinigt sein. So schwer es auch fiel. Es verlangte Geduld und Abwarten, bis sie den zweiten Schritt vollziehen konnte. Egal. Zunächst der See. Dann das DING, das den See vergiftete. Und dann das Tier, das das DING erschuf. Wenn die Insel erst gereinigt war, konnte sie ruhen und sich um die Zu-Werdende-Tochter kümmern.

Sie sog Kraft ein und stimmte eine Weise an, die die Energie ordnete und transformierte. Auf der Oberfläche des Sees bildeten sich Wasserhosen, die das verpestete Wasser aufsogen, in die Luft wirbelten und es dann gereinigt wieder niederregnen ließen; der Unrat, der den See vergiftete, blieb wie ein dicker Kragen am Uferrand zurück. Die Wasserkegel tanzten im Kreise, während sich die Schadstoffe weiter auftürmten und zurück in den See zu stürzen drohten, was die Ouloud zu verhindern suchte. Ihre Flimmerhärchen flatterten als weiße Wolke um ihr Haupt. Ihr Gesang wurde immer intensiver und lauter, bis er das gesamte Tal erfüllte und als leises Flüstern, vermischt mit den fremden Tönen des DINGS, zu ihr zurückkehrte.

Als der brennende Schmerz in ihren Flimmerhärchen gewichen war, flocht sie in die Weise einen neuen Triller, der sich in die Luft schwang und einen Windstoß hervorrief. Ein weiterer Triller. Der aufgetürmte Unrat verwandelte sich zu Staub, den der Windstoß aufwirbelte und aufs offene Meer hinaustrug. IHR Land war von dem Gift gereinigt.

Mit brennenden Augen und schmerzender Kehle löste die Ouloud die Wasserwirbel auf und versank dann in Schlaf. Sie ließ sich von der Strömung so lange treiben, bis sie bei dem Felsvorsprung zur Ruhe kam. Eingelullt vom kühlenden Wasser, schlief sie so tief, daß sie stundenlang nichts registrierte und auch die aufgeregten Schreie der Schmelzhüttenarbeiter und ihre planlosen Aktivitäten nicht bemerkte.

2

Nimm den! Und den! Und den! Tassin kniete auf einem Fetzen Sackleinen und hieb immer wieder die Kelle in den braunen, bröckeligen Erdboden. Als ob sie Toja und Moriawha und die ganze übrige Brut der Whaka-ekinriks damit treffen könnte, die Haus und Land verpesteten – und auch Issian und Tarag und Cunnothat und all die anderen Lumpen, die Schande über die Huanin brachten, so wie sie sich den Eroberern unterwarfen. Tassin harkte das Rosenbeet mit solcher Wut, daß die rosa Knospen auf ihren geschwungenen Stengeln bedrohlich hin und her schwankten. Wenn Monawha herausfand, daß sie hier draußen wie ein Bauernmädchen die Erde bestellte, würde die alte Hexe sie mit Geschrei ins Haus zurücktreiben und so lange auf sie einschimpfen, bis selbst eine Tracht Prügel eine willkommene Abwechslung wäre. Aber wenn sie noch eine Minute länger drinnen bei Tojas Huren verbringen müßte, würde sie die Wände hochgehen oder jemanden an die Gurgel springen – am besten Issian, dieser Schlampe. Bei Fitha Spog, man sollte doch meinen, sie würde etwas auf sich halten, schön wie sie ist. Aber keine Ehre. Wie Mutter doch so richtig sagt: Schönheit beweist sich durch Taten. Und wenn das stimmt, bin ich keinen Deut besser als sie.

Tassin streckte sich und fuhr sich mit dem Handrücken über die Stirn. Dabei achtete sie nicht auf die Erdklumpen, die von der Kelle auf ihren gewölbten Unterleib fielen. Ach, wer bin ich eigentlich, daß ich sie dafür schelte, was sie zu tun gezwungen werden? Aber daß sie auch noch stolz darauf sind! Darauf spucke ich! Ich. Tojas Hure. Sie stocherte mit der Kelle in der Erde zwischen ihren Knien und zupfte Chinchea-Unkraut, dessen kleine Kleeblätter ihre Finger grün färbten und einen beißenden Geruch nach Minze verbreiteten, der sich scharf von dem süßen Duft der Rosenknospen abhob. Dieser Duft brachte Erinnerungen an jene Zeiten zurück, da sie frei und jung und voller Leben war. Damals. Sie riß ein Kleeblatt ab und warf es zu Boden. Damals. Welch ein häßliches Wort. Häßlich und voll schmerzlicher Erinnerungen. Damals. Ja. Damals kamen die Whaka-ekinriks in ihren gräßlichen Dampfern. Damals kam auch der Rik Taua Apekoura mit seiner Ka-eera, ergriff von der Insel Besitz und unterwarf den Stamm der Huanin. Damals lauerte sein Sohn und Erbe Toja Apekojira ihr auf, als sie gerade Wasser von der Quelle holen wollte. Damals empfing sie die verwünschte Frucht, seinen Bankert. Auch jetzt noch würde sie, bestünde nur die geringste Chance dazu, diese Frucht in sich abtöten und willig den Zorn der Erdenmutter ertragen, daß sie das Leben mißachtete.

Eine Chance? Es bestand keine Chance. Die alte Moriawha hatte es prophezeit – es würde ein Junge werden. Der einzige Erbe, den Toja mit seiner ganzen Hurenschar gezeugt hatte. Sein Kinrik-Weib Namiwi, eine zänkische Alte und dem Lacha verfallen, war so unfruchtbar wie eine taube Nuß.

Moriawha! Bei Fitha Spog, wie ich sie hasse! Die alte Hexe! Kinrik-Hexe! Ihm immer ergeben, immer darauf bedacht, daß er seinen Willen bekam. Und sei es auch ein Sohn. Aber recht hatte sie mit ihrer Prophetie. Die

Pest an ihren Hals und Eiter und Geschwüre! Als Frau vom Stamm der Huanin wußte sie, was für ein Kind sie trug, sobald es empfangen war.

Würde er sie jetzt so nahe beim Kräutergarten finden, würde er bestimmt glauben, sie versuchte, sich der Leibesfrucht zu entledigen. Der alte Narr! Hier wuchs nichts, was ihr helfen könnte. Gleichwohl würde dieser Teufel sie auf die Sohlen peitschen lassen, o ja, das würde er, und sie würde mindestens eine Woche brauchen, bevor sie wieder einen Fuß aufsetzen konnte, ohne vor Schmerzen zu winseln. Und sie würde sich lieber die Lippen blutig beißen, als sich vor Issian und den anderen der Meute eine solche Blöße zu geben.

Sie ging zu den Knollenbeeten hinüber und machte sich daran, Triebe zurückzuschneiden und Unkraut zu jäten. Zwei Tagfalter schwirrten ihr um den Kopf und vollzogen in der Luft einen heftigen Balztanz. An der Gartenmauer reckten Glockenblumen ihre neugierigen Köpfchen in die Höhe und fingen die Strahlen der Nachmittagssonne in ihren Blütenkelchen, die wie gelbgrüne Kristalle erstrahlten und so laut zu surren begannen, daß man es sogar noch gegen das Getöse vernehmen konnte, das aus den Scherschuppen unten am Fluß drang. Die Sonne brannte ihr heiß auf Nacken und Rücken, aber es war eine angenehme Hitze; die feuchte Erde schmiegte sich sanft und kühl unter ihren Füßen. Sie vergaß ihre Sklaverei, vergaß ihren Groll, vergaß auch die Gefahr, die ein weiteres Verweilen für sie bedeutete, und die entsetzliche Leere, die im Haus auf sie wartete – sie fühlte sich von neuem eins mit der Erde und der Natur.

Ein KLANG drang vom Berg herab, eine schaurigschöne Tonfolge, die ihr die feinen Härchen auf der Haut hochstehen ließ.

Tassin erzitterte. Die Ouloud! Die Ouloud war erwacht! Und SIE tobte. Die Schmelzhütte. Jeder mit nur einem Funken Verstand wußte, daß SIE die Schmelzhütte hassen mußte.

Die letzte Ahraddin, die mit der Ouloud Kontakt aufnehmen konnte, war vor dreißig Jahren während der Eroberung umgekommen. Doch der Awashin Sagolar hatte ihre Aufgabe übernommen und dem Rik gesagt, er könne die Schmelzhütte dort nicht errichten. Wenn du Wasser brauchst, hatte er gesagt, dann baue am Fluß. Dorthin kommt SIE nur selten, hatte er gesagt. Aber verschmutzt nicht IHREN See. SIE wird erwachen und uns alle in ihrem Zorn zerstören. All das hatte er gesagt. Und es war wahr. Doch Toja beachtete seine Warnungen nicht.

Tassin erhob sich mühsam, schüttelte ihren Rock aus und verbarg die Kelle hinter einem losen Ziegel neben der Küchentür.

Toja hört nie auf etwas, wenn er es nicht hören will. Der Awashin hatte sein Möglichstes versucht – und was war der Lohn für seine Mühe? Man riß ihm die Zunge heraus. Der arme Mann! Aber bei IHR wird dir das nicht gelingen, du Bastard einer Bastardsippe. IHR wirst du Gehör schenken müssen. Tassin betrachtete ihre Hände. Sie waren mit brauner Erde und grünem Saft verschmiert.

Moriawha ertappte sie, als sie gerade die Hintertreppe hochschleichen wollte. »Und wo hast du dich herumgetrieben?«

Obwohl es sie Überwindung kostete, verneigte Tassin sich aus Höflichkeit. »Im Garten, Tikan Moriawha. Ich habe dem Ruf des Berges gelauscht.«

»Du solltest dich besser ausruhen.«

»Mit allem gebührenden Respekt, Tikan Moriawha, doch Ihr haltet mich von meinem Bad und der Bettruhe ab.«

Die alte Frau sah sie zornig an, und Tassin konnte

sehen, wie sehr es ihr in den knorrigen Händen juckte, sie zu schlagen. »Warte nur, bis der Junge geboren ist, dann sehen wir weiter.«

»A ra, Tikan Moriawha«, entgegnete Tassin höflich und ging an ihr vorbei.

Das Bad, das sie bestellt hatte, war bereits eingelassen, das Wasser mittlerweile nur noch lauwarm, und auch die Essenzen hatten sich schon verflüchtigt. Trotzdem genoß sie es, als sie bis zu den Schultern eintauchte und spürte, wie die Wärme ihr in die Glieder kroch und einen Gutteil ihrer Ängste auflöste.

Bevor sie sich die Hände wusch, schnupperte sie noch einmal daran. Der erdige Geruch gab ihr Kraft und vertrieb die wirren Gedanken. Ah-hie, was ich zu tun hab', weiß ich schon, aber wie es zu bewerkstelligen ist, ist eine ganz andere Frage.

Sie fürchtete sich wieder und ihr war kalt, so kalt, daß es nicht nur am Badewasser liegen konnte. Dennoch drehte sie den Hahn auf und ließ heißes Wasser nach. Das mußte man ihnen lassen, die Whaka-ekinriks hatten auch einige Annehmlichkeiten gebracht. Fließendes Wasser, warm und kalt, und Lampen, die nicht rußten oder qualmten; für die Notdurft mußte man nicht mehr in die Büsche, und es gab Dampfeisen, mit denen man die Kleider glätten konnte, und Spiegel, in denen man sich tatsächlich erkennen konnte, und dann die Bücher, o ja, all die großartigen Bücher, die Toja besaß, die er aber nie aufschlug. Ein einziges Mal hatte sie ihn dabei beobachtet. Es war spät in der Nacht; sie hatte nicht einschlafen können und etwas gesucht, das ihr die Zeit bis zum Morgen vertrieb. Außer den Büchern war an diesem Zimmer nichts Gutes, sie haßte es. Wie schon sein Vater bewahrte Toja hier seine Trophäen auf: Hautfetzen von Huanin-Kriegern, die er in der Schlacht oder auf der Flucht getötet hatte und denen er das auftätowierte Totem und die Namenskartusche von der

Brust geschnitten hatte. Tassin hatte einmal den Fehler begangen, ihm zu erzählen, wie sehr ihr Geliebter sie beglückt hatte und wie abstoßend sie ihn fand. In jener Nacht zeigte er ihr die Haut, die er Tonns Brust entrissen hatte, glatt und geschmeidig glitt sie durch seine Finger. Er saß einfach nur da, spielte mit dem Fetzen Haut und sah ungerührt zu, wie sie sich übergab und schrie und sich büschelweise Haare ausriß, bis ihr keine Tränen mehr blieben. Schweigend hatte er sich ihre Seelenqual angesehen und ohne ein Wort stand er auf und ließ sie zurück. Jenes Stück Haut bekam sie nie wieder zu sehen; von jenem Tag an war es aus der Trophäensammlung verschwunden.

Issian trat gegen die Tür des Badezimmers. »Bist du da drin eingeschlafen, du Trampel? Andere müssen auch mal!« Sie zeterte in einem fort und unterstrich dies noch mit weiteren Fußtritten und einem gelegentlichen Trommelwirbel gegen die Tür.

»Halt's Maul, Gasti«, schneuzte Tassin zurück. Ächzend griff sie nach der Haltestange und hievte ihren schweren und unbeholfenen Körper aus dem Wasser. Sie humpelte zur Tür, die sie ihrerseits mit einem Fausthieb bedachte. »Wenn du nicht sofort mit deinem Geplärre aufhörst, gibt's was auf deine hübschen blauen Augen, daß du drei Tage lang nicht mehr gerade gucken kannst.«

Sofort herrschte Ruhe, und Tassin trocknete sich so gut es ging ab. Nachdem sie sich in einen gesteppten Mantel gehüllt und die Kordel zugeschnürt hatte, schob sie den Riegel zurück, stieß die Tür auf und marschierte, Bauch voraus, aus dem Bad; Issian würde es nie wagen, Hand an sie zu legen, solange sie Tojas Frucht trug.

Es war eine Stunde nach Mitternacht, als Tassin sich einen Leinensack über die Schultern warf und aus ihrem Zimmer schlich. Sie lauschte einen Augenblick lang. Die Hintertür war mit einer Pritsche verrammelt, auf der Moriawha laut schnarchte. Träume schwer und wehe deinem Wanst und mögen dir die Knochen verfaulen, alte Hexe – ich versuche mein Glück bei der Hauptfrau.

Immer dicht an der Wand entlang, geisterte Tassin bis zu Namiwis Tür. Dort holte sie ein Brotmesser aus ihrem Sack und schob damit den Riegel des Schlosses zurück. Nachdem sie die Tür geöffnet hatte, kratzte sie den Brotteig aus dem Schloß, den sie dort vorsorglich hineingestopft hatte, damit der Riegel nicht ganz zuschnappte, wenn Namiwi abschloß. Dann schlüpfte sie ins Wohnzimmer. Dort lauschte sie wiederum an der Schlafzimmertür und hörte, was sie erwartet hatte. Den lieben langen Tag war Namiwi so ungenießbar wie eine saure Traube gewesen. Jetzt wälzte sie sich kichernd und grunzend in ihrem Bett, das unter ihr stöhnte. Lacha kauend, war sie so benebelt, daß die Welt um sie herum in Schutt und Asche hätte versinken können.

Tassin durchquerte den Raum bis zu der Tür, die in die Halle führte. Sie schob den Riegel zurück und öffnete sie vorsichtig einen Spalt weit, um in den Gang hinauszuspähen. Zum Glück waren keine Wachen zu sehen. Sie horchte noch einmal auf das Stöhnen, das aus Namiwis Schlafzimmer drang, und mußte grinsen. Was der Henne recht ist, ist dem Hahn wohl billig, und freuen tut's den Koch. Sie hielt zwar Namiwi nach wie vor für ein Miststück, aber dennoch regte sich etwas Mitgefühl für ihre Leidensgenossin, als sie sich durch die dunkle, verlassene Halle in die Küche schlich. Schnüffelnd und tastend fand sie dort etwas Brot und Käse und verstaute es in ihrem Sack. Dann suchte sie sich ihren Weg zu der Tür, die von der Küche in die Stallungen führte.

Tassin tappte im Dunkel des Stalls umher, fand das Tor unverschlossen und stieß es nach außen auf, so daß das Mondlicht hineinflutete. Es bestand wenig Gefahr, daß man sie hier überraschte. Taseachan, der Stallknecht, schnarchte auf dem Heuboden, von dem dicke Schwaden säuerlichen Geruchs herunterzogen und sich mit dem Stallmief vermischten.

Das Heu kitzelte ihr in der Nase, und Tassin mußte immer wieder ein Niesen unterdrücken. Sie sattelte und zäumte einen der zahmeren Wallache, schwang sich in den Sattel und trabte schon bald auf der Straße, die zur Schmelzhütte führte. Der Weg, der vor ihr lag, war weit und beschwerlich, und ihr blieben lange Stunden, in denen sie ihre Entscheidung bereuen würde. Doch all das konnte nichts daran ändern, daß es geschehen mußte.

3

Es war früh am Morgen, als die Ouloud erwachte; ein klarer, frischer Morgen mit einer starken Brise, die die Oberfläche des Sees kräuselte und das Licht auf den Wellen tanzen ließ. Sie schlang und wand sich durch die Fluten – ein Freudentanz, der sich in ihren eigenen Körpersäften fortsetzte, bis diese, zum Überschäumen gebracht, ihren gesamten Leib in einem einzigen Siegestaumel durchströmten. Hungrig geworden, fing sie drei Fische und verspeiste sie auf ihre gemächliche Art. Während sie noch Bissen um Bissen zersetzte, stimmte sie eine wortlose Weise an, die ihre ganze Zufriedenheit zum Ausdruck brachte.

Doch noch durfte sie sich nicht zufrieden geben. Der zweite Akt stand an.

Aufrecht trieb sie in der Mitte des Sees dahin und dachte nach.

Das DING war stark. Stein und Mörtel, dazu Schwarzeisen und des Eisens härterer Genosse, der Stahl. Um es zu brechen, bedurfte es einer mächtigen Weise und einer anhaltenden zudem – es würde ihr alles abverlangen. Die Ouloud durchforstete aufs Neue ihr Gedächtnis. Eine Weise für Metall? Eine Weise, um dieses Monster auszulöschen, das ihr Tal zerdröhnte? Eine Weise zum Errichten, ja, die ließ sich finden und drehen und wenden, bis sie niederriß. Eine Weise zum Beschirmen, ja, aber ja, und wende sie so und so und verwebe sie mit der anderen, bis sie vernichtet. Ja. Vernichte das DING. Vernichte die Geschwulst, die das DING erschuf. Vernichte das Sprechtier, vernichte die Werkzeugmacher. Reinige die Insel von dem Abschaum. Mögen sie verrotten und Tieren und Pflanzen zur Nahrung dienen, anstatt sich von Tieren und Pflanzen zu ernähren. JAAA! Sie spann ihren Gedanken weiter. Ja, mögen sie MIR zur Nahrung dienen! Sie mußte stark sein, und Fische reichten dazu nicht aus. Sie brauchte Blut.

Die Ouloud beobachtete, wie sich Gift in den See ergoß. Der Schwall verdünnte sich zu einem Rinnsal, bis nur noch einige Tropfen blieben. Sie unterdrückte ihren Zorn und lockte mit einem Flötenton eines der Arbeitstiere an, die um das DING herumschwärmten. Komm. Komm zu MIR. Komm.

Er kam. Er löste sich von der Baumgruppe, widerstrebend, bei jedem Schritt gegen sie ankämpfend. Er versuchte, sich dem eisernen Zugriff ihrer Weise zu widersetzen und seine Artgenossen um Hilfe zu rufen. Doch das unterband sie leicht. Sie mochten mächtiger als die anderen Tiere sein, aber sie kannten keine Weisen, um sich zu schützen. Was konnten sie schon formen? Nur Hände hatten sie, und die waren schwach, o ja, so schwach.

Er stand Todesangst aus; und die Schärfe dieser Angst verstärkte den Fleischgeruch, der von ihm ausging. Sie lehnte sich begierig vor. Ihre Zunge verwandelte sich zur Kanüle. Genußvoll summend, preßte sie ihre Lippen an seinen Nacken, durchbohrte die widerstandsfähige Haut und den Blutkanal darunter – und trank. So mit ihm verbunden, pulsierte sie im Rhythmus seines Herzschlags. Sie sog ihn gänzlich auf. Ihre Lippen ruhten noch einen Moment lang auf der erkaltenden Haut, dann zog sie ihre Zunge zurück und ließ die leblose Hülle niedersinken.

»Ouloud!«

Die Ouloud sah schläfrig auf das Weibchen, das ungerufen erschienen war. Ihr Hunger war gestillt; sie wollte kein neues Blut, brauchte es auch nicht. Doch da erstarrte sie. An diesem Wesen war etwas. Vielleicht nur ein Aroma, das verschüttete Erinnerungen freilegte. Etwas …

»Schau-sch«, gurrte sie und spreizte ihre Finger, die sich zu langen, gekrümmten Klauen aus dunklem, hartem Horn verformten. Doch der eine Zeigefinger blieb bleich und gerade. Mit diesem stocherte sie ungeduldig im Boden. Während das Blut in ihr seine Wirkung tat und sie für den Vernichtungsschlag vorbereitete, blieb Zeit genug; Zeit genug, diesem Aroma und der Erinnerung nachzuspüren …

4

Tassin.

Der Rik Toja Apekojira sah auf das zerwühlte Bett und die angefangenen Näharbeiten, die darauf verstreut lagen. Durch das kleine Fenster brach die Morgensonne und küßte einen halb fertig gestickten Schmetterling zu vollem Leben. Er berührte die Stickerei. Die Fäden fühlten sich seidenweich an.

Tassin! Der Name brannte wie eine Wunde.

Namiwi stand mit zurückgeworfenem Haupt da; ihre Nüstern blähten sich vor Zorn; die Augen waren vom übermäßigen Lachagenuß gerötet, und ihre Hände zitterten. »Die Tür war verschlossen«, erklärte sie. »Ich habe geschlafen. Die Hure muß woanders entschlüpft sein. Was ist mit deiner Kurekure? Sie hat so laut geschnarcht, daß eine ganze Herde über sie hätte hinwegtrampeln können.«

»Schafft sie her!« Tassin! Er blutete im Innern. Doch das würde er ihr nie eingestehen.

Moriawha beugte sich über das Becken und besprach das Wasser, das mit einem Ölfilm überzogen war.

Der Film flackerte, verschwamm, glättete sich dann, bis sich ein vages Bild formte. Tassin ritt müde auf einem grauen Wallach eine unbefestigte Straße entlang. Auf der einen Seite begleitete sie ein Bach, auf der anderen verlief der Schienenstrang der Grubenbahn, die Barren von der Schmelzhütte zum Stahlwerk karrte, das er an der Küste hatte errichten lassen.

»Zu wem will sie?« Tassin! »Zeig ihn mir!«

Moriawha blies auf das Wasser und intonierte einen neuen Gesang.

Als sich das Bild schärfte, fluchte Toja. Es war kein Mann. Ein DING. Tassin.

Taseachan lag am Boden, das Gesicht in Staub und Stroh vergraben. Der Rik Toja Apekojira nahm dem Kapen die Flinte und Patronentasche ab. Tassin! »Er hat nicht aufgepaßt und wollte es auch noch abstreiten.« Er klappte den Stutzen zurück und lud zwei Patronenhülsen. »Töte ihn und bring mir den Rotschimmel. Kapen Atoatan, vier Männer der Ka-eera sollen mich begleiten. In fünf Minuten.« Er überhörte das Wimmern des Huanin, schwang sich in den Sattel und trieb den Rotschimmel an. Tassin!

5

Tassin befreite ihre Füße aus den Steigbügeln, umklammerte das Sattelhorn und neigte sich vorsichtig zur Seite – bis das Leder ihren Händen entglitt und sie zu Boden fiel.

Die Weise galt nicht ihr. So kalt, so unpersönlich – und doch rührte sie Tassin, zog sie an. Sie folgte ihr wie einer Richtschnur und lief das Ufer entlang, bis sie die Wasserrinne sah, unter der die Ouloud kauerte.

Umgeben von einem schimmernden Lichtkranz aus Tröpfchen, in denen sich die Sonnenstrahlen brachen, erschien der Leib der Ouloud geschmeidig und zierlich. Lange, weiße Flimmerhärchen tänzelten wie fein gesponnene Glasfäden um ihre hohen Wangenknochen. Steingraue Augen starrten Tassin an.

»Ich bin gekommen, um dir zu sagen …«

»Ou-looo.« Die Ouloud legte die Finger an ihre Lippen, dann deutete sie auf den Boden vor sich.

»Fitha Spog.« Tassin kniete erst mühsam nieder, streckte dann die Beine aus und fand schließlich eine bequeme Sitzposition. »Ouloud.«

Die Ouloud preßte ihr schrumpeliges Maul noch enger zusammen und begann zu summen.

»Nein!« Tassin hielt eine Hand abwehrend hoch. »Nein. Ich bin gekommen, um dir zu sagen, daß nicht wir es sind. Das ist nicht das Werk der Huanin. Laß uns in Frieden.«

Die Ouloud sah auf den ausgesaugten Leichnam zu ihren Füßen; was macht es schon für einen Unterschied, schien sie zusagen. Tassin ballte die Faust; damit gab sie sich nicht zufrieden. »Das Land gehört den Huanin, und die Huanin gehören zum Land – geradeso wie du, Ouloud cun-na. Töte mich, wenn dir diese Wahrheit nicht gefällt. Töten wirst du mich ohnehin, wenn nicht heute, dann morgen, und was zählt schon ein Tag mehr oder weniger?«

»Ou-looo«, tönte die Ouloud. »Sei gegrüßt, Sprechtier. Komm her, komm und gib mir Blut.«

Tassin erschrak. »Ah-hie, a-hie, das werd' ich nicht«, sagte sie mit Nachdruck. »Was redest du da? Soll ich zum eigenen Begräbnis gesprungen kommen? Wenn ich gehe, dann schreiend und kämpfend und nicht sanft wie ein törichtes Opferlamm. Ich könnte es mir bequem machen, könnte im warmen Lotterbett liegen, mir Tee von dem Hurengesindel servieren und von einem lüsternen Alten die Füße küssen lassen. Statt dessen habe ich mir den Steiß wundgeritten, um hierher zu kommen und mit dir um mein Leben zu feilschen.«

»Ou-looo«, tönte die Ouloud wieder. »Komm her, Tier, komm und gib mir Blut.«

»Nenn mich nicht Tier. Bin Huanin. Bin Tassin. Nenn mich beim Namen.«

»Ou-looo«, gurrte die Ouloud. Sie streckte Tassin ihre Hände entgegen. »Komm her, Tassin. Gib mir dein Blut, Abradda, und empfange Heilung von mir.« Es war ein trällerndes Lachen. »Heilung für deinen Steiß.«

Tassin starrte sie verblüfft an. Abradda! SIE heißt mich Ahradda! Ah-hie, ah-hie, das will was heißen! »Einen Tausch? Du bietest mir also einen Tausch an? Das ist etwas anderes.« Sie straffte die Schultern und machte kurz entschlossen einen Schritt auf die Ouloud zu. Noch wehrte sich etwas in ihr, aber getrieben von Neugier und Verzweiflung legte sie ihre Handfläche auf die dargebotene Pranke der Ouloud.

Warmes Fleisch traf auf kaltes – und die Berührung erregte Tassin bis ins innerste Mark, so wie sie noch kein Liebhaber je erregt hatte, selbst Tonn nicht auf dem Höhepunkt ihrer Leidenschaft für ihn.

6

Kaltes Fleisch traf auf warmes – und die Berührung erregte die Ouloud auf längst vergessene Weise. Jahre waren vergangen, seit die letzte Ahradda zu IHR gekommen war. Es hungerte SIE nach Berührung und Teilen, und SIE vergaß das DING, das durch IHR Tal dröhnte.

SIE berührte Tassins Haar. Die lockeren Strähnen ringelten sich um IHRE Finger. SIE erbebte vor Vergnügen. Suchende Finger glitten über Tassins Nacken – wie war das Fleisch so zart, so kräftig, so warm und so voller Leben. SIE entspannte die nervöse Ahradda, strich ihr zärtlich kreisend über den Leib, bis Tassin schlaff an IHRE Seite sank. Sie beugte sich weiter vor, legte IHRE Lippen an. Die Zunge verformte und verhärtete sich, rollte sich zur hohlen Kanüle, die Tassins Blut in IHREN Rachen saugen sollte.

Die Ahradda murmelte nur schläfrig, als die Ouloud die Arterie an ihrem Hals durchstach. Eine Verbindung war geschaffen, durch die IHR gieriges Verlangen eindrang und in Tassin eine entsprechende Lust wachrief, die durch die Verbindung mit dem fremden, saftigen Blut wiederum zur Ouloud zurückkehrte. Dieser Austausch trug sie beide in stets wachsenden Ringen empor zu einer Explosion geteilter Lust.

Nur widerstrebend zog die Ouloud IHR Haupt zurück. »Oooo-louuu Ahhhraaadda«, sang SIE. »Nun du, nun du.«

Tassin blinzelte noch immer benommen.

»Trink von mir.« Die Ouloud bot ihr eine Hand dar, die mit einem opaleszierenden Gel gefüllt war, das IHR aus den Gelenkdrüsen troff »Ou-looo«, sang SIE.

Tassin beugte sich vor, bis das Gel ihre Lippen benetzte. Sie begann es aufzulecken, immer begieriger leckte ihre Zunge und liebkoste dabei die kühle Handfläche der Ouloud.

Als der letzte Tropfen Gel vertilgt war, hob Tassin lächelnd den Kopf, streckte sich dann und stöhnte zufrieden. Sie stand auf und war verwundert, wie leicht sie ihren schwerfälligen Leib bewegen konnte; ihre ganze Erschöpfung war wie eine Last von ihr abgefallen.

»Du bist das Wunder und die Wonne, der Segen bist du, Cun-nah.« Sie lachte breit und hell, und ihr Lachen erwärmte die Ouloud durch und durch. Doch dann krümmte und wand SIE sich, als eine neue Waggonkolonne von der Mine heruntergerattert kam.

Die Ouloud sprang auf, nahm die Ahradda bei der Hand und zog sie dicht an sich. »Ooooo-louu«, sang SIE. »Sing mit mir, Ahradda, jetzt ist die Zeit ...«

SIE stimmte eine hohe, jaulende Weise an, die IHR die Kehle zerriß. Hinter IHR tosten schäumende Wogen gegen die Felsen, riesige Brecher, doppelt so hoch wie SIE, türmten sich auf und rasten über den See. Windhosen peitschten die Bäume und wirbelten Sand und Schutt zu einer riesigen Wolke auf, die alles um sie herum verdunkelte. Die Luft im Zentrum des Wirbels surrte und verdichtete sich. Die Steine unter ihren Füßen erwachten zum Leben, erbebten und gaben nach.

Mit einem letzten Geheul, das sich IHRER Kehle entrang, entfesselte die Ouloud die Vernichtung.

Und Bergwerk und Bergleute waren nicht mehr.

Und Eisenwaggons waren nicht mehr.

Und Schienen und Schwellen waren nicht mehr.

Und Mahlwerk ächzte und zitterte und war nicht mehr.

Und Schmelzhütte zerbarst und zerstob zu Staub, und selbst der Staub war nicht mehr.

Die Luft stand still. Die Bäume standen still. Äste blieben krumm, und Blätter verharrten in ihrem Gesäusel. Die Wogen des Sees waren zu eng geschlossenen Reihen erstarrt. Die Erde wartete ...

Die Ouloud kostete den Moment aus. Dann brach es aus ihr hervor. Dunkel zersplitterte zu Licht, und das Licht schrumpfte zu einem vibrierenden Punkt. Die Bäume ächzten und stöhnten, die Wogen fielen in sich zusammen, und der See beruhigte sich zu seinem üblichen, sanften Geplätscher. Die Erde drehte sich wie gewohnt und zog schläfrig ihre Bahn.

7

Toja ritt unter den Bäumen hervor. Der Rotschimmel scheute. Er riß ihn an der Kandare. Dann saß er regungslos da und starrte die Ouloud und Tassin an.

Tassin wachte aus der Betäubung auf. Einen Moment lang war sie Huanin und Ouloud zugleich und konnte nicht verstehen, wer oder was er war. Doch dann begriff sie. Es war Toja, und er war hinter ihr her. Er rührte sich. Er war mit einer Flinte hinter ihr her!

Sie löste sich von der Ouloud. »Geh!« rief sie. »Flieh! Er wird dich töten!«

»Ah-raaa-ou-lou?«

Sie wollte die Ouloud ins Wasser zurückstoßen, doch es war zu spät.

Die Flinte krachte, das Haupt der Ouloud wurde zerfetzt.

Tassin schrie auf – und verlor das Bewußtsein. Sie stürzte über den Leib der Ouloud, deren Blut die Steine an IHREM See beschmierte.

8

Sie erwachte in ihrem eigenen Bett. Moriawha sah sie finster an. »Was hast du dir dabei gedacht?«

Tassin drehte sich zur Seite. Sie erinnerte sich an die

Ouloud und verspürte die grenzenlose Leere und einen Schmerz, den nichts in der Welt lindern konnte.

Moriawha schlug ihr ins Gesicht. Ein roter Striemen blieb zurück. »Mir kommst du nicht aus, du Miststück von einer Hure. Und allein kommst du nicht aus diesem Bett, nicht bevor der Junge geboren ist. Hast du mich verstanden?«

Tassin blickte an ihr vorbei und antwortete nicht.

Moriawha holte zum nächsten Schlag aus, ließ es dann aber bleiben. »Du zählst nicht. Und was du tust, zählt auch nicht mehr. Auf dich wartet die Schlinge, wenn du erst deine Aufgabe erfüllt hast. Weiß der Tuakai, was du anstellen würdest, um den Jungen zu verderben, wenn wir dich am Leben ließen. Selbst mit der Muttermilch würdest du ihn vergiften.«

»Vor der Tür steht eine Wache«, fuhr Moriawha fort. »Die wird dich aufhalten, solltest du wieder auf den Gedanken kommen zu fliehen. Unter dem Bett ist ein Nachttopf, benutz den, wenn du ihn brauchst. Keine Angst, wir werden uns schon um dich kümmern. Oder besser gesagt, um den Jungen. Verstanden?«

Tassin blickte an ihr vorbei und antwortete nicht.

Ein Tag verging. Dann ein zweiter.

In der Nacht des dritten Tages, als der Vollmond silbrig durch ihr Fenster schien und die Umrisse des neuen Eisengitters auf ihre Decke warf, spürte Tassin, wie eine Weise in ihr anschwoll – ein Lied ohne Worte, noch leise, kaum vernehmbar, das ihr durch die Knochen fuhr.

Zunächst verstand sie nicht.

Sie lauschte.

Dann begriff sie.

Es war die Zu-Werdende-Tochter. Vorzeitig aus der Ouloud vertrieben, war sie in ihren Leib gekrochen und hatte sich neben Tojas Sohn eingenistet. Dort wuchs sie heran, nährte sich von Tojas Sohn, nahm seinen Platz ein.

Tassin lächelte zufrieden über diese Ironie des Schicksals. Toja hatte auf die Ouloud gezielt – und seinen Sohn getötet.

Sie lag noch eine Weile da und lauschte dem Lied der Zu-Werdenden-Tochter.

Dann plante sie ihre Flucht.

PHYLLIS ANN KARR

Die Wahrheit über Excalibur

Auch Phyllis Ann Karr ist mir und meinen Lesern seit den ersten Ausgaben von »Zauberschwestern« bekannt, in denen ihr Zweiergespann, die Zauberin Frostflower und ihre Schwertträgerin Thorn, auftauchten und ähnlich wie Misty Lackeys Figurenpaar Tarma und Kethry in allen möglichen Universen alle möglichen Abenteuer bestehen. Hier verirren sie sich in eine Welt, die doch stark an die von König Artus erinnert. Natürlich werde ich mit Geschichten zur Artus-Saga förmlich überschwemmt, nur ganz selten drucke ich sie ab, auch wenn ich zugegebenermaßen erst kürzlich einer wunderbaren Geschichte nicht widerstehen konnte, die ausgerechnet von König Artus' Pferd handelte! Aber wenn ich einmal etwas zu einem so abgedroschenen Thema veröffentliche, muß es schon etwas ganz Besonderes sein. Bei dieser Geschichte ist es nicht anders; für eine x-beliebige Artus-Story hätte ich mir wohl kaum die Mühe gemacht.

Jedenfalls gefiel mir diese Geschichte – und wenn ich etwas ähnlich Gutes erhalten sollte, werde ich auch das wahrscheinlich drucken. Mit diesem Angebot lehne ich mich sicher nicht zu weit aus dem Fenster. Geschichten dieser Güte kommen mir nicht allzu oft auf den Schreibtisch. Eher ist das Gegenteil der Fall. Jedesmal, wenn ich eine Ausnahme mache, werde ich prompt mit einer Flut lausiger Manuskripte zum gleichen Thema eingedeckt. Inzwischen erhalte ich jede Woche gut und gerne neunzig Drachengeschichten – und nur eine von Tausend taugt etwas.

»Was fang ich bloß damit an?« Frostflower musterte das Schwert, das der König von Cockaigne ihr als Gabe aufgedrängt hatte, weil im Lande Cockaigne »alle Frauen von Stande bewaffnet gingen«.

Thorn und Frostflower hatten sich diesmal eigentlich mit leichtem Gepäck auf die Reise gemacht und Dathrus Klobiges und nicht mehr benötigtes Zauberbuch zusammen mit Dowl, dem Hund, auf Burg Windschief zurückgelassen. Doch schon hatte sich die Zauberin wieder etwas aufgehalst. »Wie wär's, Thorn?« fragte sie vorsichtig. »Bist du sicher, daß du es nicht haben möchtest?«

»Dieses Ungetüm von einem Schlachtmesser? Nein danke! Mein Schneidling reicht mir voll und ganz. Die Juwelen an Knauf und Scheide sind natürlich verlockend ... Aber nein, laß uns lieber einen Ort suchen, wo es einen guten Preis erzielt. Jetzt, da du Dathrus Kreis beherrschst, sollte das nicht allzu schwierig sein.«

Die Zauberschwester hielt ihren Talisman hoch, und gemeinsam sichteten sie die Welten, bis sie eine fanden, in der die Krieger sich in Metall hüllten.

Zumindest nahm Thorn an, daß es sich bei der Gestalt, die an einem friedlichen Seeufer ruhte, um einen Krieger handelte, während sein Gefährte, der neben ihm saß, über ihn und ihr Boot wachte. Dieser Gefährte war ein Weißbart in einer langen, schwarzen Robe, die der von Frost nicht unähnlich war, sah man einmal von den großen Silbersymbolen ab, mit denen sie bedeckt war.

Frostflower lächelte. »Krieger und Zauberer – ein Gespann wie wir!« Die beiden Frauen durchschritten den Kreis.

Kaum waren sie an das Seeufer getreten, da fing der Weißbart auch schon zu geifern an. »Hinweg, ihr fremden Mächte!« Er riß den rechten Arm hoch und richtete seinen Stab gegen sie. Ein Lichtblitz brach hervor und schleuderte Frostflower in die Mitte des Sees. Der metallbewährte Krieger schnarchte weiter.

»Verflucht!« entfuhr es Thorn.

Weißbart grinste. »Kein mir unbekannter Zauber nähert sich meinem König! Du da, du scheinst mir keine

Zauberin zu sein, sonst hätte auch dich mein Bann in jene Wasser dort getragen.«

Thorn holte zu einem Hieb gegen den Popanz aus, doch er prallte ab, als ob sich die Luft um den Zauberer verhärtet hätte. Sie wandte sich daher dem Krieger zu und ließ Schneidlings flache Klinge auf seine Rüstung krachen. Der Krieger, so unsanft geweckt, richtete sich auf und öffnete sein Visier. Ein Mannsgesicht, eingerahmt von einem braunen Bart, sah daraus hervor. »Zum Teufel auch!« schrie er und griff nach seinem Schwert.

Thorn bereute schon, daß sie ihre Zeit mit ihm verschwendet hatte. Sie wußte zwar, daß ihre Freundin Frost es eine gute Weile untergetaucht aushalten konnte, indem sie ihren Körperrhythmus verlangsamte – falls der Trick in dieser Welt funktionierte –, aber wenn sie das schwere Cockaigne-Schwert mitsamt der Scheide nicht loslassen wollte, dann …

»Halte deinen dämonen-dämlichen Zauberer im Zaum«, befahl sie dem Eisenwanst. »Ich leihe mir dein Boot.« Und damit wollte sie abstoßen.

»Verfluchte Schurkin, stell dich!« Die Worte gingen im Metallgeklirr fast unter; dafür war der Hieb der flachen Klinge, der Thorn am Bein traf, um so deutlicher spürbar.

Sie fuhr herum. Eisenwanst hatte sich emporgehievt und schwang sein Schwert. Dafür hatte sie nun wirklich keine Zeit. Mit einem beidarmig geführten Schlag ließ sie Schneidling niedersausen. Das, so hoffte sie, würde dem Krieger seine Waffe aus der Hand schlagen. Ein scharfes Schmettern ertönte, als ihre Klinge die seine in Stücke schlug. Schlecht gehärteter Stahl.

»Siehe!« rief Weißbart erregt. Thorn glaubte schon, er meinte das zertrümmerte Schwert. Doch sein ausgestreckter Finger deutete über sie hinweg zur Mitte des Sees. Thorn wandte sich um und staunte nicht schlecht. Dort tauchte Frostflowers Arm aus den Fluten – in der

Hand das Cockaigne-Schwert in seiner juwelenbesetzten Scheide. Die Sonnenstrahlen brachen sich in den Diamanten. »Ein Wunder!« rief Eisenwanst.

»Ein Zeichen!« erklärte Weißbart.

»Ein Signal«, meinte Thorn und watete zum Boot.

»Nicht doch, Sire«, hörte sie Weißbart sagen, »laßt nicht zu, daß sie Euch zuvorkommt.« Und mit Gerassel und Getöse stürzte Eisenwanst, erstaunlich flink in seiner Rüstung, Thorn hinterher, stieß sie mit gepanzerter Faust zur Seite und sprang in den Kahn.

»Verflucht!« schrie sie und stapfte platschend hinter ihm her. Doch auch ohne Ruder bewegte sich das Boot bereits, entglitt ihrem Griff und steuerte direkt auf den Arm mit dem Schwert zu. Thorn blickte zurück und sah, wie Weißbart am Ufer mit den Händen fuchtelte und offenbar mit seiner Zauberkraft das Boot steuerte. Wahrscheinlich müßte sie erst ihn außer Gefecht setzen. Vom Knie abwärts triefend naß, rannte sie die Uferböschung hinauf und …

»Siehe!« rief Weißbart triumphierend, als sie ihn gerade niederstrecken wollte. Thorn drehte sich erneut um – und sah. Eisenwanst entwand Frostflower Schwert und Scheide und hielt seine Beute so ehrerbietig empor, als würde er den neugeborenen Erben in Händen tragen. Aus dem Nichts erfüllten geisterhafte Gesänge die Luft, als das Boot wendete und zurück ans Ufer glitt – auch das natürlich nur Zauberwerk.

Frosts Kopf tauchte aus dem Wasser auf; mit einem schelmischen Grinsen beobachtete sie, wie Eisenwanst ans Ufer klapperte und gemeinsam mit Weißbart den Schatz bestaunte. »Ein Arm, gekleidet in weißen Brokat, geheimnisvoll und wunderwirkend«, brabbelte der Alte eindringlich, ganz offensichtlich wild dazu entschlossen, Frostflowers schwarzen Ärmel ebensowenig zur Kenntnis zu nehmen wie ihr Gesicht.

Thorn kümmerte sich nicht weiter um die beiden und

watete durch das Wasser zu ihrer Gefährtin. Überrascht mußte sie feststellen, wie seicht es war. Frost konnte bequem auf dem Grund knien. »Bei den Zauberkünsten, die ihnen hier zu Gebote stehen«, bemerkte sie, »wundert es mich doch, daß sie dem Schwert so viel Beachtung schenken.«

»Nun ja, solch große Juwelen tun noch immer ihre Wirkung. Und sie scheinen mir hier nicht gerade die Hellsten zu sein.«

»Ich fürchte nur, daß wir deinen Plan, das Schwert gewinnbringend zu verhökern, vergessen können«, entschuldigte sich die Zauberschwester.

»Das ist noch die geringste meiner Sorgen. Ich möchte hier nur so schnell wie möglich verschwinden, bevor die beiden wieder auf dumme Gedanken kommen.«

Frostflower warf Dathrus Kreis, und die beiden Gefährtinnen durchschritten ihn in eine vernünftigere Welt, ohne sich die Füße noch einmal naß zu machen.

DIANA L. PAXSON

Die Tänzerin von Chimaera

Meine Bekanntschaft mit Diana reicht ebenfalls viele Jahre zurück, Diana war damals eine noch fast unbekannte Autorin, die nur einige wenige Kurzgeschichten veröffentlicht hatte. Eine davon gefiel mir besonders gut, und ich sagte ihr, daß ich sie sofort ankaufen würde, sollte ich die Gelegenheit haben, eine Anthologie zusammenzustellen, die nicht zum Darkover-Zyklus gehörte. Diese Gelegenheit bot mir Don Wollheim noch im gleichen Jahr, als er mich bat, »Greyhaven« herauszugeben. Gleich als erstes rief ich Diana an, um zu fragen, ob die Geschichte noch zu haben sei; das war der Fall – meine lieben Herausgeberkollegen mußten geschlafen haben – und damit hatte ich meine erste Geschichte unter Dach und Fach. Mein Vertrauen in Diana sollte sich als gerechtfertigt erweisen – ihre Arbeiten sind ausnahmslos vorzüglich. Nach gut einem halben Dutzend Romane in der Westria-Serie verlegte sie sich auf historische Themen und Sagen; in »White Raven« erscheint die Tristan-und-Isolde-Legende in neuem Licht, und soeben hat sie ein Buch über Siegfried und Brünnhilde beendet. Bei meinem Buch »The Forest House« arbeitete sie eng mit mir zusammen, doch der Verleger entschied, daß es sich besser verkaufen ließe, wenn es nur unter meinem Namen veröffentlicht wird. Einen Vertrag für einen Nachfolgeband haben wir auch schon in der Tasche.

Die vorliegende Geschichte dürfte das Äußerste an Science Fiction sein, das in meinem Magazin je erscheinen wird. Sie erinnerte mich irgendwie an eine Geschichte von C. L. Moore; vermutlich konnte ich ihr deshalb nicht widerstehen. Genausowenig, wie ich der Versuchung widerstehen kann, sie mit meinen Lesern zu teilen.

Sie nannten sie Mariposa, und sie tanzte in einer Bar auf Chimaera. Noch kaum Frau, doch Frau genug, um begehrliche Blicke der Männer auf sich zu ziehen, die im »Blauen Orbit« ihre Drinks kippten. Meist waren es Raumkämpfer auf Landurlaub oder Techniker von der Verteidigungsanlage, wegen der die Raumstation hauptsächlich bestand. Am Abend saßen sie hier, sahen Mariposa zu und versuchten den Krieg zu vergessen.

Johnny Yaleran stand unschlüssig am Eingang. Die Hitze in der Spelunke erinnerte ihn an den Generatorenraum auf der *Glinka,* aber der säuerliche Geruch verschütteten Biers, vermischt mit dem Gestank von Tabak und Gras, war viel intensiver als das Ozongemisch, das er seit seinem Abflug eingeatmet hatte. Er lehnte sich vor, um in der Schummerbeleuchtung mehr erkennen zu können.

Ein Haufen großspuriger Techniker von der Instandsetzung drängelte sich durch die Tür und nahm Johnny die Entscheidung ab; in ihrem Gefolge stolperte er in die Bar. Auch jetzt hätte er noch kehrt machen können, doch am Tresen fand sich ein leerer Hocker, auf dem er Platz nahm. Hinter der Bar war eine kleine, leere Bühne mit einem Notenständer. Aber noch blieb die Synthetorlichtorgel ausgeschaltet, und Musik aus der Konserve plärrte erfolglos gegen das Stimmengewirr der Gäste an.

Auf dem Nachbarhocker schlürfte der Mann in dem fleckigen Coverall geräuschvoll an seinem Drink, setzte ihn ab und wandte sich an den dürren Kerl, der neben ihm saß.

»Ich sag dir eins, Mann, wir haben nichts zu befürchten.« Johnny hörte, wie er den Rotz hochzog. »Die Wechsler schaffen's nie bis hierher, und falls doch, wartet 'ne hübsche kleine Implosion auf sie.« Er nahm erneut einen Schluck und wischte sich mit seiner fleischigen Hand den Mund ab.

»Biste sicher? Das Iberianische System haben sie schon hopps genommen, und Lutece auch, weiß der Teufel wie. Die Anlage ist doch ein bevorzugtes Ziel ...« Der Dürre unterbrach sich und sah Johnny mißtrauisch an.

Ein lautes Räuspern hinter ihm ließ Johnny erröten; der Barkeeper wartete mit der Bestellscheibe in der Hand. An der Wand hing eine Liste, und Johnny wählte auf gut Glück etwas aus.

»... einen doppelten Roten, pur«, wiederholte der Barkeeper, gab die Bestellung ein und wartete gelassen, während Johnny in seiner Tasche nach dem Kreditstreifen kramte.

»Danke«, sagte Johnny. Der Mann lächelte mechanisch und verschwand.

»Neu hier?« fragte der Dicke. Johnny nickte.

»Dacht' ich mir.« Mit einem breiten Grinsen streckte er ihm seine Hand entgegen. »Ich bin Hank Mendos, und das ist mein Kumpel Duprey.«

Johnny stellte sich vor, woraufhin nun der Dürre neben Mendos nickte.

»Die *Glinka,* sagst du? Die hatte noch keinen Feindkontakt, stimmt's?«

»Genauso wenig wie ich«, gestand Johnny. »Ich hab' mich zu dem Kommando gemeldet, als sie auf Soyuz in Dienst gestellt wurde.«

Der Barkeeper servierte ihm ein Glas mit einer blutroten Flüssigkeit. Johnny setzte es an und wußte dabei genau, daß sie ihn beobachteten, aber das Getränk rann ihm leicht durch die Kehle. Er wollte gerade den zweiten Schluck nehmen, als der erste in seinem Magen explodierte. Eigentlich hätte ihn ihr Gesichtsausdruck warnen müssen, aber so mußte er noch eine ganze Zeit lang würgen, bis sich die Nova in seinem Magen endlich beruhigte. Duprey lächelte anerkennend – oder vielleicht war es auch nur amüsiert. »Ich wünsch' dir jedenfalls alles Gute. Die Waffen der Wechsler sind unseren natürlich nicht gewachsen – zumindest ihre Feuerwaffen nicht ...« Er lehnte sich vor und fuhr mit gedämpfter Stimme fort, so daß sich Johnny anstrengen mußte, alles mitzubekommen. »Ich arbeite in der Kommunikationsabteilung und habe das Logbuch der *Tonnerre* abgehört.«

Johnny erinnerte sich mit Schaudern an das Wrack, dessen Umlaufbahn sie beim Landeanflug gekreuzt hatten.

»Sie hatten einen Trupp Flüchtlinge aufgelesen«, fuhr Duprey fort, »und sie wollten ein Konzert veranstalten, um sie aufzumuntern. Damit fing der ganze Schlamassel an. Die Aufzeichnung gibt nicht viel her – nur verzücktes Gebrabbel über die wundervolle Musik – und dann der Knall der Explosion, als sie auf den Asteroiden prallten.«

»Was für Musik war das?« wollte Johnny wissen.

»Das ist es ja! Auf dem Band ist kein bißchen Musik zu hören«, meinte Duprey. »Kein einziger Ton!«

»Und du glaubst also, unter den Flüchtlingen befand sich ein Wechsler?« schaltete sich Mendos ein.

»So muß es gewesen sein ... sie müssen das Screening vergessen haben, als sie die Flüchtlinge an Bord nahmen.«

Johnny wollte noch mehr wissen, doch Mendos wandte seine Aufmerksamkeit bereits der Bühne zu. »Die Show fängt an!« meinte er grinsend.

Die Synthetorlichtorgel begann zu glühen. Ein Schuppen wie dieser konnte sich nur einen Soundmixer leisten, der sich jetzt geschäftig über die Schalttafel beugte und die Regler aussteuerte. Neben ihm rückte sich ein verschlafen wirkender Trommler seinen Gehörschutz zurecht. Wenn Johnny dem Plakat an der Tür Glauben schenken durfte, waren sie mächtig stolz, einen echten Trommler aufbieten zu können.

Der Geräuschpegel ebbte etwas ab, als der Synthetor einmal läutete und die Bühne in rosafarbenes Licht tauchte. Ein fetter Mann in schäbigem Flitterjackett hob die Arme und bat um Ruhe.

»Und nun – präsentieren wir Ihnen – den Star der Galaxie – La Mariposa!«

Unter einem leichten Trommelwirbel wechselte das Licht von Rosa zu Purpur und dann zu tiefem Rot. Johnny lehnte sich vor, als ein Mädchen durch die illuminierte Schirmwand schlüpfte und auf die Bühne trat.

»Nicht gerade eine Wucht, die Kleine«, kommentierte Mendos. »Aber wer kommt schon freiwillig nach Chimaera, so nah an der Front? Und sie ist ja ganz niedlich …«

Das Mädchen zögerte noch einen Moment; sie schien vor all den Männeraugen, die sie verschlangen, zurückzuschrecken. Beim nächsten Trommelwirbel trat sie einen Schritt vor und breitete beide Arme aus, so daß der Straß auf ihrem Umhang rot funkelte. Der Synthetor sprudelte eine Melodie hervor, zu deren Rhythmus sie sich mit ungelenken Armbewegungen hin und her wiegte.

»Du gingst fort, allein blieb ich, in der ganzen Galaxie lieb' ich nur dich …«, sang sie mit ihrer dünnen Stimme. Johnny erkannte die Melodie. Zu Hause war es ein Riesenhit gewesen.

Die Lichter sprangen von Rot auf Gelb um, dann auf Grün und Blau, während sie sich durch die abgedroschenen Verse quälte. *»… ohne deine Liebe muß ich zu Grunde geh'n.«* Sie ließ die Arme sinken.

»Komm schon, Puppe, zeig es uns!« Zwischenrufe und Gegröle aus den hinteren Reihen der Bar. Die Trommel steigerte fordernd den Takt. Das Mädchen verzog den rot geschminkten Mund zu einem lasziven Lächeln. Ihre Hände fummelten an dem Verschluß ihres Umhangs. Langsam öffnete sie ihn. Das Tuch glitt zu Boden und flog, von einem Fußtritt befördert, zur Seite. Ihr schlanker Körper war nur von einem dünnen Film bedeckt, auf der einen Seite rot, silbern auf der anderen, mit ineinander verschlungenen Spiralen, dort, wo sich die beiden Farben trafen.

Johnny nippte unwillkürlich an seinem Drink. Auf Soyuz kannten sie so etwas nicht. Mariposa stolzierte Hüften schwingend auf der Bühne umher, so daß die Orfa-Federn an ihrem Tanga auf und ab wippten und ihre Hüftknochen abwechselnd unter der verschieden gefärbten Haut zum Vorschein kamen. Ihre kleinen Brüste tanzten wie Pompons, und die winzigen Sterne, die auf ihnen klebten, blinkten Johnny bei jeder Drehung an.

Der Barkeeper fragte, ob er noch einen Drink wolle. Ohne den Blick von der Bühne abzuwenden, zog Johnny seinen Kreditstreifen hervor. Der Trommler hatte den Beat noch einmal forciert. Die Tänzerin stampfte wild auf, warf ihre Arme in die Luft und schloß, weit nach hinten übergelehnt, mit einer Schlußpose, bei der jede einzelne Rippe sichtbar hervortrat.

Der Rhythmus verlangsamte sich. Johnny nahm den neuen Drink entgegen, kippte ihn halb herunter und stellte das Glas ab. Das Mädchen richtete sich auf und verbeugte sich artig. Mit erstaunlicher Klarheit bemerkte Johnny, daß sich ihr Haarknoten gelöst hatte und ihr einige Strähnen schweißnaß am Hals klebten. Mit ihren zierlichen Händen schien sie ihm verstohlen zuzuwinken, während sie eine neue Strophe des Songs zum Besten gab.

»Die arme Kleine – weiß kaum, worum es geht«, meinte Mendos. »Wenn ich da an die Mädels auf Bagatelle denke! Hast du mal bei Madame Sue vorbeigeschaut, Duprey? Also da gab's eine Nutte, die hatte Titten wie …« Er suchte nach einem passenden Vergleich, gab es aber mit einer abwinkenden Handbewegung auf.

Duprey schüttelte den Kopf. »Leider nein … aber ich kannte mal 'ne Kleine auf Sianna. Sima hieß sie. Haare wie schwarze Seide, die ihr bis über den Hintern reichten …« Er brach ab, schwelgte in seinen Erinnerungen.

Johnny nahm von alldem kaum etwas wahr. Seine ganze Aufmerksamkeit galt Mariposa.

Johnny nahm das Mädchen bei der Hand, als sie sich auf den Heimweg machten. Ihre Tritte hallten auf dem Beton der Fußgängerrampe nach, die um diese Zeit so gut wie verlassen war. Sie bogen um die Ecke und ließen das Geflacker der Leuchtreklame des »Blauen Orbit« hinter sich. Mariposa atmete tief durch.

»Danke, daß du mich begleitest, Johnny.«

Er drückte ihre Hand und konnte sein Glück noch immer nicht fassen. Im vergangenen Monat hatte er zwei Abende pro Woche freigehabt und jeden einzelnen davon hatte er im »Blauen Orbit« verbracht und Mariposa beim Tanzen bewundert. Es hatte ihn eine ganze Woche gekostet, bis er den Mut aufbrachte, sie anzusprechen. Zwei weitere Wochen hatte es gebraucht, bis er ihr nach der Show einen Drink spendieren durfte. Und heute abend hatte sie ihn schließlich gebeten, sie nach Hause zu bringen.

Johnny wußte genau, daß Mendos und Duprey sich heimlich über seine Leidenschaft für die Tänzerin lustig machten; er wußte auch, daß kein Mann auf der Station Mariposa anrühren würde. Trotzdem fühlte er sich nun glücklich und wichtig. Genauso wie damals auf der *Glinka,* als er zum ersten Mal allein die Generatoren bedienen durfte. Er atmete etwas schneller und drückte noch einmal ihre Hand.

»Endlich Stille nach all dem Lärm«, meinte sie. »Wäre es nicht schön, wenn wir die Sterne sehen könnten.«

Sie sahen beide auf das verwaschene Grau der Stationskuppel.

»Ich gäb was drum, wenn ich sie dir zeigen könnte«, seufzte Johnny. »Im All ist der Himmel karbonschwarz, und die Sterne funkeln darauf so hell wie Glühwürmchen.« Er suchte nach den passenden Worten, um den

Zauber zu beschreiben. »Konntest du die Sterne von deinem Planeten aus sehen?«

»Ich … ich weiß nicht mehr«, erwiderte sie. »Ich kann mich an Raumschiffe erinnern und an andere überkuppelte Stationen. Aber meine Heimat muß ich wohl verlassen haben, als ich noch ganz klein war. Ich kann mich überhaupt nicht mehr daran erinnern.«

Johnny fühlte sich in der Beschützerrolle bestärkt und bot ihr seinen Arm an. »Wenn der Krieg erst vorbei ist, zeig ich dir all die anderen Welten. Zu Hause gibt es Felder mit vielfarbigem Gras, die du durchstreifen kannst, und der kühle Wind trägt den Duft von Blumen.«

»Das wäre herrlich, endlich frei atmen zu können und den Himmel über sich zu haben«, sagte sie wehmütig. »Bist du schon mal draußen gewesen, seitdem du auf Chimaera bist?«

»Nein. Ich habe nur Bilder gesehen. Scheint gar nicht so übel zu sein, nur ein bißchen heiß. Zu schade, daß der Sauerstoff nicht ausreicht, um atmen zu können.«

»Ich habe gehört, sie wollen den Planeten nach dem Krieg terraformen.«

»Das kann ja dann nicht mehr lange hin sein«, meinte er zuversichtlich. »Okay, wir haben ein paar Rückschläge erlitten – die Wechsler haben sich schon im nächsten Quadranten breit gemacht. Aber unsere Anlage ist so gut wie fertig. Wenn der Suggestionsschild erst einmal installiert ist, meint Duprey, haben die Wechsler keine Chance mehr, uns zu infiltrieren. Und bald werden alle unsere Raumschiffe damit ausgestattet sein.«

Sie blieb stehen und sah ihn an. Johnny mußte ernüchtert feststellen, daß sie bereits das Ende des Wohnkomplexes erreicht hatten, wo die wenigen Zivilisten auf der Station lebten. Er stand vor dem Eingang, und bei dem Gedanken an die bevorstehende Trennung fröstelte es ihn.

»Ist dir kalt?« fragte sie besorgt.

»Kalt? Nein ...«

»Bist du sicher? Du scheinst etwas Wärme vertragen zu können. Möchtest du mit nach oben kommen? Ich könnte uns schnell einen Stimuquick machen ...«

Er starrte sie an.

»Mein Zimmer macht nicht viel her«, fuhr sie fort. »Woher auch, bei dem, was mir die Bar zahlt. Aber für 'nen Stimuquick reicht's allemal.«

»Ja, natürlich – klar doch, Mariposa. Nichts lieber als das.«

Sie hatte recht. Ihr Zimmer machte wirklich nicht viel her – kaum größer als sein Kabuff auf der *Glinka,* mit mattgrün getünchten Wänden und zusammenklappbaren Möbeln. Es gab nur ein kleines Fenster. Ein einziges Poster, das Mariposas Auftritt im »Blauen Orbit« ankündigte, war an die Wand gepinnt und verlieh – zusammen mit ein paar achtlos über den Stuhl geworfenen Kleidern – dem Raum so etwas wie eine persönliche Note. Johnnys Blick huschte über den Vorhang, der die Schlafecke vom Rest des Raumes abtrennte, und ruhte dann auf dem Mädchen. Sie lächelte unbekümmert und zog die Küchenkonsole hervor. Er räumte die Kleider vom Stuhl und setzte sich hin. Womit konnte er bloß das Gespräch in Gang halten? »Gefällt es dir eigentlich hier?« brachte er schließlich hervor. »Ich meine, sind die Leute nett zu dir?«

»Doch, eigentlich schon. So 'ne Station ist natürlich nicht der hübscheste Fleck im Universum, aber alle hier sind ausgesprochen freundlich.«

Er betrachtete ihre Schultern und den so schutzlos dargebotenen Rücken.

»Alle *Männer?*« fragte er mit belegter Stimme nach.

»Warum sollten die mich belästigen?« gab sie ruhig zurück und rührte das Getränk um.

»Schließlich bist du eine ... *Tänzerin ...*« brach es aus ihm hervor.

»Richtig. Tänzerin. Und nichts weiter«, brauste sie kurz auf. »Sieh mich doch an. Selbst auf der Bühne in meinem Kostüm bin ich nicht gerade ein Objekt der Begierde. Und ohne den Fummel …« Sie drückte ihm das Glas in die Hand und wandte sich von ihm ab.

Er hielt es, ohne davon zu kosten. Er hatte nur Augen für sie. »Mariposa, ich finde dich wunderschön.«

Ein kurzes Blitzen hinter ihren geschlossenen Lidern. »Sag sowas nicht, Johnny! Ich bin es nicht.«

»Aber viele Männer …« setzte er an. Doch als sie heftig den Kopf schüttelte, spürte er, wie auch er errötete. Aber es war ihm egal. »Dann hat also noch keiner … du hast also noch nie …?«

Sie legte die Arme um ihre Schultern und wiegte sich leicht hin und her. Johnny stand auf und ging auf sie zu.

»Mariposa«, stammelte er entschuldigend und stellte das Glas ab. »Es tut mir leid. Ich wollte dich nicht …« Aber sie schien seine Worte geflissentlich zu überhören. Mit einer Begierde, die seinen Verstand ausschaltete, nahm er sie in den Arm.

Zunächst verharrte sie reglos in seiner Umarmung. Doch als seine Lippen die ihren berührten, gab sie sich ihm hin. Es war ein langer Kuß, vielleicht etwas unbeholfen, doch als er sie endlich freigab, quollen ihr die Augen in ihrem bleichen Gesicht über.

»Was geschieht mit mir?« fragte sie tonlos. Und dann, als sie ihn endlich richtig wahrnahm, brach es aus ihr hervor: »O Johnny! Laß mich! Ich liebe dich – drum geh!«

Er hielt sie fest umschlungen. Ihre letzten ernüchternden Worte lagen im Widerstreit mit dem Überschwang, den die Äußerung zuvor bei ihm ausgelöst hatte. Sie hatte es ausgesprochen: »Ich liebe dich …«

Das Mädchen zitterte; in ihren Augen lag ein Glanz, den er nie zuvor an ihr wahrgenommen hatte und der ihn schockiert zurückweichen ließ. Doch während er sich von ihr zu lösen suchte, zog sie ihn um so heftiger an sich. Es durchzuckte seinen Körper, als sich ihre Lippen erneut trafen. Jetzt war es Mariposa, die ihn hielt. Von ihrem festen Körper ging ein scharfer und zugleich süßlicher Geruch aus. Er wunderte sich noch, woher sie diesen Duft hatte, der ihn an die Blüten des Faranelle-Baums zu Hause erinnerte. Dann konnte er an nichts mehr denken.

Die Kleider flogen vom Leib, und sie taumelten zum Bett. Ein heftiges Verlangen durchpulste ihn, dem er sich nicht entziehen konnte. Während sie sich auf dem Bett wälzten, verschmolzen sie miteinander, bis nur noch ein einziger Körper zuckte. Doch nicht er, sondern Mariposa schrie ekstatisch auf, er hatte jegliche Kontrolle verloren, sein Körper sank ausgezehrt zusammen.

Chimaeras grausame Morgendämmerung, abgeschwächt durch die Kuppel, brach durch das kleine Fenster.

Das Licht war bereits wieder zur Abenddämmerung verklungen, als Mariposa sich erhob. Ihr Haar hatte sich gelöst; sie warf es mit einem Kopfschütteln zurück, gähnte und streckte sich zufrieden. Dann ging sie in die Dusche, wo sie sich genüßlich unter der prickelnden Gischt drehte.

Erst als sie sich vollständig angezogen und bereits den Mantel zum Gehen übergeworfen hatte, blickte sie nochmals auf die Gestalt, die auf ihrem Bett lag, ein letzter Anflug von Traurigkeit huschte über ihr Gesicht und verlieh ihr kurz menschliche Züge.

»Wo Johnny nur bleibt?« Duprey deutete auf den leeren Barhocker neben Mendos.

»Der wird schon noch kommen – Mariposas Auftritt läßt der sich doch nie entgehen.«

»Ist aber schon reichlich spät …«

Mendos, der bereits beim dritten Drink angelangt war,

schüttelte den Kopf. »Mach dir um den mal keine Sorge; wahrscheinlich ist er gerade bei ihr hinter der Bühne ...«

Beide Männer lachten anzüglich, und Duprey bestellte sich seinen ersten Drink.

»So ist's recht, Duprey – Prost! Du hast allen Grund zum Feiern, jetzt, wo der Schirm endlich installiert ist!«

Duprey hob das Glas und blickte einen Techniker finster an, der gerade Johnnys Platz einnehmen wollte. Der Conferencier erschien, und der Geräuschpegel senkte sich auf das übliche Gemurmel ab. Der Synthetor begann mit der Auftrittsmelodie. Hinter der Schirmwand bewegte sich ein Schatten.

»Da kommt ja unsere Kleine ...«, bemerkte Mendos. »Muß es furchtbar eilig gehabt haben – keine Zeit für's Make-up. Ob sie wohl auch ihr Kostüm vergessen hat?« Der Gedanke schien ihn in Stimmung zu bringen.

Mariposa trat nicht sofort auf, sondern schritt zunächst mit wallendem Gewand zur Band. Während sie sich mit den Musikern besprach, setzte die Trommel einen Schlag lang aus. Der Conferencier blickte verstört zu ihr herüber. Doch nach wenigen Takten war alles wieder beim Alten.

Beim Trommelwirbel richteten sich alle Blicke auf die Bühne. Der Synthetor brachte eine hohe, monotone, aber eindringliche Tonfolge hervor. Die Trommel stimmte ein, und Mariposa wirbelte herum. Ihr Umhang hüllte sich wie ein roter Nebel um sie – dann, mit einem Schwung, flog er davon.

Mariposa tanzte.

Ihr bleicher Körper wurde von dem wechselnden Licht überflutet. Ihre Augen glänzten. Die schlanken Füße stampften und nahmen den Schlag der Trommel wie ein Echo auf.

»Was ist bloß in Mariposa gefahren? So hab' ich sie noch nie tanzen sehen.« Mendos blinzelte, als ob ihm das Bild vor den Augen verschwimmen würde. Mariposa wiegte sich im Rhythmus der Musik, und ihre Bewegungen lösten bei denen, die sie beobachteten, Adrenalinstöße aus. Mit der kleinsten Bewegung ihres Fingers dirigierte sie ihr Publikum. Sie baute sich vor der Band auf; der Synthetor verstummte, und sie begann zu singen.

»Ich bin die Flut, die süß anschwillt …
mit mir bist du zur Lust gewillt …«

… vernahm Duprey, und das Glas entglitt seiner Hand,

»Im Seichten verharren nur Zaudrer und Narren,
Drum folge mir, die Tiefe verspür …«

… hörte Mendos und krallte sich vornüber gelehnt am Tresen fest.

»Ich bin das Licht, dem Nächte weichen …
Ich biete Wonnen ohne gleichen!
Alles ist schal hier und voller Qual hier,
Drum folge mir, Ekstase regier!«

Der Trommelschlag steigerte sich noch. Mariposa sprang von der Bühne herunter und glitt durch die Reihen der Männer. Jeder einzelne von ihnen spürte,wie sie sein Herz berührte, jeder einzelne glaubte, sie würde nur für ihn singen. Und alle umkreisten sie wie Trabanten die Sonne.

»Sima …«, keuchte Duprey und taumelte ihr hinterher.

»Honey …« rief Mendos, »das ist Honey, Madame Sues Honey – schau dir nur die Titten an! Was ich dir gesagt habe!«

Mariposa steuerte singend auf die Tür zu. Sie sang die Männer hinaus auf die Straße. Die Klänge des Synthetors blieben, immer schwächer werdend, hinter ihnen zurück, doch der Trommler hatte sich sein Instrument umgeschnallt, war ihnen gefolgt und hörte nicht auf, seine Trommel zu schlagen, bis die künstliche Atmosphäre um sie herum pulsierte. Mariposas Gesang schwang sich auf diesem Puls immer höher und wurde von den Häuserwänden und dem Kuppelgewölbe reflektiert.

Es war keine große Station, und es dauerte nicht lange, bis die bizarre Prozession sie einmal ganz durchlaufen hatte. Überall, wo sie hinkamen, öffneten sich Türen, Männer traten heraus, sahen Mariposa tanzen und hörten sie singen. Und schon folgten sie ihr.

Schließlich gelangten sie zu dem Tor, das ins Freie führte.

»Ich bin dein Traum und dein Begehren …
Laß dich von meiner Glut verzehren …
Was hält dich gefangen? Laß Zagen und Bangen!
Drum folge mir, und frei sind wir!
Ich stille dein Sehnen, verschaffe dir Ruh' –
Dein Irren zu Ende, zu Hause bist du!
Auf, auf zum Morgen, vergessend der Sorgen!
Drum folge mir, oh, folge mir …«

Es dauerte einige Zeit, bis der Mann, der wußte, wie das Schloß zu entriegeln war, sich seinen Weg durch die Menge bis zum Tor gebahnt hatte, und nochmals etwas länger, bis derjenige, der die Kombination kannte, das Kontrolbrett erreichte. Und immerzu sang Mariposa.

Sie tanzte Verlangen nach ihr in ihre Adern, sie sang ihr Bild in ihre Köpfe. Sie hatte goldenes Haar und Brüste wie Perelanische Honigmelonen … sie war zart wie eine Puppe, und schwarzes Seidenhaar umfloß ihr Gesicht … oder hochgewachsen und rothaarig … dunkelhäutig mit tiefschwarzen Augen … zierlich … üppig … das Wunschbild eines jeden Mannes.

Das Tor öffnete sich, und einer nach dem anderen

marschierte hindurch. Ihre Blicke blieben starr auf die Tänzerin gerichtet. Und selbst als die ersten schon in den brennenden Sand sanken und nach Luft rangen, drängten die anderen nach. Und noch im Tode umarmten sie das Trugbild von ihr.

Das kleine Fenster in Mariposas Zimmer erhellte sich, als ein neuer Tag auf Chimaera anbrach. Einige Strahlen fielen auf die verstreuten Kleider und das zerwühlte Bett und vergoldeten das Antlitz des Mannes, der dort hingestreckt lag und noch immer verklärt lächelte.

Mariposa schloß sacht das Tor und lief durch die leeren Straßen bis zur Kontrollstation zurück. Dort durchstreifte sie die zahllosen Gänge, ohne auf die langen Reihen von Armaturen zu achten, die nun nutzlos vor sich hin blinkten, bis sie schließlich das eine Schaltbrett erreichte, auf das es allein ankam. Ein Knopfdruck genügte, um alles außer Kraft zu setzen. Dann begab sie sich vor den großen Monitor, auf dem sie mitverfolgen konnte, wie die Raumschiffe der Wechsler lautlos hereinschwebten.

Sie nannten sie Mariposa, und sie hatte für die Männer auf Chimaera getanzt. Aber sie war keine Frau … nein, sie war alles andere als eine Frau.

ELISABETH WATERS

Der Feuersalamander

Meine Cousine Elisabeth Waters und ich leben nun seit sechzehn Jahren unter einem Dach, und in dieser Zeit war Elisabeth Sekretärin, Organisatorin, Computer-Spezialistin und und und – eigentlich Mädchen für alles. Eine umfassende Beschreibung ihrer Tätigkeiten würde hier den Rahmen sprengen; kurz gefaßt läuft es darauf hinaus, in mein chaotisches Leben etwas Ordnung zu bringen, und mitunter kann es wirklich ganz schön chaotisch sein. Außerdem ist sie eine hervorragende Autorin von Kurzgeschichten (diese hier belegte unter neununddreißig Mitbewerbern Platz zwei in der »Kessel«-Abstimmung). Obwohl sie hin und wieder erklärt, sie wolle gar keine Schriftstellerin sein, gehört sie doch zu den Besseren dieser Zunft. Ihr erster Roman, »Changing Fate«, erschien im April 1994 bei DAW. Wer ihn gelesen hat, wird mir höchstwahrscheinlich recht geben, wenn ich sie als hervorragende Autorin bezeichne. Lassen Sie es mich bitte wissen, wenn Sie mir nicht zustimmen.

Obwohl sie von Anfang an erklärte, daß sie nichts mit dem Magazin zu tun haben wolle, bewirkte meine Unfähigkeit, mit den prosaischeren Seiten eines solchen Unternehmens fertig zu werden, das genaue Gegenteil. Natürlich hatte sie eine Menge damit zu tun – und erledigte diese Aufgaben genauso brillant wie alle anderen. In unserer ersten Ausgabe erschien eine ihrer besseren Kurzgeschichten, und ausgerechnet bei dieser Geschichte erwies sich die Illustration dazu als Plagiat – der einzige Fall dieser Art, der mir in meiner fünfzigjährigen Karriere untergekommen ist! Zum Glück blieben ihre anderen Beiträge von weiterem Pech verschont.

Gegenwärtig bewirbt sich Elisabeth für ein Jurastudium an der University of California. Aber auch ohne Abschluß hat sie bisher meine nicht gerade einfachen rechtlichen Angelegenhei-

ten so erfolgreich geregelt, daß ich hoffe, sie findet neben der Rechtswissenschaft auch weiterhin Zeit zum Schreiben.

Kiara kam gerade die Treppe hinauf, um den Boden zu wischen, als sie ihre Schwester schreien hörte. Einen Augenblick lang stand sie, mit dem Eimer in der Hand, wie angewurzelt da. Die Anweisungen des Magiers Tamor, die ihr Karina übermittelt hatte, waren eindeutig: beide würden den ganzen Nachmittag in seinem Zauberverließ arbeiten und durften auf keinen Fall gestört werden.

Als ob ich sie stören wollte, dachte Kiara nicht ohne Abscheu. Karina und sie waren Zwillingsschwestern, und sie hatten sich von Herzen gern, wenn sie auch ganz und gar verschieden waren. Karina war die ältere und schönere von beiden, sie besaß einen Teint so rein wie Alabaster und schwarz schimmernde Haare, die ihr bis zur Hüfte reichten, während sich Kiaras Haut beim geringsten Sonnenstrahl in ein unübersehbares Meer von Sommersprossen verwandelte und ihre rot-orange Lockenpracht sich jeglicher Kontrolle entzog. Sie hatte es aufgegeben, Haut und Haar nach ihren Wünschen zu gestalten, so daß die Sommersprossen längst die Oberhand gewonnen hatten (was immerhin ein nahezu einheitliches Braun bewirkte) und ihre Haare, die sie so kurzgeschoren wie möglich trug (Karina weigerte sich, sie ihr noch kürzer zu schneiden), in alle möglichen Richtungen abstanden. Auch in ihrer Lebenseinstellung unterschieden sich die Zwillinge: Karina war eher flatterhaft, stürzte sich stets begeistert von einer Aktivität in die andere (und von einem Abenteuer in das nächste), während Kiara ruhig ihrer Schwester folgte, die Scherben zusammenfegte und versuchte, ihrem Wanderleben etwas Stabilität zu verleihen.

Kiara würde was darum geben, wenn erst diese letzte

Laune von Karina ausgestanden war. Tarnor war Karina vor acht Monaten über den Weg gelaufen. Damals lebte sie mit einem wohlhabenden und recht spendablen Kaufmann zusammen, einem Witwer im besten Alter, der zwei kleine Söhne hatte. Kiara war natürlich mit eingezogen und hatte sich um die Kinder gekümmert, die ihr noch immer fehlten. Aber was sollte sie machen? Karina hatte wieder einmal der Hafer gestochen und erlag nur zu gerne Tarnors Offerte, sie zu seiner Priesterin und Zauberschwester zu machen. Also waren sie gemeinsam in Tarnors Turm gezogen; Karina teilte Lager und Labor mit ihm, während Kiara sich um den Haushalt kümmern und den beiden Mahlzeiten servieren durfte, wann und wo immer sie dazu Zeit fanden. Die unterschiedlichen Geschmäcker, die die Inneneinrichtung verriet, sprachen Bände; man brauchte nicht viel Phantasie, um daraus zu schließen, daß Karina nur eine weitere in einer langen Reihe von »Priesterinnen« sein würde. Zum Glück schien Tarnor von Kiara nicht weiter Notiz zu nehmen, was ihr nur recht sein konnte – sollte Karina doch mit ihm glücklich werden, wenn es auch nicht leicht zu begreifen war, was sie an ihm fand.

Andererseits würde Kiara natürlich nicht untätig mitansehen, wie ihrer Schwester ein Leid zustieß. Und in diesem Schrei lagen Angst und Schrecken. Sie eilte den steingetäfelten Flur hinab, der das Allerheiligste vom Rest des Wohnturms trennte, stemmte ihre Schulter gegen die schwere Eichentür und zwängte sich durch den offenen Spalt. Ein Schwert, das offenbar gegen die Tür gelehnt war, fiel klappernd zu Boden. Ohne darauf zu achten, schritt Kiara darüber hinweg – ihre Aufmerksamkeit galt einzig und allein ihrer Schwester.

Karina hatte allen Grund zu schreien. So wie es aussah, hielt sie einen Feuerball in der Hand, ohne ihn loslassen zu können. Während Kiara noch entgeistert zusah, strich eine Strähne von Karinas Haar, das bei ihrem verzweifelten Kampf in alle Richtungen flog, über ihre Hand und fing ebenfalls Feuer. Kiara handelte blitzschnell und schüttete den Eimer mit dem Wischwasser in hohem Bogen über sie aus. Karina stand vom Kopf bis zu den Zehen wie ein begossener Pudel da, aber die Flammen waren unter fürchterlichem Zischen gelöscht. Das Ganze wurde nur noch übertönt von Tarnors wütendem Gebrüll.

»Du Trampel«, schrie er und packte Kiara von hinten bei den Schultern. »Was fällt dir ein, ins Allerheiligste einzudringen und meinen Tempel zu entweihen! Hast du auch nur die geringste Vorstellung davon, was du angerichtet hast?«

Kiara stieß ihm ihren Ellbogen in den fetten Wanst, löste sich aus der Umklammerung und rannte zu Karina, die wie festgenagelt dastand und angewidert auf das Häufchen Elend zu ihren Füßen blickte. »Ich glaub', du hast es umgebracht …«

Kiara kniete nieder, um »es« näher zu betrachten, und landete dabei reichlich unsanft auf den harten Steinfliesen. »Es« war ein amphibienartiges Wesen von unbestimmter, schlammig braungrau-schwarzer Farbe, das auf dem Boden langsam zusammenschmolz. Sie hob es mit der einen Hand auf und bettete es in ihre Schürze; mit der anderen packte sie Karina am Arm und zerrte sie aus dem Zimmer. »Du brauchst Brandsalbe für deine Hände. Und was ist das eigentlich für ein Ding?«

»Salamander«, antwortete Karina schwach und starrte ausdruckslos vor sich hin.

Heilige Mutter, dachte Kiara, *das muß die Schockwirkung sein.* Sie brachte Karina so schnell wie möglich in die Küche und dort auf der Kaminbank in eine Ruheposition. Der Salamander lag noch immer regungslos in ihrer Schürze, doch Karina hatte das bestimmte Gefühl, daß er nicht ganz tot war. Irgend etwas lebte noch an ihm. Sie band sich die Schürze ab und senkte sie langsam ins Feuer, so daß der Salamander ganz von Flammen umzüngelt wurde. Was anderes fiel ihr nicht ein, und vielleicht half es ja. Dann wandte sie sich wieder Karina zu, hüllte sie in eine Decke und brach ein Blatt von der Heilpflanze ab, die sie für Abschürfungen und Verbrennungen verwendete. Während sie ihrer Schwester vorsichtig den Saft auf die Brandwunden träufelte, kam Tarnor keuchend in die Küche gehumpelt.

»Eine schöne Priesterin bist du mir«, knurrte er Karina an. »Gleich beim kleinsten Zwischenfall in Panik geraten! Wie willst du je etwas erreichen, wenn du nicht lernst, den Schmerz zu ertragen? Weißt du denn nicht, daß das Universwn aus Schmerz besteht?«

»Spar dir die Worte!« fauchte Kiara zurück. »Sie kann dich sowieso nicht hören. Dein Universum mag vielleicht aus Schmerz bestehen, aber *meines* garantiert nicht! Und ich glaub auch kaum, daß Karina besonders versessen darauf ist.«

»Sie will, was ich will.« Für Tarnor war das offenbar ein Naturgesetz. »Und was *dein* Universum betrifft ...« Er holte zu einem Fußtritt aus, traf sie an der Hüfte und stieß sie damit ins Feuer. »... das läßt sich ändern«, hörte sie ihn gerade noch sagen.

Die Flammen schmerzten nur einen Augenblick lang, dann wich alle Wahrnehmung. *Ich sterbe,* durchfuhr es Kiara, da sie sich dunkel daran erinnerte, einmal gehört zu haben, daß man beim Feuertod keine Schmerzen mehr verspürte, sobald der Schock eingesetzt hatte. Doch der Schmerz kam zurück und biß sich mit scharfen Zähnen in ihrem Nacken fest. *Ich muß auf dem Salamander gelandet sein. Ein rabenschwarzer Tag für das arme Ding.*

»Das kannst du wohl laut sagen«, stimmte der Salamander zu. »Aber für dich scheint auch nicht gerade alles glatt zu laufen.«

Erschrocken warf Kiara den Kopf zur Seite und öffnete die Augen. Direkt vor ihr machte sich der Salamander breit. Ansonsten konnte sie nur Feuer sehen. »Können wir einander hören, weil ich schon tot bin?«

»Nein.« Der Salamander streckte sich; er genoß das Feuer ganz offensichtlich in vollen Zügen. Sein ganzer Körper war eine einzige orange-rote Glut. »Das funktioniert, weil wir Feuer sind. Wasser, Luft und Erde übermitteln Schall; Feuer übermittelt Energie.«

Kiara dachte kurz darüber nach. »Und da Gefühle eine Form von Energie sind, und Gedanken entweder in Worten oder Gefühlen ausgedrückt werden können …«

»… können sie in jedem der vier Elemente übertragen werden«, schloß der Salamander ihren Gedankengang ab. »Ganz genau. Du bist übrigens nicht tot.«

»Bin ich nicht?« Kiara blickte an ihrem Leib herab, der die gleiche orange-rote Glut aufwies wie bei dem Salamander – und auch die vier kurzen Beine glichen sich! Sie streckte sich und drehte den Kopf weiter nach hinten; ungläubig betrachtete sie ihren spitz zulaufenden Schwanz. »Heilige Mutter Erde!« Sie lockerte ihre angespannten Glieder und stellte fest, daß sie in der Mitte des Feuers schwebte. Ihre neue Situation war ihr nicht unangenehm, bedurfte allerdings – gelinde gesagt – noch einiger geistiger Anpassung.

»Du bist auch nicht auf mir gelandet«, erklärte der Salamander weiter. »Ich habe dich gebissen, um dich zu verwandeln. Das hättest du über kurz oder lang auch selber geschafft – da dich die Flammen nicht verzehrten, verfügst du offenbar über Zauberkraft –, doch ich wollte uns beide in Sicherheit wissen, bevor dieser erbärmliche Zauberer etwas merkt und uns mit seinen Stümpereien behindert.«

»Willst du damit sagen, er hat gar nicht bemerkt, daß ich mich in einen Salamander verwandelt habe? Ich weiß ja, daß er mir nicht gerade viel Beachtung schenkt, aber das scheint mir doch ein wenig viel der Nichtbeachtung zu sein.«

»Ich spüre jedenfalls nicht, daß er uns bemerkt. Drum laß uns besser verschwinden, bevor es zu spät ist!«

»Aber meine Schwester ...«

»Der kannst du in deiner jetzigen Gestalt sowieso nicht helfen. Ihre dämliche Salamanderphobie hat uns die ganze Sache überhaupt erst eingebrockt – wie du dich vielleicht erinnern kannst!« Dem Salamander riß der Geduldsfaden. »Im Moment kannst du jedenfalls nichts für sie tun, und wenn wir nicht bald verschwinden, wird sich daran auch nichts mehr ändern. Komm schon!« Er verschwand aus ihrem Blickfeld und Kiara spürte ein leichtes Zurren. Sie folgte ihm.

Kiara verbrachte geraume Zeit damit (wie lang genau, konnte sie nicht sagen, da sich der Zeitbegriff eines Salamanders doch erheblich von dem eines Menschen unterschied) zu lernen, ein Salamander zu sein. Wenn es eine Sache gab, von der Salamander wirklich etwas verstanden, dann war es Feuer. Sie feierten das Feuer, ja, sie verkörperten es. Auf merkwürdige Art waren Feuer und Salamander identisch – besser konnte sie es auch nicht in Worte fassen. Sie lernte, sich im und durch Feuer zu bewegen und von dem einen Feuer zu einzelnen Feuerstellen im Reich der Menschen zu springen. Gelegentlich wurde sie von einem Magier herbeigerufen, der zusätzliche Hitze oder Beleuchtung benötigte, doch dies war reiner Zufall – sie hatte einfach als der nächste zur Verfügung stehende Feuersalamander zu erscheinen, und außerdem waren solche Dienstleistungen stets eindeutig festgelegt und nur von kurzer Dauer. Offensichtlich gab es auch hier ein Gesetz, das solche Dinge regelte, wenn es auch nie ausdrücklich formuliert oder gar zu Papier gebracht worden war. Einige Sachen schienen einfach vernünftig zu sein und funktionierten in der Praxis, und andere eben nicht. Genauso mußte es sich verhalten haben, als sie den Salamander ins Feuer gehalten hatte – für sie war es das Nächstliegende gewesen, und darum hatte sie es, ohne groß darüber nachzudenken, getan.

In solchen Angelegenheiten von Natur aus neugierig, beschloß sie, etwas länger zu verweilen, wenn sie einmal gerufen worden war. Und so begannen ihre Zauberstudien, indem sie ihren nichtsahnenden Lehrern über die Schultern sah. Dabei fand sie schnell heraus, daß es zwar viele verschiedene Richtungen der Zauberei gab, ihre Vertreter sich aber im wesentlichen in zwei Kategorien einteilen ließen: Zum einen die, die mit ihrer Zauberei die Schönheit der Schöpfung feierten, zum anderen die, die sie für ihre eigennützigen Zwecke mißbrauchten.

Kiara hatte zwei Zauberer besonders gern, und natürlich gehörten beide zur ersten Kategorie Mann, in dessen Labor das größte Durcheinander herrschte, das sie je gesehen hatte (oder sich auch nur vorstellen konnte), bei dem sie aber immer genau das Buch aufgeschlagen fand, in dem sie etwas nachlesen wollte; und eine Frau, die sie stets mit den Worten »Ich danke dir für deine Dienste, Feuerwesen« entließ. Es tat gut, einmal beachtet zu werden, auch wenn es ohne Namensnennung geschah. Das Dasein eines Salamanders war, zumal für einen Menschen, doch recht einsam – Salamander machten sich nicht viel aus Individualität. Als Person war Kiara einzigartig; selbst als »Karinas häßliche Zwillingsschwester« war sie noch ein Individuum. Doch als Salamander war sie nur einer von vielen.

Eines Nachts wurde sie wieder herbeigerufen, und entsetzt mußte sie feststellen, daß sie sich in Tarnors Tempel befand. Natürlich beachtete er sie nicht weiter; für ihn war sie lediglich eine Lichtquelle – obwohl Licht bei dem, was er und seine »Priesterin« auf dem mit einem schwarzen Tuch verhüllten Sofa trieben, das er hochtrabend seinen Altar nannte, alles andere als notwendig war. Vor allem aber handelte es sich bei der »Priesterin« nicht um Karina – das Mädchen war viel jünger und blond.

»Wo ist Karina – was ist mit ihr geschehen – wie lange bin ich schon ein Salamander?« Kiara schwebte in der Ecke, beleuchtete das »Ritual«, bei dem sie allerdings wenig Glut verspürte, und dachte angestrengt nach. Im Moment blieb ihr nicht viel zu tun übrig, doch sie war entschlossen, sich zum Kaminfeuer in der Küche zu wandeln, sobald sie entlassen war, und auf der Suche nach ihrer Schwester wenn nötig jede einzelne Kerze im Turm anzustecken.

Aber sie wurde nicht entlassen. Anstatt das Ritual mit der gebührenden Abschlußformel zu beenden, schlief Tarnor auf dem Altar ein. Die Blondine seufzte kurz, entschlüpfte ihm dann leise und trat an den Rand des Bannkreises, wo das Schwert lag. Sie hob es auf und zog damit den Kreisumfang gegen den Uhrzeigersinn nach, um eine Lücke zu finden, durch die sie hindurchtreten konnte. Als ihr das gelang, verließ sie den Raum und ließ die Lücke des Bannkreises weit klaffend auf. Kiara konnte eine solche Nachlässigkeit kaum fassen und folgte ihr.

Die Blondine stieg zur Küche hinab, wo Karina einen Braten zubereitete. Sie sah zwar müde und mißmutig aus, aber immerhin war sie am Leben und unverletzt, wie Kiara erleichtert feststellte – selbst die Brandwunden an ihren Händen waren verheilt.

»Mit dem Abendessen hat es noch Zeit«, meinte die Blonde und naschte von dem Braten. »Der Meister schläft.«

Karina blickte auf und schrie laut, als sie Kiara sah. Die Blonde legte ihr eine Hand auf den Mund. »Still! Du weckst sonst den Meister auf.« Dann blickte sie in die gleiche Richtung wie Karina, um zu sehen, was ihr einen solchen Schrecken eingejagt hatte. »Verdammt noch mal, er hat vergessen, den Salamander zu entlassen. Aber wie hat das Vieh es geschafft, aus der Zauberstube zu entfliehen?«

Der Zorn ging mit Kiara durch. Als Salamander hatte sie nichts so bewegen können, daß sie auch nur leicht wütend geworden wäre, doch hier ging es um ihre Schwester, ihre andere Hälfte, die zur Dienstmagd für Tarnor und seine unfähige neue Mätresse degradiert worden war. Kiara verwandelte sich in Menschengestalt, behielt dabei aber ein Flammengewand an, das die Kleider ersetzte, die damals im Küchenfeuer verbrannt waren. Die Steinplatten unter ihren nackten Füßen fühlten sich besonders kalt an. »Du Närrin! Du hast den Bannkreis geöffnet und ihn nicht wieder geschlossen! Bringt denn Tarnor seinen ›Priesterinnen‹ überhaupt nichts bei?«

»Natürlich tut er das!« erwiderte die Blonde empört. »Er ist ein großer Magier!«

»Ein großer Narr ist er, genauso wie ihr beiden!« Sie schlug die Hand des Mädchens weg, die Karina den Mund zuhielt. »Im Bett gut zu sein, ist noch keine ausreichende Qualifikation für eine Priesterin!« In der einen Ecke stand noch immer ihre Kleidertruhe, und Kiara griff nach dem erstbesten Kleid, löschte die restlichen Flammen und zog sich, vor Kälte mit den Zähnen klappernd, rasch an.

»Und du glaubst wohl, eine Eins in Hauswirtschaftslehre bringt's?« Karina, offensichtlich mit existentiellen Fragen nach Salamanderwesen und Identitätswechsel überfordert, verlegte sich lieber auf die alten Streitereien zwischen Geschwistern. »Immer mußt du recht behalten, alles machst du perfekt – und kriegst doch keinen Mann ab!«

»Wozu denn auch? Dein Verschleiß reicht ja wohl für uns beide!« gab Kiara schnippisch zurück und musterte ihre Schwester kritisch. »Aber auch dein Marktwert sinkt rapide, wenn du noch länger hier schuftest – deine Hände sind schon ganz rauh, und deine Haare sehen schrecklich aus. Wann hast du dich das letzte Mal gekämmt?«

Karina brach in Tränen aus, die Blonde sah völlig verdattert von einer Schwester zur anderen, und dann kam Tarnor schwerfällig in die Küche geschlurft.

»Was bedeutet der Aufruhr? Habe ich euch beiden nicht erklärt, daß ich von meinen Priesterinnen erwarte, miteinander gut auszukommen? Wie soll ich großen Zauber wirken, wenn ihr zwei euch wie Xanthippen aufführt? Die Zauberkunst verlangt Opferbereitschaft, Konzentration und Disziplin.«

»Wovon du keinen Funken besitzt«, entgegnete Kiara ungerührt, richtete sich zu voller Größe auf und schritt langsam auf ihn zu. »Du taugst noch nicht einmal dazu, einer hergelaufenen Herdhexe den Kessel zu scheuern.«

»Wer du bist oder was du in meinem Turm zu suchen hast, weiß ich nicht, aber ich weiß, daß du von Zauberei nichts verstehst.« Tarnor tat zwar alles, nun bedeutend und mächtig zu klingen, doch er bluffte so eindeutig, daß Kiara nicht verstand, wie die beiden anderen ihn nicht auch durchschauen konnten.

Worte wären reine Zeitverschwendung gewesen; statt dessen hob sie lediglich beide Arme und richtete sie auf ihn. Dabei bemerkte sie, daß ihre Haut hell und rein schimmerte – das Dasein als Feuersalamander hatte für ihren Teint wohl Wunder bewirkt. Dann ließ sie Flammen an ihren Armen entlangzüngeln und aus ihren Fingerspitzen hervorschießen. Der Trick war lächerlich einfach, verbrauchte so gut wie keine Energie und gefährdete niemanden ernstlich, verzeichnete aber dennoch durchschlagenden Erfolg. Tarnor floh schreiend aus der Küche, die Blonde sank auf die Knie, und Karina fiel in Ohnmacht.

Kiara ließ die Arme wieder sinken, gebot den Flammen Einhalt und stieg über ihre regungslose Schwester hinweg, um ihre Sachen zu packen. Nach einer Weile fing Karina leise an zu stöhnen, während die Blonde Kiara einen letzten angsterfüllten Blick zuwarf und sich aus dem Staube machte. Kiara packte den Rest ihrer Sachen zusammen und wandte sich dann an ihre Schwester.

»Mich hält hier nichts mehr. Wenn dir etwas daran liegt, mich zu begleiten, mußt du dich beeilen.«

»Aber Tarnor …«

»… wird uns schon nicht aufhalten«, stellte Kiara klar.

»Aber ich kann ihn nicht im Stich lassen! Er braucht mich, ich muß ihn retten.«

»Wovor willst du ihn retten?« wollte Kiara wissen. »Vor der kleinen Blonden oder vor seiner eigenen Unfähigkeit?«

»Das verstehst du nicht«, meinte Karina. »Im Grunde ist er ein guter Kerl, aber er braucht meine Liebe, damit es zum Vorschein kommt.«

»Ich verstehe nur allzugut«, erwiderte Kiara gedankenvoll. »Du glaubst, du könntest ihn dir nach deinen Wunschvorstellungen hinbiegen, wenn du ihn nur genug lieben und es lang genug mit ihm aushalten würdest. Genauso, wie ich immer geglaubt habe, du würdest wie ich werden, wenn ich es nur lange genug mit dir versuchen würde.«

»Aber ich bin doch wie du, oder etwa nicht? Wir sind schließlich Zwillinge.«

»Schon – aber ich weiß nicht, ob wir uns im Wesen nicht genauso unterscheiden wie in unserem Aussehen.« Kiara zuckte mit den Achseln. »Ich mache mich jedenfalls auf den Weg. Wenn du mit mir kommen willst, gut. Wenn du bleiben willst, auch gut.«

»Ich kann ihn unmöglich verlassen«, wiederholte Karina.

»Dann bleib bei ihm.« Kiara hob seufzend ihr Bündel auf. »Werde glücklich mit ihm, Karina.« Sie umarmte ihre Schwester. Dann wandte sie sich ab und ging durch die Tür, nicht mehr länger die eine Hälfte eines Zwillingspaares, sondern ein eigenständiges Individuum.

KIT WESLER

Das Verderben der Roten Königin

&

DEBORAH MILLITELLO

Bluthochzeit mit Hindernissen

Die beiden folgenden Geschichten aus Ausgabe 10 unseres Magazins – die den Namen Kurzgeschichten nun wirklich verdienen – sind mir im Gedächtnis haften geblieben. Ich selbst habe so meine Schwierigkeiten beim Schreiben von Kurzgeschichten – normalerweise komme ich selten mit weniger als hunderttausend Worten aus. Beim Lesen geht es mir nicht viel anders. Obwohl ich also selbst eher zum Genre des Romans neige (je länger, desto lieber), halte ich doch die ganz knappe Form der Kurzgeschichte für die Quintessenz der schriftstellerischen Fertigkeit. Bei einer langen Geschichte kann man sich im Unwesentlichen verlieren, Zeit verschwenden und nie richtig auf den Punkt kommen. Bei der konzisen Kurzgeschichte darf man kein einziges Wort verschwenden; man muß von Anfang an ganz genau wissen, worauf man hinauswill und es ohne Umschweife erreichen.

Ich bin mir sicher, daß jeder Autor solch eine perfekte Kurzgeschichte kennt. Was die reine Kunstfertigkeit betrifft, sind es bei mir Ray Bradburys »All Summer in a Day« und Arthur C. Clarkes »The Star«. Und auch die beiden folgenden Geschichten gehören dazu.

KIT WESLER

Das Verderben der Roten Königin

»Und zur kalten Winterzeit wird ein Kind geboren werden, das das Zeichen Selenes tragen soll, und es soll der Roten Königin zum Fluch gereichen.« Zum ersten Mal konnte Königin Caramae die Weissagung wiederholen und dabei *lachen.*

Sie schritt geschmeidig, vor Freude fast tänzelnd, durch den Steinsaal der Burg: Sie war Caramae, genannt die Rote Königin; den Namen hatte man ihr teils wegen der üppigen Lockenpracht verliehen, die um ihre Schultern floß, vornehmlich aber wegen des Schreckens, den sie mit ihrer Hexenherrschaft verbreitete. Ihr Seneschal und Leibwächter, Glaedwyr von Glaud, stand am Fenster und teilte seine Aufmerksamkeit zwischen der Königin und dem Burghof, der durch den dichten Schneeregen kaum zu erkennen war.

Es war bitterkalt in dem hohen Saal, dessen Fensterscharten weder verglast noch sonstwie geschlitzt waren, und Glaedwyr war in dickes Tuch eingehüllt. Die Königin jedoch trug lediglich ein dünnes Gewand. Glaedwyr warf ihr einen Blick zu und war wie immer von ihrer ungezügelten Vitalität beeindruckt. Sie verkörperte eine Wildheit, die er einst an ihr geliebt, dann aber zu hassen gelernt hatte. Er starrte wieder hinaus in das Schneetreiben. Auf dem Fenstersims lag griffbereit eine Armbrust – nur eine leichte Jagdwaffe, deren Pfeil zu schwach war, um eine Rüstung zu durchschlagen, die aber in der Hand eines geübten Schützen doch zu einer tödlichen Gefahr werden konnte.

Die Rote Königin wirbelte auf die Steinplatte mit den rostigen Flecken zu, die in der Mitte des Saals stand, entfernte sich dann wieder davon, getrieben von einer hämischen Freude, die sie nicht stillhalten ließ.

»Die Prophezeiung!« höhnte sie. »Der letzte Hoffnungsschimmer, an den sich die Narren und Unverbesserlichen klammerten. Glaubten sie wirklich, meine Kunst würde das Kind nicht ausfindig machen?«

»Es war weniger eine Frage der Kunst als der Gründlichkeit«, bemerkte Glaedwyr bescheiden.

Sie sah ihn verächtlich an und lachte. »Hundert Mütter, die in diesem Monat in dieser Stadt gebären sollten – und meine Kunst hat sie alle aufgestöbert! Selbst die, die glaubten, sich in Kellern und auf Speichern verbergen zu können. Und nun stehen sie alle in meiner Macht.«

Glaedwyr nickte, den Blick unverwandt auf den Hof gerichtet, in dem sich außer dem Schneetreiben noch immer nichts regte.

»Und auch das Kind steht in meiner Macht!« Die Königin ließ sich von ihrem Triumphgefühl beflügeln. »Jeden Augenblick wird es zu mir gebracht. Und das Blut eines geweissagten Kindes kann Wunder wirken, die selbst mir bislang unbekannt waren!«

Glaedwyr mußte auf den Altar und die Klingen und Zangen und zahllosen Zaubertränke auf dem vernarbten Seitentisch blicken. Er hoffte inständig, Caramae würde den Schauder nicht bemerken, der ihn überkam.

Es klopfte, und auf ein Zeichen der Roten Königin hin öffnete sich die Tür, um eine abgezehrte Dienstmagd hereinzulassen, die ein formloses Bündel unter dem Arm trug. Die Königin lachte triumphierend und entriß der Frau das Bündel. Im nächsten Augenblick wurde ihr Lachen zu einem Wutgeheul. »Es ist tot! Das Kind ist schon tot!«

Die Dienstmagd fuhr erschrocken zurück. »Vergebung, Eure Hoheit, es starb bereits, bevor ich es in Händen hielt!«

Der erwartete Schlag der Königin blieb aus. »Aber es ist das nämliche Kind?« verlangte Caramae zu wissen und durchwühlte die Schichten des kleinen Bündels. Die Dienstmagd warf Glaedwyr einen verzweifelten und flehenden Blick zu, worauf der groß gewachsene Mann nur kurz nickte; mehr wagte er ihr an Zusicherung nicht zu zeigen.

»Da ist es!« rief die Rote Königin. »Die Mondsichel als Muttermal! Es muß das richtige Kind sein!«

»Gründlichkeit macht sich stets bezahlt«, bemerkte Glaedwyr. Er wandte sich ab, als die Königin das mitleiderregende Bündel auf den Altar warf und der Dienstmagd zu gehen befahl, was diese eiligst tat.

Da sich das Schneetreiben immer mehr verdichtete, befürchtete Glaedwyr schon, er würde das verabredete Signal nicht erkennen können. Doch während die Königin wieder wild auf und ab lief und vor sich hin murmelte, sah er es: Am Burgtor flackerte eine Lampe ein-, zweimal auf – und dann ein drittes Mal. Er spannte verstohlen die Armbrust und legte einen Bolzen ein. Doch als er sich umwandte, stand Caramae unmittelbar vor ihm und hob drohend ihre Hand – diese Hand, das wußte Glaedwyr, gebot über Leben und Tod.

»Was für ein Narr du bist, Glaedwyr«, sprach sie mit tiefer Stimme. »Hast du wirklich gedacht, es würde mir entgehen? Hast du wirklich geglaubt, deine Männer könnten meine Rote Wache entwaffnen und die Adligen, die mich unterstützen, gefangennehmen, um dann den Talisman aus der Krypta zu rauben? Und all das sollte ich nicht bemerken? Laß dir gesagt sein, ich habe es von Anfang an gewußt!«

Mit einem höhnischen Lächeln schleuderte sie ihm ihren Fluch entgegen. Doch Glaedwyr wich nicht zurück, sondern behielt die Armbrust im Anschlag. Und zum ersten Mal sah er, wie sich ihr Gesicht zu einer häßlichen Fratze verwandelte; zum ersten Mal sah er, wie

Schock und Verzweiflung über ihr eigenes Versagen in diesen großen, blauen Augen lagen.

»Deine Macht ist gebrochen, Caramae – so wie es geweissagt wurde.«

»Aber das Kind ist tot!« schrie sie zornig.

»Ich bedaure, daß wir nicht mehr rechtzeitig kamen, um das Leben des Kindes zu retten«, sagte Glaedwyr gefaßt. Seine grauen Augen waren so trostlos wie der verschneite Burghof, den er überblickte. »Doch besser tot auf den Stufen des Altars als ein Leben unter deinem Bann.«

»Aber die Prophezeiung ...«

»... besagte nur, daß das Kind geboren würde«, schloß Glaedwyr. »Es hieß nie, daß es auch lange leben würde.« Genauso wenig wie die Chroniken später den gestählten Bolzen erwähnten, der der Herrschaft der Roten Königin ein Ende bereitete.

DEBORAH MILLITELLO

Bluthochzeit mit Hindernissen

Sharon wachte mit höllischen Kopfschmerzen auf, ihre monatliche Migräne war dagegen harmlos. Mund und Kehle waren wie ausgedörrt, und in ihrem Magen spürte sie einen Knoten von der Größe einer Pampelmuse. In ihrem Kopf dröhnte es, und ihre goldenen Augen pulsierten im Rhythmus dazu. Ihr Hunger knurrte wie ein wildes Tier, das sich in ihrem Magen festgekrallt hatte.

Als sie sich im Bett aufrichtete, bemerkte Sharon, daß sie noch immer das Abendkleid anhatte. »Was in aller Welt hat mir Trevairin nur in meinen Tomatensaft gemixt?« stöhnte sie. »Wahrscheinlich Wodka – und das, obwohl ich ihm gesagt habe, daß ich keinen Tropfen Alkohol vertrage. Das soll er mir büßen.«

Als sie endlich aufstand, fühlten sich ihre Knie wie Wackelpudding an. Sie schlurfte in die Küche, öffnete den Kühlschrank und nahm eine Flasche Orangensaft heraus. Beim Einschenken donnerte das Gluckern des Getränks in ihrem Schädel wie die Niagarafälle. Sie warf sich zwei Aspirin ein, nahm einen kurzen Schluck und würgte sie hinunter. Es schmeckte wie zerstampfte Holzkohle, vermischt mit Senf und Cayennepfeffer. Sie versuchte noch schnell, die Toilette zu erreichen, schaffte es aber nicht mehr ganz. Nachdem sie das Malheur aufgewischt hatte, stapfte sie zurück in die Küche und setzte Teewasser auf.

Sie linste durch die Jalousien und konnte am Septemberhimmel rötlich verfärbte Wolken erkennen. Ein Blick auf die Uhr verriet ihr die genaue Zeit: 19 Uhr 33, kurz nach Sonnenuntergang.

»O nein, diesmal feuert mich Mr. Jameson ganz bestimmt.« Der Duft der Mandel-Minze-Mischung beruhigte ihr angegriffenes Nervenkostüm etwas. Sie blies kleine Tornados über die Tasse, bis der Tee die richtige Temperatur hatte. Doch als sie die Tasse zum ersten Schluck ansetzte, krampfte sich ihre Kehle wieder zusammen und prustend verschüttete sie die Flüssigkeit auf Tischtuch und Kleid. Sie wischte sich gründlich über Mund und Augen.

»Trevairin Drogoloh wird sich wünschen, er wäre nie geboren, wenn ich mit ihm fertig bin!«

Sharon zog sich rasch das bekleckerte Kleid aus, ging ins Bad und drehte den Duschhahn auf. Das warme Wasser tat gut, sie hatte zuvor gar nicht bemerkt, wie kalt ihr war. Als sie aus dem Bad kam, fühlte sie sich wiederbelebt und weniger reizbar. Ihre kurzen, schwarzen Haare waren schnell geföhnt, doch für den Lockenstab blieb keine Zeit mehr. *Was soll's, schließlich will ich keinen Eindruck schinden, sondern ihm nur den Kopf abreißen.*

Draußen war die Abendluft herbstlich frisch. Sharon wußte, daß sich hinter den Bäumen und Gebäuden der Vollmond verbarg und nur auf den passenden Augenblick wartete, um sein Silberlicht über die Stadt herabregnen zu lassen.

Trevairins Haus befand sich in einer der besseren Gegenden. Gewöhnlich brauchte man fünfzehn Minuten auf der Bundesstraße; Sharon schaffte es in zehn. Mit kreischenden Bremsen brachte sie ihren Wagen vor dem großen Ziegelbau zum Stehen, sprang heraus, donnerte die Wagentür zu und marschierte entschlossen auf die Veranda zu, wo sie Sturm klingelte.

Die schwere Eichentür öffnete sich krächzend. Im Türrahmen tauchte Trevairins dunkle Gestalt auf: Schwarze Augen, schwarzes Hemd und schwarze Jeans. Er schien keine Spur überrascht zu sein.

»Komm rein, Sharon. Ich habe ein paar Gäste, die ich dir gerne vorstellen möchte.« Er ließ die Tür offen, drehte sich um und schlenderte lässig durch die Eingangshalle.

Sharon hatte es die Sprache verschlagen; all die schönen Worte, die sie sich auf dem Weg hierher zurechtgelegt hatte, waren wie weggeblasen. Ohne Widerrede folgte sie ihm in das Haus. Im Wohnzimmer saßen vier Männer und drei Frauen in lässiger, ebenfalls schwarzer Kleidung. Als Sharon zögerte näherzutreten, lächelten ihr alle aufmunternd zu. Trevairin nahm sie bei der Hand und führte sie in die Mitte des Raumes.

»Heute nacht nehmen wir ein neues Mitglied in unserer Familie auf. Sharon, wir heißen dich willkommen.« Seine Lippen liebkosten ihre Hand.

Sie zitterte unter seiner Berührung. Dann erinnerte sie sich an den eigentlichen Zweck ihres Kommens. »Hör zu, Trev«, sagte sie, entwand ihm ihre Hand und stocherte dafür mit dem Zeigefinger auf seine Brust. »Ich finde es überhaupt nicht lustig, daß du mir was in den Drink gemixt hast. Ich habe dir klipp und klar gesagt, daß ich keinen Alkohol vertrage. Wegen dir bin ich wahrscheinlich meinen Job los. Dir und deiner reichen Mischpoke kann das ja egal sein, aber ich muß mir meine Brötchen mit Arbeit verdienen.«

Über Trevairins Gesicht huschte ein Lächeln, bei dem er die Zähne fletschte. »Meine liebe Sharon, du brauchst nicht mehr zu arbeiten, wenn du nicht willst. Wir nehmen dich mit Freuden bei uns auf.«

Sharon starrte ihn zornig an. »Das ist so ziemlich das Letzte, was mir einfallen würde.«

Eine der Frauen – die ihr irgendwie bekannt vorkam – ging auf sie zu. »Du gehörst hierher, Sharon. Du bist eine von uns. Wir sind alle vom gleichen Blut.«

»Wie bitte? Vom gleichen Blut? Wollen Sie etwa behaupten, Sie wären eine verschollene Verwandte?«

»Das nicht«, entgegnete die Frau mit einem Flackern in ihren grauen Augen. »Wir sind deine neu gefundene Verwandtschaft. Trevairin hat letzte nacht tatsächlich Wodka in deinen Drink gekippt – vor allem aber Blut. Und du hast davon getrunken. Du hast Blut mit uns geteilt, und nun sind wir blutsverwandt.«

Sharon schüttelte den Kopf. »Das wird mir wirklich zu toll. Tschüß, Trev, und spar dir die Mühe.«

Sie wollte gehen, aber Trevairin packte sie am Arm und zwang sie, ihn anzusehen. Seine Augen verengten sich und funkelten bösartig.

»Du bist meine Braut, Sharon. Gestern habe ich dich zu meinesgleichen gemacht – du bist ein Kind der Nacht.«

Heftiger als beabsichtigt schlug sie ihm in den Magen. Er krümmte sich vornüber, und sie riß sich los.

»Ich bin mit niemandem verheiratet«, erklärte sie kühl. »Falls ihr gestern eine Hochzeit zusammengeschustert haben solltet, kann ich sie jederzeit für null und nichtig erklären lassen, weil ich nicht nüchtern war. Und was die Sache mit dem Vampir betrifft…« Sie schnipste mit ihren langen, scharfen Klauen, und mit ihrer Zunge schleckte sie über die hervortretenden Fänge. Die schreckensgeweiteten Augen ihrer »neuen Verwandtschaft« rangen ihr nur ein müdes Lächeln ab. »… Werwölfe können keine Vampire werden.«

TANYA HUFF

Bescheidenheit ist eine Zier

Tanya Huff beschreibt sich als jemanden, der Telephone, Gebäck aus der Brotfabrik und sogenanntes »geselliges Trinken« nicht mag; dafür mag sie Baseball, mindestens acht Stunden Schlaf pro Nacht und Schnee. Sie lebt in Ontario, und da ist es wahrscheinlich nicht verkehrt, Schnee zu lieben. Jeder soll nach seiner eigenen Fasson glücklich werden. Ich selbst bin nicht zuletzt aus dem Grund nach Kalifornien gezogen, um dem Schnee ein für alle mal zu entgehen – ich habe in meiner Jugend einfach zu viel davon abbekommen.

Diese Geschichte belegte den ersten Platz in der »Kessel«-Abstimmung von Ausgabe 11, und seither versuchen wir ständig, Tanya zu weiteren Geschichten über Magdelene zu ermutigen. Sie sucht noch immer nach einer perfekten Fortsetzung, aber in der Zwischenzeit hat sie zwei andere Geschichten geschrieben, so daß wir uns nicht allzu sehr beklagen können.

»Na, genug Dreck für dich hier?« fragte Magdelene die schwarzgoldene Eidechse, die sich auf dem Felsen sonnte.

Die Eidechse, die eher einem kunstvoll gearbeiteten Geschmeide als einem Lebewesen glich, schloß das eine Lidpaar und stellte sich schlafend. Bei Kindern mit Steinen oder Netzen war sie auf der Hut, aber junge Frauen auf einem Eselskarren, die törichte Fragen stellten, konnte man getrost ignorieren.

Magdelene betrachtete das kleine Dorf in der Hafenbucht und kaute gedankenvoll an einer Strähne ihres rostroten Haars. Der Ort wirkte wirklich einladend, aber so sehr sie auch des ständigen Vagabundierens müde war und sich niederlassen wollte, wußte sie doch aus Erfahrung, daß sie sich nicht vorschnell allzu viel Hoffnung machen sollte.

In gut einem Dutzend Jahren auf Reisen hatte sie gelernt, daß gerade die schmuckesten Dörfchen in der idyllischsten Lage auch die kuriosesten Bräuche pflegten. Dazu gehörten zum Beispiel die Angewohnheit, die fahrende Zaubergesellin mit einer Streitaxt willkommen zu heißen, oder die fahrende Zaubergesellin unter Zuhilfenahme von Fesseln und Ketten zum Bleiben zu veranlassen; ganz beliebt war auch Teeren und Federn der fahrenden Zaubergesellin – und dies aus so nichtigem Anlaß wie ein oder zwei untreu gewordene Ehemänner. Zumeist hatte Magdelene solche Bräuche als lästige Kleinigkeiten abgetan; wenn sie allerdings gewußt hätte, daß der Mann verheiratet war, hätte sie auch nie vorgeschlagen, daß sie … Bei der Erinnerung daran mußte sie grinsen. Er hatte sich als weitaus anpassungsfähiger erwiesen, als sie erwartet hatte.

»Was meinst du, H'sak?« Sie spuckte die Haarsträhne aus und blickte in den großen Spiegel, der hinter dem Kutschbock festgezurrt war. »Sollen wir uns die Sache mal näher ansehen?«

H'sak, der in dem Spiegel gefangensaß, gab keine Antwort. Magdelene war sich nicht ganz sicher, ob der Dämon mitbekam, was außerhalb seines Gefängnisses vor sich ging, aber da sie meist allein reiste, hatte sie es sich zur Angewohnheit gemacht, mit ihm zu plaudern. Und falls er sich je aus seiner Lage befreien sollte, würde es bestimmt nicht schaden, wenn er sich an gesellige, freilich einseitig geführte Konversationen erinnern könnte. Ob er ihr allerdings wegen ein paar netter Plauderstündchen vergeben würde, daß sie ihn in den Spiegel gesperrt hatte, war zweifelhaft. Magdelene langte nach hinten und verhüllte die Scheibe mit einem alten Mantel – wer wollte schon mögliche neue Nachbarn gleich vergraulen? Dann nahm sie die Zügel in die Hand und ließ sie sacht auf den Rücken des Esels schnalzen. Der Esel zupfte noch eine Weile an den Grasbüscheln, die den Pfad säumten – so viel Muße stand ihm laut Vereinbarung mit der Zauberin zu –, bevor er sich in Bewegung setzte und den Karren den Hügel hinab ins Dorf zog.

Magdelene machte am ersten Haus halt und nahm die friedliche Szenerie in sich auf. Einige Hühner scharrten in dem Sandstreifen, der als Dorfstraße herhalten mußte, und eine schwarze Sau suhlte sich mit ihrem Wurf in dem einzigen Fleckchen Schatten, das zu dieser Mittagsstunde zu sehen war. Aus einem der geöffneten Fenster drang ein Wiegenlied, und vom Strand her tönte Kindergeschrei und Gelächter. Genau so ein verschlafenes Nest hatte sie sich immer gewünscht.

»Und wer bist du?«

Magdelene fuhr träge herum – für hektischere Bewegungen war es viel zu heiß. Ein Junge, vielleicht neun oder zehn Jahre alt, stand beinahe völlig nackt – nur mit einer Muschel bedeckt, die an einem ausgefransten Faden hing – da und linste unter seinem schwarzen Wuschelkopf zu ihr herauf. Obwohl er keinerlei Anzeichen von Unterernährung oder Vernachlässigung aufwies, hing sein linker Arm schlaff und kraftlos herunter.

»Ich heiße Magdelene.« Sie strich sich die Haare aus dem Gesicht. »Und du?«

»Juan.« Er wagte sich etwas näher. »Bist du ein Händler?«

»Nein. Ich bin eine Zauberin.« Im Laufe der Jahre hatte sie festgestellt, daß es ihr Leben einfacher machte, wenn sie nicht versuchte, es zu verheimlichen. Vieles ließ sich dann einfacher erklären, wenn der Stein erst einmal ins Rollen kam. Und das geschah unweigerlich.

Der Junge musterte sie von oben bis unten. Dann warf er verächtlich den Kopf zurück. »Unsinn! Das kannst du einem anderen erzählen. Zauberer haben graue Haare und Warzen. Für 'ne Zauberin bist du nicht alt genug.«

»Ich bin siebenundzwanzig«, entgegnete sie ihm leicht empört. Der hatte es gerade nötig, von wegen ›nicht alt genug‹ …

»Ach so.« Juan überlegte es sich kurz und entschied dann wohl, daß siebenundzwanzig in der Tat uralt war, selbst wenn die grauen Haare und Warzen fehlten. »Und was ist mit deinen Kleidern? Zauberer tragen Roben und so'n Zeug. Das weiß doch jeder.«

Da hatte er nicht ganz unrecht. Zauberer trugen Roben ›und so'n Zeug‹, gewöhnlich aus schwerem, dunklem und stattlichem Damast; und stets viel zu warm, kratzig und schrecklich unbequem. Magdelene, der es sehr auf Bequemlichkeit ankam, hatte sich nie groß darum gekümmert.

»Ich bin die mächtigste Zauberin der Welt«, erklärte sie, während ihr der Schweiß rann. »Deshalb kann ich anziehen, was mir paßt.«

»Aber sicher«, meinte er höhnisch. »Beweis es!«

»Also gut.« Sie raffte ihre vielfarbigen Röcke zusammen, sprang vom Wagen und streckte ihm ihre Hand entgegen. »Gib mir deinen Arm, und ich heile ihn.«

»Lieber nicht.« Er trat einen Schritt zurück und drehte sich so, daß sein Körper den welken Arm verdeckte. »An mir probierst du nichts aus. Mach was anderes!«

»Zum Beispiel?«

Juan dachte einen Moment lang nach. »Kannst du meine Schwester ganz weit weg zaubern?« fragte er schließlich

Jetzt dachte Magdelene ihrerseits darüber nach. Einem dahergelaufenen Schmuddelkind etwas zu beweisen, war eine Sache, ein ganzes Dorf gegen sich aufzubringen, eine andere. Es lohnte sich nicht. »Könnte ich schon, aber ich glaube nicht, daß ich es auch sollte.« Der Junge seufzte, und sein Seufzen verriet, daß er diese Antwort erwartet hatte.

Sie standen beide eine Zeitlang schweigend da, Magdelene lehnte gegen den Karren – was ihr momentan als Beschäftigung völlig ausreichte –, und Juan scharrte mit den Zehen im Sand. Der Esel, der Wasser witterte, entschied, daß dies lange genug gedauert hatte, und machte sich zum Brunnen in der Dorfmitte auf. Ihm war heiß, ihn plagte der Durst – und daran würde er jetzt etwas ändern.

Als sich der Karren in Bewegung setzte, plumpste Magdelene nicht gerade standesgemäß auf ihren Hintern, und sie mußte feststellen, daß der Sand keineswegs so weich war, wie er aussah. »Echsenkot und Schlangenpisse«, fluchte sie vor sich hin und rieb sich den Allerwertesten. Als sie wieder aufsah, war Juan verschwunden.

Sie zuckte mit den Achseln und ging dem Esel hinterher. Dabei vertrieb sie sich die Zeit, indem sie ein Bild des erwachsenen Juan heraufbeschwörte. Lang und schlacksig, dabei aber doch von geschmeidiger Muskulatur – er würde zu einem feschen Burschen heranwachsen. Offenbar war es ihr irgendwann gelungen, ihn davon zu überzeugen, daß sein Arm geheilt werden konnte. Es sah ganz so aus, als ob sie es hier eine gute Weile aushalten würde.

Ein ungeduldiges »Ih-Ah« verlangte ihre Aufmerksamkeit, und Magdelene ließ das Bild in die Zukunft zurücksinken, wo es hingehörte. Sie waren am Brunnen angekommen.

Als der Trog gefüllt war und der Esel sich zum Saufen darüber beugte, bemerkte Magdelene, daß sie nicht länger allein war. Langsam drehte sie sich um; die Dorfkinder säumten den kleinen Platz und starrten sie aus großen, dunklen Augen an.

»Was gibt's?« erkundigte sie sich. Doch die Kinder glotzten sie nur unverwandt an.

Dämonen waren, fand sie, leichter zu handhaben; bei denen wußte man wenigstens, woran man war.

»Magdelenenfrau!«

Erleichtert sah Magdelene, wie sich Juan mit einem Erwachsenen im Schlepptau näherte. Der alte Mann ging gebeugt, und seine knorrigen Finger waren derart verwachsen, daß sie eher Treibholz als menschlichen Gliedmaßen glichen. Seine Haut war von der Sonne gebräunt und von Wind und Salzwasser zu brüchigem Leder gegerbt. Sein letztes Haar war ihm wohl schon vor Jahren ausgefallen. Er folgte Juan in der eigentümlich schwankenden Gangart, die den Seemann verriet, und sein Unterkiefer bewegte sich im Rhythmus seines Gangs.

»Was steht ihr hier rum und glotzt wie tote Fische?« schalt er die Kinder, während er sich Magdelene bis auf Armlänge näherte. »Los, spannt ihr Zugtier aus, führt es auf die Weide und schiebt den Karren in den Schatten.«

Die Kinder rührten sich nicht.

»Ihr wollt ein wenig bleiben?« fragte er und klang schon etwas freundlicher, während er ihr fest in die Augen sah. Magdelene setzte ihr zweitschönstes Lächeln auf – sie konnte sich nicht ganz sicher sein, ob sein altersschwaches Herz ihr schönstes Lächeln vertragen würde – und bejahte die Frage. Wie gerne wollte sie ein wenig bleiben! Vielleicht würde sich ja diesmal alles zum Besten wenden.

Der Alte nickte und fuchtelte mit beiden knorrigen Händen. »Ihr habt gehört, was sie gesagt hat. Also los, an die Arbeit!«

Und sie machten sich an die Arbeit. Magdelene sah – noch immer etwas geistesabwesend – zu, wie Juan und die restliche Kinderschar ihren Esel wegführten und den Karren unter eine Palme schoben.

»Ihr habt dem Jungen erzählt, Ihr wärt eine Zauberin.«

»Das bin ich auch.«

»Wir haben hier nicht viel übrig für Zauberer. Zauberei macht einen nur bequem und faul, und das Meer rächt sich an Müßiggängern. Wir erledigen unsere Arbeit lieber selbst.«

»Ganz meine Meinung«, erklärte Magdelene und lehnte sich dabei an den feuchten Brunnenrand. »Will sagen, daß ich auch Leute lieber habe, die ihrer Arbeit nachgehen.« Sie mochte den Alten und spürte, daß sie in ihm eine verwandte Seele getroffen hatte. »Um ganz ehrlich zu sein«, sagte sie lächelnd, »ich mag natürlich auch Leute, die was für mich tun.«

Er erwiderte das Lächeln, und in seinen Augen blitzte es schalkhaft auf, als er sie von Kopf bis Fuß musterte. »Ach, mein Kind«, kicherte er, »was würde ich nicht alles für dich anstellen, wenn ich bloß fünfzig Jahre jünger wäre.«

»Würdest du es denn gerne sein?« fragte sie und hoffte sehr darauf.

Er lachte, doch dann wurde ihm klar, daß sie es ernst meinte. »Das könntest du tun?«

»Aber ja doch.«

Sein Blick richtete sich nach innen, und Magdelene konnte spüren, wie sehr ihn seine Erinnerungen bewegten. Nach kurzem Überlegen seufzte er und schüttelte den Kopf. »Eitle Wünsche, mein Kind. Ich bin in Ehren ergraut und will mein Alter mit Würde tragen.«

Magdelene verbarg ihre Enttäuschung. Sie begriff zwar nicht, was an Kurzsichtigkeit, Gicht und Rheuma würdevoll sein sollte, aber wenn er es so wünschte …

Im Dorf gab es sechzehn Häuser, acht Ziegen, elf Schweine, einundzwanzig Hühner und vierzehn Fischerboote. Die genaue Anzahl der Katzen festzustellen, war bisher noch niemandem gelungen.

»Vor drei Generationen kamen sechs Familien hierher«, erklärte Carlos – so hieß der alte Mann – als sie am

Strand standen und den Booten zusahen, die sich auf der Dünung auf und ab bewegten und sich in der großen Entfernung wie kleine Punkte ausnahmen. Durch seine Augen konnte Magdelene die Hafenbucht sehen, wie sie einst gewesen war: Unbewohnt – ihr Eigen. »Ich bin der Letzte der ersten Generation. Zwei Frauen und die meisten meiner Kinder habe ich überlebt.«

»Und trauerst du deshalb?« fragte Magdelene. Sie war sich bewußt, daß sie in ihrem Leben ganze Zivilisationen entstehen und vergehen sehen würde.

»Nun ja …« Er sann eine Weile über die Frage nach. »Ich werde leben, bis man mich zu Grabe trägt. Was bleibt mir anderes übrig?«

»Damit hast du meine Frage nicht beantwortet.«

Er tätschelte ihre Wange. »Ich weiß, mein Kind, ich weiß.«

Am selben Abend stellte Carlos im überfüllten Haus des Schulzen Magdelene den Dorfbewohnern vor. »… und sie würde gern eine Weile bleiben.«

»Eine Zauberin«, grübelte der Schulze. »Kommt nicht alle Tage vor.«

Magdelene entging der Großteil der nun folgenden Debatte. Sie war viel zu sehr damit beschäftigt, Blickkontakt mit einem attraktiven jungen Mann aufzunehmen, der in einer der tiefen Fensternischen stand. Sie gab den Versuch erst auf, als sie erkannte, daß er seinerseits versuchte, Blickkontakt mit einem attraktiven Mann an der Tür aufzunehmen.

»… obwohl es uns offengestanden viel lieber wäre, wenn Ihr ein Händler wärt.«

»Die Händler lassen wohl dieses Jahr auf sich warten?« vermutete Magdelene in der Hoffnung, nichts Wesentliches verpaßt zu haben.

»So ist es. Sonst sind sie immer zur Zeit des Kaimans eingetroffen.«

Gerade noch rechtzeitig fiel ihr ein, daß es ja auch eine Fischart dieses Namens gab.

»Ihr seid ihnen doch sicherlich auf der Landstraße begegnet?« meinte eine junge Frau hoffnungsvoll.

»Nicht daß ich wüßte.« Magdelene runzelte die Stirn, als sie sich die vergangenen Wochen ihres Wanderlebens in Erinnerung rief. Es war ihr nicht weiter aufgefallen, wie verlassen die Straßen gewesen waren, aber jetzt erschien es ihr selbst merkwürdig.

»Und einen so mir nichts dir nichts herbeizaubern könnt Ihr wohl auch nicht?« bemerkte eine ältere Frau trocken und stopfte dabei ihre Pfeife. Gelächter erfüllte den Raum.

»Das könnte ich schon«, sagte Magdelene. Das Gelächter erstarb.

Magdelene räusperte sich. Am besten brachte sie es gleich hinter sich. »Ich bin die mächtigste Zauberin der Welt«, setzte sie an.

»Das kann jeder sagen«, fuhr ihr die Frau in die Parade.

»Aber ich …«

»Und überhaupt, würde uns denn dieser herbeigezauberte Händler etwas nützen?«

»Wahrscheinlich nicht«, gestand Magdelene kleinlaut ein. Ein plötzlich heraufbeschworener Händler würde im Dorf höchstens Hysterie verbreiten.

»Dacht' ich mir doch.« Die Frau zündete sich mit einem Kienspan die Pfeife an. »Was in Netos Namen verschwenden wir hier unsere Zeit, das möcht' ich einmal wissen?«

»Ich habe mir gedacht, es dürfte nicht ohne Interesse sein, daß eine Fremde – und eine Zauberin zudem – in unser Dorf gekommen ist«, gab Carlos scharf zurück.

»Schön, das wissen wir jetzt«, entgegnete sie nicht weniger scharf. Dann deutete sie mit dem Mundstück ihrer

Pfeife auf Magdelene und fragte herausfordernd: »Du hast doch nicht etwa vor, hier irgendwelchen Ärger zu machen?«

»Natürlich nicht«, erklärte Magdelene bestimmt. Sie hatte noch nie irgendwelchen Ärger verursachen wollen.

»Und du wirst auch deine Nase nicht in Sachen stecken, die dich nichts angehen?«

Darüber mußte sie schon etwas länger nachdenken. Welche Sachen sie nichts angingen, war schließlich eine Frage der Auslegung. »Ich werde es versuchen.«

»Das will ich dir auch geraten haben.«

»Dann darf ich also eine Zeitlang bleiben?«

»Eine Zeitlang.« Rauchwolken vor sich hinpaffend, erhob sich die Frau. »Das wäre also geklärt«, entschied sie knapp und verließ den Raum.

Der Schulze seufzte nur und kapitulierte mit erhobenen Händen. »Ihr habt gehört, was sie gesagt hat. Ihr könnt gehen.«

Während die Dorfbewohner sich auf den Weg machten, lehnte sich Magdelene zu Carlos hinüber und flüsterte ihm zu: »Wieso läßt er ihr das durchgehen?«

Carlos legte seine Hand auf ihren Arm und kicherte. »Die Macht der Gewohnheit«, meinte er in normaler Lautstärke. »Sie ist seine ältere Schwester. Hat ihn großgezogen, nachdem ihre Mutter ertrunken war. Selbst Schulze wollte sie nicht sein. Meinte, ihre Zeit wäre zu schade dafür, aber jede Versammlung, die er einberuft, leitet sie.«

Der Schulze, der alles mit angehört hatte, lächelte weise. »Betrachte es einmal so, Großvater, das Dorf fängt zwei Fische mit einem Köder: Ich mach' die ganze Arbeit, und Yolanda nimmt mir die Entscheidungen ab.« Er stand auf, streckte sich und wandte sich an Magdelene. »Habt Ihr ein Bett für die Nacht, Zauberin?«

Beim Anblick seines muskulösen Torsos, der trotz seines Alters noch straff und fest war, erwog sie mehrere

Antworten, die sie aber alle wieder verwarf, als sie den Blick seiner Frau einfing.

»So lange das Wetter hält«, seufzte sie resignierend, »reicht mir mein Karren voll und ganz.«

»Natürlich reicht mir mein Karren voll und ganz«, seufzte sie eine halbe Stunde später nochmals, als sie die Kissen ihres großen Federbetts ausschüttelte. »Trotzdem hätte ich nichts gegen etwas Gesellschaft einzuwenden.« Und als ob ihr Begehren erhört worden wäre, teilte sich der Vorhang, der von der Seite ihres Karrens herunterhing, und Juan steckte seinen Kopf hindurch. »Bei Gesellschaft hatte ich mir eigentlich etwas Reiferes vorgestellt«, klagte sie den Göttern ihr Leid.

Juan blinzelte und sah sich neugierig um. »Wie hast du denn das ganze Zeug hier rein gekriegt?« wollte er wissen.

Magdelene goß sich ein Glas Grapefruitsaft ein. »Ich hab' dir doch gesagt, daß ich die mächtigste Zauberin der Welt bin.« Und schon wieder gekleckert! Sie wischte über den Flecken auf ihrem Gewand. »Darf ich dir jetzt deinen Arm heilen?«

Juan antwortete nicht; statt dessen kam er herein und staunte über den großen Raum, in dem sich neben dem Bett noch ein Schrank, ein klobiger Polstersessel und ein riesiges, in Leder gebundenes Buch auf einem Holzpult befanden. »Wo ist der Karren?«

Magdelene deutete zur Decke und war von seiner Gelassenheit beeindruckt. Andere vermeintlich erwachsene Männer, die sie gekannt hatte, waren bei dem Anblick in unverständliches Kauderwelsch verfallen.

Juan sah hoch. In die rauhen Holzplanken waren dunkelrote Runen eingeschnitzt. »Und was bedeutet das?«

»Das ist der Zauberspruch, der diesen Raum erst möglich macht.«

»Ach so.« Für Zaubersprüche hatte er nicht viel übrig. »Hast du noch etwas Saft?«

Sie reichte ihm ein volles Glas und sah amüsiert zu, wie er herumschlenderte und in alles und jedes seine Nase steckte. Schließlich setzte er das Glas auf dem Buch ab und öffnete die Schranktür.

»Was ist das?«

»Ein Dämon, den ich in einen Spiegel gesperrt habe.« Sie hatte noch am Nachmittag den Spiegel an die Innenseite der Schranktür gehängt, da H'sak dort besser aufgehoben war als auf dem Karren.

»Wie lang ist er da schon drin?«

»Zwölf Jahre.«

»Und wie lang behältst du ihn da noch?«

»Bis ich ihn rauslasse.«

Solch eine Antwort hätte jeden Erwachsenen auf die Palme gebracht, doch Juan gab sich damit zufrieden. Er schenkte H'sak noch einen letzten bewundernden Blick, trank dann seinen Saft aus und gab Magdelene das leere Glas zurück. »Ich geh' jetzt lieber nach Hause.«

»Juan.«

Er war bereits halb durch den Vorhang, blickte aber noch einmal kurz über die Schulter.

»Du hast mir noch immer nicht gesagt, ob ich was für deinen Arm tun kann.«

Sein Blick wanderte zwischen dem gefangenen Dämon und der Zauberin hin und her. Er zuckte mit den Achseln. »Vielleicht später«, meinte er und verschwand.

Die nächsten drei Tage verbrachte Magdelene hauptsächlich mit Carlos. Die Kinder bestaunten sie wie ein exotisches Wesen, und sie tat alles, um ihren Erwartungen gerecht zu werden. Die Erwachsenen brachten ihr eher Argwohn und Mißtrauen entgegen, und sie tat alles, um deren Erwartungen gerade nicht zu bestätigen.

Nur Carlos behandelte sie wie eine Freundin. Er war

mit Abstand der Älteste im Dorf; gut zwanzig Jahre hatte er dem Nächsten voraus. Mitunter jedoch funkelten seine Augen so jungenhaft, daß er kaum älter als Juan zu sein schien. Dann wieder glomm in ihnen ein reiferes Feuer, und Magdelene hätte ihm gern seine Jugend zurückgegeben, und sei es auch nur für einige verschwiegene Stunden in den Dünen. Manchmal schienen sie tiefer, schwärzer und gedankenvoller als der Nachthimmel. Und zu anderen Zeiten blickten sie nur alt und müde. Da erkannte Magdelene, daß Carlos sich nicht nur an all die verschiedenen Phasen seines Lebens erinnern konnte, sondern daß er sie in sich trug – wodurch ihm sein alter Körper nicht zum Gefängnis, sondern zu einer Wohnstatt wurde. Darin bestand seine Stärke, und Magdelene bewahrte diese Lektion zusammen mit den anderen kostbaren Dingen, die dieses Dorf für sie bereithielt. Sie hoffte immer mehr, hier bleiben zu können.

Am Morgen des vierten Tages versammelten sich die wenigen Erwachsenen, die auf Grund ihres Alters oder eines Gebrechens nicht zum Fischfang ausfahren konnten, am Brunnen – und auch Magdelene gesellte sich zu ihnen. Plötzlich ließ ein greller Kinderschrei ihre Köpfe herumfahren.

»Reiter!« Die Neuigkeit laut herausposaunend, stürmten Juan und drei weitere Kinder in die Dorfmitte. Die Hühner gackerten und flatterten aufgeregt durcheinander. Die Erwachsenen versuchten, dem allgemeinen Tumult etwas zu entnehmen.

»Einer nach dem anderen!« verschaffte sich der Bäcker schließlich Gehör. »Was ist passiert, Juan?«

»Reiter!« wiederholte Juan und konnte vor Aufregung nicht stillhalten. »Fünf Stück. Auf Pferden. Kommen direkt hierher!«

»Bist du sicher?«

»Ja doch! Wir sind den Pfad hochgelaufen, um Stachelbeeren zu pflücken…« Die anderen drei bestätigten das mit heftigem Kopfnicken. »… und da haben wir sie gesehen.«

»Und es sind keine Händler?«

Juan, der es offensichtlich genoß, im Mittelpunkt zu stehen, baute sich – vielleicht eine Spur zu theatralisch – auf. »Ich weiß doch, wie Händler aussehen. Und das da sind keine…« Er bemerkte, daß der Bäcker und all die anderen ihm keine Beachtung mehr schenkten, verschluckte daher den Rest seiner Worte und folgte ihren Blicken.

Sie kamen langsam, fast schon schwerfällig herangeritten, strahlten dabei aber eine Entschiedenheit aus, die bedrohlicher wirkte als ein wilder Galopp. Wuchtige, braune Gewänder hüllten sie ein, und jeder von ihnen trug einen langen Krummsäbel. Sie brachten ihre Pferde in einer Linie zum Stehen, und der mittlere Reiter ließ das Tuch, das sein Gesicht verbarg, fallen.

Apart, dachte Magdelene und streichelte weiter die schwarz-weiße Katze, die es sich in ihrem Schoß bequem gemacht hatte. Hervorstehende Wangenknochen, sprühende Augen, volle Lippen und … genauso sympathisch wie H'sak.

»Wir sind gekommen, um den Fang zu holen«, erklärte der Reiter.

Carlos trat einen Schritt vor. Seine Hand ruhte auf Juans Schulter – einerseits, um sich abzustützen, andererseits, um den Jungen von unüberlegtem Handeln abzuhalten. »Was bietet ihr zum Tausch?« fragte er gelassen.

»Euer Leben«, erwiderte der Reiter, wobei er seine Hand zum Schwertknauf führte.

Magdelene blickte nur verächtlich drein. Melodramatik hatte sie noch nie viel abgewinnen können.

»Wenn ihr uns den Kaimanfisch nehmt, werden wir nichts haben, was wir den Händlern anbieten können.«

»Es werden keine Händler kommen. Hier regiert der Kriegsherr.«

»Ich kann mich nicht daran erinnern, erobert worden zu sein«, gab Carlos, der nun doch wütend wurde, scharf zurück.

Der Reiter grinste und ließ dabei eine makellose Zahnreihe, jedoch keinerlei Anzeichen von Humor erkennen. »Dann betrachtet euch hiermit als erobert.« Die Phalanx der Pferde rückte in beeindruckender Geschlossenheit einen Schritt vor.

Juans gesunde Hand ballte sich zur Faust. Magdelene schubste die empörte Katze vom Schoß und erhob sich.

»Moment mal ...« setzte sie an.

»SCHWEIG, WEIB!« donnerte der Reiter.

»Hey, ruhig Blut, Kumpel!« Sie bürstete sich die Katzenhaare vom Rock. »Du beeindruckst hier niemanden.«

Sein kriegerisches Gehabe wich urplötzlich einem ziemlich verdatterten Gesichtsausdruck. Für Dörfler, die er gerade in Angst und Schrecken versetzte, gehörte sich ein solches Verhalten einfach nicht. Mit sichtlicher Anstrengung setzte er wieder eine finstere Miene auf und zog sein Schwert. Zu beiden Seiten taten es ihm seine Männer nach.

»Tötet alle!« befahl er.

Die Pferde machten einen Satz nach vorn – und verschwanden. Sattel und Reiter hingen eine Schreckenssekunde lang in der Luft und plumpsten dann zu Boden.

»Und da ihr so scharf auf Fisch seid, bitteschön«, meinte Magdelene.

Im gleichen Augenblick verwandelten sich die Stahlklingen in silbrig schuppige Fische, die sich verzweifelt dem Griff der Männer entwinden wollten. Die Kinder lachten lauthals und zeigten mit ihren Fingern auf die fünf Reiter. Als diese merkten, daß sie die Fische nicht los wurden, ergriff sie Panik.

»Wenn ihr zu eurem Kriegsherrn zurückkehrt«, teilte

ihnen Magdelene belustigt mit, »werdet ihr sie loslassen können. Und wenn ich mir noch diesen einen Ratschlag gestatten darf: Ich würde nicht allzu viel Zeit damit verlieren, denn über kurz oder lang werden diese Fische nicht gerade die wohlriechendsten Reisebegleiter sein.«

Und unter einem Hagel aus Abfall und Dreck jagten die Kinder die Reiter aus dem Dorf.

Magdelene wandte sich um und sah, daß die Erwachsenen des Dorfes sie ehrfurchtsvoll anblickten. Mit einer Ausnahme – Carlos sah gedankenvoll vor sich hin.

»Mit ein wenig Glück dürften sie ihren Kriegsherrn davon überzeugen, daß dieses Dorf mehr Schwierigkeiten verursacht, als es wert ist«, versicherte Magdelene den Umstehenden und wischte sich die Schweißperlen zwischen ihren Brüsten weg. »Falls er nicht selbst einen mächtigen Zauberer besitzt, wird er eine gehörige Schlappe erleiden, sollte er es wagen, zurückzukommen.« Sie verzichtete darauf, zu erwähnen, daß er selbst mit einem Zauberer im Gefolge diese Schlappe erleiden würde – es hätte sich allzu prahlerisch angehört.

»Und wenn wir kein Glück haben?« meinte Carlos.

»Dann muß ich ihn eben selbst davon überzeugen. Aber ich denke, daß er von selbst zur Vernunft kommt.«

»Männer, die sich ›Kriegsherr‹ nennen lassen, handeln in den seltensten Fällen vernünftig«, schnaubte Carlos.

»Was sich von Männern im allgemeinen behaupten läßt«, entgegnete Magdelene und zwinkerte dem Bäcker zu, der alles in allem doch ein stattlicher Mann war, nur auf hoher See ein Bein verloren hatte. »Zum Glück sind sie zu anderem zu gebrauchen.«

Carlos konnte sein meckerndes Lachen nicht zurückhalten. Der Bäcker errötete.

»… und das, obwohl du versprochen hast, dich aus allem herauszuhalten, was dich nichts angeht.«

»Meine Heimat geht mich sehr wohl etwas an.«

Yolanda schielte durch eine dicke Rauchschwade aus ihrer Pfeife hindurch Magdelene an. »Heimat? Hab' ich recht gehört? Ich dachte, du wolltest nur eine Weile hier bleiben?«

»Das Dorf braucht mich.«

»Uns schreibt niemand vor, was wir zu tun und zu lassen haben«, knurrte die Alte.

»Das hatte ich auch gar nicht vor.« Selbst durch den dichten Rauch konnte sie erkennen, wie Yolanda die Augen zusammenkniff. Die fünf leeren Sättel hatte man am Brunnen aufgeschichtet, als die Fischerflotte eingelaufen war. Darauf deutete Magdelene jetzt. »Ich will nur ein Deich sein, ein zusätzlicher Schutz gegen die heranbrausenden Stürme.« Sie breitete die Arme aus. »Ohne mich wärt ihr den Heimsuchungen nackt ausgesetzt.«

»Dieser Kriegsherr könnte andere Männer entsenden«, erklärte Carlos, der sich, auf Magdelene gestützt, erhoben hatte. »Wir haben keine Mittel, uns zu verteidigen.«

»Ich kann euch verteidigen«, versicherte Magdelene.

Yolanda kaute mürrisch auf dem Pfeifenstiel. »Du könntest uns mit deiner Zauberkraft versklaven.«

»Das könnte ich ... aber wozu sollte ich mir die Mühe machen?«

Diese Frage hatte sie so unverhohlen gestellt, daß Carlos lachen mußte. »Sie hat recht«, meckerte er los. »Für sie gibt es doch nichts Schöneres, als den lieben langen Tag in der Sonne zu liegen. Außer vielleicht ...« Was Magdelene vielleicht noch lieber tat, als in der Sonne zu liegen, ging in einem heftigen Hustenanfall unter. Immerhin hatte die Andeutung genügt, so manch anzügliches Grinsen hervorzurufen.

»Ich hatte mir vorgestellt, auf der Landspitze ein Haus zu bauen«, erklärte Magdelene bestimmt und warf Carlos einen Blick zu, der ihn beinahe wieder anfangen ließ. »Falls niemand was dagegen hat.«

»Hmm!« Yolanda stieß ihre Zustimmung mit einem weiteren Pfeifenwölkchen aus. Magdelene konnte es nicht mit Bestimmtheit sagen, doch sie meinte, darin sogar ein gewisses Lachen herauszuhören. »Wenn sich Großvater seiner Sache so sicher ist, habe auch ich keine Einwände.«

Der Schulze seufzte erleichtert. »Sonst noch jemand, der Einwände erheben möchte?« fragte er in die Runde. Yolanda starrte die versammelten Dorfbewohner herausfordernd an, die daraufhin wohlweislich stumm blieben.

»Verehrte Frau Zauberin«, verneigte sich der Schulze huldvoll vor ihr, »es sei Euch gestattet, nach Belieben zu bauen.«

Magdelene überprüfte die Pläne, die sie auf den nackten Fels der Landzunge gezeichnet hatte, und verglich sie dann mit den Originalen in ihrem Buch. Obwohl ihr Haar und ihr grellgelbes Hemd heftig im Wind flatterten, blieb die Seite im Zauberbuch aufgeschlagen, und auch der feine, weiße Sand, mit dem sie die Umrisse ihres Hauses nachgezogen hatte, verwehte nicht. Sobald Juan vom Strand zurück war, würde sie den Bau beenden können. Natürlich hätte sie den restlichen Sand auch einfach herbeihexen können, doch der Junge hatte ihr unbedingt helfen wollen. Und wenn sie ihn gewähren ließ, so hoffte sie, würde sich vielleicht eine Gelegenheit ergeben, wo sie ihn so sehr beeindrucken würde, daß sie sich danach auch um seinen Arm kümmern durfte.

Doch jetzt wandte sie erst einmal ihr Gesicht der Sonne zu und träumte mit halb geschlossenen Augen davon, wie es sein würde, endlich ein eigenes Zuhause zu besitzen. Kein Herumstreunern mehr und auch keine Abenteuer. Abenteuer wurden ihrer Meinung nach doch stark überbewertet. Für gewöhnlich bedeuteten sie ungemütliche Übernachtungen und unzureichende oder völlig fehlende sanitäre Einrichtungen – ganz zu schweigen vom direkten und oft gewaltsamen Widerstand eines oder gleich mehrerer Gegner.

»Magdelene!«

Der Ruf riß sie aus ihrer Träumerei. Sie blinzelte gegen das starke Sonnenlicht, um die kleine Gestalt erkennen zu können, die sich den steilen Dünenpfad vom Strand her hochkämpfte. Juan war das nicht, denn das Kind besaß zwei gesunde Arme, die er … halt, nein … die *sie* weit ausbreitete, um das Gleichgewicht zu halten.

»Die Reiter!« keuchte das kleine Mädchen, als Magdelene sie die letzten paar Schritte zu sich hochzog. »Sie sind wiedergekommen.«

Der Kriegsherr hatte demnach den guten Ratschlag nicht befolgt. »Mach dir keine Sorgen«, tröstete die Zauberin das Mädchen und hielt ihr ein Taschentuch unter die Nase, in das sich die Kleine auch artig schneuzte. »Deshalb bin ich ja hier.«

»Aber sie haben Juan!«

»Was?« Magdelene fuhr herum und blickte auf das Dorf hinab. Mit einem kurzen Gedankenbefehl führte sie sich das Geschehen am Dorfbrunnen klar und deutlich vor Augen. Es waren nicht dieselben Reiter, aber von der gleichen Art; auch sie trugen braune Gewänder, die sich im Wind blähten. Diesmal waren es gleich zwei Dutzend Männer, die den Brunnen umringten, ein roter Wimpel flatterte wie wild über ihren Köpfen, als ob er sich jeden Augenblick von der Lanze losreißen wollte. Eines der Pferde stand etwas außerhalb der Reihe; Juan hatte man über den Sattelknopf geworfen, und seinen gesunden Arm hatten sie ihm auf den Rücken verdreht und ausgerenkt.

Magdelene sah, wie alle Dorfbewohner zusammenliefen – keiner war heute ausgefahren, denn die See war viel zu stürmisch. Carlos trat – gefolgt vom Schulzen und Yolanda – aus der Menge hervor und sprach. Magdelene konnte zwar erkennen, wie sich seine Lippen bewegten, doch der Wind verwehte die Worte. Juan strampelte und wand sich unter dem Griff seines Peinigers. Dieser packte nur um so fester zu, und es bedurfte keiner magischen Ohren, um den schrillen Schmerzensschrei zu hören, der die Luft durchschnitt.

»Magdelene!« Das kleine Mädchen zerrte am Hemd der Zauberin. »Magdelene! So tu doch was!«

Magdelenes Hand schloß sich um die Schulter des Kindes, und im nächsten Augenblick standen beide am Brunnenrand. Das Kind riß sich von Magdelene los und rannte schutzsuchend zu seiner Mutter.

»Hast du das gesehen, Mama? Hast du das gesehen? Uns ist nichts passiert!«

Jetzt stand sie – genau zwischen den Dörflern und den Reitern – allein da, atmete tief durch, biß die Zähne zusammen und versuchte, sich und die wirbelnde Welt zu beruhigen. Als sie das letzte Mal den Transportzauber angewendet hatte, hatte sie sich bei der Ankunft die Seele aus dem Leib gewürgt. Aber diesmal mußte sie die Übelkeit besiegen; dem Kriegsherrn vor die Füße zu reihern, wäre für ihn vielleicht unangenehm, dürfte ihn aber wohl kaum sonderlich einschüchtern. Als sie alles endlich wieder klar und deutlich erkennen konnte, zeigte sich in den meisten Gesichtern der Reiter noch immer eine Mischung aus Schrecken und Staunen. Nur der Anführer, der Juan gefangen hielt, schien nicht beeindruckt. Er lächelte sie von oben herab an. »Du mußt wohl die Zauberin sein.«

Sie erwiderte sein Lächeln. »Dann mußt du der sogenannte Kriegsherr sein.«

»Ich habe deine Botschaft erhalten. Ich bin gekommen, dir meine Antwort mitzuteilen. Zuvor möchte ich dir jedoch nicht raten, deine Tricks vom letzten Mal zu wiederholen, solange ich den Jungen in meiner Gewalt habe.«

Darüber machte sich Magdelene nun weniger Sorgen. Sie könnte den Kriegsherrn mitsamt seiner Reiterschar dorthin zurückbefördern, woher sie gekommen waren, ohne daß dabei Juan auch nur ein Härchen gekrümmt würde. Das eigentliche Problem bestand darin, daß sie erneut auftauchen würden. Wenn sie andererseits dem selbstgefälligen Kriegsherrn schmeichelte, würde sich eventuell eine dauerhaftere Lösung erzielen lassen. »Was willst du?«

»Dich!« Sein Lächeln weitete sich zu einem breiten Grinsen; die Narbe, die ihm quer über den Mund lief, teilte sein Gesicht in zwei ungleiche Hälften.

Magdelenes Augenbrauen hoben sich bis zum Haaransatz. »Wie bitte?«

»Ich habe beschlossen, ich könnte eine Zauberin gut gebrauchen.« Mit seiner freien Hand vollzog er eine weitausladende Geste. »Du wirst dich in meine Dienste stellen.«

Aufgeblasener Trottel! Am Ende glaubte er wohl noch selbst, er würde ihr mit diesem Angebot einen besonderen Gefallen erweisen. Sie verschränkte ihre Arme und sah finster zu ihm auf. »Was könnte mich dazu bewegen, das zu tun?« verlangte sie zu wissen.

»Wenn du mir nicht gehorchst, bringe ich den Jungen um.«

»Und wenn ich es tue?«

»Verschone ich den Jungen und das Dorf.«

»Magdelene ...!« Carlos' Stimme klang angestrengt – jeglicher Übermut und alles Lachen waren daraus gewichen.

»Es ist schon in Ordnung, Carlos«, versicherte Magdelene ihm verstohlen. »Ich hab' die Sache im Griff.« Zumindest würde sie sie bald im Griff haben. Ein Mann, der glaubte, seine bloße Anwesenheit würde genügen, um jeglichen Widerstand im Keime zu ersticken, war ein leichtes Spiel.

»Ich weiß dein großzügiges Angebot durchaus zu schätzen«, erklärte sie ihm und bereitete sich in Gedanken darauf vor, eine Galavorstellung an Spezialeffekten zu inszenieren, die ihn ein für alle mal davon überzeugen würde, ihr Dorf in Frieden zu lassen. »Aber ich fürchte, daß ich ablehnen muß.«

Er verzog keine Miene. »Wie schade«, sagte er. Mit dem einen Arm hielt er den Oberkörper des Jungen fest, mit dem anderen umfaßte er den kleinen Kopf. Ein gewaltiger Ruck. Ein kurzes, lautes Krachen. Juans Körper glitt zu Boden. Ein lebloses Häufchen Elend; der Kopf in einem unvorstellbaren Winkel verdreht.

Magdelenes Mund öffnete sich, doch sie brachte keinen Ton hervor. Nie hätte sie erwartet, daß er dazu fähig sein würde. Hinter ihr hörte sie den Klageschrei von Juans Mutter. Die Männer des Kriegsherrn rückten vor, bis sie die Dorfbewohner umzingelt hatten.

»Nun?« meinte der Kriegsherr, der noch immer lächelte. »Was hast du jetzt zu meinem großherzigen Angebot zu sagen?«

Das Lächeln schwand dahin, als Magdelene den Kopf hob und ihm eisig in die Augen blickte. »Stirb!« befahl sie ihm.

Es blieb ihm nicht einmal Zeit, überrascht zu sein. Die Augen quollen hervor, sein Mund erschlaffte, und er sackte leblos im Sattel zusammen. Von der plötzlich trägen Last verstört, warf das Pferd sein Haupt zurück, scheute und brach zur Seite aus; den Körper des Kriegsherrn warf es dabei ab, so daß er im Sand neben dem kümmerlichen Haufen Haut und Knochen landete, der einst Juan gewesen war. In der Stille, die nun eintrat, tönte das Schnauben der Pferde unnatürlich laut. Ihre Reiter gaben keinen Laut von sich; jeder hoffte inständig, er möge der Aufmerksamkeit der Zauberin entgehen.

Die Stille dauerte an; nur das Schluchzen von Juans Mutter unterbrach sie. Mit zitternder Hand strich sich

Magdelene die Strähnen aus dem Gesicht, während sie neben dem Leichnam des Jungen kniete. Sie renkte seine Gliedmaße wieder ein und richtete behutsam seinen Kopf, bis er wieder die natürliche Haltung eingenommen hatte.

»Verehrte Zauberin ...« Es war das erste Mal, daß Carlos sie so förmlich anredete. »... ich will nicht bestreiten, daß Ihr glaubtet, das Richtige zu tun, als Ihr diesen Mann aus der Welt befördertet, aber ...«

Er verstummte, als Magdelene Juans kalte Hand in die ihre nahm und ihn beim Namen rief. Die schwache Brust hob senkte sich. Juan hustete und schlug die Augen auf.

»Ich war gar nicht hier«, sagte er und kratzte sich an der Nase.

»Das stimmt.« Magdelene glaubte fest daran, daß man Kindern immer die Wahrheit sagen sollte. »Du warst tot.«

»Ach so.« Er dachte einen Augenblick lang darüber nach. »Das war aber ziemlich langweilig.«

Magdelene zog sich zurück, als seine Familie herbeistürmte und ihren verlorenen Sohn aufnahm. Juan verzog das Gesicht und wehrte sich heftig gegen den Schwall an Küssen und Umarmungen, der über ihn hereinbrach. »Hör auf Mama!«

»Verehrte Zauberin?« Magdelene drehte sich um und sah sich der versammelten Dorfgemeinde gegenüber. Jetzt würde man sie bestimmt auffordern, weiterzuziehen. Entweder das – oder man würde sie heilig sprechen. Jedenfalls würde nichts beim Alten bleiben. Sie mußte ein fast schon hysterisches Kichern unterdrücken. Warum machten die Leute um das Erwecken von Toten nur so viel Aufhebens?

»Wenn du Juan zurückholen kannst«, erklärte der Schulze ruhig, »mußt du auch den Kriegsherrn zurückbringen und so das Unrecht, das du begangen hast, wiedergutmachen.«

»Unrecht? Welches Unrecht?«

»Du hast einen Menschen getötet.« Er blickte verächtlich auf den reglosen Körper des Kriegsherrn. »Das halten wir für Unrecht, auch wenn wir sehr wohl verstehen, was dich dazu bewegte.« Hinter ihm reckten die Dörfler die Hälse und starrten sie an, ein jeder mit einem anderen Gesichtsausdruck. Ein Seufzer der Erleichterung entrang sich ihrer Brust. Wenn das alles war, was sie von ihr verlangten, kam sie noch einmal glimpflich davon. Vielleicht ließ sich die Situation ja doch noch retten.

»Aber was soll mit dem Haufen geschehen?« fragte Magdelene und deutete auf die Männer des Kriegsherrn, die alles taten, um möglichst harmlos und unbedeutend zu erscheinen. »Schlag der Schlange den Kopf ab, und die Schlange stirbt. Gib ihr aber den Kopf zurück, lebt die Schlange und verschlingt die Köpfe anderer und ...« Sie runzelte die Stirn; irgendwie hatte sie sich in ihrer eigenen Metapher verheddert. »Also kurz und gut, ich halte das für keine gute Idee.«

»Wenn du dich hier niederlassen willst«, erklärte ihr Yolanda unverblümt, »mußt du auch unsere Überzeugungen respektieren.«

»Aber er hat den Tod verdient.«

Einige der Dorfbewohner nickten zustimmend. Doch Yolanda gab nicht nach. »Darüber zu richten, steht dir genauso wenig zu, wie er das Recht hatte, über Juans Leben zu entscheiden. Wenn du willst, daß wir dich respektieren, mußt du uns respektieren.«

War es wirklich so einfach? Magdelene mußte es sich erst einmal durch den Kopf gehen lassen.

»Hat euer Kriegsherr auch einen Namen?« fragte sie schließlich die Reiter. Sie blickten sich erst gegenseitig und dann den Leichnam ihres Anführers an.

»Anwar, verehrte Zauberin«, brachte der junge Reiter hervor, der die Standarte des Kriegsherrn hielt. Sie dankte ihm mit einem Lächeln, worauf dieser erleichtert aufatmete.

Magdelene kniete neben dem Kriegsherrn nieder, nahm seine Hand in die ihre und rief ihn beim Namen, ohne sich vorher groß um seine verrenkte Körperhaltung zu kümmern. Dieses Mal würde sie ihn jedenfalls nicht unterschätzen.

Er schlug die Augen auf, sah sich um, reckte langsam seine krummen Glieder und richtete sich dann auf. »Schluffruff?« fragte er, und haschte nach einer Haarsträhne von Magdelene. Sie entzog sich ihm und stand auf. Der Kriegsherr zog einen Flunsch, schmollte aber nicht lange, denn schon bald hatte er seine Stiefel entdeckt. Fasziniert betrachtete er sie und brabbelte unsinniges Zeug vor sich hin. Alle, Dörfler und Reiter gleichermaßen, traten einen Schritt näher.

»Was ist mit ihm passiert?« fragte Yolanda schließlich.

Magdelene betrachtete den Kriegsherrn, wie er sich im Kreise drehte und versuchte, die eigenen Rockschöße zu fangen. »Der Tod scheint ihm nicht allzu gut bekommen zu sein«, stellte sie fest.

»Aber Juan hat es nichts ausgemacht.«

Die Zauberin zuckte mit den Achseln. »Kinder sind eben doch wesentlich anpassungsfähiger ...«

Plötzlich tauchte eine dunkelhaarige, bleiche Frau neben dem Kriegsherrn auf. Die Hände in die Hüften gestemmt, mit funkelnden Augen, schien sie recht ungehalten zu sein. »Würdest du dich bitte endlich entschließen, was du eigentlich willst!« Ihre lange, schwarze Robe fiel faltenlos bis zum Boden hinab, ohne sich in der Brise zu blähen. »Was wird hier eigentlich gespielt? Bäumchen-wechsle-dich? Erst hab' ich ihn, dann hab' ich ihn wieder nicht. So geht das nicht.!« Sie entdeckte Juan, der sich in die erste Reihe drängelte. »Hallo, Kleiner!«

Juans Mutter packte ihn am Schlafittchen, zerrte ihn hinter sich und unterband so die freudige Begrüßung. Sie verstand zwar nicht, was das Ganze sollte, aber sie wußte, daß ihr Kleiner für heute schon genug Sonderliches erlebt hatte.

»Gevatterin Tod?« sagte Magdelene.

Alle, Dörfler und Reiter gleichermaßen, traten einen Schritt zurück. Sie waren bereits soweit, daß sie der Zauberin jedes Wort glaubten.

»Gut geraten«, erwiderte der Tod. »Erklärst du mir bitte mal, was hier vor sich geht?«

»Das ist eine ziemlich lange Geschichte.«

»Hör zu, Verehrteste ...«

»Magdelene.«

»Also schön, Magdelene, hör zu. Für lange Geschichten hab ich keine Zeit. Auf mich warten noch andere Leute. Darum laß es uns kurz machen – du kannst den Kleinen behalten, aber Schiefmaul hier gehört mir.« Dabei deutete der Tod mit einem spindeldürren Finger auf den Kriegsherrn. Konsterniert zog sie beide Augenbrauen kraus, als dieser einen Stiefel auszog und ihn mit Sand füllte. »Jetzt sieh dir bloß an, was du aus ihm gemacht hast!« klagte sie, so daß allen Anwesenden der kalte Schweiß ausbrach. »Du hast den Kerl kaputt gemacht!«

»Tut mir leid.« Magdelene breitete entschuldigend ihre Arme aus.

»Tut es nicht.« Der Tod scharrte mit einem Fuß im Sand. »Also schön. Ich bin sicher, wir können das von Frau zu Frau vernünftig regeln. Du kannst auch ihn behalten, wenn du mir einen von denen gibst.« Ihr Blick schweifte über die Reiterschar.

Einem der offenbar etwas sensibler veranlagten Männer schwanden die Sinne; er sackte im Sattel zusammen und fiel vornüber, so daß auf jeder Seite des Pferdehalses ein schlaffer Arm herabbaumelte.

»Tut mir leid«, sagte Magdelene ein zweites Mal und zuckte bedauernd mit den Schultern. »Aber das kann nicht ich entscheiden. Warum nimmst du dir nicht einfach einen?«

Drei Sättel waren plötzlich naß.

»So gehe ich nicht vor.« Der Tod schüttelte sein Haupt. »Ich kann niemanden zu mir nehmen, wenn seine Zeit noch nicht gekommen ist.«

»Verzeiht!« Tod und Zauberin drehten sich gemeinsam um. Carlos trat vor und streckte seine knöcherne Hand aus.

Die Miene des Todes erhellte sich. Sie lächelte. Und ihr Lächeln war wunderschön. »Dich kenne ich doch?« fragte sie sanft.

»Das solltet Ihr wohl«, erwiderte Carlos. »Ich erwarte Euch schon geraume Zeit.«

Ihre Stimme wurde zur zärtlichen Umarmung. »Verzeih mir, daß ich so lang auf mich warten ließ.«

Als sie seine Hand ergriff, seufzte der alte Mann zufrieden; alle Last und alle Schmerzen seines Alters fielen von ihm ab. Einen Augenblick lang stand er aufrecht, heiter und gelassen da, dann sackte er leblos zusammen.

Alle Augen waren auf den Leichnam des alten Mannes gerichtet. Nur Magdelene sah in ihm den jungen, starken und stattlichen Mann, der noch immer die Hand des Todes umfaßt hielt. Mit zitternden Lippen schenkte sie ihm ihr allerschönstes Lächeln. Er erwiderte es. Und war verschwunden.

Magdelene stand regungslos da. Tränen rannen ihr über die Wangen. Sie stand regungslos da, als die Dorfbewohner den Leichnam vorsichtig davontrugen. Sie stand regungslos da, als die Reiter ihren Anführer auf sein Pferd hievten – und auch als sie davonritten, rührte sie sich nicht. Sie stand regungslos da, bis sich eine kleine Hand in die ihre schmiegte.

»Ich hab' jetzt genug Sand zusammen«, meinte Juan.

Ein prall gefüllter Beutel hing ihm um den Hals. »Können wir jetzt dein Haus fertigbauen?«

Sie blickte zu ihm herunter und strich ihm sanft übers Haar. »Wollen sie denn, daß ich bleibe?«

Er zuckte mit den Achseln, weil er nicht wußte, wer mit ›sie‹ gemeint war. »Niemand will, daß du weggehst.«

Hand in Hand marschierten sie den Pfad zur Landspitze entlang.

»Bleibst du jetzt für immer hier?« wollte Juan wissen.

Magdelene entging es nicht, wie gespannt er sie mit seinen großen, schwarzen Kinderaugen ansah. »Wie alt bist du, Juan?«

»Neun.«

Das Bild des zukünftigen jungen Mannes, das sie bei ihrer ersten Begegnung mit Juan heraufbeschworen hatte, erschien hinter dem Kind und zwinkerte ihr zu. Sie scheuchte es zurück in die Zukunft, wo es hingehörte. »Ich bleibe jedenfalls lang genug.«

Juan nickte und gab sich damit zufrieden.

»Heute habe ich dich also vom Tod zurückgeholt. Da könntest du mich ja auch gleich noch deinen Arm heilen lassen. Was meinst du?«

Er schüttelte den Kopf. »Muß ich mir noch überlegen.«

Die mächtigste Zauberin der Welt starrte den kleinen Jungen verblüfft an, dann lachte sie lauthals los. »Du bist aber wirklich nur schwer zu beeindrucken.«